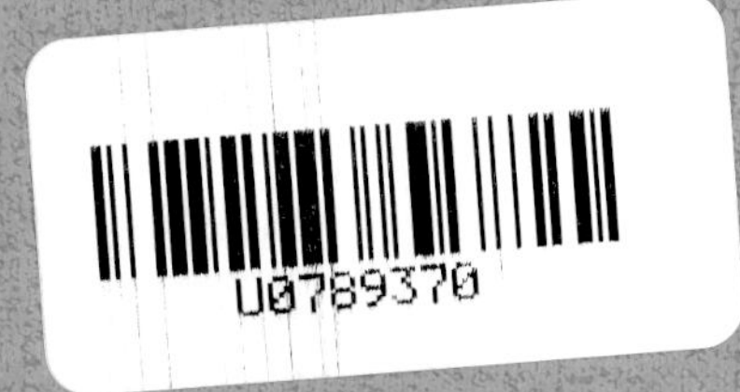

金陵全書

丁編·文獻類

文選（二）

（南朝梁）蕭統 輯

南京出版社
南京出版傳媒集團

圖書在版編目（CIP）數據

文選 /（南朝梁）蕭統輯. -- 南京：南京出版社，2021.4

（金陵全書）

ISBN 978-7-5533-3203-1

Ⅰ.①文… Ⅱ.①蕭… Ⅲ.①古典文學－作品集－中國－先秦時代-梁國 Ⅳ.①I211

中國版本圖書館CIP數據核字（2021）第033555號

書　　名　【金陵全書】（丁編・文獻類）
　　　　　文選
作　　者　（南朝梁）蕭統
出版發行　南京出版傳媒集團
　　　　　南 京 出 版 社
　　　　　社址：南京市太平門街53號　郵編：210016
　　　　　網址：http://www.njcbs.cn　電子信箱：njcbs1988@163.com
　　　　　聯系電話：025-83283893、83283864（營銷）　025-83112257（編務）

出 版 人　項曉寧
出 品 人　盧海鳴
責任編輯　程　瑶
裝幀設計　楊曉崗
責任印製　楊福彬

製　　版　南京新華豐製版有限公司
印　　刷　南京凱德印刷有限公司
開　　本　889毫米×1194毫米　1/16
印　　張　102.25
版　　次　2021年4月第1版
印　　次　2021年4月第1次印刷
書　　號　ISBN　978-7-5533-3203-1
定　　價　2400.00元（全三册）

用微信或京東APP掃碼購書

用淘寶APP掃碼購書

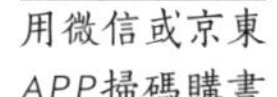

文選卷第三十二

梁昭明太子撰

文林郎守太子右内率府録事參軍事崇賢館直學士臣李善注上

騷上

屈平離騷經一首　九歌四首

離騷經一首　屈平　王逸注

序曰離騷經者屈原之所作也屈原與楚同姓仕於懷王爲三閭大夫同列大夫上官靳尚妬害其能共譖毀之王乃流屈原原乃作離騷經不忍以清白久居濁世遂赴汨淵自投而死也

帝高陽之苗裔兮苗胤也裔末也高陽顓頊有天下之號也帝繫曰顓頊娶于滕隍氏女而

生老僮是楚先其後熊繹事周成王封為楚子居於丹
陽其孫武王求尊爵於周周不與遂僭號稱王始都於
郢是時生子瑕受屈為客卿因脩末之子孫恩深而義厚也朕皇考曰伯庸朕我也皇美也
父死稱考詩曰既右烈考伯庸字也屈原言我父伯庸體有美德以忠輔楚世有令名以及於已攝提
貞于孟陬兮太歲在寅曰攝提孟始也貞正也于於也正月為陬惟庚寅吾以降
惟辭也庚寅日降下也寅為陽正庚為陰正言己以太歲在寅正月始春庚寅之日下毋之躰皇覽揆
余于初度兮皇皇考也覽覩也揆度也肈錫余以嘉名肈始也錫賜也嘉善也言
巳美父伯庸觀我始生年時度其日月皆合天地正中故始錫我以美善之名名余曰正則兮
正平也則法也字余曰靈均靈神也均調也言平正可法則者莫過於天養物均調者莫神於地
高平曰原故伯庸名我為平以法天字我曰原以法地夫人非名不榮非字不彰故子生父思善應而名字之
以表其德觀其志也紛吾既有此內美兮紛盛貌又重之以脩能脩遠

也言已之生內含天地之美氣又重有絕遠之能與衆異也扈江離與辟芷兮扈披也楚人名披爲扈江離芷皆香草也辟爲幽也芷幽而香紉秋蘭以爲佩紉索也蘭香草也秋而芳佩飾也所以象德言已脩身清潔乃取江離辟芷以爲衣被紉索秋蘭以爲佩飾博采衆善以自約束汩余若將不及兮汩去貌疾若水流也恐年歲之不吾與言我念年命汩然流去誠欲輔君心汲汲常若不及又恐年忽過不與我相待而身老朝搴阰音毗之木蘭兮搴取也阰山名夕攬洲之宿莽攬采也水中可居者曰洲草冬生不死者楚人名曰宿莽言巳旦起升山采木蘭上事太陽承天度也夕入洲澤采取宿莽下奉太陰順地數也動以神祇自勑誨也木蘭去皮不死宿莽遇冬不枯屈原以喻讒人雖欲困己己受天性終不可變易日月忽其不淹兮淹久也春與秋其代序代更也序次也言日月晝夜常行忽然不久春往秋來以次相代言天時易過人年易老惟草木之零落兮零落皆墮也草曰零木曰落恐美人之遲

暮遲晩也美人謂懷王也言天時運轉春生秋殺草木零落歲復盡矣而君不建立道德舉賢用士則年老
暮晩而功不成不撫壯而棄穢兮年德盛曰壯棄去也穢行之惡也以喻讒佞百草爲稼穡
之穢讒佞亦爲忠直之害也何不改此度也改更也言願君務及年德盛壯之時脩明政教
棄遠讒佞無令害賢改此惑誤之度脩先王之法也乘騏驥以馳騁兮騏驥駿馬也以喻賢
智言乘駿馬一日可致千里以言任賢智則可至於治也來吾導夫先路言已如得任用將驅
先行願來隨我遂爲君導入聖王之道昔三后之純粹兮昔往也后君也謂湯禹文王也
至美曰純齊同曰粹固衆芳之所在衆芳喻羣賢也言往古夏禹殷湯周王所以能純美其德
而有聲明之稱者皆舉用衆賢使在顯職故道化興而萬國寧也雜申椒與菌桂兮申重
也椒香木其芳小重之乃香菌薰也葉曰蕙根曰薰也豈維紉夫蕙茝紉索也蕙茝皆香草
也以喻賢者言禹湯文王雖有聖德猶雜用衆賢以致於化非獨索蕙茝任一人也彼堯舜之耿

介兮耿光也介大也既遵道而得路遵循也路正也言堯舜所以能有光明大德之稱者以循用天地之道擧賢任能使得萬事之正也何桀紂之昌披兮昌披衣不帶貌夫唯捷徑以窘步捷疾也徑邪道窘急也言桀紂愚惑違背天道施行惶遽衣不及帶欲涉邪徑急疾爲治故身觸陷阱至於滅亡惟黨人之偸樂兮黨朋也論語曰羣而不黨偸苟也路幽昧以險隘幽昧不明也險隘諭傾危也言已念彼讒人相與朋黨嫉妬忠直苟且偸樂不知君道不明國將傾危以及其身豈余身之憚殃兮憚難也殃咎也恐皇輿之敗績皇君也輿君之所乘也以諭國也績功也言我欲諫爭者非難身之被殃咎也但恐君國傾危以敗先王之功忽奔走以先後兮及前王之踵武踵繼也武迹也詩曰履帝武敏歆言已急欲奔走先後以輔翼君者冀及先王之德繼續其迹而廣其基也奔走先後四輔之職也詩曰予聿有奔走予聿有先後是之謂也荃不察余以忠情兮荃香草也以諭君也人君被服

芬香故以香爲喻惡以臭爲譬指斥尊者故變言荃也反信讒而齌怒齌疾也言懷王不徐察我忠信
之情反信讒言而疾怒余固知謇謇之爲患兮謇謇忠言貌也易曰王臣謇謇
匪躬之故忍而不能舍也舍止也言己忠言謇謇諫君之過必爲身患然中心不能自止而不
言也指九天以爲正兮指語也九天謂中央八方也正平也夫唯靈脩之故
也靈神也脩遠也能神明遠見者君德故以諭君言己將陳忠策内慮之心上指九天告語神明使平正之
唯用懷王之故欲自盡也初既與余成言兮後悔遁而有他遁隱也言懷王
始信任已與我平議國政後用讒言中道悔恨隱遁其情而有他志余既不難離別兮近曰
離遠曰別傷靈脩之數化化變也言我竭忠見過非難與君離別也傷念君信用讒言志數變
易無常操也余既滋蘭之九畹兮滋蒔也十二畝爲畹又樹蕙之百畝
樹種也二百四十步爲畝言已雖見放流猶種蒔衆香脩行仁義勤身自勉朝暮不倦畦留夷與

揭車兮留夷香草也揭車亦芳草一名芞輿五十畝爲畦雜杜衡與芳芷杜衡芳芷皆香草名也言己積累衆善以自絜飾復植留夷杜衡雜以芳芷芬香益暢德行彌盛也冀枝葉之峻茂兮冀幸也峻長也願竢時乎吾將刈刈穫也言己種植衆芳幸其枝葉盛長實核成熟願待天時吾將穫取收藏而成其功也以言君亦宜畜養衆賢以時進用而待仰其治也雖萎絶其亦何傷兮萎病也絶落也哀衆芳之蕪穢言己所種芳草當刈未刈蚤有霜雪枝葉雖蚤萎病絶落何能傷我乎哀惜衆芳摧折枝葉蕪穢而不成也以言己脩行忠信冀君任用而遂斥棄則使衆賢志士失其行也衆皆競進以貪婪兮競並也愛財曰貪愛食曰婪憑不猒乎求索憑滿也楚人名滿爲憑言在位之人無有清絜之志皆並進取貪婪於財利中心雖滿猶復求索不知猒飽羌内恕己以量人兮羌楚人語詞也以心揆心爲恕量度也各興心而嫉妬害賢爲嫉害色爲妬言在位之臣心皆貪婪内以其志恕度他人謂與己不同則各

生嫉妬之心推棄清潔使不得用也忽馳騖以追逐兮非余心之所急言衆
人所以馳騖惶遽者追逐權貴求財利也故非我心之所急務衆急於利我獨急於義者也老冉冉
其將至兮冉冉行貌恐脩名之不立立成也言人年命冉冉而行我之衰老將以速
至恐脩身建德而功不成名不立也朝飲木蘭之墜露兮墜墮也夕餐秋菊
之落英言己旦飲香木之墜露吸正陽之津液暮食芳菊之落英言吞陰陽之精蘂動以香淨自潤澤
苟余情其信姱兮姱苦瓜以練要兮苟誠也練簡也長顑顑呼感頷亦何傷顑頷不飽
貌也言己飲食好美中心簡練而合道要雖長顑頷飢而不飽亦無所傷病也擥木根以結茝
兮擥持也貫薜荔之落蘂貫累也薜荔香草也緣木而生落墮也蘂實貌言己施行
常擥木引堅據持根本又貫累香草之實執持忠信不為華飾之行也矯菌桂以紉蕙兮
矯直也索胡繩之纚纚胡繩香草也纚纚索好貌言己行雖據根本猶復矯直菌桂芬芳之

性紉索胡繩令之澤好以善自約束終無懈已謇吾法夫前脩兮非時俗之所

服言我忠信謇謇者乃上法前代遠賢固非今時俗之人所可服行也雖不周於今之人

兮周合也願依彭咸之遺則彭咸殷賢大夫諫其君不聽自投水而死遺餘也則法也

言己所行忠信雖不合於今之人欲願依古之賢者彭咸餘法以自率厲也長太息以掩涕

兮哀人生之多艱言己自傷施行不合於俗將效彭咸沈身於淵乃太息長悲哀念萬民受

命而生遭遇多艱以隕其身也余雖好脩姱以鞿羈兮鞿羈以馬自喻也韁在口曰鞿

革絡頭曰羈言爲人所係纍也謇朝誶而夕替誶也詩云誶予不顧替廢也言己雖有絶遠

之智姱好之姿然以爲讒人所鞿羈而繫纍矣故朝諫謇謇於君夕暮而身廢棄也既替余以蕙

纕兮纕佩帶也又申之以攬茝又重也言君所以廢棄己者以余帶佩衆香行以忠正之

故也然猶復重引芳茝以自結束執志彌篤也亦余心之所善兮雖九死其猶

未悔悔恨也言己履行忠信執守清白亦我心中之所美善也雖以見過支解九死終不悔恨也怨靈脩之浩蕩兮靈脩謂懷王也浩猶浩蕩猶蕩蕩無思慮貌也終不察夫人心言己所以怨恨於懷王者以其用心浩蕩驕敖放恣無有思慮終不見省察萬民善惡之心故朱紫相亂國將傾危也衆女嫉余之蛾眉兮衆女謂臣也蛾眉好貌謠諑謂余以善淫謠謂毀也諑音啄猶譖也淫邪也言衆女嫉妬蛾眉美好之人譖而毀之謂之善淫不可信也猶衆臣嫉妬忠正言己淫邪不可任也固時俗之工巧兮偭規矩而改錯偭背也圓曰規方曰矩錯置也言今時之工才知彊巧背去規矩更造方圓必不堅固敗材木也以言佞臣巧於言語背違先聖之法以意妄造必亂政化危君國也背繩墨以追曲兮追隨也繩墨所以正曲者競周容以爲度周合也度法也言百工不隨繩墨之直道隨從曲木屋必傾危而不可居也以言人臣不脩仁義之道背弃忠直隨從枉佞苟合於世以求容媚以爲常法身必傾危而被刑戮忳

鬱邑余侘傺兮忳徒昆切憂貌也侘傺失志貌也侘丑加切猶堂堂立貌也傺丑世切住也楚人名住曰傺吾獨窮困乎此時也言我所忳忳而憂中心鬱邑悵然住立而失志者以不能隨從時俗屈求容媚故獨爲時人所窮困也寧溘死以流亡兮溘猶奄也余不忍爲此態也言我寧奄然而死形體流亡不忍以忠正之性爲邪淫之態也鷙鳥之不羣兮鷙執也謂能執服衆鳥鷹鸇之類也以諭忠正自前代而固然言鷙鳥執志剛厲特處不羣以言忠正之士亦執分守節不隨俗人自前代固然非獨於今何方圜之能周兮夫孰異道而相安言何所有圜鑿受方枘而能合者誰有異道而相安邪言忠佞不相爲謀也屈心而抑志兮抑案也忍尤而攘詬尤過也攘除也詬恥也言己所以能屈案心志含忍罪過而不去者欲以除去恥辱誅讒佞之人如孔子誅少正卯也伏清白以死直兮固前聖之所厚言士有伏清白之志以死忠直之節者固乃前代聖王所厚哀也故武王

伐紂封比干之墓表商容之閭也悔相道之不察兮悔恨也相視也察審也延佇乎
吾將反延長也佇立貌也詩云佇立以泣言己自恨視事君之道不明察當若此伏節死義故長立
而望將欲還反終己之志也迴朕車以復路兮迴旋及行迷之未遠
迷誤也言及旋我車以反故道反迷已誤欲去之路尚未甚遠也同姓無相去之義故欲還也步余
馬於蘭臯兮步徐行也澤曲曰臯馳椒丘且焉止息土高曰丘四墮曰椒
丘言己欲還則徐徐行步我之馬於芳澤之中以觀聽懷王遂馳高丘而止息以須君命進不入以離
尤兮退將復脩吾初服退去也言己誠欲遂進竭其忠誠君不肯納恐重遇禍將復去
脩吾初始清絜之服製芰荷以爲衣兮製裁也芰蔆也荷扶蕖也集芙蓉以爲
裳芙蓉蓮華也上曰衣下曰裳言己進不見納猶復製裁芰荷集合芙蓉以爲衣裳被服愈絜脩善益明
不吾知其亦已兮苟余情其信芳高余冠之岌岌兮岌岌

高貌長余佩之陸離陸離參差衆貌也言己懷德不用復高我之冠長我之佩尊其威儀整其服飾以異於衆也芳與澤其雜糅兮芳德之臭也澤質之潤也玉堅而有澤糅雜也唯昭質其猶未虧唯獨也昭明也虧歇也言我外有芬芳之德外有玉澤之質二美雜會兼在於己而不得施用故獨保明身無有虧失而巳所謂道行則兼善天下不用則獨善其身忽反顧以遊目兮將往觀乎四荒荒遠也言己欲進忠信以輔事君而不見省故忽然反顧而去將遊目往觀四遠之外以求賢君也佩繽紛其繁飾兮繽紛盛貌芳菲菲其彌章菲菲猶勃勃也芳香貌也章明也言己雖欲之四荒猶整飾儀容佩玉繽紛而衆盛忠信勃勃而愈明不以遠故改其行人生各有所樂兮余獨好脩以爲常言萬人稟天命而生各有所樂或樂諂佞或樂貪淫我獨好脩正直以爲常行雖體解吾猶未變兮豈余心之可懲懲艾也言己好脩忠信以爲常行雖獲罪支解志猶不艾也女嬃之

嬋媛兮 女嬃屈原姊也嬋媛猶牽引也 申申其詈予 申重也言女嬃見己施行不與衆合以見放流故來牽引數怒重詈我也 曰鮌婞直以亡身兮 曰女嬃詞也鮌堯臣也帝繫曰顓頊後五葉而生鮌婞音脛很也 終然夭乎羽之野 蚤死曰夭言堯使鮌治洪水婞很自用不順堯命乃殛之於羽山死於中野女嬃比屈原於鮌不承君意亦將遇害 汝何愽謇而好脩兮紛獨有此姱節 女嬃數諫屈原言汝何爲獨愽采往古好脩謇謇姱異之節不與衆同而見憎惡於世 薋菉葹以盈室兮 薋蒺蔾也菉王芻也葹枲耳也詩曰楚楚者薋又曰終朝采菉三者皆惡草也以喻讒佞盈滿也 判獨離而不服 判別貌也女嬃言衆人皆佩薋菉枲耳爲讒佞之行滿於朝廷而獲富貴汝獨服蘭蕙守忠直判然離別不與衆同故斥弃也 衆不可户說兮孰云察余之中情 屈原外困羣佞內被姊詈知時莫識言己心志所執不可户說人告誰當察我中情之善否 世並舉而好朋兮夫何煢獨而不予

聽煢孤也詩曰哀此煢獨予我也言時俗之人皆行佞偽相朋黨並相薦舉忠直之士孤煢特獨何肯聽用我言而納之也依前聖之節中兮節度也喟憑心而歷茲歷數也言己所言皆依前代聖王之法節其中和喟然舒憤懣之心歷前代成敗之道而作此詞者也濟沅湘以南征兮沅湘水名也就重華而陳詞重華舜名也帝繫曰瞽叟生重華是爲帝舜葬於九疑山在於沅湘之南言己依聖王法而行不容於俗故欲度沅湘之水南行就舜陳詞自說稽疑聖帝冀聞祕要以自開悟啓九辯與九歌兮啓禹子也九辯九歌禹樂也言禹平治水土以有天下啓能承先志纘敘其業育養品類故九州之物皆有次敘而可歌也左傳曰六府三事謂之九功九功之德皆可歌也水火金木土穀謂之六府正德利用厚生謂之三事夏康娛以自縱夏康啓子太康也娛樂也縱放也不顧難以圖後兮五子用失乎家巷圖謀也言太康不遵禹啓之樂而更作淫聲放縱情慾以自娛樂不顧患難不謀後業

卒以失國兄弟五人家居閭巷失尊位也書序曰太康失國昆弟五人須于洛汭作五子之歌此逸篇也羿
淫遊以佚田兮羿諸侯也田獵也又好射夫封狐封狐大狐也言羿為諸侯
荒淫遊戲以佚田獵又射殺大狐固亂流其鮮終兮鮮少也浞又貪夫厥
家浞寒浞羿相也厥其也婦謂之家言羿因夏衰亂代之為政娛樂田獵不恤人事信任寒浞使為國相浞
行媚於內施賂於外樹之詐慝而專其權勢羿田將歸使家臣衆逢蒙射而殺之貪取其家以為妻也羿以亂
得政身即滅亡故言鮮終也澆身被服強圉兮澆寒浞子也強圉多力也縱欲而
不忍縱放也言浞取羿妻而生澆強梁多力縱放其情不忍其欲以殺夏后相也日康娛而
自忘兮康安也厥首用夫顛隕首頭也自上下曰顛隕墮也言澆既殺夏后相安居
無憂日作淫樂忘其過惡卒為相子少康所誅其首顛隕而墮也論語曰羿善射奡盪舟俱不得其死然自此
以上羿澆寒浞事皆見於左傳夏桀之常違兮乃遂焉而逢殃殃咎也言夏桀

上背於天道下逆於人理乃遂以逢殃咎爲殷湯所誅滅后辛之菹醢兮辛殷之亡王紂名也藏菜曰菹肉醬曰醢殷宗用而不長言紂爲無道殺比干醢梅伯武王把黃鉞行天罰殷宗遂絕不得久長也湯禹嚴而祇敬兮嚴畏也祇敬也周論道而莫差周周家也差過也言殷湯夏禹周之文王受命之君皆畏天敬賢論議道德無有過差故能獲神人之助子孫蒙福也舉賢而授能兮脩繩墨而不頗頗傾也言三王選士不遺幽陋舉賢用能不顧左右循用先聖法度無有傾邪故能綏萬國安天下也易曰無平不陂皇天無私阿兮竊愛爲私所祐爲阿覽人德焉錯輔錯置也輔佐也言皇天明神無所私阿觀萬民之中有道德之者因置以爲君使賢輔佐成其志也故桀爲無道傳與湯紂爲淫虐傳與文王夫維聖哲以茂行兮哲智也茂盛也苟得用此下土苟誠也下土謂天下也言天下之所立者獨有聖明之知盛德之行故得居事天下而爲萬人之主瞻前而顧後兮顧視也相觀人之

計極相視也計謀也極窮也言前觀禹湯之所以興顧視桀紂之所以亡足以觀察萬民忠佞之謀窮其真偽夫孰非義而可用兮孰非善而可服服服事也言人誰有行仁義而不可任用誰有不行信義而可服事者乎言人非義則德不立非善則行不成阽余身而危死兮阽猶危也覽余初其猶未悔言己正言危行身將危亡觀初行以節之士我志所樂終不悔恨不量鑿而正枘兮量度也正方也固前脩以菹醢言工不度其鑿而方正其枘則物不固而木破矣臣不量君賢愚竭其忠信則被罪過而身殆也自前代脩名之人以獲菹醢龍逢梅伯是也曾歔欷余鬱邑兮曾累也歔欷懼貌也哀朕時之不當言我累息而懼鬱邑而憂者自哀生不當舉賢之時而值菹醢之世攬茹蕙以掩涕兮茹柔耎也霑余襟之浪浪霑濡也衣皆謂之襟浪浪流貌也言自傷放在山澤心悲泣下霑濡我衣浪浪而流猶引取柔耎香草以自掩拭不以悲故失仁義也跪敷衽以陳詞兮敷布也耿

吾既得此中正耿明也言己覩禹湯文王脩德以興天下見羿澆桀紂行惡以亡中知龍逢比干執履忠直身以菹醢乃長跪布衽俛首自省念仰訴於天中心曉明得此中正之道精合真人神與化游故得乘雲駕龍周歷天下以慰己情緩憂思也駟玉虬以乘鷖兮有角曰龍無角曰虬鷖鳳皇別名也山海經曰鷖身有五采溘埃風余上征溘猶奄也埃塵也言我設往行游將乘玉虬駕鳳車掩塵埃而上征去離時俗遠羣小也朝發軔於蒼梧兮軔支輪木也蒼梧舜所居夕余至乎縣圃縣圃神山淮南子曰縣圃在崑崙閶闔之中乃維上天言己朝發帝舜之居夕至縣圃之山受道聖王而登神明之山欲少留此靈瑣兮靈以喻君瑣門鏤也文如連瑣楚王之省閤也日忽忽其將暮言己誠欲少留於君之省閤以須政教日又忽去時將欲暮年歲且盡言己衰老也吾令羲和弭節兮羲和日御也弭按也望崦嵫而勿迫崦嵫日所入之山也迫附也言我恐日暮年老道德不施欲令日御按節徐行望日所入之山且勿附

近冀及盛時遇賢君也路曼曼其脩遠兮脩長也吾將上下而求索言天地廣大其路曼曼遠而且長不可乎偏吾方上下左右以求索賢人與己合志者也飲余馬於咸池兮咸池日所浴也總余轡乎扶桑總結也扶桑日所拂木也淮南子言日出暘谷浴於咸池拂于扶桑爰始將行是謂朏明我方往至東極之野飲馬於咸池與日俱浴以絜己身結我車轡於扶桑以留日行幸得不老延年壽折若木以拂日兮若木在崐崘西極其華照下地拂擊也聊須臾以相羊聊且也須臾相羊皆游也言己總結日轡恐不能制年時卒過故復轉之西極折取若木以拂擊日使之還去且相羊而游以俟君命也或謂拂蔽也以若木蔽日使不得過前望舒使先驅兮望舒月御也月體光明以喻臣清白後飛廉使奔屬飛廉風伯也風為號令以諭君命言已使清白之臣如望舒先驅求賢使風伯奉君命於後以告百姓鸞皇為余先戒兮鸞俊鳥也皇雌鳳以喻明知之士也雷師告余以未具雷為諸侯以興君言已使

仁知之士如鸞皇先戒百官將往適道而君怠惰告我嚴裝未具吾令鳳皇飛騰兮文

繼之以日夜言我使鳳皇明知之士飛行天下以求同志續以日夜冀逢遇之飄風屯

其相離兮回風曰飄飄風無常之風以興邪惡帥雲霓而來御雲霓惡氣以喻佞人

御迎也言已使鳳皇往來同志之士欲與俱共事君反見邪惡之人相與屯聚謀欲離已又遇佞人相帥來迎

欲使我變節以隨之紛總總其離合兮總總猶傳傳聚貌也斑陸離其上下

班亂貌也陸離分散也言已游觀天下但見俗人競為讒佞傳傳相聚乍離作合上下之義班然散亂而不可

知之也吾令帝閽開關兮帝謂天帝也閽主門者倚閶闔而望予閶闔

天門也言已求賢不得嫉惡讒佞將上愬天帝使閽人開關又倚天門望而距我使我不得入也時曖

曖其將罷兮曖曖昏貌罷極也結幽蘭而延佇言時世昏昧無有明君周行罷

極不遇賢士故結芳草而長立有還意也世溷濁而不分兮溷亂也濁貪也好蔽美

而嫉妒言時世君亂臣貪不別善惡好蔽美而嫉妒忠信朝吾將濟於白水兮濟度也淮南子曰白水出崐崘之源飲之不死登閬風而緤馬閬風山名在崐崘上緤繫也言我見中國溷濁則欲度白水登神山屯車繫馬而留止白水絜淨閬風清明言己脩絜白之行不懈怠也忽反顧以流涕兮哀高丘之無女楚有高丘之山女以喻臣言己雖去意不能已猶復顧念楚國無有賢臣心為之悲而流涕溘吾遊此春宮兮溘奄也春宮東方青帝舍折瓊枝以繼佩繼續也言我遊奄然至于青帝宮觀萬物始生皆出仁義復折瓊枝以續佩守行仁義志彌固也及榮華之未落兮榮華喻顏色也落墮也相下女之可貽相視也貽遺也言己既脩行仁義思得同志願及年德盛時顏貌未老視天下賢人將持玉帛聘而遺之與俱事君也吾令豐隆乘雲兮豐隆雲師求宓妃之所在宓妃神女也以喻隱士言我令雲師豐隆乘雲周行求隱士清絜若宓妃者欲與并力也解佩纕以結言

兮纕佩帶也吾令蹇脩以爲理蹇脩伏羲氏之臣也理分理述禮意也言既見宓妃則解我佩帶之玉以結言語使古賢蹇脩而爲媒理也伏羲時淳朴故使其臣紛緫緫其離合兮忽緯繣其難遷緯繣乖戾也乎麥切遷徙也言蹇脩既持其佩帶通言而讒人復相聚毀敗令其意一合一離遂以乖戾而見距絕言所居深僻難遷徙也夕歸次於窮石兮次舍也再宿爲信過信爲次淮南曰弱水出于窮石入于流沙朝濯髮乎洧盤洧盤水名也禹大傳曰洧盤之水出崦嵫之山言宓妃體好清潔暮歸舍窮石之室朝沐洧盤之水遁世隱居而不肯仕保厥美以驕傲兮倨簡曰驕侮慢曰傲日康娛以淫遊康安也言宓妃用志高遠保守美德驕傲侮慢日自娛樂以遊戲無事君之意也雖信美而無禮兮來違棄而改求違去也改更也言宓妃雖有美德驕傲無禮不可與共事君來去相棄而更求賢也覽相觀於四極兮周流乎天余乃下言我乃復往觀視四極周流求賢然後乃來下

望瑤臺之偃蹇兮偃蹇高意見有娀之佚女有娀國名也佚美也謂帝嚳之妃契母簡狄也簡狄配聖帝生賢子以諭貞賢也詩曰有娀方將帝立子生商呂氏春秋曰有娀氏有美女爲之高臺而飲食之言已望瑤臺高峻睹有娀氏美女思得與共事君也吾令鴆爲媒兮鴆惡鳥也明有毒殺人以諭讒賊鴆告余以不好言我使鴆鳥爲媒以求簡狄其性讒賊不可信用還詐告我言不好雄鳩之鳴逝兮逝往也余猶惡其佻巧言又使雄鳩銜命而往其性輕佻巧利多語而無要實復不可信也心猶豫而狐疑兮欲自適而不可適往也言已令鴆爲媒其心讒賊以善爲惡又使雄鳩多言少實故中心狐疑猶豫意欲自往禮又不可也鳳皇既受詒兮恐高辛之先我高辛嚳有天下號也帝繫曰高辛氏爲帝嚳次妃有娀氏女生契言已既得賢智之人若鳳皇受禮遺將恐帝嚳以先我得簡狄也欲遠集而無所止兮聊浮遊以逍遙言已既求簡狄復後高辛欲遠集他

方又無所之故且遊戲觀望以忘憂也及少康之未家兮留有虞之二姚少康夏后相之子也有虞國名也姓姚氏舜後也昔寒浞使澆殺夏后相少康逃奔有虞虞因妻以二女而邑於綸有田一成有衆一旅能布其德以收夏衆遂誅滅澆復禹舊績屈原放至遠方之外博求衆賢索宓妃則不肯見求簡狄又後高辛少康留止有虞而得二妃以成顯功也是不欲遠去貌理弱而媒拙兮拙鈍恐導言之不固言已欲效少康留而不去又恐媒人弱鈍達言於君不能堅固復使回移時溷濁而嫉賢兮好蔽美而稱惡再言時溷濁者懷襄二世不明故羣下好蔽中正之士而舉邪惡之人閨中既邃遠兮小門謂之閨邃深也哲王又不寤哲知也寤覺也言君處宮殿之中其閨邃遠忠言難通指語不達自明智之王尚不覺善惡之情高宗殺孝己是也何況不智之君而以闇蔽固其宜也懷朕情而不發兮余焉能忍與此終古言我懷忠信之情不得發用安能久與此闇亂之君終古居乎意欲復去也索瓊茅

以筳篿兮索取也瓊茅靈草也筳小破竹也楚人名結草折竹卜曰篿筳音廷篿音專命靈氛
爲余占之靈氛古明占吉凶者也言已欲去則無所集欲止則又不見用憂懣不知所從乃取神草
竹筳結而折之以卜去留使明知靈氛占其吉凶曰兩美其必合兮孰信脩而
慕之靈氛言以忠臣而就明君兩美必合楚國誰能信明善惡脩行忠直欲相慕及者乎已宜以時去之
也思九州之博大兮豈唯是其有女言我思念天下博大豈獨楚國有君
臣可止乎曰勉遠逝而無疑兮孰求美而釋女何所獨無芳
草兮爾何懷乎故宇爾女也懷思也宇居也言何所獨無賢芳之君何必思故居而不去
也此皆靈氛之詞時幽昧以眩曜兮眩曜惑亂貌孰云察余之美惡
屈原荅靈氛曰當時之君皆暗昧惑亂不知善惡誰當察我之善情而用己乎是難去之意人好惡
其不同兮惟此黨人其獨異黨鄉黨謂楚國也言天下萬人之所好惡其性不同

此楚國尤獨異也户服艾以盈要兮艾白蒿也盈蒲也謂幽蘭其不可佩言楚人户服白蒿蒲其要帶以爲芬芳反謂幽蘭臭惡爲不可佩也以言君親愛讒佞憎遠忠直而不近也覽察草木其猶未得兮察視也豈珵美之能當珵美玉也相玉書言珵大六寸其曜自照言時人無能識臧否觀視衆草尚不能別其香臭豈當知玉之美惡乎以爲草木易別於禽獸禽獸易別於珠玉珠玉易別於忠佞知人最難蘇糞壤以充幃兮蘇取也充蒲也糞土也幃謂之縢縢香囊也謂申椒其不芳言取糞土以蒲香囊佩而帶之反謂申椒臭而不香言近小人而遠君子也欲從靈氛之吉占兮心猶豫而狐疑言已欲從靈氛勸去之占則心狐疑念楚國也巫咸將夕降兮巫咸古神巫也當殷中宗之世降下也懷椒糈而要之椒香物所以降神糈精美所以享神言巫咸將夕從天上下來願懷椒糈要之使筮吉凶百神翳其備降兮九疑繽其並迎翳蔽也繽

盛貌也九疑舜所葬也言巫咸得已椒糈則將百神蔽日來下舜又使九疑之神紛然近我知己之意皇剡剡其揚靈兮皇皇天也剡剡光貌告余以吉故言皇天揚其光靈使百神告我當去尤吉善也曰勉升降以上下兮勉強也上謂君下謂臣也求矩矱之所同矩法也矱於縛切度也言當自勉上求明君下索賢臣與己合法度者因與同志共爲化也湯禹儼而求合兮儼敬也合匹也摯咎繇而能調摯伊尹名湯臣也咎繇禹臣也調和言湯禹至聖猶敬承天道求其匹合得伊尹咎繇力能調和陰陽而安天下苟中情其好脩兮何必用夫行媒行媒諭左右之臣也言臣能中心常好善則精感神明賢君自與用之不須左右薦達之說操築於傅巖兮說傅說也傅巖地名武丁用而不疑武丁殷之高宗也言傅說抱懷道德而遇刑罰操築作於傅巖武丁思想賢者夢得聖人以其形像使求之因得說登以爲公道用太興爲殷高宗呂望之鼓刀兮呂太公之氏姓也鼓鳴也

遭周文而得舉言太公避紂居東海之濱聞文王作興盍往歸之至於朝歌道窮困自鼓刀而屠遂西釣於渭濱文王夢得聖人於是出獵而遇之遂載以歸用爲師甯戚之謳歌兮甯戚衛人齊桓聞以該輔該備也甯戚脩德不用退而商賈宿齊東門外桓公夜出甯戚方飯牛叩角而歌桓公聞之知其賢舉用爲卿備輔佐也及年歲之未晏兮晏晚也時亦猶其未央央盡也言己所以汲汲欲輔佐君者冀及年未晏晚以成德化然年時亦未盡若三賢之遭遇也恐鷤鴂之先鳴兮鷤鴂一名買鶬常以春分鳴也鷤弟鴂桂使百草爲之不芳言我恐鷤鴂以先春分鳴使百草華英摧落芬芳不成以喻讒言先使忠直之士被罪過也何瓊佩之偃蹇兮偃蹇衆盛貌衆薆然而蔽之言我佩瓊玉懷美德偃蹇而衆人薆然而蔽之傷不得施用也惟此黨人之不亮兮信亮也恐嫉妬而折之言楚國之人不尚忠信之行恐妬我正直欲必折挫而敗也時繽紛其變易

兮又何可以淹留言時俗溷濁善惡變易不可以久留宜速去也蘭芷變而不芳兮荃蕙化而爲茅荃蕙皆香草也言蘭芷之草變其體而不復香荃蕙化而爲茅失其本性也以言君子更爲小人忠信更爲佞僞何昔日之芳草兮今直爲此蕭艾也言往昔芬芳之草今皆直爲蕭艾而已以言往日明智之士今皆佯愚豈其有他故兮莫好脩之害也言士人所以變直爲曲者以上不好用忠正之人害其善士之故余以蘭爲可恃兮蘭懷王少弟司馬子蘭也恃怙也羌無實而容長實誠也言我以子蘭能進賢達能可怙而進不意內無誠信之實但有長大之貌浮華而已委厥美以從俗兮委弃也苟得引乎衆芳言子蘭弃其美質正直之性隨從諂佞苟欲引於衆賢之位而無進賢之心也椒專佞以慢諂兮椒楚大夫子椒也諂淫也樧又欲充其佩幃樧茱萸也似椒而非以喻子椒似賢而非賢也幃盛香之囊也以喻親近言子椒爲楚大夫處蘭芷

之闇而行淫優諂諛之志又欲援引面從不賢之類皆使居親近無有憂國之心責之也既干進而
務入兮干求也又何芳之能祗祗敬也言子蘭子椒苟欲求進自入於君身得爵祿
而已復何能敬愛賢者而舉之乎固時俗之從流兮又孰能無變化言時
世俗人隨從上化若水之流二子復以諂諛之行衆人誰有不變節而從之者乎疾之甚也覽椒蘭
其若茲兮又況揭車與江離言覩子椒子蘭變節若此豈況朝廷衆臣而不爲佞
媚以容其身邪惟茲佩之可貴兮委厥美而歷茲歷逢也茲此也言已
內行忠正外佩衆芳此誠可貴茲不遭明君棄其至美而逢此咎也芳菲菲而難虧兮虧歇
也芬至今猶未沫沫已也言已所行芬芳誠難虧歇至今猶未已也和調度以
自娛兮聊浮游而求女言我雖不見用猶和調已之行度執守忠貞以自娛樂且徐浮
游以求同志及余飾之方壯兮周流觀乎上下上謂君下謂臣也言我願

及年德方盛壯之時周流四方觀君臣之賢欲往就之靈氛既告余以吉占兮歷吉日乎吾將行言靈氛既告我以吉占歷善日吾將去君而遠行折瓊枝以爲羞兮羞脯也精瓊爢音糜以爲粻音張精鑿也爢屑也粻糧也言我將行乃折瓊枝以爲脯腊精鑿玉屑以爲儲粻飲食香絜冀以延年也爲余駕飛龍兮雜瑤象以爲車象象牙也言我駕飛龍乘明知之獸載象玉之車文章雜錯以言德似龍玉而世俗莫識也何離心之可同兮吾將遠逝以自疏言賢愚異心何可合同知君與己殊志故將遠去自疏而流遁也邅吾道夫崑崙兮邅轉也楚人名轉爲邅路脩遠以周流言己設去楚國遠行乃轉至崑崙神明之山其路長遠周流天下以求同志揚雲霓之晻藹兮揚彼也晻藹蓊鬱陰貌鳴玉鸞之啾啾鸞鸞鳥也以玉作之著於衡和著於軾啾啾鳴聲言從崑崙將遂升天披雲霓之蓊鬱排群佞之黨羣鳴玉鸞之啾啾而有節度也朝發軔

於天津兮天津東極箕斗之間漢津也夕余至乎西極言己朝發天之東津萬物所生夕至地之西極萬物所成動順陰陽之道且亟疾也鳳皇翼其承旂兮翼敬也旂旗也畫龍蛇為旂高翱翔之翼翼翼翼和貌也言己動順天道則鳳皇來隨我車敬承旂旗高飛翱翔翼翼而和嘉忠正懷有德也忽吾行此流沙兮流沙沙流如水也尚書曰餘波入於流沙遵赤水而容與遵循也赤水出崑崙容與遊戲貌也言吾行忽然過此流沙遂循赤水而遊戲雖行遠方動以清潔自洒飾也麾蛟龍使梁津兮舉手曰麾小曰蛟大曰龍詔西皇使涉予詔告也西皇帝少皞也涉渡也言我乃麾蛟龍以橋西海使少皞渡我動與神獸聖王相接言能渡萬人之厄路脩遠以多艱兮艱難也騰衆車使徑待騰過也言崑崙之路險阻多難非人所能由故令衆車先使從邪徑以相待也以言己所行車遠莫能及路不周以左轉兮不周山名在崑崙山西北轉行也指西海以為期指語也期會也

言己使語衆車我所行之道當過不周山而左行俱會西海之上也過不周者言道不合於俗也左轉者言君行左乖不與己同志也屯余車其千乘兮屯陳也齊玉軑而並馳軑音大軑轄也言乃屯陳我車前後千乘齊以玉為車轄並馳左右從己者衆皆有玉德宜輔千乘之君駕八龍之婉婉兮婉婉龍貌載雲旗之委移言己駕八龍神智之獸其狀婉婉又載雲旗委移而長也駕八龍者言己德如龍可制御八方也載雲旗者言己德如雲雨能潤施抑志而弭節兮神高馳之邈邈邈邈遠貌也言己雖乘雲龍猶自抑案弭節徐行高抗志行邈邈而遠莫能逮及奏九歌而舞韶兮九歌九德之歌禹樂也九部舜樂也尚書曰簫韶九成是也聊假日以媮樂言己德高智明宜輔舜禹以致太平奏九德之歌九韶之舞而不遇其時故假日游戲媮樂而已陟升皇之赫戲兮平皇皇天也赫戲光明之貌忽臨睨夫舊睨五計鄉睨視也舊鄉楚國也言己雖陟崑崙過不周度西海舞九部升天庭據光曜不足以解憂猶復顧楚國愁

且思也僕夫悲余馬懷兮僕御也懷思也蜷奇員局顧而不行蜷局詰屈不行貌也屈原設去時離俗周天匝地意不忘舊鄉望見楚國僕御悲感我馬思歸蜷局詰屈而不肯行此終志不失以辭自見以義自明也亂曰亂理也所以發理詞指總撮行要也屈原舒肆憤懣極意陳詞或去或留文采紛華然後結括一言以明所趣已矣哉國無人莫我知兮已矣絕望之詞也無人謂無賢人也屈原言已矣者我懷德不見用以楚國無有賢人知我忠信之故也自傷之詞也又何懷乎故都言衆人無有知已已復何爲思故鄉念楚國也既莫足與爲美政兮吾將從彭咸之所居言時世人君無道不足與共行美德善政我將自沈汨淵從彭咸而居處也

九歌四首

屈平

王逸注

序曰九歌者屈原之所作也昔楚南郢之邑其俗信鬼而好祠其祠必作樂鼓舞因

爲作九歌之曲託之以諷諫也

東皇太一

吉日兮辰良日謂甲乙辰謂寅卯也穆將愉兮上皇穆敬也愉樂也上皇謂東皇太一也言己將脩祭祀必擇吉辰之日齋戒恭敬以宴樂天神撫長劍兮玉珥撫持也珥謂劍鐔也劍者所以威不服衛有德故撫持之也璆鏘鳴兮琳琅璆琳琅皆美玉名也鏘佩聲也詩曰佩玉鏘鏘言己供神有道乃使靈巫佩持好劍以辟邪惡垂衆佩周旋而舞動鳴五玉鏘五音而和且有節度瑤席兮玉瑱盍將把兮瓊芳盍何不也把持也瓊玉枝也言己脩飾清潔以瑤玉爲席美玉爲瑱靈巫何不持乎乃把玉枝以爲香蕙肴蒸兮蘭藉蕙肴以蕙草蒸肉也藉所以藉飯食也易曰藉用白茅奠桂酒兮椒漿桂酒切桂以置酒中也椒漿以椒置漿中也言己供待彌敬及以蕙蒸肴芳蘭爲藉進桂酒椒漿以備五味也揚枹兮拊鼓

拊擊也

疏緩節兮安歌疏希也言膳既具不敢寧處親舉枹擊鼓使靈巫緩節而舞徐歌相和以樂神也

陳竽瑟兮浩倡浩大也言已陳列竽瑟大倡作樂以自竭盡也

靈偃蹇兮姣服靈謂巫也偃蹇舞貌也姣好也服飾也

芳菲菲兮滿堂菲菲芳貌也言乃使姣好之巫被服盛飾舉足奮袂偃蹇而舞芬芳菲菲盈滿堂室也

五音紛兮繁會五音宮商角徵羽也紛盛貌也繁衆也

君欣欣兮樂康欣欣喜貌康樂也言己重作衆樂合會五音紛然盛美神以歡欣猒飽喜樂則身蒙慶祐家受多福也屈原以爲神無形聲難事易失然人竭心盡禮則歆其祀而惠降以祉自傷履行忠誠以事於君不見信任而身放逐以危殆也

雲中君

浴蘭湯兮沐芳華采衣兮若英華采五色也若杜若也言己將脩饗祭以事靈神乃先使靈巫先浴蘭湯沐香芷衣五采華衣飾以杜若之英以自絜飾

靈連蜷巨員反兮既留

靈巫也楚人名巫爲靈子連蜷巫迎神道引貌也既已也留止也爛昭昭兮未央爛光貌也
昭昭明貌也未央未已也巫執事肅敬奉迎道引神顏貌矜莊形體連蜷神則歡喜安留見止見其光容爛然
昭明長無極已蹇將憺兮壽宮蹇詞也憺安也壽宮供神之處也祠祀皆欲得壽故名爲
壽宮也言雲神既至在於壽宮歆饗酒食憺然安樂無有去意也與日月兮齊光齊同也光
明也言雲神豐隆爵位尊高乃與日月同光明也夫雲興而日月暗雲藏而日月明故言齊光也龍駕
兮帝服龍駕言雲神駕龍帝謂五方之帝也服飾也言天尊雲神使之乘龍兼衣言青黃五采之色與
五方帝同服也聊翱遊兮周章聊且也周章猶周流也言雲神居無常處動則翱翔周流往來
且游且翱也靈皇皇兮既降靈謂雲神也皇皇美貌也降下也言神來下其皇皇而美有光
文也猋遠舉兮雲中猋去疾貌雲中其所居也言雲神往來急疾飲食既飽猋然遠舉復
還其處覽冀州兮有餘覽望也兩河間曰冀州餘猶他方也言雲神所在高邈乃望於

冀州尚復見他方也橫四海兮焉窮窮極也言雲神出入奄忽須臾之間橫行四海安有窮極者也思夫君兮太息君謂雲神極勞心兮忡忡忡忡憂心貌也屈原見雲一動千里周徧四海想得隨從觀望四方以志己憂思而念之終不可得故太息而歎中心煩勞而忡忡

湘君

君不行兮夷猶君謂湘君也夷猶猶豫也言湘君所在土地肥饒又有嶮岨故其神常安不肯游蕩既設祭祀使巫請呼之尚復猶豫蹇誰留兮中洲蹇詞也留待也中洲洲中也水中可居者爲洲言湘君蹇然難行誰留待於水中之洲乎以爲堯二女妻舜有苗不服舜往征之二女從而不反道死於沅湘之中因爲湘夫人也所留蓋謂此二女美要眇兮宜脩要眇好貌也脩飾也言二女之貌要眇而好又宜脩飾也沛普賴吾乘兮桂舟沛行貌也舟船也吾屈原自謂也言己雖在湖澤之中猶乘桂木之船沛然而行令沅湘兮無波沅湘水名使江水兮安流

言己乘船常恐危殆願君令沅湘無波涌使江順徑徐流則得安也望夫君兮歸來君謂湘君吹參差兮誰思參差洞簫也言己瞻望於君而未肯來則吹簫作樂君當復誰思念駕飛龍兮北征屈原思神略垂意念楚國駕飛龍北行還歸故居也邅吾道兮洞庭邅轉也洞庭太湖也言己欲乘龍而歸不敢隨從大道願轉江湖之側安委曲之徑欲急至也薜荔拍兮蕙綢薜荔香草也拍摶壁也綢縛束也詩曰綢繆束楚承蓀橈兮蘭旌蓀香草也橈小楫也屈原言己居家則以薜荔摶飾四壁蕙草縛屋乘舟船則以荃爲楫櫂蘭爲旌旆動以香絜自脩絜望涔陽兮極浦涔陽者江碕名也近附郢極遠也浦涯水也橫大江兮揚靈靈精誠也屈原思念楚國願乘輕舟上望江海之遠浦附郢之碕以泄憂念橫度大江揚己精誠冀能感寤懷王使還已也揚靈兮未極極已也女嬋媛兮爲余太息女謂女須也屈原姊也嬋媛猶牽引也言己遠揚精神雖欲自竭盡終無從達故女須牽引責之數爲己太息悲毒欲使

屈原改性易行隨風俗也橫流涕兮潺湲潺湲流貌也屈原感女須之言亦欲變節而意不能
改內自悲傷涕泣橫流隱思君兮陫側陫符沸君謂懷王也陫陋也言已雖見放弃隱伏山野猶從
側陋之中思念君也桂櫂兮蘭枻櫂楫也枻船傍板斲冰兮積雪斲斫也言己乘
船遭天盛寒舉其楫斲斫冰凍紛然如積雪言己勤苦采薜荔兮水中搴芙蓉
兮木末搴手取也芙蓉荷華也生水中屈原言己執忠信之行以事於君其志不合猶入池涉水而求
薜荔登山緣木而采芙蓉固不可得心不同兮媒勞言婚姻所好心意不同則媒人疲勞而無
功也屈原自喻行與君異終不可合亦疲勞而已恩不甚兮輕絕言人交接初淺恩不甚篤
則輕相與離絕也言己與君同姓共祖無離絕之義石瀨兮淺淺音牋瀨湍也淺淺流疾貌飛龍
兮翩翩屈原憂愁俯視川水見石瀨淺淺疾流而下將有所至仰見飛龍翩翩而上將有所登自傷弃
在草野終無所登至也交不忠兮怨長交友也忠厚也朋友相與不厚則長相怨恨也言己

執履忠貞雖獲罪過不敢怨恨於衆人期不信兮告余以不閒閒暇也言君常與己期欲共爲治後以讒言之故更告我以不閒暇遂以疏遠朝騁騖兮江皋朝以喻己盛也澤曲曰皋言己願及朝明己年盛時任重馳騁以行道德夕弭節兮北渚弭安也渚水涯也夕以喻衰言日夕將暮己己衰老弭情安意終於草野鳥次兮屋上次舍也過信爲次水周兮堂下周旋也言己所居在湖澤之中衆鳥舍止我之屋上流水周旋己之堂下自傷與鳥獸魚鼈爲伍捐余玦兮江中玦玉佩也先王所以命臣之瑞也故與環即還與玦即去也遺余佩兮澧浦遺離也佩瓊琚之屬也言己雖見放逐常思念君設欲遠去猶捐玦佩置於水涯冀君求己示有還意采芳洲兮杜若芳洲香草叢生水中之處將以遺兮下女遺與也女陰也以喻臣謂己之儔匹也言己願於芳芬絕異之洲采取杜若以與貞正之人思與同志終不更變時不可兮再得言日不再中年

不載盛也聊逍遥兮容與逍遥游戲也言天時不再至人年不再盛己既老矣不遇於時聊且逍遥而游容與而戲以待天命之至也

湘夫人

帝子降兮北渚帝子謂堯女也降下也言堯二女娥皇女英隨帝不反墮於湘水之渚因爲湘夫人目眇眇兮愁予眇眇好貌也予屈原自謂也堯二女儀德美好眇然絶異又配帝舜而乃没命水中屈原自傷不遭值堯而遇暗君亦將沈身湘流故曰愁我也嫋嫋兮秋風嫋嫋秋風搖木貌洞庭波兮木葉下言秋風疾則草木搖湘水波而樹葉落矣以言君政急則衆人愁而賢者傷矣登白薠兮騁望薠草秋生騁予也與佳期兮夕張佳期謂湘夫人也不敢指斥尊者故言佳上張施也言己願以始秋薠草初生望平之時脩設祭具夕早洒掃張施帷帳與夫人期歆饗之也鳥萃兮蘋中萃集也罾何爲兮木上罾魚網也夫鳥

當集木顛而言草中罾當在水中而言木上以喻所願不得失其所也沅有芷兮澧有蘭言沅水之中有盛茂之芷澧水之外有芬芳之蘭異於衆草以興湘夫人美好亦異於衆人思公子兮未敢言公子謂湘夫人也重以卑說尊故變言公子也言己想若舜之遇二女二女雖死猶思其神所以不敢達言者士當須介女當須媒也慌忽兮遠望觀流水兮潺湲言神鬼荒忽往來無形近而視之仿佛若存遠而望之但見水流潺湲也麋何為兮庭中麋獸名蛟何為兮水裔蛟龍類也言麋當在山林而在庭中蛟當在深淵而在水涯以言小人當處野而升朝廷賢者當居尊官而為僕隸朝馳余馬兮江皋夕濟兮西澨濟渡也澨水涯自傷驅馳不出湖澤之域聞佳人兮召予予屈原自謂也將騰駕兮偕逝偕俱也逝往也屈原幽居草澤思神念鬼冀湘夫人有命呼己則願騰駕而往不待侶偶也築室兮水中葺之兮以荷蓋屈原困於世上願築室水中託附神明而居處也荃壁兮

紫壇以荃草飾室壁累紫貝爲壇播芳椒兮成堂布香椒於堂上桂棟兮以桂木爲屋棟蘭橑以木蘭爲榱辛夷楣兮辛夷香草以作戶楣葯房葯白芷也房室也罔薜荔兮爲帷罔結也結薜荔爲帷帳擗蕙櫋兮既張擗析也以析蕙覆櫋屋白玉兮爲鎮以玉鎮坐席疏石蘭以爲芳石蘭香草疏布陳也芷葺兮荷屋葺蓋屋也繚之兮杜衡繚縛束也杜衡香草也合百草兮實庭合百草之華以實庭也建芳馨兮廡門馨香之遠聞者也積之以爲門廡也屈原生遭濁世憂愁困極意欲隨從鬼神築室水中與湘夫人比鄰而處然猶積衆芳以爲殿堂脩飾彌盛行善彌高也九嶷繽兮並迎九嶷山名舜所葬也靈之來兮如雲言舜使九嶷之山神繽然來迎二女則百神侍送衆多如雲捐余袂兮江中袂衣袖也遺余褋兮澧浦褋襜襦也屈原設託與湘夫人共鄰處舜復迎之而去窮困無所依故欲捐棄衣物裸身而行將適九夷

也搴汀洲兮杜若汀平也將以遺兮遠者遠者謂高賢隱士也言己雖欲之九夷絕域之外猶求高賢之士采平洲香草以遺之共與修道德也時不可兮驟得驟數也聊逍遥兮容與言富貴有命天時難值不可數得聊且游戲以盡年壽也

文選卷第三十二

文選卷第三十三

梁昭明太子撰

文林郎守太子右内率府録事參軍事崇賢館直學士臣李善注

騷下

九歌二首　屈平　王逸注

少司命

秋蘭兮蘪蕪羅生兮堂下言已供神之室閑而清靜衆香之草又環其堂下羅列而生誠司命君所宜幸集也緑葉兮素華芳菲菲兮襲予襲及也予我也言芳草茂盛吐葉垂華芳香菲菲上及我也夫人自有兮美子夫人謂萬民也蓀何以兮愁苦蓀謂司命也言天下萬民人人自有子孫司命何爲主握其年命而用思愁苦秋蘭兮青青緑葉兮紫莖言已事神崇敬重種芳草莖葉五色香益暢也滿堂兮美人忽獨與余兮目成言萬民衆多美人並會盛蒲於堂而司命獨與我睨而相視成爲親親也入不言兮出不辭言神往來奄忽入不語言出不訣辭其志難知也乘回風兮載雲旗言司命之去乘風載雲其形貌不可得見悲莫悲兮生別離屈原思神略畢憂愁復出乃長歎曰人居世悲哀莫痛與妻子生別離傷己當之也樂莫樂兮新相知言天下之樂莫大於男女始相知之時也屈原言已無新相知之樂而有生離之憂荷衣兮蕙帶儵而來兮忽而逝言司命被服香

淨往來奄忽難當值也夕宿兮帝郊帝謂天帝君誰須兮雲之際言司命之去暮宿於天帝之郊誰待於雲之際乎幸其有意而顧己與汝遊兮九河衝飇起兮水揚波與汝沐兮咸池咸池星名也蓋天池晞汝髮兮陽之阿晞乾也詩云匪陽不晞阿曲阿日所行也言己願託司命俱沐咸池乾髮陽阿齋戒絜己冀蒙天祐也望美人兮未來美人謂司命也臨風怳兮浩歌怳失意貌也言己思望司命而未肯來臨疾風而大歌冀神聞之而來至也孔蓋兮翠旌言司命以孔雀之翅為車蓋翡翠之羽為旌旗言殊飾也登九天兮撫彗星九天八方中央也言司命乃昇九天之上撫持彗星欲掃除邪惡輔仁賢也竦長劒兮擁幼艾竦執也幼少也艾長也言司命持長劒以誅絕惡擁護萬人長少使各得其命荃獨宜兮為民正言司命執心公方無所阿私善者佑之惡者誅之故宜為萬民之正

山鬼

若有人兮山之阿有人謂山鬼也阿曲隅也被薜荔兮帶女蘿女蘿菟絲也言山鬼彷彿若人見山之阿被薜荔之衣以菟絲爲帶也薜荔菟絲皆無根緣物而生山鬼亦奄忽無形故衣之以爲飾也旣含睇兮又宜笑睇微眄也言山鬼之狀體含妙容美目眄然又好口齒而宜笑子慕予兮善窈窕子謂山鬼也窈窕好皃也詩云窈窕淑女言山鬼之皃旣以姱麗亦復慕我有善行好姿是故來見其容也乘赤豹兮從文貍辛夷車兮結桂旗辛夷香草也言山鬼出入乘赤豹從神貍結桂與辛夷以爲車旗言有香絜也被石蘭兮帶杜衡石蘭杜衡皆香草也折芳馨兮遺所思所思謂清絜之士若屈原者也言山鬼脩飾衆香以崇其神屈原履行清絜以厲其身神人同好故折香馨相遺以同其志也余處幽篁兮終不見天言山鬼所處乃在幽昧之內終不見天地所以來出歸有德也或曰幽篁竹林路險難兮獨後來言所處旣深其路阻險又難故來晚暮後諸神表獨立兮山之

上表特也言山鬼後到特立於山之上而自異也雲容容兮而在下杳冥冥兮羌晝晦言山鬼所在至高雲出其下雖白晝猶冥晦東風飄兮神靈雨飄風皃也詩云匪風飄兮言東風飄然而起則靈應之而雨以言陰陽相感風雨相和屈原自傷獨無和也留靈脩兮憺忘歸靈脩謂懷王也歲既晏兮孰華予晏晚也孰誰也言已宿留懷王冀其還己心中憺然安而忘歸年歲晚暮將欲疲老誰當復使我榮華也采三秀兮於山間三秀謂芝草也石磊磊兮葛蔓蔓言已欲服芝草以延年命周旋山間采而求之終不能得但見山石磊磊葛草蔓蔓或曰三秀秀才之士隱處者也言石葛者喻所在深也怨公子兮悵忘歸公子謂公子椒也言所以怨公子椒者以其知已忠信而不肯達故我悵然失志而忘歸也君思我兮不得閒言懷王時思念我顧不肯以閒暇之日召已謀議山中人兮芳杜若山中人屈原自謂也飲石泉兮蔭松柏言已雖在山中無人之處猶取杜若以為芬芳飲石泉之水蔭松柏之木飲食居處動以香絜自脩飾君思我兮然疑作言懷王有思我時然讒言

妄作故令狐疑者也雷填填兮雨冥冥猨啾啾兮狖夜鳴風颯颯兮木蕭蕭言己在深山之中遭雷電暴雨猨狖號呴風木搖動以言恐懼失其所也或曰雷為諸侯以興於君雲雨冥昧以興佞臣猨狖善鳴以興讒言風以喻政木以喻人雷填填者君妄怒也雨冥冥者羣佞聚也猨啾啾者讒夫弄口也風颯颯者政煩擾也木蕭蕭者民驚駭也思公子兮徒離憂言己怨子椒不見達故遂憂愁

九章一首

序曰九章者屈原之所作也屈原放江南之野故復作九章章著也明也言己所陳忠信之道甚明著也

屈平　王逸注

涉江

余幼好此奇服兮奇異也或曰奇服好服也年既老而不衰衰懈也己少好奇偉之服履忠直之行至老不懈帶長鋏之陸離兮長鋏劍名也其所握長劍楚人名曰

長鋏也冠切雲之崔嵬崔巍高貌也言己內修忠信之志外帶長利之劒戴崔巍之冠其高

切青雲也被明月兮佩寶璐在背曰被寶璐美玉也言己背被明月之珠胷佩美玉德寶兼

備行度清白世溷濁而莫余知兮溷亂也濁貪也吾方高馳而不顧

言時世貪亂遭君蔽闇無有知我之賢然猶高行抗志終不回曲也駕青虬兮驂白螭言虬

螭神獸宜於駕乘以喻賢人清白宜可信任也吾與重華遊兮瑤之圃重華舜名也瑤

石次玉也圃園也言己想侍虞舜遊玉圃猶言遇聖帝升清朝也登崑崙兮食玉英猶言

坐明堂受爵位與天地兮比壽與日月兮齊光言己年與天地相敵名與日月

同曜也哀南夷之莫吾知兮屈原怨毒楚俗嫉害忠貞乃曰可哀哉南夷之人無知我

賢者也旦余濟乎江湘旦明也濟度也言己遭放棄以明旦時始去遂渡江湘之水言明旦

之者紀時明刺君不明也乘鄂渚而反顧兮乘登也鄂渚地名也欸秋冬之緒

風欸歎也緒餘也言己登鄂渚高岸遂坐上楚國嚮秋冬北風愁而長歎之心憂思也步余馬兮
山皋邸余車兮方林邸舍也方林地名言我馬壯強行山皋無所驅馳我車堅牢擔於方
林無所載任也以言己才德方壯誠可任用棄在山野亦無所施也乘舲船余上沅兮舲船
船有窗牖者也齊吳榜以擊汰吳榜船櫂也汰水波言已始去乘窗船西上沅湘之水士卒齊
舉大櫂而擊水波自傷去朝堂之上而入湖澤之中也或曰齊悲歌言愁思也船容與而不進
兮淹回水而疑滯疑惑也滯留也言士衆雖同力引櫂船猶不進隨水流使己疑惑有意還
之者也朝發枉渚兮枉渚地名夕宿辰陽辰陽亦地名言己乃從枉渚宿辰陽自傷
去日遠也或曰枉曲也渚沚也辰時也陽明也言己將去枉曲之俗而趣時明之鄉苟余心其端直
兮苟誠也雖僻遠之何傷僻左也言我惟行正直之心雖在遠僻之域猶有善稱無害疾
也故論語曰子欲居九夷也入溆浦余儃佪兮溆水名也迷不知吾之所

如迷惑也如之也言己思念楚國雖循水涯意猶迷惑不知所之深林杳以冥冥兮草木茂盛乃猿狖之所居非賢上之道徑山峻高以蔽日兮言嶮峭危傾也下幽晦以多雨言暑濕泥濘也霰雪紛其無垠兮涉水東之盛寒雲霏霏而承宇室屋沉没與天連也或曰日以喻君山以喻臣霰雪以喻殘賊雲以象佞人山峻高以蔽日者謂臣掩君明也下幽晦以多雨者羣下專擅施恩惠也霰雪紛其無垠者殘賊之政害仁賢也雲霏霏而承宇者佞人並進滿朝廷也哀吾生之無樂兮遭遇讒佞失官禄也幽獨處乎山中遠離親戚而斥逐也吾不能變心而從俗兮終不易志隨枉曲也固將愁苦而終窮愁思無所身困極也接輿髡首兮桑扈臝行接輿楚狂接輿也髡剔也首頭也自刑體避世不仕也桑扈隱士也去衣臝袒效夷也言屈原不容於世引比隱者以自慰忠不必用兮賢不必以以亦用也伍子逢殃兮伍子伍子胥也爲吳王夫

差臣諫令伐越夫差不聽遂賜劒而自殺後越竟滅吴故逢殃也比干菹醢比干紂之諸父也紂淫惑妲己作糟丘酒池長夜之飲斮朝涉剖孕婦比干正諫紂怒妲己曰聖人之心有七孔於是乃殺比干剖其心而觀之故言菹醢也與前世而皆然兮謂行忠直而遇患害若比干子胥也吾又何怨乎今之人言自古有迷亂之君若紂夫差不用忠信滅國忘身當何爲復怨今之君乎余將董道而不豫兮董正也豫猶豫也言己雖見先賢執忠被害猶正身直行志不猶豫而有狐疑也固將重昏而終身昏亂也言己不逢明君思慮交錯心將重亂以終年命

卜居一首

序曰卜居者屈原之所作也原放棄乃往太卜之家卜己居俗何所宜行

屈平　王逸注

屈原既放三年遠去郢都處山林也不得復見道路僻遠所在深也竭智盡
忠建造策謀披胷心也蔽鄣於讒遇諂佞也心煩意亂意憒悶也不知所從
迷瞀眩也乃往見太卜鄭詹尹稽神明也鄭詹尹工師姓名也曰余有所疑意惑
遑也願因先生決之斷吉凶也詹尹乃端策拂龜整儀容也曰君將
何以教之願聞其要屈原曰上詞情也吾寧悃悃款款志純一也朴以
忠乎竭誠信也將送往勞來追俗人也斯無窮乎不困貧也寧誅鋤草
茅刈蒿菅也以力耕乎耕稼穡也將遊大人事貴戚也以成名乎榮譽立也
寧正言不諱諫君惡也以危身乎被刑戮也將從俗富貴食重祿也以
媮生乎身安樂也寧超然高舉讓官爵也以保真乎守玄默也將哫
訾慄斯承顏色也喔咿嚅唲強笑噱也以事婦人乎詘蟠局也寧廉潔

正直（志如玉也）以自清乎（脩絜白也）將突梯滑稽（轉隨俗也）如脂如韋（柔弱曲也）以潔楹乎（順滑澤也）寧昂昂若千里之駒乎（志行高也　才絕殊也）將氾氾（普愛衆也）若水中之鳧乎（羣戲遊也）與波上下（隨衆高卑）偷以全吾軀乎（身無憂患）寧與騏驥亢軛乎（沖天驅也）將隨駑馬之迹乎（安步徐也）寧與黃鵠比翼乎（飛雲間也）將與雞鶩爭食乎（啄糠糟也）此孰吉孰凶（誰喜憂也）何去何從（安所宗也）世溷濁而不清（貪賂行也）蟬翼為重（近讒佞也）千鈞為輕（遠忠良也）黃鍾毀棄（賢隱藏也）瓦釜雷鳴（愚讙訟也）讒人高張（居朝堂也）賢士無名（身窮困也）吁嗟嘿嘿兮（世莫論也）誰知吾之廉貞（不別賢也）詹尹乃釋策而謝（愚不能明）曰夫尺有所短（騏驥不驟中庭）寸有所長（雞鶴知時而鳴）物有所不足（地虧

東南角也智有所不明孔子厄陳蔡也數有所不逮天不可計量也神有所不通日不能夜照也用君之心所念慮也行君之意遂本操也龜策誠不能知此事不能決君之志

漁父一首序曰漁父者屈原之所作漁父避俗時遇屈原怪而問之遂相應荅

屈平　王逸注

屈原既放身斥逐也遊於江潭戲水側也行吟澤畔履荆棘也顏色憔悴皯黴黑也皯古旱切黴力遲切形容枯槁癯瘦瘠也漁父見而問之怪屈原也曰子非三閭大夫歟謂其故官何故至於斯曷爲遭此患也屈原曰世人皆濁衆貪鄙也我獨清忠絜己也衆人皆醉惑財賄也我獨醒廉自守也是以見放棄草野也漁父曰隱士言也聖人不凝滯於物不困

辱其身也而能與世推移隨俗方圓世皆濁人貪婪也何不淈其泥同其風也而揚其波與沉浮也衆人皆醉巧佞曲也何不餔其糟從其俗也而歠其釃食其祿也何故深思高舉獨行忠直自令放爲遠在他域屈原曰吾聞之受聖制也新沐者必彈冠拂土芥也新浴者必振衣去塵穢也安能以身之察察己清絜也受物之汶汶者乎蒙垢塵也寧赴湘流自沉淵也葬於江魚腹中身消爛也安能以皓皓之白皓皓猶皎皎也蒙世俗之塵埃乎被汙點也漁父莞尒而笑笑難斷也鼓枻而去叩船舷也乃歌曰滄浪之水清兮喻世昭明可以濯我纓沐浴陞朝滄浪之水濁兮喻世昏闇可以濯我足宜隱遁也遂去不復與言合道真也

九辯五首 序曰九辯者楚大夫宋玉之所作也辯者變也九者陽之數也道之綱紀也謂陳說道德以變說君也宋玉屈原弟子閔惜其師忠而放逐故作九辯以述其志也

宋玉　王逸注

悲哉秋之爲氣也寒氣聊戾歲將暮也蕭瑟兮陰令促急風疾暴也草木搖落華葉隕零肥潤去也而變衰形體易色枝枯槁也自傷不遇將與草木俱衰老也憭慄兮思念暴戾心自傷也　憭音了若在遠行遠客出去之他方也登山臨水兮升高遠望視江河也送將歸族親別逝還故鄉泬寥兮泬寥曠蕩而虛靜也或曰泬寥猶蕭條無雲貌也　泬音血天高而氣清秋天高朗體清明也言天高朗照見無形傷君昏亂不聰明也寂漻兮源瀆順流漠無聲也收潦而水清薄無溢潦百川靜也言川水夏濁而秋清傷君無有清明之時也憯悽增欷兮憯痛感動歎息也薄寒之中人傷我肌膚變顏色也憯

怳懭悢兮中情愴悢意不得也去故而就新初會鉏鋙志未合也坎廩兮數遭
患禍身困窮也貧士失職士失財物逢冦賊也而志不平心常憤懑意未明也廓落
兮喪志失耦塊獨立也羈旅而無友生遠客寄居孤單特也惆悵兮後黨失輩惘愁
毒也而私自憐竊内念已自閔傷也燕翩翩其辭歸兮將入大海飛徊翔也蟬
寂寞而無聲螗蜩斂翅而伏藏也鴈嗈嗈而南游兮雄雌和樂群戲行也
鶤雞啁哳而悲鳴奮翼呼而低昂也夫燕蟬遇秋寒將宂蟄而懷懼候鴈鶤鷄喜樂而逸豫
言無有候鴈鶤鷄之喜而有蟬燕之憂也獨申旦而不寐兮夜坐視瞻而終明也哀蟋
蟀之宵征見蜻蛪之夜行自傷放棄與昆蟲爲雙也或曰宵征謂七月在野八月在宇九月在户十
月蟋蟀入我牀下是其宵征行也時亹亹而過中兮年已過半日進往也亹亹進貌詩
曰亹亹文王蹇淹留而無成雖久壽考無成功也

悲憂窮慼兮脩德見過愁懼惶也獨處廓孤立特止居一方也有美一人
兮位尊服好謂懷王也心不繹常念弗解内結藏也去鄉離家兮背違邑里之他鄉也
來遠客去郢南征濟沅湘也超逍遙兮遠出游逝離州域也今焉薄欲止無賢皆讒
賊也專思君兮執心壹意在胷臆也不可化同性親昵恩義篤也君不知兮聰明
淺短志迷惑也可奈何頑嚚難啓長歎息也蓄怨兮積思結恨在心慮憤鬱也心煩
憺兮忘食事思君念主忽不食也願一見兮道余意舒寫忠誠自陳列也君
之心兮與余異方圓殊性猶白黑也車駕兮朅而歸迴逝言還欲反國也不
得見兮心悲自傷流離路隔塞也倚結軨兮太息伏車重軨而涕泣也涕潺
湲兮霑軾泣下交流濡茵席也慷慨絶兮不得中心恚恨心剥切也中瞀亂
兮迷惑思念煩惑忘南北也私自憐兮何極哀祿命薄常含感也心怦怦兮

諒直志行忠正無所告也皇天平分四時兮何直春生而秋殺也爾推曰四時和爲通正竊獨悲此凜秋微霜淒愴寒慄烈也白露既下降百草兮萬物群生將被害也奄離披此梧楸痛傷茂木又芟刈也去白日之昭昭兮違離天明而湮没也襲長夜之悠悠永處冥冥而覆蔽也離芳藹之方壯兮去己盛美之光容也余萎約而悲愁身體疲病而憂窮也秋既先戒以白露兮君不弘德而嚴令也冬又申之以嚴霜刑罰刻峻而重深也收恢炱之孟夏兮上無仁恩以養民夫天制四時春生夏長人君則之以養萬物秋殺冬藏亦順其宜而行刑罰故君賢臣忠政合大中則品庶安寧萬物豐茂上闇下僞用法殘虐則貞良被害草木枯落故宋玉援引天時託譬草木以茂美樹興於仁賢早遇霜露懷德君子忠而被害也然坎傺而沈藏民無住足竄舉藪也楚人謂住曰傺葉菸邑而無色兮顏容變易

而蒼黑也枝煩挐而交橫柯條糺錯而崱嶷也顏淫溢而將罷兮形貌羸瘦無潤澤也柯彷彿而萎黃腹內空虛皮乾腊也萷櫹槮之可哀兮華葉已落莖獨立也形銷鑠而瘀傷身體燋枯被病久也惟其紛糅而將落兮蓬茸菹仆根蠹朽也恨其失時而無當不值聖主而年老也覽騑轡而下節兮安步徐馬而勿驅也聊逍遙以相羊且徐低佪以遊戲也歲忽忽而遒盡兮年歲逝往之若流也恐余壽之弗將懼我性命之不長也悼余生之不時兮傷己幼少後三王也逢此世之俇攘卒遇諂讒而遽惶也澹容與而獨倚兮煢煢獨立無朋黨也蟋蟀鳴此西堂自閔傷己與蟲並也心怵惕而震盪兮思慮惕動沸若湯也何所憂之多方內念君父及兄弟也仰明月而太息兮上告昊天愬神靈也步列星而極明周覽九天仰觀星宿不能臥寐乃至明也

竊悲夫蕙華之曾敷兮〔蕙草芬芳以興在位之賢臣也〕紛旖旎乎都房〔披服盛飾於宮殿也旖旎盛皃也詩云旖旎其華〕何曾華之無實兮〔外貌若忠而心佞也〕從風雨而飛颺〔隨君嗜欲而回傾也夫風爲號令雨爲德惠故風動而草木摇雨降而萬物植故以風雨諭君政言德惠所由出之也〕以爲君獨服此蕙兮〔體受正氣而高明也〕羌無以異於衆芳〔乃與佞臣之同情也〕閔奇思之不通兮〔傷己忠策無由入也〕將去君而高翔〔適彼樂上之他域也〕心閔憐之慘悽兮〔内自哀念心惻隱也〕願一見而有明〔分別忠心與僞惑也〕重無怨而生離兮〔身無罪過而逐放也〕中結軫而增傷〔肝膽破裂心剖腷也普逼切〕豈不鬱陶而思君兮〔憤念蓄積盈胷臆也〕君之門以九重〔門闈扃閉道路塞也〕猛犬狺狺而迎吠兮〔讒佞讙呼而在側也〕關梁閉而不通〔閽人承指呵問急也〕皇天淫溢而秋霖

兮久雨連日澤深厚也后土何時而得乾山阜濡澤草木茂也塊獨守此無
澤兮不蒙恩施獨枯槁也仰浮雲而永歎愬天語神我何咎也
何時俗之工巧兮山人辯慧造詐偽也背繩墨而改錯違廢聖典背仁義也夫繩墨者工之
法度也仁義者民之正路也繩墨用則曲木截仁義進則讒佞滅二者殊義不可不察也却騏驥而不乘
兮斥逐子胥與比干也策駑駘而取路言任豎刀與椒蘭也當世豈無騏驥
兮家有稷契與管晏也誠莫之能善御世無堯舜及相文也見執轡者非其
人兮遭值桀紂之亂昏也故駒跳而遠去被髮爲奴走橫奔也鳧鴈皆唼夫
粱藻兮羣小在位食重祿也鳳愈飄翔而高舉賢者伏匿竄山谷也圜鑿而
方枘兮正直邪枉行殊則也吾固知其鉏鋙而難入所務不同若粉墨也衆
鳥皆有所登棲兮羣佞並進處官爵也鳳獨遑遑而無所集孔子棲棲

而困厄也顛衘枚而無言兮意欲括囊而靜默也常被君之渥洽前蒙寵遇

錫祉福也太公九十乃顯榮兮呂尚耆老然後貴也誠未遇其匹合遭值

文王功冠世也謂騏驥兮安歸躊躇吳坂遇伯樂也謂鳳皇兮安棲集棲梧桐

食竹實也變古易俗兮世衰以賢爲愚時闇惑也今之相者兮舉肥不量

才能視顏色也騏驥伏匿而不見兮仁賢幽處而隱藏也鳳皇高飛而不

下智者遠逝之四方也鳥獸猶知懷德兮慕歸堯舜之明德也何云賢士之

不處大老太公歸文王也驥不驟進而求服兮干木閭門而辭相也鳳亦不

貪餧而妄食顏闔鑿培而逃亡也君棄遠而不察兮介推割股而自放也

雖願忠其焉得申生至孝而被謗也欲寂寞而絕端兮寗武佯愚而不言也

竊不敢忘初之厚德常受祿惠識舊恩也獨悲愁其傷人兮思念

纆結摧肺肝也馮鬱鬱其何極憤懣盈胷終年歲也

招䰟一首

序曰招䰟者宋玉之所作也宋玉憐哀屈原厥命將落作招䰟欲以復其精神延其年壽也

宋玉　王逸注

朕幼清以廉絜兮朕我也不求曰清不受曰廉不汙曰絜身服義而未沫沫已也言我少小脩清絜之行身服仁義未曾有懈已之時也沫音昧主此盛德兮牽於俗而蕪穢牽引也不治曰蕪多草曰穢言己施行常以道德爲主以忠事君以信結交爲俗人所推引德能蕪穢無所用也上無所考此盛德兮考校也長離殃而愁苦殃禍也言己履行忠信而遇闇主上則無所考校己盛德長遭殃禍愁苦而已帝告巫陽帝謂天也女曰巫陽其名也曰有人在下我欲輔之人謂賢人也則屈原也宋玉上設天意祐助貞良故曰帝告巫陽有賢人屈原在於下方我欲輔成其志以厲黎民也䰟䰟離散汝筮

予之魂者身之精魄者性之决也所以經緯五藏保守形體也著曰筮尚書曰決之蓍龜言天帝哀閔屈原魂魄離散身將顛沛使巫陽筮問求索得而與之使反其身巫陽對曰掌夢巫陽對天帝言招魂者本掌夢之官所主職也上帝其命難從言天帝難從掌夢之官欲使巫陽招之也若必筮予之恐後之謝不能復用巫陽焉謝去也巫陽言如必欲先筮問求魂魄所在然後與之恐後世怠解必卜筮之法不能復脩用但招之可也乃下招曰巫陽受天帝之命因下招屈原之魂也魂兮來歸還歸屈原之身去君之恒幹恒常也幹體也易曰貞者事之幹也何爲兮四方些言魂靈當扶人養命何爲去君之常體而遠之四方乎夫人須魂而生魂待人而榮二者別離命則霣零也或曰去君之恒閈閈里也楚人名里曰閈也舍君之樂處而離彼不祥些舍置也祥善也言何爲舍君楚國饒樂之處陸離走不善之鄉以觸衆惡也魂兮歸來東方不可以託些託寄也論語曰可以託六尺之孤言東方之俗

其人無義不可以託寄身也長人千仞惟魂是索些七尺曰仞索求也言東方有長人國其高千仞主求人魂而食之也十日代出代更也流金鑠石些鑠銷也言東方有扶桑之木十日並在其上以次更行其勢酷烈金石堅剛皆爲銷釋彼皆習之魂往必釋些釋解也言彼十日之處自習其熱魂行到身必解爛也歸來歸來不可以託些言魂宜急來歸此誠不可託附而居魂兮歸來南方不可以止些言南方之俗其人無信不可久留也雕題黑齒雕畫也題額也得人肉而祀以其骨爲醢些醢醬也言南極之人雕畫其額齒牙盡黑常食蠃蚌得人之肉用祭先祖復以其骨爲醢醬蝮蛇蓁蓁蝮大蛇蓁蓁積聚之皃封狐千里些封狐大狐也言炎土之氣多蝮虺積聚蓁蓁爭欲齧人又有大狐健走千里求食不可逢遇也雄虺九首往來倏忽吞人以益其心些倏忽疾急皃也言復有雄虺一身九頭往來奄忽常喜吞人魂魄以益其賊害之心也

歸來歸來不可久淫些淫遊也言其惡如此不可久遊必被害也魂兮歸來西方之害流沙千里些流沙沙流而行也言西方之地厥土不毛流沙滑滑晝夜流行從橫千里又無舟航者也旋入雷淵旋轉也淵室也爢散而不可止些爢碎也言欲涉流沙則回入雷公之室運轉而行身雖爢碎尚不可得休止也幸而得脫其外曠宇些曠大也宇野也言從雷淵雖得免脫其外復有曠遠之野無人之土也赤蟻若象蟻蚍蜉也玄蠭若壺些壺乾瓠也言曠野之中有赤蟻其大如象又有大飛蜂腹大如壺皆有蠆毒能殺人五穀不生叢菅是食些柴棘爲叢菅茅也言西極之地不生五穀其人但食柴草若羣牛也其土爛人求水無所得些言西方之土溫暑而熱燋爛人身肉渴欲求水無有源泉不可得也彷徉無所倚廣大無所極些倚依也言欲彷徉東西無人可依其野廣大行不可極也彷蒲忙切歸來歸來恐自遺賊些賊害也魂魄欲往者

自予賊害魂兮歸來北方不可以止些增冰峨峨飛雪千里些言北方常寒其冰重累峩峩如山凉風急疾雪隨之飛行千里乃至地也歸來歸來不可以久些言其寒殺人不可久留也魂兮歸來君無上天些天不可得上也虎豹九關啄害下人些啄齧也天門九重使神虎豹執其開閉言啄天下欲上之人而殺之一夫九首拔木九千些言有丈夫一身九頭強梁多力從朝至暮拔大木九千枚也豺狼從目往來侁侁些侁侁行聲也詩曰侁侁征夫有豺狼之獸其目皆從奔走往來其聲侁侁爭欲啗人懸人以嬉投之深淵些投擿也言豺狼得人不即啗食先懸其頭用之嬉戲疲倦已後乃擿於深淵之底而棄之致命於帝然後得瞑些瞑卧也言投人已訖上致命於天帝然後乃得眠卧也歸來歸來往恐危身些往則逢害身危殆也魂兮歸來君無下此幽都些幽都地下后土所治也地下幽冥故曰幽都土伯

九約其角觺觺些土伯后土之侯伯也約屈也觺觺角利皃言地有土伯執衛門户其身九屈有角觺觺觸害人也敦脄血拇敦厚也脄背也拇手拇指也逐人駓駓些駓駓走皃也言土伯之狀廣肩厚背逐人駓駓其走捷疾以手中血湯汙人參目虎首其身若牛些言土伯之頭其皃如虎而有三目身又肥大狀如牛矣此皆甘人歸來歸來恐自遺災些甘美也災害也此物食人以爲甘美往必自害不旋踵魂兮歸來入脩門些脩門郢城門也宋玉設呼屈原之魂歸楚都入郢門欲以感激懷王使還之也工祝招君背行先些工巧也男巫曰祝背倍也言選擇名工巧辯之巫使招呼君倍道先行在前宜隨也秦篝齊縷篝落也縷線也鄭緜絡些綿纏也絡縛也言爲君魂作衣乃使秦人織其篝落齊人作綵纏鄭國之工纏而縛之堅而且好也招具該備永嘯呼些該亦備也言撰設甘美招魂之具靡不畢備故長嘯大呼以招君也夫嘯者陰也呼者陽也陰主魂陽主魄故必嘯呼以

感之也魂兮歸來反故居些反還也故古也言宜急來歸還古昔之處天地四
方多賊姦些賊害姦惡也言天有虎豹地有土伯東有長人西有赤蟻南有雄虺北有增冰皆爲
姦惡以賊害也像設君室像法也靜閒安些無聲曰靜空寬曰閒言乃爲君造設第室
法像舊盧所在之處清靜寬閒可安樂之高堂邃宇邃深也宇屋也檻層軒些檻楯也從
曰檻橫曰楯軒樓板也言所造之室其堂高顯屋宇深邃下有檻楯上有樓板形容異制且鮮明也層臺
累榭層累皆重也有木謂之臺無木謂之榭臨高山些言復作層重之臺累石之榭其顛
眇上乃臨於高山也或曰臨高山而作臺榭也網戶朱綴網戶綺文鏤也朱丹也綴緣也刻方
連些刻鏤也横木關柱爲連言門戶之楣皆刻鏤綺文朱丹其椽離鏤綺木使方好也冬有突
夏突複室也夏大屋也詩云於我乎夏屋渠渠也突烏弔切夏室寒些言隆冬寒則有大屋複
突溫室盛夏暑熱則有洞達陰堂其內寒涼也川谷徑復流源爲川注谿爲谷徑過也復反也流

潺湲些言所居之舍激導川水經過園庭回通反覆其流急疾又絜淨也光風轉蕙光風謂雨已日出而風草木有光色轉搖也氾崇蘭些氾猶汎汎搖動皃也崇充也言天霽日明微風奮發動搖草木皆令有光充實蘭蕙使之芬芳而益暢經堂入奧西南隅謂之奧朱塵筵些朱丹也塵承塵也筵席也詩云肆筵設几言升殿過堂入房至奧處上則有朱畫承塵下則有筵簟好席可以休息也或曰朱塵筵謂承塵薄壁曼延相連接也砥室翠翹砥石名也翠鳥名也翹羽也絓曲瓊些絓懸也曲瓊玉鉤也言內卧之室以砥石爲壁平而滑澤以翠鳥之羽雕飾玉鉤以懸衣物也或曰儃室謂儃佪曲房也翡翠珠被雄曰翡雌曰翠被衾也爛齊光些齊同也言牀上之被則飾以翡翠之羽及與珠璣刻畫衆華其文爛然而同光明蒻阿拂壁蒻蒻席也阿曲隅也拂薄也羅幬幬張些羅綺屬也張施也言房內則以蒻席薄牀四壁及與曲隅施羅幬輕且涼也纂組綺縞纂組綬類也結琦璜些璜玉名也言幃帳之細皆用綺縞又以纂組結

東玉璜爲幃帳之飾

室中之觀多珍怪些 金玉爲珍詭異爲怪言從觀房室之中四方珍琦玩好怪物無不畢具

蘭膏明燭 以蘭香練膏也

華容備些 容貌也言晝暮游宴然香蘭之膏張施明燭以觀比具鎰錠雕鏤百獸華奇好備也錠都定切

二八侍宿 二八二列也言大夫有二列之樂左傳曰晉悼公賜魏絳女樂二八歌鍾二肆也

射遞代些 射猒也詩云服之無射遞更也言使好女十六侍君宴宿意有猒倦則使更相代也或曰遞代夕番也

九侯淑女 淑善也

多迅衆些 迅疾也言復有九國諸侯好善之女多才長意用心齊疾勝於衆人也

盛鬋不同制 鬋鬢也制法也

實滿宮些 宮猶室也爾雅曰宮謂之室言九侯之女工巧妍雅裝飾兩結垂鬢下髮形皃詭異不與衆同皆來實滿充後宮也

容態好比 態姿也比親也

順彌代些 彌久也言美女衆多其貌齊同姿態好美自相親比承順上意久則相代

弱顏固植 固堅植志也

謇其有意些 謇正言貌也言美女內多廉恥弱顏易愧心志堅固不可侵犯則謇然發言中禮意者也

姱

容脩態 姱好皃也脩長也 絙亘洞房些 絙竟也房室也言復有美好之女其皃姱好多意長智羣聚羅列竟於洞達滿房室也 蛾眉曼睩 曼澤也睩視貌也 目騰光些 騰馳也言美女之貌娥眉玉貌好目曼澤時睩睩然視精光騰馳驚感人心也 靡顏膩理 靡緻也膩滑也 遺視矊些 遺竊視矊矊脉也言美女顏容脂緻身體夷滑中心矊脉時竊視安詳諦志不可動也 離榭脩幕 離別也脩長也幕大帳也 侍君之閒些 閒閒靜也言願令美女於離宮別觀帳幕之中侍君間靜而宴游以樂君也 翡帷翠幬飾高堂些 言復以翡翠之羽雕飾幬帳之高堂 紅壁沙版 紅赤貌也沙丹沙也 玄玉之梁些 玄黑也言堂上四壁皆堊色令之紅白又以丹沙盡飾軒版承以黑玉之梁五采分別也 仰觀刻桷畫龍蛇些 言仰視屋之榱橑皆刻畫龍蛇而有文章也 坐堂伏檻 檻楯也 臨曲池些 言坐於堂上前伏楯下臨曲水清池可漁釣也 芙蓉始發 芙蓉蓮華也 雜芰荷些 芰蔆也秦人謂之薢茩言

池中有芙蓉始發其芰菱雜錯羅列而生俱盛茂紫莖也或曰倚荷立生特倚也薢古買切茩古后切屏風屏風水葵也文緣波些言復有水葵生於池中其莖紫色風起水動波緣其葉而生文也或曰紫莖言荷葉紫色也屏風謂葉鄣風也文異豹飾豹猶虎豹也侍陂陁些陂陁長陛也言侍從之人皆衣虎豹之文異彩之飾侍君堂隅衛階陛也或曰侍陂池侍從於君遊陂池之中也軒輬既低軒輬皆輕車名也低屯也步騎羅些徒行爲步乘馬爲騎羅列也言官屬之車既已屯止步騎士衆羅列之陳竢須君命蘭薄戶樹薄附也樹種也瓊木籬些柴落爲籬言所造舍種樹蘭蕙附於門戶外以玉木爲其籬落守衛堅重又芬香也魂兮歸來何遠爲些遠爲四方而不歸也室家遂宗宗衆也食多方些方道也言君九族室家以衆盛人人曉味故飲食之和多方道也稻粢穱麥稻稌也粢稷也穱擇也擇麥中先熟者粢子夷切穱側角切挐黃粱些挐糅也言飯則以稻糅稷擇新麥糅以黃粱和而柔濡且香滑大苦醎酸

大苦豉也辛甘行些辛謂椒薑也甘謂飴蜜也言取豉汁調和以椒薑醎酢和以飴蜜則辛甘之味皆發而行也肥牛之腱腱筋頭也臑若芳些臑若熟爛也言取肥牛之腱爛熟之則腝美也腝蘇本切臑仁珠切和酸若苦陳吳羹些言吳人工作羹和調甘酸其味若苦而後甘者也臑鼈炮羔羔羊子也有柘漿些柘藷蔗也言復以飴蜜臑鼈炮羔令之爛熟取諸蔗之汁以爲漿飲也鵠酸臇鳧臇小臛也臇子兖切煎鴻鶬些鴻鴻鴈也鶬鶬鶴也言復以酢醬烹鵠爲羹小臇臛鳧煎熬鴻鶬令之肥美也露雞臛蠵露露雞露栖雞也有菜曰羹無菜曰臛蠵大龜也蠵以規切厲而不爽些厲烈也爽敗也楚人名羹敗曰爽言乃復烹露棲之肥雞臛蠵龜之肉其味清烈不敗也粔籹蜜餌有餦餭些餦餭餳也以蜜和米麪熬煎作粔籹擣黍作餌又有美餳衆味甘具也瑤漿蜜勺瑤玉也勺沾也實羽觴些實滿也羽翠羽也觴觚也言食已復有玉漿以蜜沾之滿羽觴以漱口挫糟凍飲挫捉也凍冰也酎

清涼些酎醇酒也言盛夏則爲覆蹙乾釀捉去其糟但取清醇居之氷上然後飲之酒寒清涼又長味好飲華酌既陳酌酒升也有瓊漿些言酒尊在前華酌陳列復有王漿恣意所用者也歸來歸來反故室敬而無妨些妨害也言君魂急來歸還反所居故室子孫承事恭敬長無禍害也肴羞未通魚肉爲肴羞進也女樂羅些言肴膳已具進舉在前賓主之禮慇勤未通則女樂列堂下陳鍾按鼓按徐也造新歌些言乃奏樂作音而撞鍾徐鼓造爲新曲之歌與衆絕異涉江采蔆發揚荷些楚人歌曲也言已涉彼大江南入湖池采取蔆芰發揚荷華喻屈原背去朝堂隱伏草澤失其所也美人既醉朱顏酡些朱赤也酡著也言美女飲酒醉酡則面著赤色而鮮好也娭光眇視娭戲也眇眺也目曾波些波華也言美人醉樂顧望娭戲身有光文眺視曲眄目采眇然白黑分明精若水波而重華也被文服纖文謂綺繡也纖謂羅縠也麗而不奇些麗美貌也不奇奇也猶詩云不顯顯也言美女

被服綺繡曳羅縠其容美麗誠足恠奇也長髮曼鬋曼澤也豔陸離些豔好貌也左氏傳曰宋華督見孔父之妻目逆而送之曰美而豔言美人長髮工結鬟鬋滑澤其狀豔美儀皃陸離而難形也二八齊容齊同也起鄭舞些鄭舞鄭國舞也言二八美女其儀容齊一被服同飾奮袂俱起而舞也或曰鄭重折屈而舞也衽若交竿撫案下些撫抵也言舞者便旋衣衽掉搖回轉相拘狀如交竹竿以抵案而徐行者也竽瑟狂會狂猶並也搷田鳴鼓些搷擊也言衆樂並會吹竽彈瑟又搷擊鼓以進八音爲之節也宮庭震驚發激楚些激清聲也言衆樂並會宮庭之内莫不震動驚駭復作激楚之聲以發其音也吳歈俞蔡謳吳蔡國名也歈謳皆歌也奏大呂些大呂律名也周官曰舞雲門奏大呂言乃復使吳人歌謠蔡人謳吟進雅樂奏大呂五音六律聲和調也士女雜坐亂而不分些言醉飽酣樂合尊促席男女雜坐比肩齊膝恣意調戲亂而不分別也放陳組纓組綬也班其相紛些紛亂

也言男女共坐除其威嚴放其冠纓舒陳印綬班然相亂不可整理也鄭衛妖玩來雜陳些鄭衛國名也妖玩好女也雜厠也陳列也言鄭衛二國復遣妖玩好女來雜厠俱坐而陳列之激楚之結激感也結頭髻也結結吉詣切獨秀先些秀異也言鄭衛妖女工於服飾其結殊形能感楚人故秀異獨前而先進也菎蔽象棊菎玉蔽簙箸以玉飾之也或言菎蕗今之箭囊也有六簙些投六箸行六棊故為六簙也言宴樂既畢乃設六簙菎蕗作箸象牙為棊妙且好也分曹並進曹偶也遒相迫些遒亦迫也言分曹列耦並進伎巧投箸行棊轉相遒迫使不得擇行也或曰分曹並進者謂並用射禮進之成梟而牟倍勝為牟呼五白些五白簙齒也言己棊已梟當成牟勝射張食棊下逃於窟故呼五白以助投者也晉制犀比晉國名也制作也比集者也費白日些費光皃也言晉國工作簙棊箸比集犀角以為雕飾投之皜然如日光鏗鍾搖簴鏗撞也搖動也揳梓瑟些揳鼓也言衆賓既集簙以相樂堂下復鳴大鐘左右

歌吟鼓琴瑟揳古八切娛酒不廢娛樂也沉日夜些言雖以酒相娛樂不廢政事晝夜沉湎以忘憂也或曰娛酒不發發旦也詩曰明發不寐言歡娛日夜湛樂也又曰和樂且耽言晝夜以酒相樂也蘭膏明燭華鐙錯些言鐙錠盡雕琢錯鏤飾設以禽獸有英華結撰至思撰猶慱也蘭芳假些假至也書曰假于上下言蘭芳以諭賢人君能結撰博思至心以思賢人賢人即至也人有所極同心賦些賦誦也言衆座之人各欲盡情與己同心者獨誦忠與道德酎飲既盡歡樂先故些故舊也言飲酒作樂盡已歡欣者誠欲樂我先祖及與故舊人魂兮歸來反故居些言魂神宜急來歸還楚國居舊故之處安樂無憂

亂曰獻歲發春兮獻進也汨吾南征些征行也言歲始來進春氣奮揚萬物皆感氣而生自傷放逐獨南行也菉蘋齊葉兮爾雅曰菉王芻也白芷生些言屈原放時菉蘋之草其葉適齊白芷萌牙方始欲生懷所見自傷哀也猶詩云昔我往矣楊柳依依也路貫廬江

兮左長薄貫出也廬江長薄地名也言屈原行先出廬江過歷長薄在江北時東行故言左者也倚沼畦瀛兮沼池也畦猶區也瀛池中也楚人名澤中曰瀛遙望博遙遠也博平也言循江而行遂入池澤其中區瀛遠望平博無人也青驪結駟兮純黑為驪結連也四馬為駟也齊千乘齊同也言屈原嘗與君俱獵於此官屬篤駟馬或青或黑連車千乘皆同服也懸火延起兮玄顏烝懸火懸鐙也玄天也言已時從君夜獵懸鐙林木之中其火延起燒於野澤煙上烝于天使黑色也步及驟處兮驟走也處止也誘騁先誘導也騁馳也言獵有步行者有乘馬走驟者有處止者分以圍獸己獨馳騁為君先導也抑騖若通兮抑止也騖馳也若順也引車右還還轉也言抑止馳騖者順通共護引車右轉以遮獸也與王趨夢兮課後先夢澤中也楚名澤中為夢中左氏傳曰楚大夫鬭伯比與鄖公之女淫而生子弃諸夢中言己與懷王俱獵趨於夢澤之中課第羣臣先至後至也君王親發兮發射也憚青兕憚驚也言懷王是時

親自射獸驚青兕牛而不能制也言嘗侍從君田獵今乃放逐歎而自傷閔也朱明承夜兮朱明謂日也承續也時不見淹淹淹久也言歲月逝往晝夜相續年命將老不可久處當急來歸也皐蘭被徑兮皐澤也被覆也徑路也斯路漸漸没也言澤中香草茂盛覆被徑路人無采取者水卒增溢漸没其道將棄捐也以言賢人久處山野君不事用亦將隕顛也湛湛江水兮湛湛水貌上有楓楓木名也言湛湛江水浸潤楓木使之茂盛傷已不蒙君惠而身放棄曾不如樹木得其所也或曰水旁林木中鳥獸所聚不可居也目極千里兮傷春心言湖澤博平春時草短望見千里令人愁思而傷心也或曰蕩春心蕩滌也言春時平望遠可以滌蕩愁思之心魂兮歸來哀江南言魂魄當急來以歸江南土地僻遠山林嶮岨誠可哀傷不足處也

招隱士一首序曰招隱士者淮南小山之所作也小山之徒閔傷屈原身雖沉没名德顯聞與隱處山澤無異故作招隱士之賦以彰其志也

劉安漢書

曰淮南王安爲人好書招致賓客數千人後伍被自詣吏具告與淮南謀反上使宗正以符節劾王未至自刑殺也

王逸注

桂樹叢生兮桂樹芬香以興屈原之忠良也山之幽遠去朝廷而隱藏也偃蹇連卷兮容皃美好德茂盛也枝相繚信義枝結條理成也以言上之德高明宣輔賢君植幹也山氣巃嵸兮岑崟嵾嵯雲嵡鬱也嵡烏孔切石嵯峨嵯峨巀嶭峻蔽日也谿谷嶄巖兮崎嶇閜㟪險阻磆也閜呼雅切㟪于軌切磆苦滑切水曾波涌躍澧沛流迅疾也蝯狖羣嘯兮禽獸所居志樂佚也狖余救切虎豹嗥猛獸爭食欲相齧也以言山谷之中幽深險阻非君子之所處猿狖虎豹非賢者之偶也齕下沒切攀援桂枝兮登引山木遠望愁也聊淹留便旋中野立踟蹰也王孫遊兮隱士避世在山隅也不歸違背舊土棄室家也春草生兮万物蠢動抽萌芽也萋萋垂條吐葉紛榮華也歲暮兮年齒已老壽命衰也不自聊

中心煩亂常含憂也蟪蛄鳴兮蜩蟬得夏喜呼號也啾啾秋節將至悲嘹噍也以言物盛則衰
樂極則憂不宜久隱失盛時也坱兮軋霧氣昧也山曲岪盤詰屈也心淹留兮志望
絕也洞荒忽亡如匹也罔兮沕精氣失也憭兮慄心剝切也虎豹岤嵺穿岤也
嵺音料岤音血叢薄深林兮欑刺棘也人上慄恐變色也嶔崟碕礒兮山阜
嵔嵎也硱磈磳硊崔巍嵼嵼樹輪相糾兮交錯扶踈林木茷骫枝葉盤紆
茷音跋青莎雜樹兮草木列居薠草靃隨靡隨風披敷白鹿麏麚兮
衆禽並遊或騰或倚走注殊異狀貌崟崟兮峨峨頭角甚殊凄凄兮
漇凄凄漇漇毛衣若濡獮猴兮熊羆百獸皆俱也慕類兮以悲哀己不遇也從
此已上皆陳山林傾危草木茂盛麏鹿所居虎兕所聚不宜育道德養情性欲屈原還歸郢也攀援桂
枝兮配託香木誓同志也聊淹留踟躕徘徊待明時也虎豹鬪兮殘賊之獸忽急怒也

熊羆咆貪殺之獸跳踉吼也禽獸駭兮稚莬之群驚奔走也亡其曹遠離鄉黨失群偶也王孫兮歸來旋反舊邑入故宇也山中兮不可以久留誠多患害難隱處也

文選卷第三十三

[illegible]

共四十五頁

文選卷第三十四

梁昭明太子撰

文林郎守太子右内率府録事參軍事崇賢館直學士臣李善注上

七上

枚叔七發八首

曹子建七啓八首

七發八首

七發者說七事以起發太子也猶楚詞七諫之流

枚叔 漢書曰枚乘字叔淮陰人也爲吳王濞郎中善屬辭武帝以安車徵乘道死也

楚太子有疾而吳客往問之曰伏聞太子玉體不安亦少間乎 言玉美之也史記新垣衍謂魯連曰觀先生之玉貌論語曰子疾病間孔安國曰少差曰間也

太子曰僃慿謹謝客 說文曰謝辭也 客因稱曰今時天下安寧四宇和平太子方富於年 凡人之幼者將來之歲尚多故曰富也 意者久耽安樂日夜無極邪氣襲逆中若結轖 言邪氣入內而爲逆其堅若結也管子曰邪氣襲內正色乃衰素問歧伯曰邪氣內著絕人長命說文曰轖車籍交革也轖音色也 紛屯澹淡嘘唏煩酲 紛屯澹淡憒耄煩悶之貌也王逸楚辭注曰歔欷唏皃方言曰哀而不泣曰唏嘘與歔古字通唏許豈切列子曰季梁病矯氏曰病由精慮煩散也毛萇詩傳曰病酒曰酲 惕惕怵怵臥不得瞑 尚書曰怵惕惟厲中夜以興素問歧伯曰不得臥者是陽明之逆 虛中重聽惡聞人聲 素問曰何謂虛荅曰精氣奪則虛黃帝八十一問曰陰病惡聞人聲 精神越渫百病咸生 呂氏春秋曰精神勞則越高誘曰越散也鄭玄毛詩箋曰渫發也 聰明眩曜悅怒不平 王逸楚辭注曰眩曜惑亂皃也 久執不廢大命乃傾太子豈

有是乎鄭玄禮記注曰廢止也毛萇詩傳曰廢猶去也毛詩曰曾是莫聽大命以傾太子曰謹謝客賴君之力時時有之然未至於是也言賴君之力天下太平故久耽安樂時有此疾也客曰今夫貴人之子必宮居而閨處內有保母外有傳父欲交無所禮記曰孔子曰古者男子外有傳父內有慈母又曰其次為保母鄭玄曰保母安其居處者也飲食則溫淳甘膬脭醲肥厚溫淳謂凡味之厚也韓子曰夫香美膬味甘口病形厚酒肥肉曼理皓齒而損精說文曰膬腝易破也膬昌芮切脭肥肉也池貞切說文曰醲厚酒也女龍切衣裳則雜遝曼煖燂爍熱暑曼輕細也說文曰燂火熱也詳廉切爍亦熱也舒灼切雖有金石之堅猶將銷鑠而挺解也韓子曰雖與金石相弊兼天下未有日也高誘呂氏春秋注曰挺猶動也賈逵國語注曰鑠銷也況其在筋骨之間乎哉故曰縱耳目之欲恣支體之安者傷

血脈之和且夫出輿入輦命曰蹷痿之機呂氏春秋曰出則以車入則以輦務以自佚命曰佁蹷之機高誘曰佁至也蹷機門內之位也乘輦于宮中游翔至於蹷機故曰務以佚也枚乘引佁蹷而爲蹷痿未詳乘之謬爲好奇而改之聲類曰佁嗣理切蹷渠月切洞房清宮命曰寒熱之媒呂氏春秋曰室大多陰臺高多陽多陰則蹷多陽則痿此陰陽不適之患也高誘曰蹷逆寒疾也痿蹷不能行也皓齒娥眉命曰伐性之斧呂氏春秋曰靡曼皓齒鄭衛之音務以自樂命曰伐性之斧高誘曰靡曼細理弱肌美色也皓齒謂齒如瓠犀也鄭國淫僻以其淫僻滅亡故曰伐性之斧也甘脃肥膿命曰腐腸之藥呂氏春秋曰肥肉厚酒務以相強命曰爛腸之食高誘注老子云五味實口爽傷故謂之爛腸之食廣雅曰脃弱也清歲切膿厚之味也今太子膚色靡曼四支委隨筋骨挺解王逸楚詞注曰靡細也曼澤也隨不能屈伸也血脈淫濯手足墮窳淫濯謂過度而且大也爾雅曰淫過也又曰濯大也郭璞

方言注曰嫷𡢃也應劭漢書注曰嫷弱也餘乳切越女侍前齊姬奉後越絕書曰越王飾美女西施鄭巴使大夫種獻之於吳王曰越王勾踐竊有天人之遺西施鄭巴越不敢當使獻之大王吳王大悅齊姬齊女也毛詩曰豈其取妻必齊之姜如淳漢書注曰姬衆妾之摠稱也往來游醼縱恣于曲房隱間之中此甘飡毒藥戲猛獸之爪牙也所從來者至深遠淹滯永久而不廢王逸楚詞注曰淹久也雖令扁鵲治內巫咸治外尚何及哉史記曰扁鵲勃海鄭人也姓秦氏名越人得長桑君禁方視病盡見五藏韓子曰扁鵲謂晉桓侯曰君有疾在腠理猶可湯熨若在骨髓司命不能毉也桓侯初不信後病遣召扁鵲鵲逃之桓侯遂死一曰巫咸雖善祝不能自祓也賈逵國語注曰巫覡也今如太子之病者獨宜世之君子博見強識禮記曰博聞強識而讓謂之君子也承閒語事變度易意楚詞曰願承閒而自恣也常無離側以為羽

翼高誘注呂氏春秋曰羽翼佐也淹沉之樂浩唐之心遁佚之志其奚由至哉唐猶蕩也太子曰諾病已請事此言

客曰今太子之病可無藥石針刺灸療而已可以要言妙道說而去也言可無用藥石唯可用要言也莊子瞿鵲子問長梧子曰夫子以為孟浪之言也而我以為妙道之行也不欲聞之乎太子曰僕願聞之

客曰龍門之桐高百尺而無枝周禮曰龍門之琴瑟孔安國尚書傳曰龍門山在河東之西界魯連子曰東方有松樅高千仞而無枝也中鬱結之輪菌根扶疏以分離鬱結隆高之皃也說文曰扶疏四布也張晏漢書注曰輪菌委曲也上有千仞之峯下臨百丈之谿包咸論語注曰七尺曰仞湍流遡波又澹淡之遡波逆流之波也澹淡搖蕩之貌也其根半死半生冬則烈風漂霰飛雪之所激也夏

則雷霆霹靂之所感也感觸也莊子曰異鵲感周之顙也朝則鸝黃鳱鴠鳴焉爾雅曰鶬鶊黎黃高唐賦曰王雎鸝黃禮記曰仲冬鶡旦不鳴鄭玄曰鶡旦求旦鳥也郭璞方言注曰鳥似雞冬無毛晝夜鳴鳱與鶡並音渴鴠音旦暮則羈雌迷鳥宿焉獨鵠晨號乎其上鵾雞哀鳴翔乎其下楚辭曰鵾雞啁哳而悲鳴於是背秋涉冬使琴摯斫斬以爲琴野繭之絲以爲絃論語曰師摯之始關雎之亂洋洋乎盈耳哉鄭玄曰師摯魯太師也以其工琴謂之琴摯猶京房善易謂之易京野繭野蠶之繭也東觀漢記曰光武二年野蠶成繭被山民收爲絮孤子之鉤以爲隱九寡之珥以爲約古樂府有孤子生行賈逵國語注曰鉤帶鉤也桓子新論曰琴隱長四十五分隱以前長八分列女傳曰魯之母師九子之寡母也不幸早失夫獨與九子居蒼頡篇曰珥珠在耳也珥人志切字書曰約亦的字也都狄切的琴徽也使師堂操暢伯子牙爲之歌師堂樂師也韓

詩外傳曰孔子學鼓琴於師堂子京而不進師堂子京曰夫子可以進孔子曰丘已得其曲未得其數也琴道曰堯暢達則兼善天下無不通暢故謂之暢列子曰伯牙善鼓琴也歌曰麥秀蔪兮雉朝飛宋玉笛賦曰麥秀蔪兮鳥華翼埤蒼曰蔪麥芒也慈斂切向虛壑兮背槁槐說文曰槀與槁古字通依絕區兮臨迴溪飛鳥聞之翕翼而不能去野獸聞之垂耳而不能行蚑蟜螻蟻聞之拄喙而不能前周書曰蚑行喙息說文曰蚑行也凡生類之行皆謂之蚑又曰蟜蟲也居兆切方言曰南楚或謂蛄爲螻爾雅曰蟻蚍蜉也此亦天下之至悲也太子能強起聽之乎太子曰僕病未能也

客曰犓牛之腴菜以筍蒲說文曰犓以芻莖養國牛也國語曰犓豢幾何犓或爲㹗未詳說文曰腴腹下肥者毛詩曰其蔌維何維筍及蒲也肥狗之和冒以山膚楚苗

之食安胡之飯禮記曰士無故不殺犬豕和謂和羹也鄭玄禮記注曰芼菜也謂以菜調和之也冒與芼古字通山膚未詳楚苗山出禾可以為食淮南子曰苗山之鋌高誘曰苗山楚山也安胡未詳一曰安胡彫胡也宋玉諷賦曰為臣炊彫胡之飯摶之不解一啜而散禮記曰無摶飯徒官切說文曰啜嘗也穿劣切於是使伊尹煎熬易牙調和呂氏春秋曰伊尹說湯以至味又白公曰若以水投水奚若孔子曰淄澠之合者易牙嘗而知之熊蹯之臑勺藥之醬左氏傳曰宰夫胹熊蹯不熟方言曰臑熟也音而韋昭上林賦注曰勺藥和齊鹹酸美味也薄耆之炙鮮鯉之鱠薄耆未詳一曰薄切獸耆之肉而以為炙也耆今人謂之耆頭毛詩曰炰鱉鱠鯉秋黃之蘇白露之茹茹菜之揔名也蘭英之酒酌以滌口漢書曰百味旨酒布蘭生晉灼曰布列芬芳若蘭之生山梁之餐豢豹之胎論語子曰山梁雌雉時哉時哉鄭玄曰孔子山行見一雌雉食其梁粟杜預左氏傳注曰豢養也音宦六韜曰武王伐紂得二

大夫而問之曰夥國將有妖乎對曰有夥君陳玉杯象箸玉杯象箸不盛菽藿之羹必將熊蹯豹胎小飫大歠如湯沃雪說文曰歠飲也昌悅切沃雪言易也家語孔子曰人之棄惡如湯之灌雪焉此亦天下之至美也太子能強起嘗之乎太子曰僕病未能也

客曰鍾岱之牡齒至之車漢書曰趙地鍾代石北迫近胡寇如淳曰鍾所在未聞石山險之限在上黨曲陽呂氏春秋曰代故馬郡宜馬馬齒至之車未詳或說曰公羊傳曰荀息謂晉侯曰君馬齒至也言以齒至馬駕車也戰國策曰驥之齒至矣服鹽車而上太行也前似飛鳥後類距虛黃子曰駿馬有晨風黃鵠皆取鳥名馬言走疾若飛也范子曰千里馬必有距虛呂氏春秋曰距虛鼠後而兎前穱麥服處躁中煩外以穱麥分劑而食馬馬肥故中躁而外煩也王逸楚詞注曰稻粢穱麥挐黃粱左氏傳慶鄭謂晉侯曰今乘異產將與人易張脉憤興外強中乾羈堅轡附

易路易平易也於是伯樂相其前後王良造父爲之御秦缺樓
季爲之右呂氏春秋曰古之善相馬者若趙之王良秦之伯樂尤盡其妙文子曰伯樂相之王良御
之史記曰周繆王使造父爲御西巡狩秦缺未詳韓子曰夫獵託車輿之安用六馬之足使王良佐轡則身不
勞而易及輕獸今捨車輿利下樓季之走無時及獸矣許慎淮南子注曰樓季魏文侯之弟也此兩人
者馬佚能止之車覆能起之兩人秦缺樓季也家語顏回曰東野之御善則善矣
馬其將必佚也於是使射千鎰之重爭千里之逐史記曰田忌數與齊公子
馳逐重射孫子見其馬足不甚相遠有上中下輩於是謂田忌曰君弟重射臣能令君勝忌然之與射千金及
臨質孫子曰今以君之下駟與彼上駟取君之上駟與彼中駟取君中駟與彼下駟既馳三輩而忌一不勝而
再勝卒得千金賈逵國語注曰一鎰二十四兩韓子曰王子期爲趙簡子取道爭千里之發也此亦天
下之至駿也太子能強起乘之乎太子曰僕病未能也

客曰既登景夷之臺南望荊山北望汝海左江右湖
其樂無有景夷臺名也孔安國尚書傳曰荊山在荊州郭璞山海經注曰汝水出魯陽山東北入淮
海汝稱海大言之也戰國策魯君曰楚王登京臺南望獵山左江右湖其樂之志死無有天下無有於是
使博辯之士原本山川極命草木趙岐孟子注曰命名也比物屬
事離辭連類禮記孔子曰屬辭比事春秋教也韓子曰多言繁稱連類比物也浮游覽
觀乃下置酒於虞懷之宮虞懷宮名也連廊四注鄭玄周禮注曰四阿
若今四注也臺城層構紛紜玄綠輦道邪交黃池紆曲黃當為湟
湟城池也溷章白鷺孔鳥鶤鵠溷章鳥名未詳鵷鶵鵁鶄翠鬣紫
纓鬣首毛也纓頸毛也螭龍德牧邕邕群鳴螭龍德牧並鳥形未詳爾雅曰邕邕
鳴聲和也陽魚騰躍奮翼振鱗曾子曰鳥魚皆生於陰而屬於陽故鳥魚皆卵生魚

游於水鳥飛於雲淑漻蔚蓼蔓草芳苓言水清淨之處生蔚蓼二草也上林賦曰
悠遠長懷寂漻無聲寂與寂古今義同也字書曰蔚豬草也丈尤切豬音豬毛萇詩傳曰蓼水草也力鳥切苓古
蓮字也女桑河柳素葉紫莖毛詩曰猗彼女桑毛萇曰女桑夷桑也爾雅曰檉河柳郭
璞曰今河[illegible]赤莖小楊[illegible]苗松豫章條上造天苗松未詳一曰苗山之松豫章木名也孔
安國尚書[illegible]曰造至也梧桐幷閭極望成林張揖上林賦注曰幷閭[illegible]眾芳
芬鬱亂於[illegible][illegible]遁甲開山圖曰女媧[illegible]大[illegible]氏之王有天下五風[illegible][illegible]也從容猗
靡消息陽陰[illegible]減也息生也林[illegible]茂[illegible][illegible][illegible]披靡故或陽或陰也文子曰山[illegible]陰[illegible][illegible][illegible]陽佚開消
息或[illegible]須臾也列坐縱酒蕩樂娛[illegible][illegible]春佐酒杜連理音孟子景春
曰公孫衍張儀豈不誠大丈夫哉孟[illegible]曰是[illegible][illegible]為大丈夫劉熙曰景春孟子時人為縱橫之術者史[illegible]曰上
召予[illegible]置酒如淳漢書注曰今樂家五日一習樂為理樂杜連未詳也滋味雜陳肴糅錯

該王逸楚辭注曰該備也練色娛目流聲悅耳畢萃一練擇也於爾雅曰流擇也

是乃發激楚之結風揚鄭衛之皓樂文穎上林賦注曰激衝激急風也結風回風亦急風也楚地風氣既漂疾然歌樂者猶復依激結之急風為節其樂促迅哀切也淮南子曰揚鄭衛之皓樂[illegible]所以娛流湎也許慎曰[illegible]新聲所出國也皓樂善倡也皓下老切有[illegible]使先施

徵舒陽文段干吳娃閭娵傅予之徒[illegible]施即西[illegible]魯仲連謂孟嘗君曰君後宮十妃皆衣縞紵食粱肉豈有毛廧先施哉徵舒段干傅予皆未詳左氏傳曰楚莊王欲納夏姬申公巫臣曰不可分納一友姬當其色也史記曰夏姬御叔母也淮南子曰不待脂粉西施陽文也許慎曰陽文楚之好人也吳娃已見上文孫卿子曰閭娵子奢莫之媒也漢書音義曰閭娵梁王魏嬰之美人

雜裾垂髾目窕心與司馬彪子虛賦注曰髾燕尾也窕當為挑史記曰目挑心招張晏漢書注曰挑嬈也髾胥交切

揄流波雜杜若言引流波以自絜雜杜若以為芳杜若見下注說文曰

揄引也蒙清塵被蘭澤列子曰穆王爲中天之臺鄭衛之處子施芳澤雜芷若以滿之神女賦曰沐蘭澤合若芳嬿服而御尚書大傳曰古者后夫人至于房中釋朝服襲嬿服入御于君也此亦天下之靡麗皓侈廣博之樂也太子能強起游乎太子曰僕病未能也

客曰將爲太子馴騏驥之馬駕飛軨之輿乘牡駿之乘廣雅曰馴擾也說文曰騏馬驪文如綦也尚書大傳曰未命爲士車不得有飛軨鄭玄曰如今窻車也力廷切右夏服之勁箭左烏號之彫弓夏服已見子虛賦服即今步叉也烏號已見子虛賦又古考史曰柘樹枝長而勁烏集之將飛起彈烏乃號呼此枝爲弓快而有力因名烏號游涉乎雲林周馳乎蘭澤弭節乎江潯雲林雲夢之林楚詞曰羲和弭節兮字林曰潯水涯也掩青蘋游清風方言曰奄息也呂氏春秋曰崑崙之蘋也張揖子虛賦注曰青

蘋游清風陶陽氣蕩春心薛君韓詩章句曰陶暢也陽氣春也神農本草曰春夏為陽楚詞曰目極千里傷春心王逸曰蕩春心蕩滌也逐狡獸集輕禽言射而矢集於輕禽也左氏傳曰楚孔稚集矢於其目關子曰矢集于彭城之東並以所止為集也於是極犬馬之才困野獸之足窮相御之智巧文子曰無相御之勞而致千里也恐虎豹慴鷙鳥爾雅曰慴懼也逐馬鳴鑣魚跨麋角逐馬驅逐之馬鳴鑣鑾鳴於鑣也魚跨跨度魚也麋魚執麋之角也履游麕兔蹈踐麖鹿汗流沫墜寃伏陵窘陵猶促也說文曰窘迫也無創而死者固足充後乘矣此校獵之至壯也太子能強起游乎李奇漢書注曰以五校兵出獵太子曰僕病未能也然陽氣見於眉宇之間侵淫而上幾滿大宅周書曰民有五氣喜氣內蓄雖欲隱之陽喜必見大宅未詳

客見太子有悅色遂推而進之曰冥火薄天兵車雷運鄭玄詩箋曰冥夜也廣雅曰薄至也王逸楚詞注曰運轉也音旋旍旗偃蹇羽毛肅紛馳騁角逐慕味爭先徼墨廣博觀望之有圻墨燒田也言逐獸於燒田廣博之所而觀望之有圻堮也墨或為壥也說文曰圻地圻堮也魚斤切純粹全犧獻之公門尚書父師曰乃攘竊神祇之犧全牲孔安國曰色純曰牲體完曰全應劭漢書注曰粹淳也毛詩曰獻豜于公太子曰善願復聞之

客曰未既孔安國曰尚書傳曰既盡也於是榛林深澤煙雲闇莫兕虎並作莫闇貌也說文曰莫日且冥也毅武孔猛袒裼身薄左氏傳曰致果為毅毛萇詩傳曰孔甚也毛詩曰襢裼暴虎毛萇曰袒裼肉袒也孔安國尚書傳曰薄迫也白刃磑磑矛戟交錯莊子孔子曰白刃交前視死若生者烈士之勇也六韜書刀銘曰[illegible]利磑磑牛哀切收

獲掌功賞賜金帛鄭玄周禮注曰掌主也掩蘋肆若爲牧人席張揖上林賦注曰掩覆也毛萇詩傳曰肆陳也旨酒嘉肴羞炰膾炙以御賓客毛詩曰旨酒思柔又曰嘉肴脯腴又曰炰鱉鮮魚鄭玄曰炰火孰之漢書東方朔曰生肉爲膾毛詩曰以御賓客也涌觴並起動心驚耳誠必不悔決絕以諾言遊獵歡宴忠誠爲之必不有悔事之決絕但以一諾不俟再三貞信之色形于金石毛詩序曰貞信之教興家語孔子曰夫鍾鼓之音憂而擊之則悲喜而擊之則樂故志誠感之通于金石而況人乎哉高歌陳唱萬歲無斁孔安國尚書傳曰斁厭也此眞太子之所喜也能強起而游乎太子曰僕甚願從直恐爲諸大夫累耳然而有起色矣

客曰將以八月之望孔安國尚書傳曰十五日日月相望與諸侯遠方交

游兄弟並往觀濤乎廣陵之曲江漢書廣陵國屬吳也至則未見濤之形也徒觀水力之所到則卹然足以駭矣卹然驚恐貌觀其所駕軼者所擢拔者所揚汩者所温汾者所滌汔者小雅曰駕陵也杜預左氏傳注曰軼突也蒼頡篇曰擢抽也孔安國尚書傳曰汩亂也古没切温汾轉之貌也爾雅曰蟣汔也郭璞曰謂摩近汔許乞切雖有心略辭給固未能縷形其所由然也略智也縷辭縷也怳兮忽兮聊兮慄兮混汩汩兮老子曰怳兮忽兮其中有物聊慄恐懼之貌忽兮慌兮俶兮儻兮浩廣雅曰俶儻卓異也瀇瀁兮慌曠曠兮秉意乎南山通望乎東海爾雅曰秉執也虹洞兮蒼天極慮乎崖涘虹洞相連貌也莊子曰出於崖涘毛萇詩傳曰涘涯也虹胡洞切流攬無窮歸神日母言周流觀覽而窮然後歸神至日所出也春秋內事云日者陽

德之母汩乘流而下降兮或不知其所止方言曰汩疾貌也爲畢切或紛紜其流折兮忽繆往而不來言衆浪紛紜其流曲折或錯繆俱往而不迴流臨朱汜而遠逝兮中虛煩而益怠朱汜蓋地名未詳莫離散而發曙兮內存心而自持莫離散謂精神不離散也發曙發夕至曙也說文曰曙旦明也於是澡槩胷中灑練五藏毛萇詩傳曰漑滌也槩與漑同練猶汰也莊子曰愁其五藏也澹漱手足頮濯髮齒漱澹猶洗滌也漱湖敢切說文頮洗面也頮呼潰切揄棄恬怠輸寫淟濁方言曰輸脫也王逸楚詞注曰淟垢濁也勑顯切分決狐疑發皇耳目楚詞曰心猶豫以狐疑謚法曰明者曰皇也風賦曰發明耳目當是之時雖有淹病滯疾猶將伸傴起躄發瞽披聾而觀望之也廣雅曰傴曲也郁禹切淮南子曰遺躄者僂然躄跛不能行也必亦切況直眇小煩

懣醒醲病酒之徒哉故曰發蒙解惑不足以言也（素問黃帝曰發蒙解惑未足以論也）太子曰善然則濤何氣哉

客曰不記也然聞於師曰似神而非者三疾雷聞百里（言聲似疾雷而聞百里一也）江水逆流海水上潮（言能令二水逆流上潮二也）山出內雲日夜不止（山內雲而下夜不止三也）衍溢漂疾波涌而濤起（小雅曰衍散也說文曰漂浮也）其始起也洪淋淋焉若白鷺之下翔（說文曰淋山下水也淋或為泝聲類曰泝漂也口玲切）其少進也浩浩溰溰如素車白馬帷蓋之張（浩浩深廣之貌也溰溰高白之貌也帷或為幃音韋幃帳也）其波涌而雲亂擾擾焉如三軍之騰裝（高唐賦曰奔揚踊而相擊雲興聲之霈霈雲亂也許慎淮南子注曰裝束也）其旁作而奔起也飄飄焉如輕車之勒

兵六駕蛟龍附從太白以蛟龍若馬而駕之其數六也淮南子曰昔馮遲太白之御六雲霓游微霧騖忽荒許慎曰馮遲太白河伯也純馳浩蜺前後駱驛賈逵國語注曰純專也浩蜺即素蜺也波濤之勢若素蜺而馳言其長也顒顒卬卬裾裾彊彊莘莘將將顒顒卬卬波高貌也裾裾彊彊相隨之貌裾據於切彊渠章切莘莘多貌也將將高貌也莘所巾切莘或爲萃壁壘重堅沓雜似軍行太公陰符曰并我勇力重堅壁壘應劭漢書注曰沓合也行戶剛切協韻也訇隱匈磕軋盤涌裔原不可當軋坱無垠貌也盤謂盤礴廣大貌涌裔行貌也觀其兩傍則滂渤怫鬱闇漠感突上擊下律有似勇壯之卒律當爲硉硉盧骨切突怒而無畏蹈壁衝津窮曲隨隈踰岸出追說文曰隈水曲也上林賦曰觸穹石激堆碕郭璞曰沙堆也都迴切追亦堆字今爲追古字假借之也遇者死當者壞初發乎或圍之津涯荄軫谷

分或圜蓋地名也言涯如轉而谷似裂也一曰涯如草轉也方言曰荄根也謂草之根也一本無荄字許慎淮南子注曰軒轉也迴翔青篾銜枚檀柏青篾檀柏蓋並地名也迴翔水復流也銜枚水無聲也周禮曰銜枚氏鄭玄曰止言語囂讙也枚大如箸橫銜之也弭節伍子之山通厲胥母之場弭節已見上文史記曰吳王殺子胥投之于江吳人立祠於江上因名胥母山王逸楚辭注曰高厲遠行也越絕書曰闔閭旦食⿰魚且山晝游於胥母疑胥母字之誤也淩赤岸篲扶桑橫奔似雷行赤岸蓋地名也曹子建表曰南至赤岸山謙之南徐州記曰京江禹貢北江春秋分朔輙有大濤至江乘北激赤岸尤更迅猛然並以赤岸在廣陵而此文勢似在遠方非廣陵也說文曰篲掃竹也山海經曰湯谷上有扶木扶木者扶桑也十日所浴之地誠奮厲武如振如怒毛詩曰王奮厥武如震如怒毛萇曰震猶威也沌沌渾渾狀如奔馬沌沌渾渾波相隨之貌也孫子兵法曰渾渾沌沌形圓而不可敗也越絕書曰王捐子胥於大江口勇[illegible]執乃有遺鄙發憤馳騰

氣若奔馬沌徒本切渾胡本切混㵮庬庬聲如雷鼓混混沌沌波浪之聲也越絶書越王勾踐曰浩浩之水聲音若雷霆庬徒本切發怒庢沓清升踰跇言初發怒礙止而涌沸少選之頃清者上升遞相踰跇也說文曰庢礙止也庢竹栗切庢或爲厎古字也杜預左氏傳曰厎平也埤蒼曰沓釜沸出也徒荅切如淳漢書注曰跇超踰也侯波奮振合戰於藉藉之口楚辭曰陵陽侯之氾濫兮王逸曰陽侯大波也藉藉蓋地名也鳥不及飛魚不及迴獸不及走高唐賦曰飛鳥未及起走獸未及發紛紛翼翼波涌雲亂廣雅曰紛紛衆也毛萇詩傳曰翼翼壯健貌也蕩取南山背擊北岸覆虧丘陵平夷西畔言水之勢既蕩南山又擊北岸丘陵爲之顛覆然後平夷西畔險險戲戲崩壞陂池決勝乃罷合戰決勝而後乃罷瀄汩潺湲披揚流灑瀄泌瀄波相揳也汩蜜汩水流疾也字書曰潺湲流貌也橫暴之極魚鼈失勢顛倒偃側沈沈

湲湲蒲伏連延沇沇湲湲魚鱉顛倒之貌也蒲伏即匍匐也連延相續貌沇禹牛切神物㤖疑不可勝言直使人踣焉洄闇悽愴焉郭璞爾雅曰踣覆也薄北切洄與回同也此天下怪異詭觀也太子能強起觀之乎太子曰僕病未能也

客曰將爲太子奏方術之士有資略者孔安國論語注曰方道也晉灼漢書注曰資材量也若莊周魏牟楊朱墨翟便蜎詹何之倫呂氏春秋中山公子牟謂詹何身在江海之上心居魏闕之下高誘曰子牟魏公子也詹子古得道者也淮南子曰雖有鉤鍼芳餌加以詹何蜎蠉之數猶不能與罔罟爭得也高誘曰蜎蠉白公時人宋玉集曰宋玉與登徒子偕受釣於玄淵七略曰蜎子名淵楚人也然三文雖殊其一人也使之論天下之釋微理萬物之是非家語曰卜商好論精微時人無以尚也孫卿子曰是是非非謂之智也孔老

覽觀孟子持籌而筭之萬不失一（漢書張良曰臣借前箸以籌之音義曰以籌度之也直流切史記蒯通曰以此參之萬不失一老成爲左也）此亦天下要言妙道也太子豈欲聞之乎於是太子據几而起曰渙乎若一聽聖人辯士之言涊然汗出霍然病已（涊汗貌也莊子曰泚然汗出涊乃顯切霍疾貌也）

七啓八首并序

曹子建

昔枚乘作七發傅毅作七激張衡作七辯崔駰作七依辭各美麗余有慕之焉遂作七啓并命王粲作焉

玄微子隱居大荒之庭（玄微幽玄精微也山海經曰大荒之中有山名曰大荒之山日月所入是謂大荒之野中也）飛遯離俗澄神定靈（九師道訓曰遯而能飛吉孰大焉淮南子

曰單豹背世離俗巖居谷飲也輕祿傲貴與物無營莊子曰夫輕爵祿人者之所託材司馬彪曰材身也蔡邕釋誨曰安貧樂賤與世無營也耽虛好靜羨此永生列子曰莫如靜莫如虛靜也虛也得其居獨馳思於天雲之際無物象而能傾舞賦曰獨馳思乎杳冥左氏傳韓簡曰物生而後有象於是鏡機子聞而將往說焉鏡機鏡照機微也駕超野之駟乘追風之輿超野追風言疾也經迥漠出幽墟入乎泱漭之野遂屆玄微子之所居子虛賦曰過乎泱漭之野其居也左激水右高岑子虛賦曰其西則激水推移爾雅曰山小而高曰岑也背洞溪對芳林冠皮弁被文裘儀禮曰皮弁服素積鄭玄曰皮弁者白鹿皮爲冠象上古也文裘文狐之裘也出山岫之潛穴倚峻崖而嬉遊爾雅曰山有穴爲岫志飄飄焉嶢嶢焉似若狹六合而隘九州山海經曰地之所載六合之間

也若將飛而未逝若舉翼而中留於是鏡機子攀蔦虆而登距巖而立毛詩曰南有樛木葛藟纍之孔安國尚書傳曰距至也順風而稱曰莊子曰黃帝聞廣成子在崆峒之上故往見之黃帝順風膝行而進予聞君子不遯俗而遺名智士不背世而滅勳周易曰遯世無悶幽通賦曰保身遺名民之表兮鄭玄毛詩箋曰遺忘也又禮記注曰名令聞也背世已見上注今吾子棄道藝之華遺仁義之英耗精神乎虛廓廢人事之紀經韓子曰精神曰耗蒼頡篇曰耗消也史記太史公曰春秋上明三王之道下辨人事之經紀耗呼到切譬若畫形於無象造響於無聲言像因形生響隨聲發今欲無聲而造響圖像而無形豈有得哉孫卿子曰下之和上譬響之應聲影之像形揚雄解難曰譬若畫者放於無形絃者放於無聲也未之思乎何所規之不通也論語子曰未之思也玄微子俯而應之曰譆有是

言乎鄭玄禮記注曰譆悲恨之聲也譆與嘻古字通也譆欣碁切夫太極之初渾沌未分萬物紛錯與道俱隆漢書曰太極元氣函三爲一言元氣初爲一後爲天地人也春秋說題辭曰元清氣以爲天渾沌無形體宋均曰言元氣之初如此也渾沌未分也言氣在易爲元在老爲道義不殊也蓋有形必朽有跡必窮列子曰形必終也芒芒元氣誰知其終春秋命曆序曰元氣正則天地八卦孳也名穢我身位累我躬莊子曰行名失己非士也又魏文侯曰夫魏真爲我累耳竊慕古人之所志仰老莊之遺風思玄賦曰慕古人之貞節毛詩序曰有尭之遺風如淳漢書注曰遺餘也假靈龜以託喻寧掉尾於塗中莊子曰楚王使大夫往聘莊子莊子曰吾聞楚有神龜死已三千歲矣王巾笥而藏之於廟堂之上此龜者寧其死爲留骨而貴乎寧其生而曳尾塗中乎二大夫曰寧生曳尾塗中莊子曰往矣吾將曳尾於塗中也

鏡機子曰：夫辯言之豔，能使窮澤生流，枯木發榮，庶感靈而激神，況近在乎人情。僕將爲吾子說游觀之至娛，演聲色之妖靡，羽獵賦曰：遊觀侈靡。小雅曰：演，廣也。尚書仲虺曰：惟王不邇聲色。列子隰朋曰：妖靡盈庭，忠良蒲朝也。論變化之至妙，敷道德之弘麗，願聞之乎？

玄微子曰：吾子整身倦世，倦世，倦於人間之世也。探隱拯沉，小雅曰：探，取也。難蜀父老曰：拯民於沉溺。說文曰：出溺爲拯。不遠遐路，幸見光臨，將敬滌耳，以聽玉音。尚書大傳曰：天下諸侯受命於周，莫不玉音金聲。

鏡機子曰：芳菰精粺，霜蓄露葵，張揖上林賦注曰：彫菰，米也。宋玉諷賦曰：主人之女爲臣炊彫胡之飯。說文曰：粺，禾別也。粺與𥝩古字通，薄懈切。毛詩曰：我行其野，言采其蓫。鄭玄曰：蓫，牛蘈。蓫與蓄音義通也。宋玉諷賦曰：爲臣煮露葵之羹。玄熊素膚，肥豢膿肌，鄭玄

周禮注曰犬豕曰豢膿肥皃也女龍切

蟬翼之割剖纖析微蟬翼言薄也楚詞曰蟬翼爲重也累如疊縠離若散雪輕隨風飛刃不轉切山鷄斥鷃珠翠之珍鷄已見南都賦莊子曰鵬摶扶搖而上斥鷃笑之曰彼奚適也許愼淮南子注曰鷃雀飛不過一尺言劣弱也斥與尺古字通珠翠珠柱也南方異物記曰採珠人以珠肉作鮓也寒芳苓之巢龜膾西海之飛鱗寒今胚肉也鹽鐵論曰煎魚切肝羊淹雞寒劉熙釋名曰韓雞本出韓國所爲寒與韓同史記曰有神龜在江南嘉林中常巢於芳蓮之上苓與蓮同西海飛鱗即文鰩也山海經曰泰器之山濩水出焉是多鰩魚常行西海而游於東海夜飛而行臛江東之潛鼉雋漢南之鳴鶉說文曰臛肉羹也著頡解詁曰雋少汁臛也子兖切糅以芳酸甘和既醇鄭玄禮記注曰糅雜也醇已見上注玄冥適鹹蓐收調辛禮記曰北方其神玄冥北方水也尚書曰水曰潤下潤下作鹹禮記曰西方其神蓐收西方金也尚書曰金曰從革從革作辛

紫蘭丹椒施和必節禮斗威儀曰君乘金而王其政平則蘭常生鄭玄曰主給調和也張衡七辨曰芳以薑椒拂以木蘭滋味既殊遺芳射越上林賦曰衆香發越郭璞曰香氣射散也乃有春清縹酒康狄所營毛詩曰爲此春酒鄭玄禮記注曰清酒今之中山冬釀接夏而成也縹綠色而微白也博物志曰杜康作酒戰國策曰梁王請爲魯君舉觴魯君曰昔帝女儀狄作酒而美進之於禹禹飲而甘之遂疏儀狄乃絕旨酒應化則變感氣而成淮南子曰物類之相應故東風至而酒沉溢高誘曰東風木風也木味酸入酒故酢而沉者沸蓋非類相感也春秋說題辭曰黍爲酒陽援陰乃能動故以麥黍爲酒宋衷曰麥陰也先漬麴黍後入故曰陽援陰相得而沸是其動也彈徵則苦發叩宮則甘生禮記曰季夏之月其音徵其味苦又曰中央土其音宮其味甘也於是盛以翠樽酌以彫觴浮蟻鼎沸酷烈馨香釋名曰酒有沉齊浮蟻在上汎汎然漢書曰田延年謂霍光曰今群臣鼎沸上林賦曰酷烈淑郁也可以和

神可以娛腸神人之精爽也此肴饌之妙也子能從我而食之乎玄微子曰予甘藜藿未暇此食也韓子曰糲粱之飯藜藿之羹也鏡機子曰步光之劒華藻繁縟越絕書曰孔子從弟子七十人往奏勾踐乃身被賜夷之甲帶步光之劒藻文采也說文曰縟繁采飾也飾以文犀彫以翠綠國語曰奉文犀之渠綴以驪龍之珠錯以荆山之玉莊子曰千金之珠在九重之淵而驪龍頷下韓子曰楚人和氏得璞玉於楚山之中也陸斷犀象未足稱雋隨波截鴻水不漸刃聖主得賢臣頌曰巧冶鑄干將之璞陸剸犀革戰國策蘇秦說韓王曰韓卒之劒陸斷牛馬水擊鵠鴈廣雅曰漸漬也九旒之冕散耀垂文劉梁七舉曰九旒之冕散耀垂文周禮曰弁師掌王之五冕諸侯繅九就鄭玄曰就成也每繅九成則九旒也應劭漢官儀曰冕公侯九旒者華組之纓從風紛紜禮記曰玄冠丹組纓諸侯之齊冠說文曰組綬屬也小者也

以爲冠纓又曰纓冠絲也佩則結綠懸黎寶之妙微戰國策應侯謂秦王曰梁有懸
黎宋有結綠而爲天下名器也符采照爛流景揚煇劉淵林蜀都賦注曰符采玉之橫文
也說文曰景光也黼黻之服紗縠之裳孔安國尚書傳曰諸侯自龍衮而下至黼黻漢
書曰江充衣紗縠單衣也金華之舄動趾遺光言以金華飾舄故動足而有飾光也
劉欣期交州記曰金華出珠崖如淳漢書注曰遺餘也繁飾參差微鮮若霜緄佩
緺縿或彫或錯說文曰緄織成帶也古本切薰以幽若流芳肆布說文
曰薰火煙上出也若杜若也若蘅幽若猶蘭曰幽蘭也擬古詩曰屢見流芳歇毛萇詩傳曰肆陳也雍容閑步周旋
馳燿聖主得賢臣頌曰雍容垂拱左氏傳晉公子謂楚子曰晉楚治兵若不獲命則與君周旋也南
威爲之解顏西施爲之巧笑戰國策曰晉文公得南威三日不聽朝遂推而遠之
曰後世必有以色亡其國者列子曰列子師老商氏五年之後夫子始一解顏而笑西施已見上文毛詩曰巧

笑倩兮此容飾之妙也子能從我而服之乎玄微子曰予好毛褐未暇此服也鄭玄毛詩箋曰褐毛布也

鏡機子曰馳騁足用蕩思游獵可以娛情子虛賦曰終日馳騁曾不下輿又曰游獵之地饒樂若此者乎歸田賦曰聊以娛情僕將爲吾子駕雲龍之飛四馬駟飾玉路之繁纓馬有龍稱而雲從龍故曰雲龍也周禮曰凡馬八尺已上爲龍又曰王路錫樊纓鄭玄曰樊讀如鞶謂今之馬大帶也纓今馬鞅繁與鞶古字通垂宛虹之長綏抗招搖之華旍楚詞曰建雄虹之綵旄禮記曰天子殺則下大綏鄭玄曰綏當爲緌緌有虞氏之旌旗也禮記曰招搖在上急繕其怒鄭玄曰繕讀爲勁盡招搖星於其上以起居堅勁軍之威怒也捷志歸之矢秉繁弱之弓儀禮曰司射搢三挾一箇鄭玄曰搢插也楚甲切新序曰楚王載繁弱之弓忘歸之矢以射隨兕於夢也忽躡景而輕騖逸奔驥而超遺風

景曰景也曏之言疾也呂氏春秋伊尹說湯曰青龍之匹遺風之乘高誘曰皆馬名也疾若比遺風於是
磎塡谷塞榛藪平夷緣山置罝彌野張罘鄭玄周禮注曰彌遍也
下無藩跡上無逸飛鳥集獸屯然後會圍廣雅曰屯聚也獠
徒雲布武騎霧散說文曰獠獵也韓子曰雲布風動羽獵賦曰武騎聿皇封禪書曰雲布霧
散丹旗燿野戈殳晧旰南都賦曰曜野暎雲曳文狐揜狡兎禮斗威儀
曰其君乘土而王南海輸以文狐史記李斯曰牽黃犬逐狡兎方言曰揜覆也捎鸕鷀拂振鷺
鸕鷀振鷺皆鳥之名當軌見藉值足遇踐西京賦曰當足見蹍值輪被轢也飛軒
電逝獸隨輪轉孫該琵琶賦曰飄風電逝舒疾無力翼不暇張足不及騰
西京賦曰鳥不暇舉獸不得發動觸飛鋒舉挂輕罾西都賓曰鳥驚觸絲獸駭
值鋒罾亦罔也班固漢書序曰鷹隼未擊罾弋不施於蹊隧也搜林索險探薄窮阻廣雅

曰草藂生曰薄騰山赴壑風厲焱舉古詩曰涼風率已厲楚辭曰焱遠舉兮雲中王逸注云焱去疾貌說文曰焱焱火華也機不虛發中必飲羽孔安國尚書傳曰機弩牙也子虛賦曰弓不虛發中必決眥呂氏春秋曰養由基射兕中石矢飲羽高誘曰飲羽飲矢至羽也於是人稠網密地逼勢脅哮闞之獸張牙奮鬣毛詩曰進厥虎臣闞如虓虎毛萇曰虓闞虎怒也哮與虓同也志在觸突猛氣不慴慴已見上文乃使北宮東郭之疇孟子曰北宮黝之養勇也不膚撓不目逃思以一毫挫於人若撻於市朝趙岐曰北宮姓黝名也呂氏春秋曰齊有好勇者一人居東郭一人居西郭卒然相遇於塗曰姑相飲乎觴數行曰姑求肉乎一人曰子肉也我肉也因抽刀而相啖也生抽豹尾分裂貙肩尒雅曰貙似貍形不抗手骨不隱拳小雅曰抗禦也服虔漢書注曰隱築也於瑾切批熊碎掌拉虎摧斑掌熊蹯也孟子曰熊掌亦我所欲也斑虎文也上林賦曰被斑文野無毛

類林無羽群積獸如陵飛翮成雲【羽獵賦曰創滛輪夷丘累陵聚】於是䮘鍾鳴鼓收旌弛旆【周禮曰鼓皆䮘鄭玄曰雷擊鼓曰駭䮘古駭字杜預左氏傳注曰弛解也】頓綱縱網罷獠回邁【獠獵拾也說文曰縱緩也】駿騄齊驤揚鑾飛沬【南都賦曰驥騄齊鑣舞賦曰龍驤橫舉揚鑣飛沬也】俯倚金較仰攄翠蓋【東京賦曰戴翠冒倚金較說文曰較車上曲鉤高唐賦曰蜺為旌翠為蓋】雍容暇豫娛志方外【國語優施曰我教汝暇豫之事君韋昭曰暇閑也豫樂也杜預左氏傳注曰方法也】此羽獵之妙也子能從我而觀之乎【高唐賦曰傳言羽獵】玄微子曰予樂恬靜未暇此觀也

鏡機子曰閑宮顯敞雲屋皓旰【李尤高安館銘曰增臺顯敞雲屋言高若雲也班婕妤自傷賦曰仰視兮雲屋雙涕下兮橫流】崇景山之高基迎清風而立觀

甚若景山言極高也毛萇詩傳曰崇立也詩曰陟彼景山地理書曰迎風觀在鄴也毛彤軒紫柱文㰛華梁劉梁七舉曰丹墀縹壁紫柱紅梁也綺井含葩金墀玉箱金墀猶金戺也西京賦曰金戺玉階玉箱猶玉房也溫房則冬服絺綌清室則中夏含霜劉騊駼玄根頌曰前殿冬絺李尤函谷關賦曰盛夏臨漂而含霜也華閣緣雲飛陛陵虛魯靈光殿賦曰飛陛揭孼緣雲上征頫眺流星俯觀八隅魯靈光殿賦曰中坐垂景頫視流星頫音俯升龍攀而不逮眇天際而高居崔駰七依曰升龍於天者雲也西京賦曰翔鶤仰而不逮周易曰豐其屋天際翔也繁巧神恠變名異形班輸無所措其斧斤離婁為之失睛鄭玄禮記注曰公輸若匠師也般若之族多技巧者也孟子曰離婁之明趙岐曰古之明目者也蓋黃帝時人麗草交植殊品詭類綠葉朱榮熙天曜日熙光也素水盈沼叢木成林楚辭曰含素水而蒙深飛

翺凌高鱗甲隱深於是逍遥暇豫忽若忘歸楚辭曰觀者憺兮忘歸也乃使任子垂釣魏氏發機莊子曰任子爲大鉤巨緇五十犗以爲餌蹲會稽投竿東海旦而鈎朞年不得魚已而魚大食之牽巨鉤陷沒而下騖揚而奮鬐白波若山吴越春秋曰越王欲伐吴范蠡進善射者陳音越王問其射所起焉音曰黄帝作弓以備四方後有楚狐父以其道傳羿羿傳逄蒙蒙傳楚琴氏琴氏傳大魏大魏傳楚三侯麋侯翼侯魏侯也芳餌沈水輕繳弋飛吴越春秋大夫種曰深川之魚死於芳餌落翳雲之翔鳥援九淵之靈龜賈誼弔屈原曰襲九淵之神龍然後采菱華擢水蘋子虚賦曰外發芙蓉菱華許慎淮南子注曰擢引也毛萇詩傳曰蘋大萍弄珠蚌戲鮫人楊雄蜀都賦曰蚌含珠而擘裂劉淵林吴都賦注曰鮫人水底居也諷漢廣之所詠覿游女於水濱韓詩序曰漢廣悦人也詩曰漢有游女不可求思薛君曰游女謂漢神也燿神景於中沚被輕縠之纖羅毛詩曰苑在水中沚

子虛賦曰雜纖羅也遺芳烈而靖步抗皓手而清歌廣雅曰抗舉也歌曰望雲際兮有好仇天路長兮往無由楚辭曰君誰須兮雲之際毛詩曰君子好仇枚乘樂府曰美人在雲端天路隔無期佩蘭蕙兮為誰脩宴婉絕兮我心愁楚辭曰紉秋蘭為佩王逸注曰脩飾也毛詩曰燕婉之求毛萇曰燕安也婉順也鄭玄曰夲求燕婉之人也此宮館之妙也子能從我而居之乎玄微子曰予耽巖穴未暇居此也巖穴隱者所居黃石公記曰主聘巖穴事乃得實也鏡機子曰既游觀中原逍遙閑宮情放志蕩淫樂未終亦將有才人妙妓遺世越俗漢書曰傅昭儀少為才人韋昭曰才伎人也廣雅曰遺離也揚北里之流聲紹陽阿之妙曲史記曰紂使師涓作新淫之聲北里之舞靡靡之樂淮南子曰夫歌采菱發陽阿鄭人聽之不若延露以和爾乃御文軒臨洞

庭文畫飾也軒殿檻也廣庭廣庭也尸子曰文軒無四寸之鍵則車不行莊子曰黃帝張咸池之樂於洞庭

也新語曰高臺百仞文軒彫窗也琴瑟交揮左篪右笙廣雅曰揮動也毛萇詩傳曰竹

曰篪鍾鼓俱振簫管齊鳴廣雅曰振動也毛詩曰簫管備舉然後姣人乃

被文縠之華袿振輕綺之飄颻毛詩曰佼人僚兮劉熙釋名曰婦人上服謂之

袿戴金搖之熠燿揚翠羽之雙翹宋玉諷賦曰主人之女垂珠步搖來排臣

戶西京雜記曰趙飛鷰為皇后其弟上遺黃金步搖毛萇詩傳曰熠燿鮮明也司馬彪續漢書曰皇太后入廟

先為花勝上為鳳凰以翡翠為毛羽王逸楚辭注曰翹羽名也揮流芳燿飛文韓康伯周易注

曰揮散也歷般鼓煥繽紛張衡舞賦曰般鼓煥以駢羅長裾隨風悲歌入

雲列子曰薛談學謳於秦青辭歸青餞於郊撫節悲歌響遏行雲也蹻捷若飛蹈虛遠蹠

廣雅曰蹻趫行也今為蹻古字無定也廣雅曰蹠履也凌躍超驤蜿蟬揮霍楚辭曰超

騁推阿西京賦曰跳丸劒之揮霍翔尒鴻翥濊然鳧沒爾雅曰翥舉也濊濊疾貌也濊濊側
立切縱輕體以迅赴景追形而不逮西京賦曰紛縱體而迅赴不逮言疾也韓
子曰形影相應而生飛聲激塵依違厲響七略曰漢興善歌者魯人虞公發聲動梁
上塵依違猶徘徊也楚辭曰余思舊鄉心依違才捷若神形難為象舞賦曰彷彿神動又
曰不可為象也於是為歡未渫白日西頹東都賦曰士怒未渫方言曰渫歇也楚辭
曰日杳杳以西頹散樂變飾微步中閨玄眉弛兮鉛華落收亂
髮兮拂蘭澤鉛華已見洛神賦蘭澤已見上文形媠服兮揚幽若說文曰媠
南楚之外謂好也媠湯火切紅顏宜笑睇眄流光楚辭曰既含睇兮又宜笑王逸曰睇
微眄貌時與吾子攜手同行毛詩曰惠而好我攜手同行踐飛除即閑
房司馬彪上林賦注曰除樓陛也華燭爛幄幙張秦嘉贈婦詩曰飄飄帷帳熒熒華燭左氏

（傳曰子產以幄幙行）動朱脣發清商（舞賦曰動朱脣神女賦曰朱脣的其若丹宋王笛賦曰吟清商追流徵也）揚羅袂振華裳九秋之夕為歡未央（九秋之夕言其長也古樂府有歷九秋妾薄相行蘇武詩曰懽樂殊未央）此聲色之妙也子能從我而游之乎玄微子曰予願清虛未暇此游也

鏡機子曰予聞君子樂奮節以顯義烈士甘危軀以成仁（張衡應問曰貫高以端辭顯義論語子曰志士仁人有殺身以成仁）是以雄俊之徒交黨結倫重氣輕命感分遺身（西京賦曰輕死重氣結黨連群分分義也鄭玄禮記注曰遺亡也）故田光伏劍於北燕公叔畢命於西秦（史記燕太子丹謂田光曰丹所言者國大事也願先生勿泄也光曰諾退見荆軻曰吾聞長者為行不使人疑已今太子疑光非節俠也欲自殺以激荆卿遂自刭公叔未詳）果毅輕斷虎步谷風（左氏傳曰殺敵

爲果致果爲毅李陵詩曰幸託不肖軀且當猛虎步春秋元命苞曰猛虎嘯而谷風起類相動也威慴萬乘華夏稱雄漢書曰天子畿方千里出兵車萬乘故稱萬乘之主尚書曰華夏蠻貊也辭

未及終而玄微子曰善

鏡機子曰此乃游俠之徒耳未足稱妙也若夫田文無忌之儔乃上古之俊公子也田文孟嘗也無忌信陵也皆飛仁揚義騰躍道藝游心無方抗志雲際莊子曰乘物以游心又曰應物無方晉灼漢書注曰方常也楚辭曰放志游乎雲中也凌轢諸侯驅馳當世呂氏春秋曰凌轢諸侯說文曰轢車所踐也揮袂則九野生風慷慨則氣成虹蜺說文曰揮奮也淮南子曰所謂一者上通九天下貫九野劉邵趙郡賦曰呴氣成虹蜺揮袖起風塵文與此同未詳其本也吾子若當此之時能從我而友之乎玄微子曰予亮願焉

爾雅曰亮信也然方於大道有累如何

鏡機子曰世有聖宰翼帝霸世謂魏太祖孔安國尚書傳曰翼輔也同量乾坤等曜日月乾坤天地也張超尼父頌曰合量乾坤參曜日月玄化參神與靈合契蔡邕陳留太守頌曰玄化洽矣黔首用寧漢書伍被說淮南王曰今陛下令雖未出化馳如神劇秦美新曰與天剖靈符地合神契惠澤播於黎苗威靈震乎無外國語曰少昊之衰九黎亂德韋昭曰九黎黎民九人尚書帝曰禹惟時有苗不率汝徂征孔安國曰三苗之民數干王誅崔駰七依曰仁臻於行葦惠及乎黎苗四子講德論曰威靈外覆公羊傳曰王者無外超隆平於殷周踵羲皇而齊泰東都賦曰即土之中有周成隆平之制焉東京賦曰踵二皇之遐武薛綜曰踵繼也顯朝惟清王道遐均民望如草我澤如春班固漢書文紀述曰我德如風民應如草古長歌行曰陽春布德澤萬物生光輝河濱無洗耳

之士喬岳無巢居之民洗耳許由也琴操曰堯大許由之志禪爲天子由以其不善乃臨河而洗耳毛詩曰墮山喬岳也巢居巢父也皇甫謐逸士傳曰巢父者堯時隱人常山居以樹爲巢而寢其上時人號曰巢父也是以俊乂來仕觀國之光尚書曰俊乂在官國語曰秦后來仕韋昭曰仕於晉也周易曰觀國之光利用賓于王舉不遺才進各異方左氏傳曰楚子囊曰晉君舉不失選又曰不遺德刑杜預曰遺失也讚典禮於辟雍講文德於明堂左氏傳曰隨武子曰典禮不易尚書曰帝乃誕敷文德毛詩曰矢其文德洽此四國正流俗之華說綜孔氏之舊章流俗已見上華說已見文賦舊章已見東都主人王肅周易注曰綜理事也左氏傳曰舊章不可忘也散樂移風國富民康解嘲曰散以禮樂風以詩書禮記曰樂行移風易俗天下皆寧春秋說題辭曰盡精竭思國富民康也神應休臻屢獲嘉祥尚書曰休徵東京賦曰總集瑞命備致嘉祥也故甘靈紛而晨降景星宵而

舒光禮斗威儀曰其君乘土而王其政太平時則甘露降鶡冠子曰聖人其德上及泰清下及泰寧景星光潤史記曰天精明時有赤方氣與青方氣相連赤方中有兩黃星青方中有一黃星凡三星合爲景星其狀無常出於有道之國也觀游龍於神淵聆鳴鳳於高岡禮斗威儀曰其君乘水而王龜龍被文而見神女賦曰婉若游龍周易曰潛龍勿用又曰或躍在淵樂汁圖徵曰五音克諧各得其倫則鳳皇至廣雅曰聆聽也毛詩曰鳳皇鳴矣此霸道之至隆而雍熙之盛際漢書宣帝曰漢家自有制度本霸王道雜之東京賦曰上下共其雍熙然主上猶以沉恩之未廣懼聲教之未厲漢書司馬相如難蜀父老曰湛恩汪濊尚書曰朔南暨聲教廣雅曰厲高也采英奇於仄陋宣皇明於巖穴邊讓章華臺賦曰舉英奇於側陋尚書曰明明揚側陋東都賦曰散皇明以燭幽巖穴已見上文此甯子商歌之秋而呂望所以投綸而遊也淮南子曰甯戚商歌車下而桓公慨然而悟秋猶時也史記朱亥謂魏公子曰

此是効命之秋也尚書中候曰王至磻溪之水呂尚釣崖下趨拜尚立變名曰望毛詩曰之子于釣言綸之繩鄭玄曰以繩爲之綸吾子爲太和之民不欲仕陶唐之世乎法言曰或問太和曰其在唐虞成周也李軌曰天下太和也孔安國尚書傳曰陶唐帝堯氏也於是玄微子攘袂而興曰韙哉言乎近者吾子所述華淫欲以厲我祇攪予心杜預左氏傳注曰勴勴也毛詩曰胡逝我梁祇攪我心至聞天下穆清明君蒞國史記曰漢興已來受命於穆清蔡邕釋誨曰生穆清之世禀淳和之靈毛萇詩傳曰莅臨也覽盈虛之正義知頑素之迷惑周易曰損益盈虛與時偕行薛君韓詩章句曰素質也言人但有質朴無治人之材也今予廓尓身輕若飛劉梁七舉曰先生昭然神悟霍尓體輕願反初服從子而歸楚詞曰進不入以離尤退將復修吾初服公羊傳楚莊王謂司馬子反曰吾亦從子而歸

文選卷第三十四

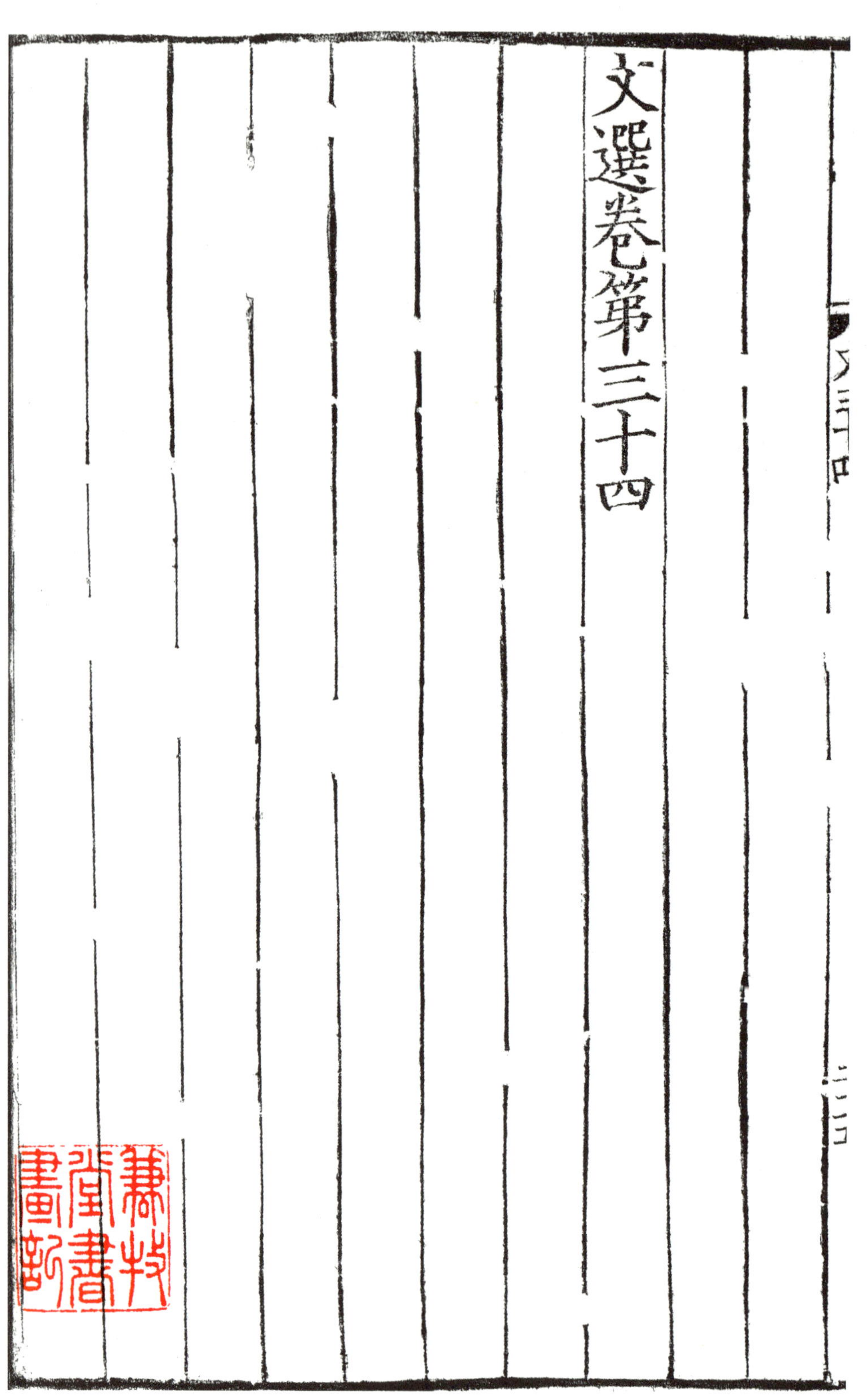

文選卷第三十五

梁昭明太子撰

文林郎守太子右内率府録事叅軍崇賢館直學士臣李善注上

七下

張景陽七命八首

詔

漢武帝詔一首　賢良詔一首

册

潘元茂䇿魏公九錫文一首

七下

七命八首　張景陽

沖漠公子含華隱曜沖漠沖虛恬漠也范曄後漢書孔融曰南山四皓潛光隱耀世嘉其高也嘉遯龍盤翫世高蹈周易曰嘉遯貞吉尚書大傳曰盤龍賁信越其藏鄭玄曰蟠屈也左氏傳齊人歌曰魯人之皋使我高蹈也游心於浩然玩志乎衆妙莊子曰乘物以游心孟子曰我善養吾浩然之氣敢問何謂浩然之氣曰難言也其爲氣也至大至剛以直養而無害則塞于天地之間老子曰玄之又玄衆妙之門絶景乎大荒之遐阻吞響乎幽山之窮奧山海經曰大荒之中有山名曰大荒之山日月所入是謂大荒之野毛詩曰幽幽南山奧隱處也於是殉華大夫聞而造焉殉營也華浮華乃勑雲軿駿飛黃東京賦曰結飛雲之袷輅淮南子曰黃帝治天下於是飛黃服皁越奔沙輾流霜劉劭七華曰超重淵越流沙淩扶搖之風躡堅冰之津莊子曰摶扶搖而上者九萬里

司馬彪曰扶搖上行風也列子曰堅冰立散旌拂霄墧軌出蒼垠許慎淮南子注曰垠
堮端崖也天清泠而無霞野曠朗而無塵臨重岫而攬轡顧
石室而迴輪仲長子昌言曰聞上古之隱士或伏重岫之內窟窮阜之底列仙傳曰赤松子常止
西王母石室中遂適沖漠之所居爾雅曰適之也其居也崢嶸幽藹蕭
瑟虛玄廣雅曰崢嶸深冥也說文曰玄幽遠也溟海渾濩涌其後嶰谷㟪
嶆張其前十洲記曰東王所居處山外有員海員海水色正黑謂之溟海說文曰渾流聲也後衮切
又曰濩霤下貌也胡郭切漢書曰取竹之嶰谷音義曰嶰谷崐崙北谷名㟪嶆深空之貌也嶰音解㟪音牢嶆
音曹尋竹竦莖蔭其壑百籟群鳴聾其山山海經曰大荒之中
有岳山尋竹生焉郭璞曰尋竹大竹也莊子曰地籟則衆竅是也聾其山謂衆聲既喧山為之聾也蒼頡篇曰
聾耳不聞也衝飇發而迴日飛礫起而灑天鹽鐵論曰衝風飄鹵沙石凝積

東京賦曰飛礫雨散於是登絶巘遡長風毛萇詩傳曰巘小山別大山者也薛綜西京賦注曰遡向風也陳辯惑之辭命公子於巖中論語子張曰敢問崇德辯惑曰蓋聞聖人不卷道而背時智士不遺身而匿迹應場釋賓曰聖人不違時而遯迹賢者不背俗而遺功七啓曰感分遺身楚辭曰聊竄端匿迹也生必耀華名於玉牒没則勒洪伐於金冊東觀漢記曰封禪其玉牒文祕說文曰牒札也陳琳韋端碑曰撰勒洪伐式昭德音金冊已見西京賦今公子違世陸沉避地獨竄陸沉已見張景陽雜詩孔安國尚書傳曰違避也論語子曰賢者避世其次避地有生之歡滅資父之義廢漢書曰夫人有生之最靈者也孝經曰資於事父以事君而敬同愁洽百年苦溢千歲古詩曰人生不滿百常懷千歲憂何異促鱗之游汀濘短羽之棲翳薈張升與任彦堅書曰今將老弱處于窮澤漸漬汀濘當何聊賴汀吐

冷切說文曰渟絶小水也奴冷切孫子兵法曰林木翳薈也今將榮子以天人之大寶悅子以縱性之至娛周易曰天地之大德曰生聖人之大寶曰位列子楊朱曰從性而游不逆萬物所好七啓曰說游觀之至娛窮地而游中天而居列子曰穆王執化人之祛騰而上者中天乃止傾四海之歡殫九州之腴說文曰歡喜樂也又曰腴腹下肥者西都賓曰華實之毛則九州之上腴焉鑽屈轂之瓠解蹏屬之拘子欲之乎言屈轂之瓠難鑽蹏屬之拘難解今欲以辯而鑽解之也韓子曰齊有居士田仲者宋人屈轂往見之謂仲曰轂有巨瓠堅如石厚而無竅願效之先生田仲曰堅如石不可剖而斲厚而無竅不可以受水漿吾無用此瓠爲也屈轂曰然其棄物乎曰然今先生雖不恃人之食亦無益人之國矣猶可棄之瓠也田仲若有所失慙而不對山海經曰二負稱猰貐帝乃梏之蹏屬之山桎其右足及縛兩手公子曰大夫不遺來茲荒外毛萇詩傳曰萃集也雖在不敏敬聽嘉話孝經曰參

不敏說文曰詁會合善言也大夫曰寒山之桐出自太冥楚辭曰北有寒山卓龍施然北方極陰故曰太冥含黃鍾以吐幹據蒼岑而孤生禮記曰季夏之月中央土律中黃鍾之宮尚書曰嶧陽孤桐孔安國曰孤特生桐中琴瑟既乃瓊巘嶒崚金岸崥崹瓊巘玉山也魯靈光殿賦曰崱崚嶒而龍鱗崥崹嶃平貌也崥步迷切崹徒奚切左當風谷右臨雲谿上無淩虛之巢下無跖實之蹊淮南子曰鳥排虛而飛獸蹠實而走高誘曰貫地也廣雅曰蹠履也跖與蹠同搖刖峻挺茗邈苕嶢搖刖危貌也茗邈高貌也茗莫冷切晞三春之溢露遡九秋之鳴飇毛萇詩傳曰晞乾也班固終南山賦曰三春之季孟夏之初愬與遡同已見上文古樂府有歷九秋妾薄相行零雪寫其根霏霜封其條毛萇詩傳曰霏雪貌也霜亦雪類故通言之木既繁而後綠草未素而先彫傅毅七激曰陽春後榮涉秋先彫於是揖雲梯

陟崢嶸（墨子曰公輸般爲雲梯必取宋長笛賦曰搆雲梯抗浮柱郭璞方言注曰崢嶸高峻也）**剪蕤賓之陽柯剖大呂之陰莖**（禮記曰仲夏之月律中蕤賓又曰季冬之月律中大呂蒼頡篇曰剖析也周禮曰仲冬斬陽木仲夏斬陰木鄭玄曰陽木生於山南陰木生於山北也）**營匠斲其樸伶倫均其聲**（營匠未詳莊子曰匠石之齊見櫟社樹觀者如市匠伯不顧司馬彪曰石字伯說文曰斲斫也漢書曰黃帝使伶倫取嶰谷之竹斷兩節間而吹之以爲黃鍾之宮制十二籥以聽鳳皇之音以比黃鍾之宮）**器舉樂奏促調高張**（禮記曰金石絲竹樂之器也楊雄解嘲曰絃者高張急徽）**音朗號鍾韻清繞梁**（楚辭曰操伯牙之號鍾兮挾秦箏而彈徽尸子曰繞梁之鳴許史鼓之非不樂也墨子以爲傷義故不聽也）**追逸響於八風采奇律於歸昌**（風俗通曰聲所以五者繫五行也音所以八者繫八風也淮南子曰律之初生也寫鳳之音韓詩外傳曰鳳舉曰上翔集鳴曰歸昌）**啓中黃之少宮發蕤賓之變商**（中黃

土色禮斗威儀曰少宮主政宋均曰聲五而已必加少
宮少商者以君臣任重爲設副也劉向雅琴賦曰彈少
宮之際天援中斷以及泉禮記曰孟秋之月
其神蓐收淮南子曰變宮生徵變商生羽若乃龍火
西頹暄氣初收漢書曰東宮蒼龍房心心爲火故曰
龍火也左氏傳曰仲尼曰火猶西流
禮記曰仲秋飛霜迎節高風送秋桓譚七說曰飛霜厲
陽氣日衰其末猋風激其崖李
尤七歎曰季秋末羈旅懷土之徒流宕百羅之疇左氏
際高風猋厲傳陳
敬仲曰羈旅之臣論語曰小人懷土謝忱後漢書序
曰士庶流宕他州異境毛詩曰我生之後逢此百羅撫
促柱則酸鼻揮危絃則涕流舞賦曰若緪瑟促柱高唐
賦曰寒心酸鼻廣雅曰揮
動也鄭玄論語注曰危高也侯瑾箏賦曰急絃促柱變
調改曲陸機前緩歌行曰大客揮高絃意與此同也
若乃追清哇赴嚴節張衡舞賦曰含清哇而吟詠蓄頡
曰哇謳也嚴節急節也漢書曰嘖
銅丸以擿鼓聲
中嚴鼓之節奏綠水吐白雪淮南子曰手會綠水之
趨高誘曰綠水古詩也

宋玉風賦曰爲幽蘭白雪之曲**激楚迴流風結、**上林賦曰激楚結風文穎曰激衝急風也結風迴風亦急風也楚地風氣既自漂疾然歌樂者猶復依激結之急風爲節也**悲蓂莢之朝落、**

悼望舒之夕缺、田俅子曰堯爲天子蓂莢生於庭爲帝成曆鄭玄詩箋曰悼傷也楚辭曰前望舒使先驅兮王逸曰望舒月御也古詩曰四五詹兎缺**煢嫠爲之擗摽、孀老爲之嗚咽、**左氏傳初莒有婦人莒子殺其夫已爲嫠婦杜預曰寡婦爲嫠毛詩曰寤擗有摽毛萇曰擗拊心貌淮南子曰童子不孤婦人不孀高誘曰寡婦曰孀

王子拂纓而傾耳、六馬噓天而仰秣、列仙傳曰王子喬周靈王太子晉也吹笙則鳳鳴禮記曰傾耳而聽之孫卿子曰昔者瓠巴鼓瑟而鱏魚出聽伯牙鼓琴而六馬仰秣黃伯仁龍馬賦曰或有噓天慷慨骨騰肉飛說文曰噓吹噓音虛秣或爲蹀也

此蓋音曲之至妙、子豈能從我而聽之乎、舞賦曰天下之至妙

公子曰余病未能也、

大夫曰蘭宮祕宇彫堂綺櫳 楚辭曰徜徉兮蘭宮魯靈光殿賦曰乃立靈光之祕殿說文曰櫳房室之疏也 雲屏爛汗瑣壁青葱 禮記曰疏屏天子之廟飾也鄭玄曰屏謂之樹刻之為雲氣蟲獸甘泉賦云燿照形之玉壁 應門八襲璇臺九重 毛詩曰乃立應門郭璞爾雅注曰襲猶重也汲古文曰桀作傾宮飾瑤臺韓子箕子曰紂必為九重高臺也 表以百常之闕園以萬雉之墉 表標也百常高也西京賦曰徑百常而莖擢西都賦曰建金城之萬雉毛萇詩傳曰墉城也 爾乃嶢榭迎風秀出中天 方言曰嶢高也郭璞爾雅注曰榭臺上起屋也曹子建七啟曰迎清風而立觀國語曰秀出於衆秀出貌也列子曰周穆王築臺號曰中天之臺 翠觀岑青彫閣霞連長翼臨雲飛陛凌山 鄭玄禮記注曰榮屋翼也魯靈光殿賦曰飛陛揭孽緣雲上征 望玉繩而結極承倒景而開軒 春秋元命苞曰玉衡北兩星為玉繩說文曰極棟也陵陽子明經曰倒景氣去地四千里其景皆倒在下

軒長廊之隱也赬素炳煥枌栱嵯峨毛萇詩傳曰赬赤也說文曰棼複屋棟也棼與枌古字通陰虬負檐陽馬承阿虬龍也楚辭曰仰觀刻桷畫龍虬馬融梁將軍西第賦曰騰極受檐陽馬承阿周書曰明堂咸有四阿錯以瑶英鏤以金華廣雅曰錯厠也范子計然曰玉英出藍田劉欣期交州記曰金華出珠崖謂金有華彩也方疏含秀圓井吐葩魯靈光殿賦曰懸棟結阿天窻綺疏圓淵方井反植荷蕖張載曰疏刻鏤也秀謂華也重殿疊起交綺對幌西京賦曰交綺豁以疏寮文字集略曰幌以帛明窻也幽堂晝密明室夜朗焦螟飛而風生尺蠖動而成響晏子春秋景公問於晏子曰天下有極細乎對曰東海有蟲名曰焦螟巢於蚊睫飛乳去來而蚊不覺周易曰尺蠖之屈以求伸也若乃目厭常玩體倦帷幄列子曰聲色不可常玩聞攜公子而雙游時娛觀於林麓曹大家列女傳注曰竹木曰林山足曰麓登翠阜臨丹谷華草錦

繁飛采星燭陽葉春青陰條秋緑華實代新承意

恣歡仰折神䕡俯采朝蘭本草經曰白芷一名䕡許妖切遡蕙風於衡

薄眷椒塗於瑤壇邊讓章華臺賦曰蕙風春施洛神賦曰践椒塗之郁烈步衡薄而流芳漢書曰徧翔比眺瑤堂王逸楚辭注曰壇猶堂也爾乃浮三翼戲中沚越絶書伍子胥水戰兵法内經曰大翼一艘長十丈中翼一艘長九丈六尺小翼一艘長九丈毛詩曰宛在水中沚潛鰓

駭驚翰起蘇林漢書注曰鰓音魚鰓今呼魚謂之鰓猶呼車以爲軫也鄭玄詩箋曰翰鳥中豪俊者也沉絲結飛矰理毛詩曰其釣維何維絲伊緡毛萇曰緡綸也鄭玄曰以絲爲之綸周禮曰矰矢用諸弋射鄭玄曰結繳於矢謂之矰也挂歸翮於赤霄之表出華鱗於

紫淵之裏歸翮鴻鴈之屬也淮南子曰夫鴻鵠背負蒼天膺摩赤霄上林賦曰紫淵徑其北然

後縱棹隨風弭楫乘波杜預左氏傳曰縱放也毛萇詩傳曰弭止也吹孤竹

拊雲和周禮曰孤竹之管雲和之琴瑟鄭玄曰孤竹竹特生者雲和山名淵客唱淮南之曲榜人奏采菱之歌淵客習水者也吴都賦淵客慷慨而泣珠漢書曰淮南鼓員四人子虚賦曰榜人歌張揖曰船長也淮南子曰歌采菱發陽阿也歌曰乗鳧舟兮爲水嬉穆天子傳曰天子乗鳧舟郭璞曰舟爲鳧形制今吴之青雀舫此其遺象也琴道雍門周曰水嬉則舫龍舟臨芳洲兮拔靈芝楚辭曰采芳洲兮杜若西京賦曰擢靈芝之朱柯樂以忘戚游以卒時論語子曰樂以忘憂家語孔子歌曰優哉游哉聊以卒歲窮夜爲日畢歲爲期此盖宴居之浩麗子豈能從我而處之乎毛詩曰或燕燕居息浩猶大也公子曰余病未能也

大夫曰若乃白商素節月既授衣周禮曰西方白禮記曰孟秋之月其音商劉楨與臨淄侯書曰肅以素秋則落毛詩曰九月授衣天凝地閉風厲霜飛凝猶結也

禮記曰仲冬之月塗城闕築囹圄助天地之閉藏也柔條夕勁密葉晨稀將因氣以效殺臨金郊而講師禮記曰季冬之月天子乃教於田獵劉向尚書五行說曰金西方萬物既成殺氣之始也故立秋出軍行師西方爲金故曰金郊也國語號文公曰三時務農一時講武爾乃列輕武整戎剛輕武戎剛四車名也司馬彪續漢書曰輕車古之戰車也不巾不蓋韓子曰管仲之始治也桓公武車元戎已見上文輕武卒名也戎剛車名也東京賦總輕武之後陳奏嚴鼓之嘈囋漢書曰衛青令武剛車環爲營張晏曰兵車也建雲髦啓雄芒雲髦雲旆竿上施旄也上林賦曰建雲旆髦與旄古字通子虛賦曰建干將之雄戟芒鋒刃也漢書賈誼曰解十二牛而芒刃不頓駕紅陽之飛燕驂唐公之驌驦紅陽飛燕未詳或曰駿馬圖有含陽侯驃疑含即紅聲之誤也左氏傳曰唐成公有兩驌驦馬馬融曰驌驦鴈也馬似之屯羽隊於外林縱輕翼於中荒羽隊士負羽而爲隊也羽獵賦曰蒙盾負羽而羅者以萬計翼左右甄也越絶書曰子胥兵分爲兩翼夜火相望爾乃布飛罼或云

飛羅盧端切張脩罠爾雅曰彘古謂之羉或作罠音旻然罦羉罠一以爲對恐互體廣雅曰罠免罟也劉逵吴都賦注曰罠麋網也然張氏之意盖同劉說羉或爲羅陵黃岑挂青巒爾雅曰巒隋山也郭璞曰山隋長者荆州謂之巒畫長谿以爲限帶流谿以爲關既乃内無疏蹊外無漏迹廣雅曰疏通也七啓曰下無漏迹上無逸飛叩鉦數校舉麾旌獲周禮曰鼓征鳴鐲車皆行鄭玄曰鐲鉦也散爲陣列而行也漢書曰大校獵如淳曰合軍聚衆有幡校也周禮曰建大麾以田鄭玄曰不在九旗之中周禮曰服不氏射則贊張侯以旌居乏而待獲鄭玄曰待獲射者舉旌以獲也彀金機馳鳴鏑說文曰彀張弓弩機弩牙也以金爲之漢書曰冒頓乃作爲鳴鏑音義曰箭鏑也如今鳴箭是也剪剛豪落勁翮車騎競騖駢武齊轍說文曰騖亂馳也駢並也毛萇詩傳曰武迹也杜預左氏傳注曰轍車迹也翕忽揮霍雲迴風烈孫卿子曰下之和上譬猶響之應聲影之隨形舉戈林竦揮鋒電滅東京賦曰

戈矛若林廣雅曰竦立也仰傾雲巢俯殫地穴周禮有穴氏鄭玄曰穴搏蟄獸所藏者也
乃有圓文之犴班題之狖毛萇詩傳曰豕一歲曰豣又鄭玄曰豕生三子曰猣然此
豣猣指諸獸不專論豕也鼓鬣風生怒目電瞛瞛光也七從切口齩霜刃足
撥飛鋒說文曰齩齧骨也胡狡切廣雅曰撥除也補達切鼿林蹶石扣跋幽叢
鼿以鼻搖動也五忽切郭璞爾雅注曰蹶動搖之貌也居月切孔安國論語注曰扣擊也毛萇詩傳曰跋躐也
扣跋或謂却伏也於是飛黃奮銳賁石逞技史記曰蜚廉以材力事殷紂尸
子中黃伯曰余左執太行之獶而右搏雕虎說苑曰勇士孟賁水行不避蛟龍陸行不避虎狼吳越春秋曰夫差
使王孫聖占夢聖占之不吉王怒使力士石蕃以鐵椎椎殺聖張華博物志曰石蕃衛臣也背負千二百斗
沙蹙封狶僨馮豕淮南子曰伍胥曰吳為封狶脩蛇小雅曰封大也方言曰南楚人謂豬為
狶爾雅曰僨僵也甫運切僨或為憤非也王逸楚辭注曰馮大也拉虤虪挫獬廌爾雅曰虪

白虎黲黑虎張揖漢書注曰獬廌似鹿而一角也勾爪摧鋸牙捭淮南子曰勾爪鋸牙於是摯矣說文曰捭兩手擊也補買切斕漫狼藉傾榛倒壄說文曰草編狼藉也殞胔挂山僵踣掩澤鄭玄周禮注曰四足死者曰胔爾雅曰僵仆也郭璞爾雅注曰踣前覆也張揖上林賦注曰掩覆也藪為毛林隰為丹薄鄭玄周禮注曰澤無水曰藪廣雅曰草叢生曰薄於是撤圍頓罔卷旆收鳶鄭玄禮儀注曰撤除也頓猶捨也禮記曰前有塵埃則載鳴鳶虞人數獸林衡計鮮周禮有虞人又有林衡孔安國尚書傳曰鳥獸新殺曰鮮論最犒勤息馬韜弦張晏漢書注曰最功第一也西京賦曰犒勤賞功杜預左氏傳注曰犒勞也又曰韜藏也肴駟連鑣酒駕方軒說文曰鑣馬銜也西京賦曰酒車酌醴方駕授饔千鍾電釂萬燧星繁孔叢子曰堯飲千鍾西京賦曰升觴舉燧既釂鳴鍾說文曰釂飲酒盡也陵皐霑流膏谿谷厭芳煙歡極樂殫迴節

而旋鄭玄周禮注曰節信也行者所執之信也此亦田游之壯觀子豈能從我而爲之乎封禪文曰天下之壯觀公子曰余病未能也大夫曰楚之陽劒歐冶所營越絶書曰楚王召風胡子而問之曰寡人聞吳有干將越有歐冶子寡人願齎邦之重寶請此二人作爲鐵劒可乎於是風胡子之吳見歐冶干將使之作鐵劒三枚一曰龍淵二曰太阿三曰工市陽劒見下文邪谿之鋌赤山之精越絶書曰越王勾踐有寶劒五聞於天下客有能相劒者名曰薛燭王召而問之對曰當造此劒之時赤菫之山破而出錫若耶之溪涸而出銅許慎淮南子注曰鋌銅鐵璞也徒鼎切精謂其中尤善者銷踰羊頭鏷越鍛成淮南子曰苗山之鋌羊頭之銷雖水斷龍鬚陸剸兕甲莫之服帶許慎曰銷生鐵也高誘曰苗山利金所出羊頭之銷白羊子刀也鏷或謂爲鍱廣雅曰鍱鋌也謝承後漢書曰孝章皇帝賜諸尚書劒手自署姓名尚書陳寵濟南鍛成蒼頡書曰鍛椎也乃鍊乃鑠萬辟千灌說文曰煉冶金也賈逵國語注

曰鑠銷也說文曰銷鑠金也辟謂疊之灌謂鑄之典論
曰魏太子丕造百辟寶劒長四尺王粲刀銘曰灌辟以
數質象以呈豐隆奮椎飛廉扇炭越絕書薛燭曰當造此劒之時雨師灑掃雷公
擊橐蛟龍捧爐天帝裝炭思玄賦注曰豐
隆雷公也王逸楚辭注曰飛廉風伯也神器化成陽
文陰縵吳越春秋曰干將者吳人造劒二枚一曰干將二曰莫耶莫耶者干將之妻名也干將曰吾師
之作冶也金鐵之類不銷夫妻俱入冶爐之中莫耶曰
先師親爍身以成物妾何難也於是干將夫妻乃斷髮
揃爪投之爐中使童女三百鼓橐裝炭金鐵乃濡遂以
成劒陽曰干將而作龜文陰曰莫耶而漫理干將匿其陽出其
陰而獻之闔閭闔閭甚重之流綺星連浮縹豔發綺光色也越絕書曰工取純鈞薛燭
觀其釽爛如列星之行典論曰太子
丕劒銘曰流采色似采虹釽菡掾切光如散電質如耀
雪莊子曰此劒一用如雷霆之震也魏文帝大牆上蒿行曰我帶長寶劒光白如積雪霜鍔
水凝冰刃露潔典論曰魏太子丕造素質堅而似霜造匕首理似堅冰背類曰鍔刀刃也字書

曰凝冰之絜也越絶書曰王取純鈞薛燭觀其光如水之溢於塘觀其文煥煥如冰之將釋形冠豪曹名珍巨闕越絶書曰越王取豪曹薛燭曰豪曹非寶劒也夫寶劒五色並見莫能相勝曹已擅名矣非寶劒也王取巨闕曰非寶劒也夫寶劒者金錫和銅而不離今巨闕已離矣非寶劒也指鄭則三軍白首麾晉則千里流血越絶書曰楚王作鐵劒三枚晉鄭聞而求之不得與師圍楚之城三年不解於是楚引太阿之劒登城而麾之三軍破敗士卒迷惑流血千里晉鄭之軍頭畢白也豈徒水截蛟鴻陸灑奔駟韓非子曰負長劒赴榛薄折兕豹赴深淵斷蛟龍戰國策曰蘇秦曰韓卒之劒水擊鴻鴈越絶書曰勾踐示薛燭巨闕曰吾坐露壇之宮有駟駕白鹿而過者車奔馬騰吾引劒而指之駟駕上飛揚不知其絶也斷浮翮以爲工絶重甲而稱利云爾而已哉浮翮鴻鴈也已見上注史記蘇秦說韓王曰韓卒之劒當敵則斬堅甲若其靈寶則舒辟無方奇鋒異模說文曰舒中也晉灼漢書注曰方常也鄭玄毛詩箋曰模

法也形震薛蜀光駭風胡越絕書爲燭吴越春秋爲蜀蓋一人也價兼三鄉
聲貴二都越絕書勾踐示薛燭純鈞曰客有買之者有市之鄉二駭馬千匹千户之都二可乎薛燭
曰雖傾城量金珠玉蒲河猶不得此一物況有市之鄉二駭馬千匹千户之都二何足言哉然寶二鄉而云三
者避下文也或馳名傾秦或夜飛去吴越絕書曰闔廬無道湛盧之劒去之入水
行湊楚楚王卧而設湛盧之劒也秦王聞而求之不得興師擊楚曰與我湛盧之劒還師去汝楚王不與
是以功冠萬載威曜無窮揮之者無前擁之者身雄
說文曰揮奮也漢書元后詔曰奮無前之威可以從服九國橫制入戎過秦曰秦
人開關延敵九國之師遯逃而不敢進史記趙良曰五羖大夫相秦施德諸侯而入戎來服爪牙景
附函夏承風毛詩曰祈父予王之爪牙崔琰大將軍夫人冠氏誄曰英雄景附楊雄河東賦曰函
夏之大漢家語孔子曰舜之爲君四海承風此蓋希世之神兵子豈能從我

而服之乎魯靈光殿賦曰邈希世而特出公子曰余病未能也大夫曰天驥之駿逸態超越天驥天馬也驥或爲機傳玄乘輿馬賦曰九方不能測其天機列子伯樂曰九方臯之所觀天機也禀氣靈淵受精皎月孔安國尚書傳曰禀受也遯甲開山圖曰隴西神馬山有淵池龍馬所生春秋考異郵曰地生月精爲馬月數十二故馬十二月而生眸瞯黑照玄采紺發趙岐孟子注曰眸目瞳子也說文曰瞯戴目也音閑說文曰紺深青而赤色沫如揮紅汗如振血漢書天馬歌曰霑赤汗染流赭應劭曰大宛馬汗血霑濡也流沫如赭也韓康伯周易注曰揮散也薛君韓詩章句曰振猶奮也秦青不能識其衆九方堙不能覩其若滅呂氏春秋曰古者善相馬者管青相脣吻秦牙相前皆天下良士也若趙之王良秦之伯樂九方堙尤盡其妙矣相馬經曰夫法千里馬有三十六尺四寸列子伯樂曰天馬者若滅若没若亡若失若此者絶塵弭轍爾乃巾雲軒踐朝霧鄭玄周禮注曰

巾猶衣也雲軒已見上赴春衢整秋御秋御秋駕也司馬彪莊子注曰秋駕法駕也虬踊螭騰麟超龍翥甘泉賦曰駟蒼螭兮六素虬劉梁七舉曰天馬之號出自西域纖阿為右御以術儀攬轡舒節凌雲先螭尺子曰馬有騏驎徑駿南都賦曰馬鹿超而龍驤望山載奔視林載赴氣盛怒發星飛電駭李尤七嘆曰神奔電驅星流矢驚鳥則莫若益野騰駒也志凌九州勢越四海景不及形塵不暇起劉廣世七興曰駿驅之馬影不及形塵不暇興浮箭未移再踐千里浮箭謂漏刻也爾乃踰天垠越地隔過汗漫之所不游躡章亥之所未迹淮南子若士曰吾與汗漫期於九垓之上若十舉臂竦身而遂入雲中又曰禹乃使大章步自東極至於西極二億三萬三千五百里七十步使豎亥步自比極至於南極二億三萬三千五百七十里陽烏為之頓羽夸父為之投策春秋元命苞曰陽成於三故日中有三足烏烏者陽精山海經曰夸父與日競走渴

飲河渭河渭不足北飲大澤未至道渴而死弃其杖爲鄧林斯蓋天下之儁乘子豈
能從我而御之乎公子曰余病未能也
大夫曰大梁之黍瓊山之禾大梁黍未詳瓊山禾即崑崙之山木禾山海經曰崑
崙之上有木禾長五尋大五圍唐稷播其根農帝甞其華尚書帝曰汝后稷播
時百穀賈誼曰神農甞百草之實教人食穀者也爾乃六禽殊珍四膳異肴周禮
曰庖人掌共六禽鄭司農注曰鴈鶉鷃雉鳩鴿禮記曰孟春食麥與羊孟夏食菽與雞孟秋食麻與犬孟冬食
黍與彘窮海之錯極陸之毛尚書曰海物惟錯禮記曰加豆陸產也穀梁傳曰凡地之
所生謂之毛伊公爨鼎庖子揮刀伊公伊尹也韋昭漢書注曰爨灼也庖子庖丁
也味重九沸和兼勺藥呂氏春秋伊尹說湯曰凡味之本水最爲始五味三和九沸九
變爲火之紀高誘曰紀節也味待火然後成故曰火爲之節也文頴上林賦注曰勺藥五味之和晨鳧

露鵠霜鶂黃雀說苑曰魏文侯嗜晨鳧霜露降鵠鶂美南都賦曰歸鴈鳴鶂楚辭曰煎鰿臛雀王逸曰臛黃雀也圜案星亂方丈華錯鹽鐵論曰垂拱持案食者不知蹠耒躬耕者之勤也墨子曰美食方丈目不能徧視口未能徧味也列女傳曰方丈於前所甘不過一肉也封熊之蹯翰音之跖左氏傳曰晉靈公宰夫胹熊蹯不熟禮記曰雞曰翰音呂氏春秋曰善學者若齊王之食雞也食其跖數千而後足也鷰髀猩脣髦殘象白呂氏春秋伊尹說湯曰肉之美者巂鷰之髀孫炎爾雅注曰巂胡圭切說文曰髀股外也髀尒切呂氏春秋伊尹曰肉之美者猩猩之脣髦象之約高誘曰髦毛髦牛也在西方象象獸也在南方取其遠方物之美也髦象之肉美貴異味也殘白盖煮肉之異名也雀䴏博徒論曰鷰臛羊殘炙鴈煮鳧靈淵之龜萊黃之鮐七啓曰寒方苓鮐之巢龜鹽鐵論曰江湖之魚萊黃之鮐不可勝也漢書東萊郡有黃縣說文曰鮐海魚也待來切丹穴之鷚玄豹之胎山海經曰丹穴之山有鳥焉其狀如鶴五采名曰鳳說文曰鷚鳥大鶵鷚也列女傳陶荅子妻曰

南山有玄豹六韜曰紂君玉杯象箸不盛菽藿之羹必將熊蹯豹胎也燀以秋橙酤以春

梅左氏傳晏子曰和如羹焉水火醯醢鹽梅以烹魚肉燀之以薪杜預曰燀炊之也博物志曰橙似橘而非若柚而有芬香劉梁七舉曰酤以醯醢和以蜜飴廣雅曰沽溢也酤與沽同也他兼切尚書曰若作和羹爾惟鹽梅

接以商王之箸承以帝辛之杯商王帝辛皆謂紂也史記曰帝乙崩子辛立是爲帝辛天下謂之紂六韜曰紂君陳玉杯象箸韓子曰紂爲象箸箕子曰象箸玉杯不盛菽藿者也

范公之鱗出自九溪陶朱公養魚經曰威王聘朱公問之曰公家累億金何術乎朱公曰夫爲生之法五水畜第一所謂水畜者魚池也以六畝地爲池池中有九洲即求懷子鯉魚以二月上旬庚日內池中養鯉者鯉不相食易長又貴也

頳尾丹鰓紫翼青鬐毛詩曰魴魚頳尾丹鰓已見上文上林賦曰揵鬐掉尾振鱗奮翼

爾乃命支離飛霜鍔莊子曰朱泙漫學屠龍於支離益殫千金之家三年技成而無所用其巧司馬彪曰朱姓也泙漫名也益人名也泙普彭切霜鍔已

〔見上文〕紅肌綺散，素膚雪落。〔七啓曰：玄熊素膚。又曰：離若散雪。〕婁子之豪不能厠其細，秋蟬之翼不足擬其薄。〔孟子曰：離婁者，古明目者也，能視百步之外，見秋毫之末。楚辭曰：蟬翼爲重。〕繁肴既闋，亦有寒羞。〔蒼頡篇曰：闋，訖也。周禮曰：朝事之籩。鄭司農曰：朝事謂清朝未食，先進寒具口實之籩也。〕商山之果，漢皐之榛。〔漢書曰：四人者，秦之出避而入商雒深山。已見西都賦。漢皐已見南都賦。韓詩外傳曰：鄭交甫遵彼漢皐臺下。郭璞上林賦注曰：榛亦橘之類也。音湊。或曰榛。〕析龍眼之房，剖椰子之殼。〔劉淵林吳都賦注曰：龍眼如荔枝而小，味甘。又曰：椰樹似檳榔，實大如瓠，裹有汁，美如蜜，核可作飲器。殼即核也。凡物內盛者皆謂之殼。苦角切，協韻苦豆切。〕芳旨萬選，承意代奏。〔鄭玄周禮注曰：選，擇也。孔安國尚書傳曰：奏，進也。〕乃有荆南烏程，豫北竹葉。〔盛弘之荆州記曰：渌水出豫章康樂縣，其間烏程鄉有酒官，取水爲酒，酒極甘美，與湘東酃湖酒年常獻之，世稱酃渌酒。吳地理志曰吳興烏程縣酒有名張華輕薄篇曰蒼梧竹葉清宜城九醖酒浮蟻星沸飛華蓱接南都賦曰醪敷徑寸浮蟻如蓱玄石嘗其味儀氏進其法博物志曰玄石從中山酒家酤酒酒家與之千日之酒戰國策魯君曰昔帝女儀狄作酒而美進之於禹傾罍一朝可以流湎千日薛君韓詩章句曰齊顏色均衆寡謂之流閉門不出客謂之湎漢書谷永曰流湎媟嫚千日巳見上文單醪投川可使三軍告捷黃石公記曰昔良將之用兵也人有饋一簞之醪投河令衆迎流而飲之夫一簞之醪不味一河而三軍思爲致死者以滋味及之也斯人神之所歆羨觀聽之所煒曄也毛詩曰帝謂文王無然歆羨說文曰歆神食氣也方言曰煒盛也郭璞曰暐曄盛貌也子豈能強起而御之乎公子曰耽口爽之饌甘腊毒之味老子曰五味令人口爽廣雅曰爽傷也國語單襄公謂魯成公曰高位寔疾顛厚味寔腊毒賈逵曰顛隕也腊久也言味厚者其毒久服腐腸之藥御

亡國之器呂氏春秋曰肥肉厚酒以務相彊命曰爛腸之食亡國之器象箸玉杯已見上文雖子大夫之所榮故亦吾人之所畏余病未能也大夫昌蓋有晉之融皇風也金華啓徵大人有作杜預左氏傳注曰融朗也晉爲金德故曰金華周易曰利見大人又曰聖人作而萬物覩繼明代照配天光宅周易曰明兩作離大人以繼明照于四方毛詩序曰思文后稷配天也尚書序曰昔在帝堯光宅天下其基德也隆於姬公之處岐姬公文王也國語曰太上基德十五王而始平之孟子曰昔文王之治岐也仕者世祿王處岐已見思玄賦其垂仁也富乎有殷之在亳尚書仲虺曰惟王克寛克仁彰信兆民孔安國曰言湯有寛仁之德尚書曰湯既黜夏命復歸於亳南箕之風不能暢其化離畢之雲無以豐其澤尚書曰星有好風星有好雨春秋緯曰月失其行離於箕者風離於畢者雨皇道煥炳帝載緝熙景福殿賦曰樂我皇道尚書舜曰有能奮庸熙帝之載詩曰維清緝熙文王之

典導氣以樂宣德以詩呂氏春秋曰陶唐氏之化陰多滯伏陽道壅塞人氣鬱閼筋骨攣縮作舞宣導之國語曰王將鑄無射問律於泠州鳩對曰律所以立均度所以宣布哲人之令德示民軌儀也教清於雲官之世治穆乎鳥紀之時左氏傳曰郯子來朝公與之宴昭子問焉曰少皥氏鳥名何故也郯子曰昔者黃帝氏以雲紀故爲雲師而雲名我高祖少皥摯之立也鳳鳥適至故以鳥紀爲鳥師而鳥名也王猷四塞函夏謐寧毛詩曰王猶允塞猶與猷同已見上文爾雅曰謐寧也丹冥投烽青徼釋警丹南方朱冥也楚辭曰歷祝融於朱冥王逸曰朱冥之野也青徼東方也呂氏春秋曰禹東至青羌之野南至交阯丹粟漆樹後漢書還東徼外貊人冠右比平張揖漢書注曰徼塞也以木柵水中爲夷狄之界也卻馬於糞車之轅銘德於昆吾之鼎老子曰天下有道卻走馬以糞王弼曰天下有道脩於內而已故卻走馬以糞田東京賦曰卻走馬以糞車墨子曰昔夏開使飛廉採金於山以鑄鼎於昆吾蔡邕銘論曰呂尚作周太師而封齊

其功銘於昆吾之冶群萌反素時文載郁素樸素也東京賦曰遵節儉尚素樸論語
子曰周監於二代郁郁乎文哉耕父推畔漁豎讓陸文子曰黃帝之化天下田者讓畔淮
南子曰黃帝化天下漁者不爭坻樵夫恥危冠之飾輿臺笑短後之服長楊賦曰士有不談王道者即樵夫笑之韓非子曰解其長劒免其危冠左氏傳曰人有十等皁臣僕僕臣臺
莊子魏太子謂莊周曰吾王所見唯劒士短後之服王乃說六合時邕巍巍蕩蕩呂氏春秋曰神通乎六合尚書曰黎民於變時雍論語
子曰大哉堯之為君蕩蕩乎民無能名焉巍巍乎其有
成功也玄髫巷歌黃髮擊壤埤蒼曰髫髮也髫與齠古字通也大聊切列子曰堯
理天下乃微服游康衢聞兒童謠曰立我烝民莫匪爾極不識不知順帝之則毛詩曰黃髮台背爾雅曰黃髮
壽也論衡曰堯時天下大和百姓無事有五十之人擊壤於塗也解羲皇之繩錯陶唐
之象周易曰上古結繩而治尚書大傳曰唐虞之象刑赭衣不純中刑雜屨下刑墨幪幪音蒙若

乃華裔之夷流荒之貊左氏傳孔子曰裔不謀夏夷不亂華尚書曰五百里荒服又曰二百里流孔安國曰要服之外五百里也周書曰四夷九貊孔晁曰貊夷之別也語不傳於輶軒地不被乎正朔風俗通曰秦周常以八月輶軒使採異代方言藏之秘府春秋說題辭曰蠻服流遠正朔不及益德則感越常重譯至也莫不駿奔稽顙委質重譯毛詩曰駿奔走在廟喻巴蜀曰稽顙來享禮記曰拜而後稽顙左氏傳狐突曰策名委質貳乃辟也重譯見上文于時昆蚑感惠無思不擾毛詩序曰文王德及鳥獸昆虫焉說文云蚑行也凡生之類行皆蚑也毛詩曰無思不服應劭漢書注曰擾馴也苑戲九尾之禽囿棲三足之烏春秋元命苞曰天命文王以九尾狐白虎通曰禽者何鳥獸之摠名明爲人所禽制也典引曰三足軒翥於茂林蔡邕曰烏反哺之鳥至孝之應也鳴鳳在林夥於黃帝之園禮瑞命記曰黃帝服黃服戴黃冠齋于宮鳳乃蔽日而來止帝園食竹實棲帝梧桐終不去漢書曰楚人謂多爲夥有

龍游淵盈於孔甲之沼左氏傳蔡墨曰有夏孔甲擾于有帝帝賜之乘龍河漢各二各有雌雄也杜預曰孔甲少康之後九世之君也萬物烟熅天地交泰周易曰天地絪縕萬物化醇又曰天地交泰義懷靡內化感無外莊子偏謂周曰吾知道近乎無內遠乎無外林無被褐山無韋帶老子曰聖人被褐懷玉漢書賈山上疏曰夫布衣韋帶之士脩身於內成名於外皆象刻於百工兆發乎靈蔡尚書曰高宗夢得說使百工營求諸野乃審象旁求於天下孔安國曰審所夢之人刻其形象也史記曰呂尚年老矣以漁釣奸周西伯將畋卜之曰所獲霸王之輔於是西伯獵果遇太公論語子曰臧文仲居蔡鄭玄曰蔡謂國君之守龜也搢紳濟濟軒冕藹藹封禪書曰因雜搢紳先生之略術毛萇詩傳曰濟濟多威儀也管子曰先王制軒冕足以著貴賤廣雅曰藹藹盛也功與造化爭流德與二儀比大淮南子曰大丈夫無為與造化逍遙周易曰易有太極是生兩儀闞駰君平老子指歸曰功與造化爭流德與天

地齊光言未終公子蹶然而興莊子曰黃帝問廣成子廣成子蹶然而起司馬彪曰蹶疾起貌曰鄙夫固陋守此狂狷鄙夫已見西征賦司馬遷書曰請略陳固陋論語子曰不得中行而與之必也狂狷乎狂者進取狷者有所不為也蓋理有毀之而爭寶之訟解莊子曰庚市子肩之毀玉也淮南子莊子后解曰庚市子聖人無慾者也人有爭財相鬭者庚市子毀玉於其間而鬭者止言有怒之而齊王之疾痊呂氏春秋曰齊閔王病痏往宋迎文摯文摯視王疾謂太子曰王病得怒當愈愈則殺摯如何太子曰臣當與母共請於王必不殺子矣摯往不解屨登牀履衣問王之疾王怒叱而起病即瘳將生烹文摯太子與后請不得遂烹文摯司馬彪莊子注曰痊除也向子誘我以聾耳之樂棲我以蔀家之屋老子曰五音令人耳聾周易曰豐其屋蔀其家覆暖障光之物也既豐其屋又覆其家屋厚家覆闇之甚也田游馳蕩利刃駿足既老氏之攸戒非吾人之所欲故靡得

應子老子曰馳騁田獵令人心發狂至聞皇風載韙時聖道醇杜預左氏傳注曰韙是也于匪切尚書曰政事惟醇孔安國曰醇粹也舉實爲秋摛藻爲春韓詩外傳曰魏文侯之時子質仕而獲罪謂簡主吾不復樹德簡主曰夫春樹桃李夏以得蔭其下秋得食其實今子樹其非人也荅賓戲曰摛藻如春華下有可封之民上有大哉之君尚書大傳曰周人可比屋而封論語子曰大哉堯之爲君惟天爲大惟堯則之民或爲屋余雖不敏請尋後塵論語顔回曰回雖不敏請事斯語應瑗與桓元則書曰敢不策馳敬尋後塵

詔一首

詔　漢武帝

詔曰蓋有非常之功必待非常之人故馬或奔踶而致千里善曰言馬不良或奔或踶御之以道而致千里之塗聲類曰踶蹋也杜計切士或有負

俗之累而立功名晉灼曰被世譏論也善曰越絕書曰有高世之材者必有負俗之累也夫泛駕之馬跅弛之士亦在御之而已應劭曰泛覆也馬有餘氣力乃能敗駕泛方奉切如淳曰弛廢也士行卓異不入俗檢如見斥逐也跅音拓或曰音尺其令州縣察吏民有茂才異等應劭曰舊言秀才避光武諱改稱茂才異等者越等軼群不與凡同也善曰察觀也察審知然後薦之也可為將相及使絕國者善曰桓子新論雍門周曰遠赴絕國無相見期

賢良詔一首

漢武帝

朕聞昔在唐虞畫象而民不犯應劭曰二帝但畫衣冠章服而民不敢犯也善曰尚書大傳曰唐虞象刑而民不敢犯墨子曰畫衣冠而民不犯日月所燭罔不率

俾善曰大戴禮孔子曰昔舜出入日月罔不率俾孔安國尚書傳曰無不循化而使也周之成康
刑措不用德及鳥獸善曰紀年曰成康之際天下安寧刑措四十年不用毛詩序曰文王
受命樂其有靈德以及鳥獸焉尸子曰湯之德及鳥獸矣教通四海海外肅慎晉灼曰東
夷傳肅慎今挹婁地是也在夫餘之東北千餘里大海之濱善曰大戴禮孔子曰昔舜西王母來獻其白玉琯
云教通于四海海外肅慎挹於甲切北發渠搜氏羌來服晉灼曰北發似國名也應劭曰
禹貢析支渠搜屬雍州在金河關之西善曰北發國名也大戴禮曰發渠搜氏羌來服鄭玄詩箋曰氏羌夷狄
國別在西方也星辰不孛日月不蝕山陵不崩川谷不塞善曰大戴
禮曰聖人有國則日月不蝕星辰不孛川澤不竭山不崩解陵不絕矣麒麟鳳在郊藪河洛出
圖書善曰禮記曰聖王所以順故鳳凰麒麟皆在郊藪周易曰河洛出圖書聖人則之嗚呼何
施而臻此乎今朕獲奉宗廟夙興以求夜寐以思若涉

淵水未知所濟善曰尚書曰予惟小子若涉淵水予惟往求朕攸濟猗歟偉歟何
行而可以彰先帝之洪業休德如淳曰猶詩曰猗與那歟也猗美也偉大也歟辭也言美而且大上參堯舜下配三王朕之不敏不能遠德此子大
夫之所覩聞也善曰國語越王勾踐曰苟聞子大夫之言賈逵曰親而近故曰子大夫也賢
良明於古今王事之體受策察問咸以書對著之于
篇朕親覽焉

冊說文曰冊符命也諸侯進受於王象其禮一長一短中有二編

冊魏公九錫文一首范曄後漢書曰曹操自爲魏公加九錫韓詩外傳曰諸侯之有德天子錫之一錫車馬再錫衣服三錫虎賁四錫樂器五錫納陛六錫朱戶七錫弓矢八錫鈇鉞九錫秬鬯謂之九錫也

潘元茂文章志曰潘勗字元茂獻帝時爲尚書郎遷東海相未發拜尚書左丞病卒魏錫勗所作

制詔蔡邕獨斷曰制詔者王之言必爲法制也詔猶誥也三代無其文秦漢有也使持節丞相領冀州牧武平侯魏志曰建安元年天子假太祖節鉞封武平侯建安九年領冀州牧也朕以不德少遭閔凶越在西土遷于唐衛朕謂獻帝也左氏傳楚子曰不穀不德少主社稷又楚少宰如晋師曰寡君少遭閔凶又厚成叔弔于衛曰聞君不撫社稷而越在佗境尚書曰遏矣西土之人范曄後漢書獻帝紀曰初平元年遷都長安興平二年車駕東歸李傕復追戰王師敗帝渡河幸安邑建安元年六月幸聞喜七月車駕至洛陽漢書河東郡有安邑縣聞喜縣然自聞喜入洛必塗經河内河内本衛國河東本唐堯所封故曰唐衛也當此之時若綴旒然公羊傳曰君若贅旒然何休曰旒旗旒也贅猶綴也以譬者言爲下所執持東西耳宗廟乏祀社稷無

位羣凶覬覦分裂諸夏左氏傳師服曰民服事其上而下無覬覦杜預曰下不冀望上位也說文曰覬幸也覦欲也一人尺土朕無獲焉孟子曰紂之去武丁未久也尺地莫非其有也一人莫非其臣也即我高祖之命將墜於地朕用夙興假寐震悼于厥心論語子貢曰文武之道未墜於地毛詩曰夙興夜寐又曰假寐永歎楚辭曰心震悼而不敢曰惟祖惟父股肱先正其孰恤朕躬尚書曰臣作朕股肱耳目又曰亦惟先正克左右昭事厥辟又曰惟祖惟父其伊恤朕躬鄭玄曰先正先臣謂公卿大夫也乃誘天衷誕育丞相左氏傳甯武與衛人盟曰用昭乞盟于尔大神以誘天衷毛萇詩傳曰誕大也鄭玄曰大矣后稷之生也保乂我皇家弘濟于艱難朕實賴之尚書周公曰天壽平格保乂有殷又曰用敬保元子釗弘濟于艱難左氏傳然明曰鄭國其實賴之今將授君典禮其敬聽朕命昔者董卓初興國難群后

失位以謀王室君則攝進首啓戎行此君之忠於本朝也魏志曰董卓廢帝爲弘農王而立獻帝將軍袁紹等同時俱起卓兵彊莫敢先進太祖遂引兵西左氏傳王子朝告于諸侯曰釋位以間王政又曰會于洮謀王室也服虔曰諸侯釋其私政而佐王室後及黃巾反易天常侵我三州延于平民君又討之翦除其迹以寧東夏此又君之功也魏志曰青州黃巾衆有百餘萬入兖州遂轉入東平太祖遂進兵擊黃巾於壽張東破之黃巾至濟北乞降左氏傳太史克曰顓頊氏有不材子以亂天常尚書曰蚩尤惟始作亂延及平民韓暹楊奉專用威命又賴君勳克黜其難魏志曰韓暹楊奉以天子還洛陽奉別屯梁太祖遂至洛陽暹走公征奉奉南奔袁術遂攻其梁屯拔之遂建許都造我京畿設官兆祀不失舊物天地鬼神於是獲乂此又君之功也魏志曰建安元年洛陽殘破太祖都許至

是宗廟社稷制度始立周禮曰設官分職又曰兆五帝於四郊鄭玄曰兆爲壇之營域也左氏傳五貞曰少康祀夏配天不失舊物

袁術僭逆肆于淮南懾憚君靈用丕顯謀蘄陽之役橋蕤授首魏志曰袁術字公路欲稱帝於淮南術侵陳公東征之術聞公自來弃軍走留其將橋蕤公擊破蕤等斬之左氏傳曰肆於民上杜預曰肆施也蘄縣屬沛在陳之東也

稜威南厲術以殞潰此又君之功也魏志曰術爲太祖所敗欲至青州從袁譚發病道死漢書武帝報李廣曰威稜憯乎鄰國鄭玄論語注曰厲嚴整也左氏傳曰民逃其上曰潰

迴戈東指呂布就戮魏志曰呂布字奉先五原人也爲兖州牧建安三年公東征大破之布乃還固守公遂決泗沂水以灌城禽布殺之長楊賦曰迴戈邪指南越相夷

乘軒將反張揚沮斃眭固伏罪張繡稽服此又君之功也魏志曰張揚字稚叔雲中人董卓以爲建義將軍建安四年公還昌邑張揚將揚醜殺揚以應太祖揚將眭固殺醜將其衆欲北合袁紹太祖遣史渙

與擊之殺固又曰張繡武威人驃騎將軍濟族子也濟死繡領其衆屯宛太祖南征軍育水繡等舉降左氏傳曰楚王告令尹改乘轅而北之毛萇詩傳曰沮壞也袁紹逆常謀危社稷憑恃其衆稱兵內侮魏志曰袁紹字本初汝南人天子以紹爲太尉會太祖迎天子都許紹擇精卒十萬騎萬匹將攻許也當此之時王師寡弱天下寒心莫有固志寒心已見上文周易曰執用黃牛固志也君執大節精貫白日論語曾子曰臨大節而不可奪戰國策唐雎謂秦王曰聶政之刺韓傀也白虹貫日奮其武怒運諸神策致屆官渡大殲醜類魏志建安五年公軍官渡袁紹遣車運穀使淳于瓊送之公擊瓊斬之紹衆大潰紹弃軍走毛詩曰致天之罰屆于牧之野鄭玄曰致天所以罰殛紂也爾雅曰殲盡也醜衆也俾我國家拯於危墜此又君之功也說文曰出溺爲拯也濟師供何拓定四州青冀幽并也袁譚高幹咸梟其首魏志曰紹出長子譚領青州又

曰建安十年公攻袁譚破之斬譚又曰袁紹以甥高幹領并州牧公征幹幹遂走荊州上洛都尉王琰捕斬之漢書音義曰懸首於木上曰梟海盜奔迸黑山順軌此又君之功也魏志曰公東征海賊管承至淳于遣樂進擊破之承走入海嶋又曰黑山賊張燕率其衆降封爲列侯烏丸三種崇亂二世袁尚因之逼據塞北魏志曰三郡烏丸承天下亂破幽州略有漢民袁紹皆立其酋豪爲單于遼西單于蹋頓尤強故尚兄弟歸之數入塞爲害尚書周公曰乃大降罰崇亂有夏孔安國云崇重也束馬懸車一征而滅此又君之功也魏志曰君北征三郡烏丸袁尚袁熙與蹋頓遼西單于樓班右北平單于巨祗等數萬騎逆軍公縱兵擊之虜衆大崩斬蹋頓尚奔遼東遼東太守公孫康即斬尚熙等傳其首管子曰桓公征孤竹之君懸車束馬踰太行至卑耳之山劉表背誕不供貢職王師首路威風先逝百城八郡交臂屈膝此又君之功也魏志曰建安十三年公南征劉表表卒其子

琮降左氏傳楚伯州犁謂鄭行人揮曰子姑憂子皙之欲背誕也管仲曰爾貢苞茅不入王祭不供廣雅曰首向也戰國策張儀曰交臂而事齊楚檄蜀文曰匈奴屈膝請和

馬超成宜同惡相濟濵據河潼求逞所欲殄之渭南獻馘萬計遂定邊城撫和戎狄此又君之功也

魏志曰建安十六年關中諸將馬超韓遂成宜等反超等屯潼關公西征與超等夾關戰公乃分兵結營於渭南賊夜攻營伏兵擊破之斬成宜周書太公曰同惡相助同好相趨思賢賦曰飄飄神舉求逞所欲小雅曰殄盡也毛詩曰在泮獻馘鄭玄曰馘所格者左耳也羽獵賦曰杖鏌鎁而羅者以萬計長楊賦曰永無邊城之災左氏傳晉侯謂魏絳曰子教寡人和諸戎狄

鮮卑丁令重譯而至箄于白屋請吏帥職此又君之功也

鮮卑丁令二國名重譯已見上文張茂先博物志曰北方五狄一曰匈奴二曰穢貊三曰密吉四曰箄于五曰白屋然白屋今之靺鞨也單于今之契丹也本並以箄于爲單于疑字誤也箄音必計切劉淵林魏都賦注曰

北羈單于白屋范曄後漢書曰單于謂耿恭曰若降者當封爲白屋王漢書曰卭筰請吏比西南夷也又曰滇王降請吏然請吏請漢爲之置吏也君有定天下之功重以明德左氏傳史趙曰舜重以明德宣德於遠也班叙海內宣美風俗旁施勤教恤慎刑獄尚書曰旁作穆穆迷文武勤教又曰欽哉欽哉惟刑之恤哉又曰文王罔攸兼于庶獄庶慎也吏無苛政民不回慝禮記曰孔子過山側有婦哭於墓者而使子貢問之曰昔者吾舅死於虎夫又死焉吾子又死焉夫子曰何不去也曰無苛政左氏傳季文子曰少皡氏有不才子曰靖譖庸回邪服蒐慝杜預曰回慝惡也敦崇帝族援繼絕世舊德前功罔不咸秩尚書曰敦叙九族鄭玄詩箋曰崇厚也論語曰繼絕世周易曰食舊德貞厲終吉尚書曰咸秩無文雖伊尹格于皇天周公光于四海方之蔑如也尚書曰時則有若伊尹格于皇天孝經曰孝悌之至通于神明光于四海法言曰俗稱東方生之盛其遺書蔑如也毛萇詩傳曰蔑

無也朕聞先王並建明德胙之以土分之以民左氏傳曰子魚曰昔武王選建明德以蕃屏周又衆仲曰天子建德因生以賜姓胙之以土而命之氏又子魚曰武王分康叔殷人七族崇其寵章備其禮物所以藩衛王室左右厥世也鄭玄禮記注曰崇猶尊也禮記曰以爲旗章以別貴賤鄭玄曰章識也尚書曰統承先王修其禮物又曰率由典常以蕃王室又曰予欲左右有民其在周成管蔡不靖尚書曰武王既喪管叔及其群弟乃流言於國又曰西土之人亦不靖懲難念功乃使邵康公錫齊太公履東至于海西至於河南至于穆陵北至于無棣五侯九伯實得征之左氏傳管仲對屈完之辭世胙太師以表東海左氏傳王使劉定公賜齊侯命曰世胙太師以表東海杜預曰表顯也爰及襄王亦有楚人不供王職又命晉文登爲侯伯錫以二輅虎賁鈇鉞秬鬯

弓矢大啓南陽世作盟主左氏傳曰晉侯及楚人戰于城濮楚人敗績王策命晉侯爲侯伯賜之大輅戎輅秬鬯一卣虎賁三百人又曰晉文侯朝王王與之陽樊攢茅之田於是始啓南陽又范宣子曰晉主夏盟杜預曰爲諸夏盟主也故周室之不壞繄二國是賴二國齊晉也左氏傳王使劉定公賜齊侯命曰王室不壞繄伯舅是賴杜預曰繄發聲也今君稱丕顯德明保朕躬奉荅天命道揚弘烈尚書曰王曰公明保予沖子稱丕顯德以予小子揚文武烈奉荅天命綏爰九域罔不率俾尚書曰綏爰有衆曰亡戲怠韓詩曰方命厥后奄有九域薛君曰九域九州也尚書注曰海隅日出罔不率俾功高乎伊周而賞卑乎齊晉朕甚恧女六切焉漢書哀帝詔曰惟念德報未殊朕甚恧焉朕以眇身託于兆民之上漢書宣帝詔曰朕以眇身奉承宗祖又曰託於兆民之上也永思厥艱若涉淵水非君攸濟朕無任焉尚書曰肆予沖人永思厥

鄭又曰巳予惟小子若涉淵水予惟往求朕攸濟今以冀州之河東河內魏郡趙國中山鉅鹿常山安平甘陵平原凡十郡封君爲魏公使使持節御史大夫慮授君印綬冊書金虎符第一至第五竹使符第一至第十魏志曰天子使御史大夫郗慮持節策命公爲魏公司馬彪續漢書曰慮字鴻豫山陽人應劭漢官儀曰金銅虎符五竹使符十范曄後漢書杜詩上書曰舊制發兵皆以虎符其餘徵調竹使符錫君玄土苴以白茅爰契爾龜用建冢社尚書緯曰天子社東方青南方赤西方白北方黑上冒以黃土將封諸侯各取方土苴以白茅以爲社毛詩曰爰始爰謀爰契我龜毛萇曰契問也鄭玄曰契灼其龜毛詩曰乃立冢社戎醜攸行毛萇詩傳曰冢土大社也昔在周室畢公毛公入爲卿佐尚書曰乃召畢公毛公孔安國曰畢毛皆國名入爲天子公卿周邵師保出爲二伯尚書曰召公爲保周公爲師鄭玄毛詩箋曰召

伯姬姓也作上公爲二伯外内之任君寔宜之其以丞相領冀州牧如故今更下傳璽書肅將朕命以允華夏其上故傳武平侯印綬應劭風俗通曰諸侯有傳信乃得舍於傳故既下新傳命上故傳及印綬也尚書曰肅將天威又曰夙夜出納朕命惟允爾雅曰允信也今又加君九錫其敬聽後命左氏傳宰孔曰且有後命以君經緯禮律爲民軌儀家語孔子曰唐叔封於晉以經緯其民王肅曰經緯猶織以成之國語泠州鳩曰爾民軌儀也使安職業無或遷志是用錫君大輅戎輅各一玄牡二駟杜預左氏傳注曰大輅金輅戎輅戎車也君勸分務本嗇民昏作左氏傳臧文仲曰貶食省用務嗇勸分杜預曰勸分有無相濟也漢書詔曰農天下之本也而人或不務本而事末尚書曰惰農自安弗昏作勞粟帛滯積大業惟興是用錫君袞冕之服赤舄副焉韋昭漢書注曰滯積

夂也易曰富有之謂大業韋昭漢書注曰袞卷龍衣玄上纁下冕冠也周禮曰王之服屨舄赤舄青絇也君

敦尚謙讓俾民興行杜預左氏傳曰尚上也孝經曰陳之以德義而民興行先之以敬讓而民不爭少長有禮上下咸和左氏傳晉侯觀師曰少長有禮其可用也孝經子曰上下無怨尚書曰用咸和萬人是用錫君軒懸之樂六佾之舞周禮曰小胥掌正樂懸之位諸侯軒懸鄭司農曰軒懸去一面也左氏傳曰公問羽數於衆仲衆仲對曰諸侯用六杜預曰六六三十六人也君翼宣風化爰發四方尚書曰予欲左右有民汝翼予欲宣力四方汝爲毛詩曰賦政于外四方爰發遠人回面華夏充實劇秦美新曰海外遐方回面內向漢書班固昭紀贊曰匈奴和親百姓充實也是用錫君朱戶以居服虔漢書注曰朱戶天子之禮也朱戶赤戶也潘勗集曰制詔魏公朱戶納陛就所治作君研其明哲思帝

所難鄭玄周易注曰研諭思慮哲尚書咎繇曰在知人禹曰咸若時惟帝其難之知人則哲能官人

官才任賢群善必舉尚書伊尹曰任官惟賢才論語子曰舉善而教不能則勸是用錫君納陛以登漢書音義如淳注曰刻殿基以爲陛以有兩旁上下安也孟康曰謂鑿殿基際爲陛不使露也孟說是也尊者不欲露而升陛故內之霤也君秉國之均正色處中毛詩曰秉國之均四方是維尚書王曰正色率下纖毫之惡靡不抑退謝承後漢書曰李咸奏曰春秋之義貶纖介之惡采毫毛之善是用錫君虎賁之士三百人虎賁三百人已見上文君糾虔天刑章厥有罪國語敬姜曰太史司載糾虔天刑韋昭曰糾察也虔敬也刑法也尚書曰降災于夏以章厥罪犯關干紀莫不誅殛左氏傳季孫盟臧氏曰無或如臧孫紇干國之紀犯門斬關孔安國尚書傳曰殛誅也是用錫君鈇鉞各一蒼頡篇曰鈇椹也質也又曰鉞斧也君龍驤虎視旁眺八維鄒陽上書曰蛟龍驤首周易曰虎視眈眈楚辭曰引八維以自導也揜討逆節折衝四海

毛萇詩傳曰揜大也漢書主父偃說上曰今以法割諸侯則逆節萌起晏子春秋孔子曰不出樽俎之間而折衝千里之外子之謂也是用錫君彤弓一彤矢百玈弓十玈矢千杜預左氏傳注曰彤赤也玈黑也弓一矢百則矢千弓十矣君以温恭爲基孝友爲德毛詩曰温温恭人惟德之基又曰張仲孝友明允篤誠感乎朕思左氏傳曰高陽氏有子明允篤誠是用錫君秬鬯一卣珪瓚副焉孔安國尚書傳曰黑黍曰秬釀以鬯草卣中樽也以圭爲杓謂之圭瓚魏國置丞相以下群卿百僚皆如漢初諸王之制君往欽哉敬服朕命簡恤爾衆時亮庶功用終爾顯德對揚我高祖之休命尚書王曰簡恤爾命用成爾顯德又曰惟時亮天功又曰敢對揚天子休命

文選卷第三十五

共五十二頁

文選卷第三十六

梁昭明太子撰

文林郎守太子右內率府録事參軍事崇賢館直學士臣李善注

令

任彥昇宣德皇后令一首

教

傅季友爲宋公修張良廟教一首

修楚元王墓教一首

文

王元長永明九年策秀才文五首

永明十一年策秀才文五首

任彥昇天監三年策秀才文三首

令

宣德皇后令一首 蕭子顯齊書曰文安王皇后諱寶明琅邪臨沂人也父曄之齊世祖爲文惠太子納后欝林即位尊爲皇太后稱宣德宮梁王蕭衍定京邑迎后入宮稱制至禪位梁王於荊州立蕭穎胄爲帝進梁王爲相國封十郡爲梁公表讓不受詔斷表宣德皇后勸令受封

任彥昇

宣德皇后敬問具位 言梁武故曰具也 夫功在不賞故庸勳之典蓋闕 言功績既高在乎不賞故庸勳之典蓋闕而不論周書曰平州之臣功大弗賞諸臣曰貴史訶

蒯通說韓信曰功蓋天下者不賞左氏傳富辰曰庸勳親親昵近尊賢施倖造物則謝德之途已寡也言恩施既隆倖於造物則謝德之途已寡而不著莊子曰夫造物者爲人司馬彪曰造物謂道也魏志曰劉廙上疏曰物不荅施於天地而子不謝生於父母要不得不彊爲之名使荃宰有寄言德顯功高雖無酬謝之理要不彊爲酬謝之名庶使君主之情微有所寄也老子曰吾彊爲之名曰大梵辭曰荃不察余之中情王逸曰荃香草以喻君也鄧析子曰聖人逍遙一世間宰匠萬物之形晉中興書孝武詔曰誠存匪懈治道有寄公實天生德齊聖廣淵班固漢書高祖述曰寔天生德聰明神武尚書曰乃祖成湯齊聖廣淵不改參辰而九星仰止不易日月而二儀貞觀陸賈新語曰堯舜不易日月而興桀紂不異星辰而亡天道不改而人道易也周書王曰余不知九星之光周公旦曰九星星辰日月四時歲是謂九星九星九光毛詩小雅曰高山仰止周易曰易有太極是生兩儀王肅曰兩儀天地也又曰天地之道貞觀者也在昔

晦明隱鱗戢翼周易曰明入地中明夷君子以莅衆用晦而明王弼曰藏明於内乃得明也曹
植矯志詩曰仁虎匿爪神龍隱鱗成公綏志賦曰惟潜龍之勿用戢鱗翼而匿景慰愽通群籍
而讓齒乎一卷之師謝承後漢書曰范丹博通群藝曄後漢書曰馬續博觀群籍揚子
法言曰一卷之市不勝異價一卷之書不勝異意一卷之市必立之平一卷之書必立之師劒氣凌
雲而屈迹於萬夫之下魏志段灼理鄧艾曰艾身氣凌雲士衆乘勢六韜太公曰屈一
人之下伸萬夫之上唯聖人能焉辯析天口而似不能言七略齊田駢好談論故齊
人爲語曰天口駢天口者言田駢子不可窮其口若事天論語曰孔子於鄉黨恂恂然似不能言者文
擅彫龍而成輒削藁說文曰擅專也七略曰鄒赫子齊人爲之語曰彫龍赫赫言鄒
衍之術文飾之若彫鏤龍文漢書曰孔光時有所言輒削草藁如淳曰所作起草爲藁爰在弱冠
首應弓旌禮記二十曰弱冠漢書制曰褒然爲舉首左氏傳曰陳敬仲曰詩云翹翹車乘招我以弓

孟子曰夫招士以旂大夫以旌客游梁朝則聲華籍甚何之元梁典曰高祖起家齊巴陵王法曹漢書曰梁孝王來朝從游說之士相如見而說之客游梁朝淮南子曰聲華嘔符之樂其性者仁也嘔紆武切符音撫漢書曰陸賈游漢庭公卿間名聲籍甚音義或曰狼籍甚盛也薦名宰府則延譽自高何之元梁典曰高祖遷儀同王儉東閤祭酒王隱晉書曰周玘累薦名宰府國語曰使張老延君譽於四方隆昌季年勤王始著蕭子顯齊書曰鬱林王即位改元曰隆昌韋昭國語注曰季末也左氏傳曰狐偃曰求諸侯莫如勤王建武惟新締構斯在蕭子顯齊書曰明帝即位改元曰建武毛詩曰周雖舊邦其命惟新魏都賦曰有魏開國之日締構之初功隆賞薄嘉庸莫疇陸機高祖功臣頌曰帝疇爾庸後嗣是膺一馬之田介山之志愈厲言止有一馬之田以懷讓祿之志纔居六百之秩以秉推功之誠管子曰卜者卜凶吉利害也民之能此者皆一馬之田一金之衣左氏傳曰晉侯賞從亡者介之推不言祿祿亦不及

史記曰文公環緜上山中而封子推號曰介山廣雅曰厲高也六百之秩大樹之號斯存漢書曰琅邪邴曼容養志以自脩爲官不肯過六百石輒自免去范曄後漢書曰馮異每止舍諸將並坐論功異常獨屛樹下軍中號曰大樹將軍及擁旄司部代馬不敢南牧何之元梁典曰司州刺史蕭誕被殺高祖監司州班固涿邪山祝文曰杖節擁旄鉦人伐鼓沇約宋書曰明帝於南豫州之義陽郡立司州韓詩外傳曰代馬依北風過秦論曰胡人不敢南下而牧馬推轂樊鄧胡塵羃嘗夕起何之元梁典曰虜主拓跋宏既退高祖據樊城漢書馮唐曰臣聞上古王者遣將也跪而推轂曰閫以內寡人制之閫以外將軍制之鄒陽上書曰今胡數涉河北上覆飛鳥蘇林曰言胡來人馬之盛揚塵上覆飛鳥惟彼狡僮窮凶極虐何之元梁典曰東昏即位嬖近羣小誅高祖兄懿弟暢尚書大傳微子歌曰彼狡僮兮不我好兮鄭玄曰狡僮謂紂衣冠泯絕禮樂崩喪袁子曰古者命士已上皆有冠冕謂之冠族之家劇秦美新曰弛禮崩樂塗民耳目既而

鞠旅誓衆言謀王室何之元梁典曰高祖密與呂僧珍謀爲內伐毛詩曰陳師鞠旅毛萇曰鞠告也尚書曰王明誓衆士左氏傳曰公會齊侯于洮謀王室也白羽一麾黃鳥底定呂氏春秋曰武王至鄗係隓武王左釋白羽右釋黃鉞免而自爲係出師頌曰素旄一揮鬻子曰武王率兵車以伐紂紂虎旅百萬陣于商郊起自黃鳥至于赤斧三軍之士靡不失色武王乃命太公把旄以麾之紂軍反走尚書曰震澤底定甲旣鱗下車亦瓦裂尚書大傳曰武王伐紂戰于牧野紂之卒輻分紂之車瓦裂紂之甲如鱗下賀于武王致天之屆拱揖群后毛詩曰致天之屆于牧之野典引曰欽若上下拱揖羣后豐功厚利無得而稱王命論曰帝王之祚必有豐功厚利積累之業論語孔子曰大伯三以天下讓人無德而稱焉是以祥光揔至休氣四塞尚書中候曰帝堯文明榮光出河休氣四塞鄭玄曰休美也四塞炫燿四方也五老游河飛星入昴論語比考讖仲尼曰吾聞帝堯率舜等升首山觀河渚乃有五老游渚五老曰河圖將浮

龍銜玉苞刻版題命可卷金泥玉檢封書成知我者重瞳黃姚視五老飛爲流星上入昴注曰入昴宿則復爲星

元功茂勳若斯之盛馮衍集曰定國家之大業成天地之元功劉琨勸進表曰茂勳格乎皇天

而地狹乎四履勢卑乎九伯左氏傳管仲曰昔召康公命我先君太公曰五侯九伯汝實征之賜我先君履東至于海西至于河南至于穆陵北至于無棣杜預曰履所踐履也

帝有恧焉

輶軒萃止帝實融也輶軒萃止謂進封梁公之使也漢書哀帝詔曰惟念德報未殊朕甚恧焉揚雄荅劉歆書曰常聞先代輶軒之使毛詩曰有鶏萃止

今遣某位某甲等率茲百辟人致其誠致誠謂請無讓也毛詩曰百辟其刑之長笛賦曰致誠効志

庶匪席之旨不遠而復梁王固讓同乎匪席之旨百辟固請庶王有不遠而復之義也毛詩曰我心匪席不可卷也周易曰不遠復無祇悔

教蔡邕獨斷曰諸侯言曰教

爲宋公修張良廟教一首　裴子野宋略曰義熙十三年高祖北伐大軍次留城令修張良廟

傅季友　沈約宋書曰傅亮字季友北地人也博涉文史尤善文辭初爲建威參軍稍遷至散騎常侍後太祖收亮付廷尉伏誅

綱紀　綱紀謂主薄也教主薄宣之故曰綱紀猶今詔書稱門下也虞預晉書東平主薄王豹白事齊王曰況豹雖陋故大州之綱紀也　夫盛德不泯義存祀典　左氏傳晉侯問於史趙曰陳其遂亡乎對曰未也臣聞盛德必百世祀虞之世數未也禮記曰非此族也不在祀典　毛萇詩傳曰泯滅也　微管之歎撫事彌深　論語子曰管仲相桓公霸諸侯一匡天下民到于今受其賜微管仲吾其被髮左衽矣　張子房道亞黃中照鄰殆庶　周易曰君子黃中通理正位居體又曰顏氏之子其殆庶幾乎　風雲玄感蔚爲帝師　周易曰雲從龍風從虎聖人作而萬

物覩漢書曰張良從容步游下邳圯上有一老父出一編書曰讀是則爲王者師又良曰以三寸舌爲王者師河圖曰黃石公謂張良讀此爲劉帝師也夷項定漢大拯橫流廣雅曰夷滅也漢書王追羽至陽夏諸侯不會用良計諸侯皆會圍羽垓下羽敗自剄說文曰出溺爲拯孟子曰洪水橫流氾濫於天下固已參軌伊望冠德如仁廣雅曰軌迹也伊伊尹望呂望也典引曰以冠德卓絕者莫崇乎陶唐論語子曰桓公九合諸侯不以兵車管仲之力也如其仁如其仁若乃交神圯上道契商洛荅賓戲曰齊甯激聲於康衢漢良受書於邳圯皆俟命而神交匪詞言之所信圯上已見謝宣遠張子房詩注袁宏三國名臣贊序曰體分冥固道契不墜班固漢書贊曰漢興園公綺季夏黃公角里先生當秦之世避而入商洛深山以待天下之定也漢書曰上竟不易太子者良本召此四人之力也顯默之際窅然難究淵流浩瀁莫測其端矣言其度量深大不可測度也孫綽桓玄城碑曰俯仰顯默之際優游可否之間莊子老聃曰而知夫道窅然難言哉吳都賦曰澒溶沆瀁莫測

其深莫究其廣黄石公説序曰張良慮若源泉深不可測也塗次舊沛佇駕留城漢書沛郡有留縣又曰張良爲留侯爾雅曰佇久也謂佇久也靈廟荒頓遺像陳昧范曄後漢書曰薛苞與弟子分田廬取其荒頓者杜預左氏傳注曰頓壞也夏侯湛東方朔畫贊序曰徘徊露寢見先生之遺像廣雅曰昧闇也撫事懷人永歎寔深毛詩曰嗟我懷人又曰寤寐永歎過大梁者或佇想於夷門游九京者亦流連於隨會史記魏有隱士曰侯嬴年七十家貧爲大梁夷門監者太史公過大梁之墟求問其所謂夷門者夷門城之東門禮記曰趙文子與叔譽觀乎九京文子曰死者如可作也吾誰與歸叔譽曰其陽處父乎文子曰利君不忘其身謀身不忘其友我則隨武子乎鄭玄曰武子士會也食邑於隨京當爲原擬之若人亦足以云論語子曰君子哉若人毛萇詩傳曰云言也可改構棟宇脩飾丹青蘋蘩行潦以時致薦左氏傳君子曰蘋蘩薀藻之菜潢汙行潦之菜可薦於鬼神抒懷

古之情存不刋之烈廣雅曰栞渫也西京賦曰慨長思而懷古左氏傳序曰經者不刋之書也主者施行

爲宋公修楚元王墓教一首宋公楚元王後故修治其墓

傅季友

綱紀夫褒賢崇德千載彌光禮緯曰天子辟雍所以崇有德褒有行鄭玄禮記注曰崇尊也尊本敬始義隆自遠魏志明帝詔曰追本敬始所以篤教流化孫卿子曰先祖者類之本也貴始德之本也楚元王積仁基德啓藩斯境漢書曰楚元王交字游高祖同父異母少弟也漢立交爲楚王王彭城賈子曰君子積於仁而民積於財刑罰廢矣國語太子晉曰太上基德十五王而始平之素風道業作範後昆三國名臣贊曰素風愈鮮習鑿齒襄陽耆舊記龐統曰方欲興長道業郁正釋識曰創制作範匪時不立尚書曰垂裕後昆本上文之

祚實隆鄗宗毛詩曰本支百世楊脩箴曰述鄗宗之過言遺芳餘烈奮乎百世抱朴子曰嵇君道云郭有道沒則遺芳永播春秋元命苞曰文王積善所聞之餘烈孟子曰聞伯夷之風者貪夫廉懦夫有立志奮乎百世之下莫不興起也而丘封翳然墳塋莫翦晉中興書武陵王令曰丞相墳塋翳然飄薄非所感遠存往慨然永懷李陵書曰能不慨然毛詩曰維以不永懷夫愛人懷樹甘棠且猶勿翦毛詩曰蔽芾甘棠勿翦勿伐召伯所茇風俗通曰召公出爲二伯止甘棠樹之下聽訟決獄後人思其德美愛其樹而不敢伐追甄墟墓信陵尚或不泯鄭玄尚書緯注曰甄表也禮記周豐曰墟墓之間未施哀於民而民哀漢書高紀詔曰秦始皇守冢三十家魏公子無忌五家況瓜瓞所興開元自本者乎毛詩曰緜緜瓜瓞可蠲復近墓五家長給灑掃便可施行郭璞方言注曰蠲除也

文

永明九年策秀才文五首

王元長蕭子顯齊書曰王融字元長琅邪人少而神明警惠博涉有文才晉安王版行軍參軍遷中書郎世祖疾融欲立竟陵王子良下廷尉於獄賜死

問秀才高第明經朕聞神靈文思之君聰明聖德之后史記曰黃帝者生而神靈弱而能言尚書序曰昔在帝堯聰明文思孔安國曰言聖德之遠著也體道而不居見善如不及文子曰聖人體道反至動而無爲老子曰聖人功成而弗居論語孔子曰見善如不及見不善如探湯是以崆峒有順風之請華封致乘雲之拜莊子曰黃帝聞廣成子在崆峒之山故往見之廣成南首而卧黃帝順下風膝行而進再拜稽首而問曰治身奈何而可以長久廣成子曰來吾語汝至道又曰堯觀乎華封華封人曰嘻請祝聖人壽且

多男子堯皆辭曰多男子則多懼富則多事壽則多辱
封人曰天之生人必授之職多男子而授之職則何懼之
有富而使人分之則何事之有天下有道則與物皆昌
天下無道則修德就閒千歲厭世去而上僊乘彼白雲
至于帝鄉三患莫至身常無殃則何辱之有封人去之
堯隨之請問封人曰退然崆峒有拜乘雲爲請今不同
者蓋請者必拜故至文也或揚旌求士或設簴待賢求士待賢皆謂
請其言也管子
曰舜有告善之旌應劭漢書注曰旌幡也設之五達之
道鬻子曰昔大禹治天下以五聲聽治爲銘於筍簴曰
教寡人以道者擊鼓教寡人以義者擊鍾教寡人以事
者振鐸語寡人以憂者擊磬語寡人以獄者揮鞀
用能敷化一時餘烈千古謝承後漢書序曰陰修敷化
二都成教克平餘烈已見上
文朕夤奉天命恭惟永圖爾雅曰夤敬也尚書曰茲率
厥典奉若天命又曰慎乃儉
德惟懷永圖審聽高居載懷祗懼六韜曰王者之道如龍之
首高居而遠望徐視而審
聽尚書曰予小
子夙夜祗懼雖言事必史而象闕未箴禮記曰動則
左史書之言

則右史書之鄭玄周禮注曰象魏闕也范曄後漢書曰靈帝熹平中有何人書朱雀闕言公卿皆尸祿無有忠言者

寤寐嘉猷延佇忠實毛詩曰窈窕淑女寤寐求之尚書爾有嘉謀嘉猷楚辭曰結幽蘭而延佇

子大夫選名昇學利用賓王國語曰越王勾踐曰苟聞子大夫之言賈逵曰親而近之故曰子大夫也禮記曰司徒論選士之秀者升之於學曰俊士鄭玄曰學大學也周易曰觀國之光利用賓于王

懋陳三道之要以光四科之首漢書詔策晁錯曰大夫之行當此三道張晏曰國體人事直言也崔寔政論曰詔書故事三公辟召以四科取士一曰德行高妙志節清白二曰學通行修經中博士三曰明曉法令足以決疑能按章覆問四曰剛毅多略遭事不惑才任三輔劇縣令

鹽梅之和屬有望焉尚書曰若作和羹爾惟鹽梅

又問昔周宣惰千畝之禮虢公納諫國語曰宣王即位不藉千畝虢文公諫曰夫民之大事在農

漢文缺三推之義賈生置言禮記曰躬耕帝籍天子三

推漢書曰文帝即位賈誼說上曰一夫不耕或受之飢
一女不織或受之寒上感誼言始開籍田躬耕以勸百
姓良以食爲民天農爲政本漢書酈食其說漢王曰臣聞王者以民爲天民以食
爲天尚書八政一曰食孔安國曰勸農業也漢書文帝詔曰農天下大本也民所恃以生也金湯非
粟而不守水旱有待而無遷漢書蒯通說武信君曰皆爲金城湯池不可攻也氾
勝之書曰神農之教雖有石城湯池帶甲百萬而無粟者弗能守也禮記曰雖有凶旱水溢民無菜色朕式
照前經寶茲稼穡范子計然曰五穀者萬民之命國之重寶也祥正而青旗
肅事土膏而朱紘戒典祥正土膏並已見東京賦禮記曰孟春之月天子駕蒼龍載青
旗躬耕帝籍又曰昔天子爲籍田千畝冕而朱紘躬耕秉耒鄭玄周禮注曰朱紘以朱組爲紘一條屬兩端也
將使杏花菖葉耕穫不怠氾勝之書曰杏始華榮輒耕輕土弱土望杏花落復
耕之輒藺之此謂一耕而五穫呂氏春秋曰冬至五旬七日菖始生菖者草之先者也於是始耕高誘曰菖菖

蒲水草也清甽泠風述遵無廢呂氏春秋后稷曰凡耕之道畝欲廣以平甽欲小以清又
曰正其行通其風夬必中央師爲泠風高誘曰泠風和風所以成穀也夬決也必於苗中央師師然肅泠風以搖長
也而釋耒佩牛相沿莫反鹽鐵論曰儒者釋耒耜而學不驗之語漢書曰龔遂爲渤
海太守民有帶持刀劍者使賣劍買牛賣刀買犢何爲帶牛佩犢杜預左氏傳注曰沿緣也兼貧擅
富浸以爲俗漢書曰兼并之塗李奇曰謂大家兼役小人富者兼役貧民說文曰擅專也風俗通曰
子不以從令爲孝後主固宜是華浸以爲俗豈不謬哉若爰井開制懼驚擾愚民
漢書曰民爰上田夫百畝中田夫二百畝下田夫三百畝歲耕種者爲不易上田休一歲者爲一易中田休二
歲者爲再易下田休三歲更耕之自爰其處賈逵國語注曰爰易也周禮曰畝百爲夫夫三爲屋屋三爲井也
舄鹵可腴恐時無史白史記曰史起引漳水溉田鄴民歌之曰決漳水兮灌鄴旁終古舄
鹵兮生稻粱又曰秦中大夫白公復爲秦穿涇水注渭溉田四千餘頃因曰白渠也興廢之術矣

陳厥謀尚書序曰咎繇矢厥謨孔安國曰矢陳也又問議獄緩死大易深規周易曰君子以議獄緩死敬法卹刑虞書茂典尚書虞書曰欽哉欽哉惟刑之卹哉自萌俗澆弛法令滋彰莊子曰唐虞始為天下⿰氵梟醇散朴許慎淮南子注曰澆薄也澆與⿰氵梟同老子曰法令滋章盜賊多有也肺石少不寃之人棘林多夜哭之鬼周禮曰肺石達窮民鄭司農曰肺石赤石也窮民天民之窮而無告者漢書于定國為廷尉民自以為不寃周禮曰外朝之法左九棘孤卿大夫位焉右九棘公侯伯子男位焉楚辭曰荆棘聚而成林春秋元命苞曰樹棘槐聽訟於其下尚書旋璣鈐曰鬼哭山鳴鄭玄曰鬼哭誅無辜也山鳴聽不聰之異也王隱晉書司直劉隗奏曰懷情抱恨雖沒不亡故有殞霜之應夜哭之鬼朕所以明發動容旰食興慮毛詩曰明發不寐尚書曰文王自朝至于日中旰不遑暇食傷秋荼之密網惻夏日之嚴威鹽鐵論曰秦法繁於秋荼網密於凝脂左

氏傳酆舒問於賈季曰趙衰趙盾孰賢對曰趙衰冬日之日也趙盾夏日之日也杜預曰夏日可畏冬日可愛永
念畫冠緬追刑厝墨子曰畫衣冠異章服謂之戮上世用戮而民不犯賈逵國語注曰緬思
貌也紀年曰成康之際天下安寧刑措四十餘年不用徒以百鍰輕科反行季葉
尚書呂刑曰穆王訓夏贖刑墨辟疑赦其罰百鍰孔安國曰六兩曰鍰鍰黃鐵也張孟陽七哀詩曰季葉喪亂
起四支重罰爰創前古呂氏春秋曰越王勾踐曰孤雖首足異處四支布裂周禮曰司
刑掌五刑之法以麗萬民之罪墨罪五百劓罪五百宮罪五百刵罪五百殺罪五百訪游禽於
絕澗作霸秦基韓子曰董閼于為趙上地守行石邑山中深澗峭如牆深百仞因問其左右人
曰嘗有人入此者乎對曰無有嬰兒盲聾狂勃有入此者乎對曰無有牛馬犬彘嘗有入此者乎對曰無有董
閼于喟然太息曰吾能治矣使吾法無赦也猶入澗之必死則民莫敢犯何為不治鄭玄周禮注曰凡鳥獸未
孕曰禽史記曰趙氏之先與秦共祖然則以其共祖故雖趙亦號曰秦歌鷄鳴於闕下稱

仁漢牘班固歌詩曰三王德彌薄惟後用肉刑太倉令有罪就逮長安城自恨身無子困急獨煢煢小女痛父言死者不復生上書詣北闕闕下歌雞鳴憂心摧折裂晨風激揚聲聖漢孝文帝惻然感至誠百男何憒憒不如一緹縈列女傳曰緹縈歌雞鳴晨風之詩然雞鳴齊詩冀夫人及君早起而視朝晨風秦詩言未見君而心憂也二途如爽即用兼通輕重二途似如差爽就其用也彼此兼通言俱濟時昌言所安朕將親覽尚書曰禹拜昌言孔安國曰昌當也漢書問董仲舒曰靡有所隱朕將親覽焉又問聚人曰財次政曰貨周易曰何以守位曰仁何以聚人曰財尚書曰八政一曰食二曰貨泉流表其不匱貿遷通其有亡漢書曰貨流於泉布於市如淳曰流行如泉尚書帝曰貿遷有無化居既龜貝積寢緡繈專用漢書曰王莽居攝更作金銀龜貝錢布之品寢猶息也漢書曰武帝初筭緡錢李斐曰緡絲以貫錢也管子曰凶歲糴釜千繈孟康漢書注曰繈錢貫也世代滋多銷漏參倍言錢之銷磨缺漏或復三分或至一

倍也下貧無兼辰之業中產闕洊歲之貲周書夏箴曰小人無兼年之食妻子非其妻子也班固漢史文帝贊曰上嘗欲作露臺召匠計之直百金曰百金中民十家產也左氏傳晉洊飢字書曰洊仍也惟瘼卹隱無捨矜嘆毛萇詩傳曰瘼病也國語祭公謀父曰勤恤人隱而除其害也上帝溥臨賜朕休寶漢書曰上帝溥臨不異下防卭斜之谷開而出銅齊春秋曰永明八年蜀郡太守劉悛啓上曰南廣郡界蒙山有銅坑掘則得銅其利無極上從之且有後命事茲鎔範左氏傳曰王使宰孔賜齊侯胙將拜孔曰且有後命無下拜漢書曰釋其耒耨冶鎔炊炭應劭曰鎔錢模也禮記孔子曰然後範金合土鄭玄曰範鑄作摸器用也充都內之金紹圓府之職桓子新論曰漢宣巳來百姓賦錢壹歲餘二十萬藏於都內漢書曰太公為周立九府圓法李奇曰圓即錢也將繼太公之職事也但赤側深巧學之患榆莢難輕重之權言今欲為錢若赤側則奸巧學鑄深為可患榆莢則輕重兼用

難可準平漢書曰民多姦鑄錢而公卿請令京師鑄官赤側一當五如淳曰以赤銅爲其郭也漢書曰漢興以爲秦錢重難用更令民鑄榆莢錢如淳曰如榆莢也國語曰周景王將鑄大錢單穆公曰不可古者量貲幣權輕重以救民民患輕則爲之作重幣以行之於是有母權子而行民皆得焉若不堪重則多作輕幣而行之亦不廢重於是乎有子權母而行韋昭曰重謂母輕謂子權平也若物直千二而母當一千則子二百平之也應劭曰權其輕重也開塞所宜悉心以對淮南子曰通乎動靜之機明乎開塞之節開塞猶取捨也尹文子曰書開塞之宜得周通之路詩緯曰君子息心研慮推變見事

又問治歷明時紹遷革之運周易曰君子以治歷明時毛詩曰去殷之惡就周之德周易曰湯武革命改憲勑法審刑德之原司馬彪續漢書永平詔曰春秋保乾圖云三百年升歷改憲史官田太初鄧公平術有餘分一在三百年之域行度轉差浸以繆錯旋璣不正文象不稽冬至之日日在斗二十二度而歷以爲牽牛中星先立春一日則四分數之立春也而以折獄斷大刑於氣

已迄用望平和隨時之義蓋亦遠矣今改四分以遵於堯以順孔聖奉天之文宋均保乾圖注曰三陽而陽備備則宜改憲憲法也周易曰雷電噬嗑先王以明罰勑法淮南子曰冬至爲德夏至爲刑

分命顯於唐官文條炳於鄒說尚書曰分命羲仲宅嵎夷曰暘谷又曰分命和仲宅西曰昧谷鄒說未詳

及嵎夷廢職昧谷虧方言司歷之官廢也嵎夷昧谷已見上文

漢哀素祗之徵魏稱黃星之驗言五德之次亡也漢書曰高祖夜徑澤中前有大蛇當路高祖乃前拔劒斬蛇後人來至蛇所有一老嫗夜哭人問嫗何哭嫗曰吾子白帝子也化爲蛇當道今者赤帝子斬之魏志曰初桓帝時有黃星見於楚宋之分遼東殷馗善天文言後五十歲當有真人起於梁沛之間其鋒不可當至是凡五十年而太祖破袁紹天下莫敵

紛爭空軫疑論無歸方言曰軫謂相乖戾也

朕獲纂洪基思弘至道班固高紀述曰纂堯之緒爾雅曰纂繼也曹植魏德頌曰武創洪基克光厥德尚書序曰恢弘至道

庶令日月休徵風雨玉燭尚書

曰休徵日月之行則有冬有夏爾雅曰春爲青陽夏爲朱明秋爲白藏冬爲玄英四氣和謂之玉燭克明之旨弗遠欽若之義復還尚書曰克明俊德又曰欽若昊天於子大夫何如哉其驪翰改色寅丑殊建別白書之禮記曰夏后氏尚黑戎事乘驪鄭玄曰以建寅之月爲正物生色黑黑馬曰驪禮記曰殷人尚白戎事乘翰鄭玄曰以建丑之月爲正月物生色白翰白色馬也漢書董仲舒對策曰臣前所上對辭不別白指不分明

永明十一年策秀才文五首

王元長

問秀才朕秉籙御天握樞臨極尚書旋璣鈐曰河圖命紀也圖天地帝王終始存亡之期錄代之矩籙與錄同也周易曰時乘六龍以御天易通卦驗曰遂皇氏始出握機矩鄭玄曰遂皇遂人也但持斗機運轉之法春秋運斗樞曰北斗七星第一星天樞論語素王受命讖曰王者受命布政易俗以

衘八極五辰空撫九序未歌尚書咎繇曰撫于五辰庶績其疑孔安國曰百官皆撫順五行之時衆功皆成也又曰德惟善政政在養民水火金木土穀惟修正德利用厚生惟和九功惟序九序惟歌至於思政明臺訪道宣室管子曰黃帝立明臺之義上觀於賢也漢書曰文帝思賈誼徵之至入見上方受釐坐宣室上因感鬼神事而問鬼神之本蘇林曰宣室未央前正室也若墜之惻每勤如傷之念恒軫尚書曰民墜塗炭孔安國曰若陷泥墜火左氏傳逢滑曰國之興也視人如傷許慎淮南子注曰軫轉也故卹貧緩賦省繇慎獄應劭曰繇者役也幸四境無虞三秋式稔尚書曰四方無虞予一人以寧秋有三月故曰三秋元命苞曰陽氣數成於三故時別三月宋衷曰四時皆象此類不惟秋也廣雅曰年稔秋穀熟也而多黍多稌不興兩穗之謠毛詩曰豐年多黍多稌東觀漢記曰張堪字君游為漁陽太守勸民耕種以致殷富有百姓歌曰桑無附枝麥穗兩歧張君為政樂不可支無褐無衣必盈七月

之歎【毛詩曰七月流火九月授衣無褐無衣何以卒歲】豈布政未優將罷民難業【毛詩曰敷政優優百祿是遒周禮曰以圜土教罷民】登爾於朝是屬宏議【漢書詔策晁錯曰登大夫于朝親論朕志難蜀文曰必將崇論宏義】罔弗同心以匡厥辟【尚書曰罔不同心以匡乃辟】

又問惟王建國惟典命官【周禮曰惟王建國辨方正位尚書堯典曰乃命羲和】上叶星象下符川嶽【春秋漢含孳曰故三公象五岳九卿法河海三公在天法三台九卿法此斗】必待天爵具脩人紀咸事【孟子曰仁義忠信樂善不倦此天爵也公卿大夫此人爵也古之人脩其天爵而人爵從之漢書詔策公孫弘曰天文地理人事之紀也子大夫習焉公孫弘對曰天地無私親順之利起逆之害】然後汯才受職揆務分【生此天文地理人事之紀也】司【爾雅曰揆度也】是以五正置於朱宣下民不忒【左氏傳郯子謂昭子曰少

韓摯之立鳳鳥適至故紀於鳥鳥師而鳥名五雉爲五工正河圖曰大星如虹下流華渚女節意感生白帝朱
宣宋均曰朱宣少昊氏鄭玄孝經注曰忒差也九工開於黃序庶績其凝漢書劉向
上疏曰舜命九官濟濟相讓和之至也應劭尚書禹作司空棄作后稷契作司徒咎繇作士垂作共工益作虞
伯夷作秩宗夔作典樂龍作納言凡九官皇甫謐帝王世紀曰舜始即真改正朔以土承火色尚黃尚書中候
所謂建黃授正改朔尚書咎繇曰庶績其凝孔安國曰凝成也周官三百漢位兼倍禮記
日有虞氏之官五十夏后官百殷官二百周官三百漢書曰秦立百官漢因循不革自佐史至丞相十三萬三
百八十五人今云兼倍略言之耳歷茲以降游惰寔繁孔叢子趙王曰仲尼大聖自茲
以降世業不替禮記曰垂緌五寸游惰之士鄭玄曰惰游罷人也尚書曰寔繁有徒若閑冗畢弃
則橫議無已荀悅申鑒曰正貪祿省閑冗與時消息昭惠恤下之文頴漢書注曰冗散也孟子曰聖
王不作諸侯放恣處士橫議冕笏不澄則坐談彌積魏志郭嘉說太祖曰劉表坐談

客耳何則可脩善詳其對家語孔子曰欲善則詳王肅曰欲善其事當詳愼之毛萇詩傳曰詳審也

又問昔者賢牧分陝良守共治公羊傳曰自陝以東周公主之自陝以西召公主之袁煥與曹植書曰召公與周公俱受分陝之任漢書曰孝宣躬親萬機勵精爲治常稱曰與我共治者其唯良二千石乎下邑必樹其風一鄉可以爲績論語曰子之武城聞絃歌之聲鄭玄曰武城魯之下邑尚書曰章善癉惡樹之風聲一鄉謂桐鄉也漢書曰朱邑爲桐鄉嗇夫廉平不苛及死子葬之桐鄉人爲邑起冢立祠至有旦撫鳴琴日置醇酒呂氏春秋曰宓子賤治單父彈琴身不下堂而單父治漢書曰曹參代蕭何爲相國日夜飲酒卿大夫以下吏及賓客見參不事事來者皆欲有言至者參輒飲以醇酒度之欲有言復飲醉而後去終莫得開說文而無害嚴而不殘漢書曰蕭何以文毋害爲沛主吏掾音義曰文無所枉害也漢書曰雋不疑爲吏嚴而不殘故能

出人於阽危之域躋俗於仁壽之地阽危已見謝朓入公山詩漢書王吉上疏曰陛下毆一世之民躋之仁壽之域則俗何以不若成康壽何以不若高宗也是以賈誼有言天下之有惡吏之罪也賈子曰吏能爲善則人必能爲善也故人之不善也吏之罪也頃深汰珪符妙簡銅墨范曄後漢書曰詔書沙汰刺史二千石以賈琮爲冀州刺史說文曰汰簡也汰達蓋切周禮曰上公之禮執桓珪諸侯之禮執信珪諸伯執躬珪漢書曰文帝初與郡守爲銅虎符竹使符潘安仁夏侯湛誄曰妙簡邦良爾雅曰簡擇也漢書曰縣令長皆秦官秩六百石以上皆銅印墨綬而春雉未馴秋螟不散東觀漢記曰魯恭爲中牟令時郡國螟傷稼犬牙緣界不入中牟河南尹袁安聞之疑其不實使仁恕掾肥親往廉之恭隨行阡陌俱坐桑下有雉過止其傍傍有童兒親曰何不捕之兒言雉方將鶵親曰所以來者欲察君之化迹爾今虫不犯境此一異也化及鳥獸此二異也豎子有仁心此三異也具以狀言安范曄後漢書曰宋均遷九江守山陽楚沛多蝗其飛至九江界者輙

東去西散入在朕前湊其智略出連城守闕爾無聞漢書曰吾丘壽王為東郡尉詔賜壽王璽書曰子在朕前之時智略輻湊及至連十餘城之守職事並廢甚不稱在前時何也豈薪槱之道未弘為網羅之目尚簡毛詩曰芃芃棫樸薪之槱之毛萇曰山木茂盛萬人得而薪之賢人衆國家得用蕃興也曹子建書曰仲宣獨步於漢南孔璋鷹揚於河朔吾王設天網以該之文子曰有鳥將來張羅而得鳥者羅之一目也今為一目之羅即無時得鳥孔安國尚書傳曰簡略也悉意正辭無侵執事漢書詔策晁錯曰大夫其正論毋枉執事音義或曰毋為有司枉橈

又問朕聞上智利民不述於禮大賢彊國罔圖惟舊史記商君說秦孝公曰聖人苟可以彊國不法其故苟可以利民不循其禮豈非療飢不期於鼎食拯溺無待於規行毛詩曰泌之洋洋可以樂飢鄭玄曰泌水洋洋然飢者見

之可飲以樂飢藥音義與療同家語曰子路南游於楚
列鼎而食抱朴子曰規行矩步不可以救火拯溺也
是以三王異道而共昌五霸殊風而並列淮南子曰五帝異道而德
覆天下三王殊事而名施後世左氏傳賓媚人曰五伯
之霸也勤而撫之以役王命杜預曰夏伯昆吾商伯大
彭豕韋周伯齊桓晉文戰國策趙王謂趙
文曰三代不同服而王五伯不同俗而政今農戰不脩
文儒是競商君書曰國待農戰而安君待農戰而尊論
衡曰上書白記者文儒也夫文儒之力過儒
生況文史也棄本殉末厥弊茲多漢書詔曰農天下之大本也而人或不務本而事末
故生不遂李奇曰本農也末賈也昔宋臣以禮樂爲殘賊漢主比文章
於鄭衛宋臣墨翟也孫卿子曰樂也者和之不可變者
也禮也者理之不可易者也墨子非之幾過刑
也墨子賤禮樂而貴勇力貪則爲盜富則爲賊治世反
是漢書曰宣帝數從王褒等所幸宮觀輒爲歌頌議者
多以爲淫靡不急上曰辭賦大者與詩同義小
者辯麗可喜譬如女工有綺縠音樂有鄭衛也豈欲非

聖無法將以既道而權孝經曰非聖人者無法論語子曰可與學未可與適道可與適道未可與立可與立未可與權公羊傳曰權者何權者反於經然後有善者也今欲專士女於耕桑習鄉閭以弓騎孝經鉤命決曰耕桑得利究年受福史記曰趙武靈王胡服以習騎射五都復而事庠序四民富而歸文學漢書曰王莽於五都立均官更名雒陽邯鄲臨淄宛成都五都市長皆爲五均司市師又曰平帝立學官鄉曰庠聚曰序管子曰士農工商四民者國之石民也其道奚若爾無面從尚書曰予違汝弼汝無面從

又問自晉民不綱關河蕩析班固漢書述曰秦人不綱綱漏于楚王隱晉書曰石季龍死朝廷欲遂蕩平關河尚書盤庚曰今我民用蕩析離居宋人失馭淮汴崩離荅賓戲曰王塗蕪穢周失其御應劭漢書注曰汴水在滎陽西南論語子曰邦分崩離析而不能守也朕思念舊民永言攸濟毛詩曰永言孝思尚書曰予惟小子若涉淵水予惟往求朕攸

濟故選將開邊勞來安集漢書嚴尤上疏曰武帝選將練兵深入遠戍又班固曰武帝廣開三邊毛詩序曰萬民離散不安其居而能勞來還定安集之加以納款通和布德脩禮納其款關之誠而通其和好之禮漢書曰匈奴呼韓邪單于款五原塞名王奉獻始和親呂氏春秋曰季春之月天子布德和惠孫卿子曰管仲爲政者也未及脩禮故脩禮者王爲政者彊歌皇華而遣使賦膏雨而懷賔毛詩序曰皇皇者華君遣使臣也左傳曰季武子如晉晉侯饗之范宣子爲賦黍苗季武子再拜曰小國之仰大國也如百穀之仰膏雨焉若常膏之其天下集睦豈惟獘邑周禮曰二曰教職以安邦國以懷賔客所以關洛動南望之懷獯夷遽比歸之念王逸楚辭注曰遽競也夫危葉畏風驚禽易落漢書上曰單于待命加慢今欲攻之如何王恢曰草木遭霜者不可以風過通方之士不可以文亂今擊之單于可禽淮南子曰使葉落者風之搖也戰國策魏謂春申君曰日者更羸謂魏王曰臣能虛發而下鳥有鴻鴈從東

（方來更羸以虛弓發而下之王曰射爾至此乎更羸曰此孽也其飛徐者創痛也悲鳴者久失羣也故創未息而驚心未去聞弦音而高飛故創隕今臨武君嘗爲秦孽不可爲秦之將）無待干戈聊用辭辯片言而求三輔一說而定五州（漢書曰內史武帝更名京兆尹左內史更名左馮翊主爵中尉更名右扶風是爲三輔天下有十二州齊得其七故謂北境爲五州）斯路何階人誰或可（爾雅曰階因也）進謀誦志以沃朕心（言進嘉謀當謂誦女志以沃帝心也周禮曰撢人掌誦王志導國之政事鄭玄曰以王之志與政事諭說諸侯撢音探廣雅曰誦言也然彼言王志與此微殊不以文害意也尚書曰啓乃心沃朕心）

天監三年策秀才文三首（何之元梁典曰天監武帝年號也）

任彥昇

問秀才朕長驅樊鄧直指商郊（商喻齊也史記樂毅書曰輕卒銳兵長驅

至國漢書朱買臣曰發兵浮海直指泉山尚書曰武王朝至于商郊因藉時來秉此歷運魏志劉廙上疏曰臣遭乾坤之靈值時來之運當衰末念猶懷慙德禮記曰天子當衰而立尚書曰成湯放桀於南巢惟有慙德何者百王之獘齊季斯甚班固漢書贊曰漢承百王之獘季謂末年衣冠禮樂掃地無餘言衣冠制度禮樂軌儀皆見廢弃故無餘也班固漢書贊曰秦滅六國而上古遺烈掃地盡矣斲雕刓方經綸草昧漢書曰漢興破觚而爲圜斲琱而爲樸蘇林漢書注曰刓音角之刓與刓斲同周易曰雲雷屯君子以經綸又曰天造草昧宜建侯而不寧鄭玄曰造成也草草創也昧昧爽也採三王之禮冠履粗分因六代之樂宮判始辨周禮曰王宮縣諸侯軒縣卿大夫判縣士植縣而百度草創倉廩未實尚書曰百度唯貞論語曰禆諶草創之管子曰倉廩實知禮節若終畝不稅則國用靡資國語曰王耕三推庶人終于畝禮記曰古者公田藉而不稅毛萇詩傳曰資

財也百姓不足則惻隱深慮論語有若曰百姓足君孰與不足百姓不足君孰與足孟子曰無惻隱之心非仁也惻隱者仁之端每時入芻藁歲課田租漢舊儀曰民田租芻藁以給經用也尚書曰百里納藁愀然疚懷如憐赤子禮記曰哀公敢問人道誰為大孔子愀然作色而對月賦曰悄焉疚懷尚書曰若保赤子惟民其康乂今欲使朕無滿堂之念民有家給之饒說苑曰古人於天下也譬一堂之上今有滿堂飲酒有一人獨索然向隅泣則一堂之人皆不樂也鄧析子曰聖人逍遙一世之間而家給人足天下太平漸登九年之畜稍去關市之賦禮記曰國無九年之畜曰不足周禮曰以九賦斂財賄七曰關市之賦鄭玄曰賦謂口出泉關市謂占會百物也子大夫當此三道利用賓王三道賓王已見上文斯理何從佇聞良說顏延之策秀才文曰廢興之要敬俟良說問朕本自諸生弱齡有志鍾離意別傳曰嚴遵與光武皇帝俱為諸生禮記孔子曰

大道之行也與三代之英丘未之逮而有志焉**閉戶自精開卷獨得**楚國先賢傳曰孫敬入學閉戶牖精力過人太學謂曰閉戶生入市市人相語閉戶生來不忍欺也陶潛誡子書曰開卷有得便欣然志食**九流七略頗嘗觀覽六藝百家庶非牆面**漢書曰九流有儒家流道家流陰陽家流法家流名家流墨家流從橫家流雜家流農家流又曰劉歆總羣書而奏其七略故有輯略有六藝略有諸子略有詩賦略有兵書略有數術略有方技略廣雅曰頗少也周禮保氏養國子以道乃敎之六藝一曰五禮二曰六樂三曰五射四曰五御五曰六書六曰九數淮南子曰百家異說各有所出論語子謂伯魚曰汝爲周南召南矣乎人而不爲周南召南其猶正牆面而立也與**雖一日萬機**尚書曰兢兢業業一日二日萬機**聽覽之暇**墨子曰早朝晏罷斷獄治政也

早朝晏罷

三餘靡失上林賦曰朕以覽聽餘閑無事弃日魏略曰董遇字季直善左氏傳從學者云若渴無日遇言當以三餘或問三餘之意遇言冬者歲之餘夜與陰者日之餘雨者月之餘**上之化下草**

偃風從論語子曰君子之德風小人之德草草上之風必偃惟此虛寡弗能動俗蔡邕姜肱碑曰至德動俗邑中化之昔紫衣賤服猶化齊風韓子曰齊桓公好服紫一國盡服紫當時十素不得一紫公患之告管仲管仲曰君欲止之何不自誠勿衣也謂左右曰甚惡紫臭公曰諾於是郎中莫衣紫其明日國中莫有衣紫三日境內莫衣紫長纓鄙好且變鄒俗韓子曰鄒君好長纓左右皆服長纓甚貴鄒君患之問左右左右對曰君好服之百姓亦多服是故貴鄒君因先自斷其纓而出國中皆不服長纓雖德慙往賢業優前事且夫縉紳道行祿利然也封禪書曰因雜搢紳先生之略術班固漢書贊曰大師衆至千餘人蓋祿利之路然也朕傾心駿骨非懼真龍新序曰郭隗謂燕王曰古之君有以千金市千里馬者三年不得人請求之三月得馬已死矣買其骨以五百金君大怒之人曰死馬骨且市之況生馬乎天下必以王爲好馬矣於是不能朞年千里馬至者二今王誠願致士請從隗始隗且見事況賢於隗者乎又子張見

魯哀公哀公不禮去曰君之好士有似葉公子高之好龍也葉公好龍室屋彫文盡以寫龍於是天龍聞而下之窺頭於牖拖尾於堂葉公見之弃而退走失其魂魄五色無主是葉公非好眞龍也好夫似龍而非龍者也今君之好士也好夫似士而非士者也

輜軿青紫如拾地芥

范曄後漢書曰袁紹賓客所歸輜軿紫轂填接街陌說文曰軿車前衣車後爲輜漢書曰夏侯勝每講授常謂諸生曰士病不明經經術苟明其取青紫如俛拾地芥爾言好學明經術以取貴位之服如似車載之多也取之易也如拾地草

而情游廢業十室而九

情遊已見上文抱朴子曰秦降及李杪天下欲反十室而九

鳴鳥蔑聞子衿不作

言古者收教不及於道者故天下太平而鳳凰至學校廢則作子衿以刺之而人感思學今則不然言不如古也尚書周公曰收罔勗弗及苟造德弗降我則鳴鳥不聞毛萇詩傳曰蔑如也詩序曰子衿刺學廢也兩都賦序曰王澤竭而詩不作

弘獎之路斯既然矣

小雅曰獎勸也

猶其寂寞應有良規

魏志明帝報王朗詔曰欽納至言思聞良規

開朕立諫鼓設謗木於茲三年矣鄧析子曰堯置欲諫之鼓舜立誹謗之木此聖人也比雖輻湊闕下多非政要文子曰群臣輻湊張湛曰如衆輻之集於轂也范曄後漢書曰詔問蔡邕宜披露得失指陳政要曰伏青蒲罕能切直漢書曰史丹直入卧内頓首伏青蒲上應劭曰以青規地曰青蒲桓子新論曰切直忠正則汲黯之敢諫爭也將齊季多諱風流遂往毛萇詩傳曰將且也老子曰天下多忌諱而民彌貧淮南子曰晚世風流終敗禮義廢上林賦曰遂往而不反矣將謂朕空然慕古虛受弗弘漢書曰王莽好空言慕古法多封爵人周易曰君子以虛受人然自君臨萬寓介在民上左氏傳子囊曰赫赫楚國而君臨之方言曰介特也何嘗以漢書宣帝詔曰朕承洪業託於士民之上也范曄後漢書曰蔡邕上疏帝覽而一言失旨轉徙朔方歎息因起更衣曹節於後竊視之悉宣語左右事遂漏露程璜遂使人飛章言邕於是下邕洛陽獄劾減死一等與家屬髡鉗徙朔陽獄詔不得

以赦令除睚眦有違論輸左校漢書曰源涉好殺眦睚於塵中論輸謂論其罪而輸作也漢書陳咸字子康年十八以父萬年任為郎有異材抗直數言事刺譏近臣書數十上遷為左曹父嘗病召咸教戒於牀下語至夜半咸睡頭觸屛風父大怒欲杖之曰乃公教戒汝汝反睡不聽吾言何也咸叩頭謝曰具曉所言大要教咸諂也父迺不復言元帝擢咸為御史中丞後為南陽太守所居以殺伐立威豪猾吏及大姓犯法輒論輸府范曄後漢書曰李膺為河南尹時宛陵大姓羊元羣罷北海郡贓罪狼籍膺表欲罪元羣行賂宦豎膺反坐輸作左校漢書曰將作少府有左校令丞而使直臣杜口忠讜路絕漢書景帝問鄧公鄧公曰夫鼂錯患諸侯彊大不可制故請削之以尊京師萬世之利也計畫始行卒受大戮內杜忠臣之口外為諸侯報仇聲類曰讜善言也將恐弘長之道別有未周韓詩曰將恐將懼薛君曰將辭也檀道鸞晉陽秋曰謝安為桓溫司馬不存小察盡弘長之風悉意以陳極言無隱漢書曰哀帝使傅喜問李尋曰間者水出地動日月失度星辰亂行災異仍重極言無有所諱問書曰愼問其故無隱乃情

卷終

文選卷第三十七

梁昭明太子撰

文林郎守太子内率府録事參軍事崇賢館直學士臣李　善　注上

表上

表者明也標也如物之標表言標著事序使之明白以曉主上得盡其忠曰表三王已前謂之敷奏故尚書云敷奏以言是也至秦并天下改爲表捴有四品一曰章謝恩曰章二曰表陳事曰表三曰奏劾驗政事曰奏四曰駮推覆平論有異事進之曰駮六國及秦漢兼謂之上書行此五事至漢魏已來都曰表進之天子稱表進諸侯稱上疏魏已前天子亦得上疏

孔文舉薦禰衡表　諸葛孔明出師表

曹子建求自試表　求通親親表

羊叔子讓開府表　李令伯陳情事表

陸士衡謝平原內史表　劉越石勸進表

薦禰衡表

孔文舉范曄後漢書曰孔融字文舉魯國人也幼有異才性好學舉高第拜御史歷官至將作大匠遷少府曹操旣積嫌忌奏誅之下獄弃市

臣聞洪水橫流，帝思俾乂，孟子曰當堯之時天下猶未平洪水橫流氾濫於天下尚書曰湯湯洪水方割有能俾乂孔安國傳曰俾使乂治也旁求四方，以招賢俊。尚書曰旁求天下孔安國曰旁非一方也昔世宗繼統，將弘祖業，世宗孝武廟號也李奇漢書注曰統緒也班固漢書紀述曰世宗曅曅思弘祖業疇咨熙載，群士響臻。尚書云帝曰疇咨若時登庸又曰有能熙帝之載班固漢書述曰疇咨熙載髦俊並作響臻如應而至也孫卿子曰下之和上譬響之應聲也陛下睿聖纂承基緒陛下謂獻帝也班固高紀述曰纂堯之緒爾雅曰纂繼也遭遇厄運勞謙日昃說文曰遇逢也周易曰勞謙君子有終吉尚書曰文王自朝至于日中昃弗遑暇食維嶽降神異人並出毛詩曰維嶽降神生甫及申竊見處士平原禰衡年二十四字正平淑質貞亮英才卓躒孟子曰得天下英才而教育之西都賓曰卓躒諸夏卓躒絕異也躒力角反初涉藝文升堂覩奧論語云子曰由也升堂矣未入於室也爾雅曰西南隅謂之奧目所一見輒誦於口耳所暫聞不忘於心性與道合思若有神淮南子曰所謂真人者性合于道也弘羊潛計安世默識以衡準之誠不足怪漢書曰桑弘羊雒陽賈人子以心計年十三拜侍中又曰張安世字少孺爲郎上行幸河東嘗亡書三篋詔問莫能知唯安世識之具作其事後復購得書以相校無所遺失上奇其能擢爲尚書令忠果正直志懷霜雪

見善若驚疾惡若讎國語楚藍尹亹謂子西曰夫闔廬聞一善言若驚得一士若賞謝承後漢書曰張儉清絜中正疾惡若讎任座抗行史魚厲節殆無以過也呂氏春秋曰魏文侯飲問諸大夫寡人何如主也任座曰君不肖君也克中山不以封君之弟而以封君之子是以知不肖君也文侯不悅次及翟璜曰君賢君也臣聞其主賢者其臣直是以知君之賢也文侯悅文子曰傲世賤物士之抗行也廣雅曰抗舉也論語子曰直哉史魚廣雅曰厲高也鷙鳥累百不如一鶚史記趙簡子曰鷙鳥累百不如一鶚使衡立朝必有可觀論語子曰赤也束帶立于朝可使與賓客言又曰必有可觀者焉漢書成帝詔曰舉博士使卓然可觀飛辯騁辭溢氣坌涌坌涌貌也坌步寸切解疑釋結臨敵有餘七略曰解紛釋結反之於平安昔賈誼求試屬國詭係單于漢書賈誼曰何不試以臣為屬國之官以主匈奴行臣之計必係單于之頸而制其命說文曰詭責也自責必係單于也漢書曰況自詭滅賊終軍欲以長

纓牽致勁越漢書曰南越與漢和親乃遣終軍使南越說其王欲令入朝比內諸侯軍自請願受長纓必羈南越王而致之闕下說文曰組繫小者爲冠纓弱冠慷慨前代美之說文曰慷慨壯士不得志於心賈誼終軍皆年十八故曰弱冠近日路粹嚴象亦用異才擢拜臺郎衡宜與爲比典略曰路粹字文蔚少學於蔡邕高才與京兆嚴象拜尚書郎象以兼有文武出爲揚州刺史粹後爲軍謀祭酒與陳琳阮瑀等典記室如得龍躍天衢振翼雲漢李陵詩曰策名於天衢班固漢書述曰攀龍附鳳並集天衢毛詩曰倬彼雲漢揚聲紫微垂光虹蜺春秋合誠圖曰北辰其星七在紫微中也尸子曰虹蜺爲析翳足以昭近署之多士增四門之穆穆兩都賦序曰內設金馬石渠之署尚書曰賓于四門四門穆穆鈞天廣樂必有奇麗之觀史記趙簡子曰我之帝所甚樂與百神游夫鈞天廣樂九奏萬儛不類三代之樂其聲動心帝室皇居必畜非常之寶應劭漢官

儀曰帝室猶古言王室尚書曰所寳惟賢則迩人安若衡等輩不可多得激楚陽

阿至妙之容掌技者之所貪楚辭曰宮庭震驚發激楚王逸曰激楚清聲也淮南

子曰足蹀陽阿之舞飛兎騕褭絕足奔放良樂之所急也呂氏春秋

曰飛兎騕褭古之俊馬也又曰古善相馬者若趙之王良秦之伯樂尤盡其妙也臣等區區敢

不以聞李陵書曰區區之心廣雅曰區區愛也陛下篤慎取士必須效試

乞令衡以褐衣召見漢書劉歆曰臣衣褐衣褐見無可觀采臣等受

面欺之罪漢書曰上以張湯懷詐面欺

出師表蜀志曰建興五年亮率軍北駐漢中臨發上疏

諸葛孔明蜀志云諸葛亮字孔明琅邪人也時先主屯新野徐庶謂先主

曰諸葛孔明乃卧龍也將軍豈欲見之乎先主遂詣見之及即帝位拜爲丞相

後主即位十二年卒

臣亮言先帝創業未半而中道崩徂孟子曰君子創業垂統今天下三分益州罷弊此誠危急存亡之秋也歲以秋爲功畢故以喻時之要也馮衍與田邑書曰此臣立功之日志士馳馬之秋然侍衛之臣不懈於內忠志之士亡身於外者蓋追先帝之遇欲報之於陛下也遇謂以恩相接也史記豫讓曰以國士遇我誠宜開張聖聽以光先帝遺德恢志士之氣漢書谷永上書曰王法納乎聖聽莊子盜跖曰此父母之遺德也不宜妄自菲薄引喻失義以塞忠諫之路也方言曰菲薄也郭璞曰微薄也宮中府中俱爲一體陟罰臧否不宜異同毛詩曰嗚呼小子未知臧否何休公羊傳注曰否不也若有作姦犯科及爲忠善者宜付有司論其

刑賞以昭陛下平明之理不宜偏私使内外異法也侍中侍郎郭攸之費禕於宜反董允等楚國先賢傳曰郭攸之南陽人以器業知名蜀志曰費禕字文偉江夏人也後主襲位亮上疏曰侍中郭攸之費禕然攸之與禕俱爲侍中又曰董允字休昭後主襲位遷黄門侍郎此皆良實志慮忠純是以先帝簡拔以遺陛下愚以爲宫中之事事無大小悉以咨之然後施行必能裨補闕漏有所廣益也將軍向寵蜀志曰向寵襄陽人也建興元年爲中部督典宿衛兵遷中領軍性行淑均曉暢軍事廣雅曰暢達也試用於昔日先帝稱之曰能是以衆議舉寵爲督愚以爲營中之事悉以諮之必能使行陣和穆優劣得所也親賢臣遠小人此先漢所以興隆也親小人遠賢士此後漢

所以傾頹也先帝在時每與臣論此事未嘗不嘆息痛恨於桓靈也（桓靈後漢二帝用閹竪所敗也）侍中尚書長史參軍此悉貞亮死節之臣也（蜀志曰建興二年陳震拜尚書又曰諸葛亮出駐漢中張裔領留府長史又曰蔣琬遷參軍統留府事）願陛下親之信之則漢室之隆可計日而待也臣本布衣躬耕於南陽（說苑唐且謂秦王曰王聞布衣之士怒乎）苟全性命於亂世不求聞達於諸侯（論語子張曰在邦必聞又孔子曰在邦必達）先帝不以臣卑鄙猥自枉屈（猥猶曲也言己曲蒙先帝自枉屈而來也）三顧臣於草廬之中諮臣以當世之事（漢晉春秋曰諸葛亮家于南陽之鄧縣荆州圖副曰鄧城舊縣西南一里隔沔有諸葛亮宅是劉備三顧處劉歆七言詩曰結構野草起室廬）由是感激遂許先帝以驅馳（趙岐孟子章指曰千載聞之猶有感激也）後值傾

覆受任於敗軍之際奉命於危難之間爾來二十有一年矣裴松之蜀志注曰案劉備以建安十三年敗遣亮使吳亮以建興五年抗表北伐自傾覆至此整二十年然則備始與亮相遇在軍敗前一年也先帝知臣謹慎故臨崩寄臣以大事也蜀志曰先主於永安病篤召亮成都屬以後事謂亮曰君才十倍曹丕必能安國終定大業若嗣子可輔輔之如其不才君可自取亮涕泣曰臣敢竭股肱之力效忠貞之節繼之以死受命以來夙夜憂歎恐託付不效以傷先帝之明故五月度瀘深入不毛蜀志曰建興元年南中諸部並皆叛亂三年春亮率衆征之其秋悉平漢書曰瀘水出牂柯郡句町縣史記鄭襄公曰君王錫不毛之地使復得改事君王何休曰墝埆不生五穀曰不毛句求俱切町庭冷切今南方已定兵甲已足當獎帥三軍北定中原爾雅曰獎勸也庶竭駑鈍攘除姦凶廣雅曰駑駘也謂馬遲鈍者毛萇詩傳曰攘除也興

復漢室還于舊都此臣之所以報先帝而忠陛下之職分也至於斟酌損益進盡忠言則攸之禕允之任也願陛下託臣以討賊興復之效不效則治臣之罪以告先帝之靈責攸之禕允等咎以章其慢蜀志載亮表云若無興德之言則戮允等以章其慢今此無上六字於義有闕誤矣陛下亦宜自課以咨諏足俱善道察納雅言深追先帝遺詔王逸楚辭注曰課試也毛詩曰載馳載驅周爰咨諏毛萇曰訪問於善爲咨咨事爲諏論語曰子所雅言南都賦曰奉先帝而追孝臣不勝受恩感激今當遠離臨表涕泣不知所云

求自試表

魏志曰太和二年植還雍丘植常自憤怨抱利器而無所施上疏求自試

曹子建

臣植言：臣聞士之生世，入則事父，出則事君，論語子曰：出則事公卿，入則事父兄。事父尚於榮親，事君貴於興國。故慈父不能愛無益之子，仁君不能畜無用之臣。墨子曰：雖有賢君，不愛無功之臣；雖有慈父，不愛無益之子。夫論德而授官者，成功之君也；量能而受爵者，畢命之臣也。史記樂毅報燕惠王書曰：察能而授官者，成功之君也。孫卿子曰：論德而定次，量能而授官，君子之所長也。尸子曰：君子量才而受爵，量功而受祿。故君無虛授，臣無虛受。王符潛夫論曰：故明王不敢以私授，忠臣不敢以虛受。虛授謂之謬舉，虛受謂之尸祿，詩之素餐所由作也。韓詩曰：何謂素餐？素者，質也。人但有質朴而無治民之材，名曰素餐。尸祿者，頗有所知善惡，不言，默然不語，苟欲得祿而已，譬若尸矣。昔二虢不辭兩國之任，其德厚也。左氏傳：晉侯假道於虞以伐虢，宮之奇諫曰：虢仲、虢叔，王季之

穆也爲王卿士勳在盟府孫卿子曰德厚者進秉節者起旦奭不讓燕魯之封其
功大也史記曰武王殺紂封周公旦於少昊之墟曲阜是爲魯公又曰周武王封召公奭於燕今
臣蒙國重恩三世于今矣三世謂文武明也正值陛下升平之
際陛下明帝也孝經鉤命決曰明王用孝升平致譽沐浴聖澤潛潤德教可謂
厚幸矣史記太史公成王作頌沐浴膏澤孝經曰德教加于百姓而位竊東藩爵在
上列論語子曰臧文仲其竊位者與漢書中山靖王曰位雖卑也得爲東藩身被輕煖口
厭百味孝經援神契曰甘肥適口輕煖適神墨子曰衣服之法冬則練帛之中足以爲輕且煖崔駰七
依曰雍人調膳侯選百味目極華靡耳倦絲竹者爵重祿厚之所致
也鄭玄禮記注曰致之言至也退念古之受爵祿者有異於此皆以
功勤濟國輔主惠民爾雅曰濟益也今臣無德可述無功可紀

若此終年無益國朝將挂風人彼已之譏毛詩彼巳之子不稱其服是以上慙玄冕俯愧朱紱周禮曰王之五冕玄冕朱裏禮記曰諸侯佩山玄玉而朱組綬蒼頡篇曰紱綬也方今天下一統九州晏如尚書大傳曰周公一統天下合和四海然一統謂其統緒也顧西尚有違命之蜀東有不臣之吳使邊境未得稅甲謀士未得高枕者爾雅曰稅舍也漢書賈誼曰陛下高枕壹統無山東之憂誠欲混同宇內以致太和也法言曰或問太和曰其在唐虞成周也李軌曰天下太和故啓滅有扈戶而夏功昭尚書曰啓與有扈戰于甘之野史記曰啓遂滅有扈氏天下咸朝夏成克商奄而周德著尚書曰武王崩三監及淮夷叛周公相成王將黜殷命孔安國曰三監管蔡商也淮夷徐奄之屬史記曰成王東伐淮夷徐奄今陛下以聖明統世將欲卒文武之功繼成康之隆假周之令德以

喻魏之先王也臣瓚漢書注曰統總覽也毛詩序曰文武之功起於后稷春秋歷序曰成康之隆澧泉涌簡良授能以方叔邵虎之臣鎮衛四境爲國爪牙者可謂當矣爾雅曰簡擇也毛詩曰方叔涖止其車三千又曰江漢之滸王命邵虎又曰祈父予王之爪牙然而高鳥未挂於輕繳淵魚未懸於鉤餌者恐鉤射之術或未盡也高鳥淵魚喻吳蜀二王也昔耿弇不俟光武亟擊張步言不以賊遺於君父也東觀漢記曰耿弇討張步陳俊謂弇曰虜兵盛可且閉營休士以須上來弇曰乘輿且到臣子當擊牛釃酒以待百官反欲以賊虜遺君父邪及出大戰自旦及昏大破之弇古含切故車右伏劒於鳴轂雍門刎首於齊境說苑曰越甲至齊雍門狄請死之齊王曰鼓鐸之聲未聞矢石未交長兵未接子何務死知爲人臣之禮邪雍門狄對曰臣聞之昔王田於囿左轂鳴車右請死之王曰子何爲死車右曰爲其鳴吾君也王曰左轂鳴此者工師之罪也子何爲死車右曰吾不見工師之乘而見其鳴吾君也遂刎頸而死有之乎齊王曰有之雍門狄曰今越甲至

其鳴吾君豈左轂之一一哉車右可以死左轂而臣獨不可以死越甲邪遂刎頸而死定日越人引甲而退七十里齊王葬雍門子以上卿若此二子豈惡生而尚死哉誠忿其慢主而陵君也夫君之寵臣欲以除害興利尸子曰禹興利除害為萬民種也臣之事君必以殺身靜亂以功報主也昔賈誼弱冠求試屬國請係單于之頸而制其命終軍以妙年使越欲得長纓占其王羈致北闕賈誼終軍已見薦禰衡表爾雅曰占隱也郭璞曰隱度之此二臣豈好為夸主而燿世俗哉志或鬱結欲逞才力輸能於明君也昔漢武為霍去病治第辭曰匈奴未滅臣無以家為漢書文也固夫憂國忘家捐軀濟難忠臣之志也趙岐孟子章指曰憂國忘家今臣居外非不厚也而寢不安席食不遑味者伏以二方

未尅爲念戰國策曰秦王告蒙驁曰寡人一城圍食不甘味卧不便席伏見先武皇帝武臣宿兵年耆即世者有聞矣左氏傳子朝曰太子壽早夭即世雖賢不乏世宿將舊卒猶習戰也史記曰王翦宿將始皇師之竊不自量志在效命庶立毛髮之功以報所受之恩若使陛下出不世之詔效臣錐刀之用文子曰欲治之主不世出東觀漢記黄香上䟽曰以錐刀小用蒙見宿留也使得西屬大將軍當一校之隊魏志曰太和二年遣大將軍曹真擊諸葛亮於街亭司馬彪續漢書曰大將軍營伍部校尉一人若東屬大司馬統偏師之任魏志曰太和二年大司馬曹休率諸軍至皖臣瓚漢書注曰統由揔督也必乘危蹈險騁舟奮驪禮記曰夏后尚黑戎事乘驪鄭玄曰馬黑色曰驪突刃觸鋒爲士卒先漢書伍被曰大將軍當敵勇常爲士卒先雖未能禽權馘亮庶將虜其

雄率殲其醜類[illegible] 詩箋曰馘所獲之左耳[illegible]曰殲盡也又曰醜衆也 必效湞

由之捷以滅終身之愧 杜預左氏傳注曰捷獲也 從右挂史筆事刻

朝榮雖身分罰境自懸吳闕猶生之年也 北征賦曰首身分而不寤 如微

漢武帝遣使者告單于曰南越王頭已懸於漢北闕傅武仲與荆文姜書曰雖死之日猶生之年

才不試没世無聞 論語曰君子疾没世而名不稱 徒榮其軀而豐其體

生無益於事死無損於數虛荷上位而忝重禄貪息鳥

視終於白首 鄭玄周禮注曰九鳥獸未孕曰禽 此徒圈牢之養物非臣

之所志也 說文曰圈養獸閑也鄭玄周禮注曰牢閑也 流聞東軍失備師徒

小衂 漢書王音曰失行流聞魏志曰休至皖與吳將陸遜戰於石亭敗績衂猶挫折也 輟食棄

餐奮袂攘衽撫劒東顧而心已馳於吳會矣 鄭玄周禮注曰攘却

也謂却扱衽也左氏傳曰子朱撫劒從之臣昔從先武皇帝南極赤岸東臨滄海西望玉門北出玄塞七發曰淩赤岸篲扶桑山謂之南徐州記曰京江禹貢北江有大濤濤至乘北激赤岸尤更迅猛漢書燉煌郡龍勒縣有玉門關玄塞長城也北方色黑故曰玄伏見所以行軍用兵之勢可謂神妙矣孫子曰兵與敵變化而取勝者謂之神故兵者不可預言臨難而制變者也孫臏曰水因地而制行兵因敵而制勝志欲自效於明時立功於聖世每覽史籍觀古忠臣義士出一朝之命以殉國家之難司馬遷書曰李陵奮不顧身以殉國家之急身雖屠裂而功銘著於景鍾名稱垂於竹帛未嘗不拊心而歎息也國語晉悼公曰昔克路之役秦來圖敗晉攻魏顆以其身卻退秦師于輔氏親止杜回其勳銘於景鍾韋昭曰景鍾景公鍾也墨子曰以其功書於竹帛傳遺後子孫也臣聞明主使臣不廢有罪故奔北敗軍之將用秦

七百六十　三十二

魯以成其功史記曰秦繆公使百里奚子孟明視蹇叔子西乞術及白乙丙將兵襲鄭晉發兵遮秦兵於殽
虜秦三將以歸後還秦三將穆公復二人官秩倍使將兵伐晉
大敗晉人以報殽之役又曰曹沫魯人也以勇力事魯莊公
爲魯將與齊戰三敗三北魯莊公懼乃獻遂邑之地以和猶復
以爲將齊桓公許與魯會于柯而盟桓公與莊公既盟於壇上
曹沫執匕首刼齊桓公公問曰子將何欲曹沫曰齊強魯弱而
大國侵魯亦已甚矣今魯城壞即壓境君其圖之桓公乃許盡
還魯之侵地曹沫三
戰所亡盡復于魯

絕纓盜馬之臣赦楚趙以濟其難說苑
曰楚莊王賜群臣酒日暮華燭滅有引美人衣者美人援絕冠
纓告王知之王曰賜人酒醉欲顯婦人之節吾不取也乃命左
右勿上火與寡人飲不絕纓者不懽也群臣纓皆絕盡懽而去
後與晉戰引美人衣者五合五獲以報莊王呂氏春秋曰昔者
秦繆公乘馬右服失之野人取之繆公自往求之見野人方將
食之於岐山之陽繆公笑曰食駿馬之肉不飲酒余恐傷汝也
徧飲而去韓原之戰晉人已環繆公之車矣晉梁繇靡已扣公
左驂矣野人嘗食馬於岐山之陽者三百有餘人畢力爲繆公
疾鬬於車下遂大克晉及獲惠公以歸此秦而謂之趙者
史記曰趙氏之先與秦共祖然則以其同祖故曰趙焉

臣

竊感先帝早崩威王棄代先帝謂文帝也魏志曰任城王彰薨謚曰威臣獨何人以堪長久常恐先朝露填溝壑漢書李陵謂蘇武曰人如朝露列女傳梁寡婦曰妾之夫先犬馬填溝壑墳土未乾而身名並滅漢書霍禹曰將軍墳土未乾李宏武功歌曰身非金石名俱滅焉臣聞騏驥長鳴伯樂昭其能戰國策楚客謂春申君曰昔騏驥駕車吴坂遷延負轅而不能進遭伯樂仰而長鳴知伯樂之知己也今僕屈厄久君獨無意使僕為君長鳴也盧狗悲號韓國知其才戰國策曰齊欲伐魏淳于髡謂齊王曰韓子盧者天下之壯犬也東郭俊者海內之狡兔也韓子盧逐東郭俊環山者三騰山者五兔極於前犬廢於後犬兔俱罷各死其處田父見之而擅其功今齊魏相持臣恐強秦大楚承其後有田父之功高誘曰韓國之盧犬古之名狗也然悲號之義未聞也是以效之齊楚之路以逞千里之任齊楚言遠也孫卿子曰夫驥一日而千里也試之狡兔之捷以驗搏噬之用今臣

志狗馬之微功竊自惟度終無伯樂韓國之舉是以於邑而竊自痛者也楚辭曰長呼吸以於悒王逸曰於悒啼貌夫臨博而企竦聞樂而竊抃者或有賞音而識道也說文曰博局戲也六箸十二棊又曰企舉踵也竦猶立也說文曰抃拊也昔毛遂趙之陪隸猶假錐囊之喻以寤主立功史記曰秦之圍邯鄲趙使平原君求救合從於楚約與食客門下有勇力武備具者二十人俱得十九人餘無可取者毛遂前自讃於平原君平原君曰先生處勝之門下幾年於此矣遂曰三年于此矣平原君曰夫賢士之處俗譬若錐之處囊中其末立見今先生處勝之門下三年勝未有所聞毛遂曰臣乃今日請處囊中耳使遂蚤得處囊中乃穎脱而出非特其末見而已也平原君竟與毛遂偕十九人平原君與楚合從日出而言日中不決毛遂按劍歷階而上曰合從者為楚非為趙也楚王曰唯謹奉社稷以從何況巍巍大魏多士之朝而無慷慨死難之臣乎夫自衒

玄徧自媒者士女之醜行也越絕書曰范蠡其始居楚之越越王與言盡日大夫石買進曰衒女不貞衒士不信客歷諸侯渡河津無因自致殆不真賢也干時求進者道家之明忌也莊子曰功成者隳名成者虧孰能去功與名而還與衆人而臣敢陳聞於陛下者誠與國分形同氣憂患共之者也呂氏春秋曰父母之於子也子之於父母也一體而分形同氣血而異息痛疾相救憂思相感生則相驩死則相哀此之謂骨肉之親也冀以塵露之微補益山海謝承後漢書楊喬曰猶塵附泰山露集滄海雖無補益款誠至情猶不敢嘿也螢燭末光增輝日月淮南子曰人主之居也如日月之明也是以敢冒其醜而獻其忠必知為朝士所笑聖主不以人廢言論語子曰君子不以人廢言伏惟陛下少垂神聽臣則幸矣

求通親親表魏志曰太和五年植上疏求存問親戚自因致其意也

曹子建

臣植言臣聞天稱其高者以無不覆地稱其廣者以無不載日月稱其明者以無不照、禮記子夏問曰何謂三無私孔子曰天無私覆地無私載日月無私照此之謂三無私江海稱其大者以無不容管子曰海不辭水故能成其大墨子曰江河不惡小谷之滿已也故能大故孔子曰大哉堯之為君惟天為大惟堯則之論語文也夫天德之於萬物可謂弘廣矣蓋堯之為教先親後踈自近及遠其傳曰克明俊德以親九族九族既睦平章百姓孔安國曰能明俊德之士任用之以睦高祖玄孫之親也又曰既已也百姓百官也言化九族而平和章明也及周之文王亦崇厥化鄭玄禮記注曰崇猶尊也其詩曰刑于寡妻至于兄弟以御于家邦毛萇曰刑法也鄭玄云御治也寡妻寡有之妻文王以禮接其妻至於宗族又能爲政治於家邦是以雍雍穆穆風人詠之毛詩曰有來雍雍又曰天子穆穆昔周公弔管蔡之不咸廣封懿親以藩屏王室左氏傳富辰曰周公弔二叔之不咸故封建親戚以藩屏周室馬融曰二叔管蔡也傳曰周之宗盟異姓爲後左氏傳曰滕侯薛侯來朝爭長公使羽父請於薛侯曰周之宗盟異姓爲後誠骨肉之恩爽而不離漢書宣帝詔曰蓋聞象有罪舜封之骨肉之親粲而不殊如淳曰粲或爲散爾雅曰爽差也親親之義寔在敦固禮記曰君子賢其賢而親其親未有義而後其君仁而遺其親者也孟子曰未有仁而遺其親者也未有義而後其君者也伏惟陛下咨帝唐欽明之德尚書曰放勳欽明體文王翼翼之仁毛詩曰惟此文王小心翼翼惠洽椒房恩昭九親漢舊儀曰皇后稱椒房詩椒聊之實蔓延盈升美其繁興九親猶九

族群后百僚番休遞上列子曰巨鼇迭爲三番江偉上便宜曰上下郎吏計作四五番休執政不廢於公朝下情得展於私室親理之路通慶弔之情展誠可謂恕已治人推惠施恩者矣論語子貢問曰一言可以終身行之者乎子曰其恕乎己所不欲勿施於人二略曰良將恕已而治人又曰推惠施恩士力日新至於臣者人道絕緒禁固明時臣竊自傷也左氏傳曰申公巫臣奔晉子反請以重幣錮之杜預曰禁固勿仕也錮與固通不敢乃望交氣類脩人事敘人倫謝承後漢書曰桓彌鄙營氣類毛詩序曰成孝敬厚人倫近且婚媾不通兄弟永絕吉凶之問塞慶弔之禮廢恩紀之違甚於路人蘇子卿詩曰誰爲行路人隔閡之異殊於胡越淮南子曰自其異者視之肝膽胡越許慎曰胡在北方越在南方今以一切之制永無朝覲之望漢書音義曰一切權時也至於注心

皇極結情紫闥神明知之矣尚書考靈耀曰建用皇極宋均曰建立也皇大極中也崔駰達旨曰攀台階闚紫闥然天寔爲之謂之何哉毛詩國風文退省諸王常有戚戚具爾之心毛詩曰戚戚兄弟莫遠具爾願陛下沛然垂詔孟子曰油然作雲沛然下雨使諸國慶問四節得展以叙骨肉之歡恩全怡怡之篤義論語子曰兄弟怡怡如也妃妾之家膏沐之遺歲得再通毛詩曰豈無膏沐齊義於貴宗等惠於百司如此則古人之所歎風雅之所詠復存於聖世矣臣伏自思惟豈無錐刀之用東觀漢記黃香上疏曰以錐刀小用蒙見宿留及觀陛下之所拔授若臣爲異姓竊自料度不後於朝士矣若得辭遠遊戴武弁蔡邕獨斷曰遠遊冠者王侯所服傅子曰侍中冠武弁解朱組佩

青綬米紐綬已見自試表注漢書曰凡二千石以上銀印青綬駙馬奉車趣得一號漢書曰奉車都尉掌御乘輿車駙馬都尉掌駙馬說文曰駙近也安宅京室執鞭珥筆論語子曰富而可求雖執鞭之士吾亦爲之范曄後漢書李彭謂朱鮪曰彭往者得執鞭侍從珥筆戴筆也漢書趙印曰張安世持橐簪筆張晏曰近臣負橐簪筆從也出從華蓋入侍輦轂劉歆遂初賦曰奉華蓋於帝側胡廣漢官解故注曰轂下謂在輦轂之下京兆之中承答聖問拾遺左右漢書曰議郎掌顧問應對又曰蕭望之劉更生並拾遺左右乃臣丹情之至願不離於夢想者也遠慕鹿鳴君臣之宴毛詩序曰鹿鳴宴群臣嘉賓也中詠常棣匪他之誡毛詩序曰棠棣燕兄弟也毛詩曰豈伊異人兄弟匪他下思伐木友生之義毛詩序曰伐木燕朋友故舊也詩曰矧伊人矣不求友生終蓼莪罔極之哀毛詩蓼莪曰父兮生我毋兮鞠我欲報之德昊天罔極每四節之會塊然

獨處左右惟僕隷所對惟妻子高談無所與陳發義無所與展未嘗不聞樂而拊心臨觴而歎息也漢書曰中山靖王勝來朝天子置酒勝聞樂聲而泣對曰臣聞悲者不可爲絫欷思者不可爲歎息今臣心結日久每聞幼眇之聲不知泣涕之横集臣伏以爲犬馬之誠不能動人譬人之誠不能動天崩城隕霜臣初信之以臣心況徒虛語耳列女傳曰杞梁妻者齊杞梁植之妻也齊莊公襲莒殖戰死杞梁之妻無子内外皆無五屬之親既無所歸乃就其夫屍於城下而哭之内誠動人道路過者莫不爲之揮涕十日而城爲之崩淮南子曰鄒衍盡忠於燕惠王惠王信譖而繫之鄒子仰天而哭正夏而天爲之降霜若葵藿之傾葉太陽雖不爲之迴光然終向之者誠也淮南子曰聖人之於道猶葵之與日雖不能終始哉其鄉之者誠也臣竊自比葵藿若降天地之施垂三光之明者寔在

陛下臣聞文子曰不爲福始不爲禍先文子曰與道爲際與德爲隣不爲福始不爲禍先范子曰文子者姓辛葵丘濮上人也稱曰計然南遊於越范蠡師事今之否隔友于同憂而臣獨唱言者何也廣雅曰否隔也尚書曰友于兄弟竊不願於聖代使有不蒙施之物有不蒙施之物必有慘毒之懷故柏舟有天只之怨谷風有棄予之歎毛詩柏舟曰母也天只不諒人只毛萇曰諒信也母也天也尚不信我也又谷風曰將安將樂汝轉棄予伊尹恥其君不爲堯舜尚書曰昔先正保衡作我先王乃曰予弗克俾厥后惟堯舜其心愧恥若撻于市孟子曰不以舜之所以事堯事其君者不敬其君者也臣之愚蔽固非虞伊至於欲使陛下崇光被時雍之美宣緝熙章明之德者尚書曰允恭克讓光被四表協和萬邦黎民於變時雍毛詩曰維清緝熙文王之典章明已見上文尚書曰百姓昭明是臣

慺慺之誠，竊所獨守。尚書傳曰：慺慺，謹慎也。寔懷鶴立企佇之心，敢復陳聞者，戰國策曰：吳入郢，楚冒勃蘇潛行十日而薄秦，鶴立不轉。冀陛下儻發天聰而垂神聽也。尚書曰：天聰明。神聽已見自試表。

讓開府表

羊叔子 臧榮緒晉書曰：羊祜，字叔子，太山人也。能屬文，爲中書郎。陳留王立，封鉅平子。世祖受禪，加散騎常侍。後以祜都督荆州諸軍事，又爲車騎將軍，開府儀同三司。祜表讓。後以祜爲征南大將軍，開府辟召，儀同三司。薨。

臣祜言：臣昨出，伏聞恩詔，拔臣使同台司。昨出，爲沐浴而出在外。台司，三公也。爲台司，故言儀同三司。威儀百物，使同三司也。臣自出身已來，適十數年，受任外內，每極顯重之地。王隱晉書曰：太祖引祜爲從事中郎，遷中領軍，事兼內外。

常以智力不可強進恩寵不可久謬夙夜戰慄以榮爲憂中謝裴氏新語曰君薦其君將有所乞請中謝謝言臣誠惶誠恐頓首死罪臣聞古人之言德未爲衆所服而受高爵則使才臣不進功未爲衆所歸而荷厚祿則使勞臣不勸管子曰國有德義未明於朝而處尊位者則良臣不進有功未見於國而有重祿者則勞臣不勸今臣身託外戚事遭運會王隱晉書曰祜同産姊配景帝爲弘訓太后誠在寵過不患見遺而猥超然降發中之詔加非次之榮猥猶曲也孔融荅曹公書曰來書懇切訓誨發中臣有何功可以堪之何心可以安之以身誤陛下辱高位傾覆亦尋而至國語單襄公曰高位寔疾顚左氏傳呂相曰傾覆我社稷願復守先人弊廬豈可得哉莊子曰顏闔守陋閭左氏傳齊侯遇杞梁妻于郊使弔之辭曰有先人之弊廬在

下妾不與邪弔得違命誠怍天威曲從即復若此左氏傳齊侯對宰孔曰天威不違顏咫尺蓋聞古人申於見知晏子春秋越石父謂晏子曰臣聞之士者詘於不知己而申乎知己大臣之節不可則止論語子曰周任有言曰陳力就列不能者止臣雖小人敢緣所蒙忩存斯義今天下自服化已來方漸八年列子曰子產相鄭三年善者服其化雖側席求賢不遺幽賤國語曰越王夫人側席而坐韋昭曰側猶特也禮憂者側席而坐然臣等不能推有德進有功使聖聽知勝臣者多而未達者不少假令有遺德於板築之下有隱才於屠釣之間尚書序曰高宗夢得說說築傅巖之野孟子曰傅說舉於版築之間郭璞三蒼解詁曰板牆上下板築杵頭鐵沓也尉繚子曰太公屠牛朝歌史記曰太公望呂尚以漁釣奸周西伯而令朝議用臣不以爲非臣處之不以爲

愧所失豈不大哉遺賢不薦而謬處崇班非直身殃抑爲朝累今乃朝議用臣不以爲非已累朝矣處之又不以爲愧已殃身矣此失豈不大哉言甚大也且臣忝竊雖久未若今日兼文武之極寵等宰輔之高位也文武謂車騎及開府等宰輔謂儀同三司臣所見雖狹據今光祿大夫李喜秉節高亮正身在朝晉諸公讚曰喜字季和上黨人少有高行爲僕射年耄遜位拜光祿大夫光祿大夫魯芝潔身寡欲和而不同臧榮緒晉書曰魯芝字世英扶風人也耽思墳籍爲鎮東將軍衛光祿大夫四子講德論曰潔身修德老子曰少私寡欲論語曰和而不同光祿大夫李胤涖政弘簡在公正色王隱晉書曰李胤字宣伯遼東人也稍遷至尚書僕射轉光祿大夫孔安國尚書傳曰簡大也尚書曰正色率下皆服事華髮以禮終始周禮曰大司徒頒職曰服事鄭司農曰服事謂公家服事者新序閭丘卯曰士亦華髮墮頒而後用耳雖歷內外之寵

不異寒賤之家而猶未蒙此選臣更越之何以塞天下之望少益日月（聖王得賢臣頌曰不足以塞厚望日月逾君已見上求自試表）是以誓心守節無苟進之志（左傳季札曰曹宣公之卒也諸侯與曹人不義曹君將立子臧子臧去之遂弗爲也以成曹君君子曰能守節矣）今道路未通方隅多事乞留前恩使臣得速還也（王隱晉書曰太始五年出爲都督荊州諸軍事）不爾留連必於外虞有闕臣不勝憂懼謹觸冒拜表惟陛下察匹夫之志不可以奪（論語子曰匹夫不可奪志）

陳情事表

李令伯（華陽國志曰李密字令伯少孤母何氏更適人密見養於祖母事祖母以孝聞侍疾日夜未嘗解帶蜀平後晉武帝徵爲太子洗馬詔書累

下郡縣逼迫密上疏武帝覽其表曰密不空有名者也嘉其誠欵賜奴婢二人使郡縣供其祖母奉膳祖母卒服終徙尚書郎爲河內溫令左遷漢中太守一年去官卒密一名虔

臣密言臣以險釁夙遭閔凶賈逵國語注曰釁兆也左氏傳楚少宰曰寡君少遭閔凶生孩六月慈父見背孟子曰孩提之童趙岐曰知孩笑可提抱也文子曰慈父之愛子非求報行年四歲舅奪母志莊子田開之曰單豹行年七十毛詩序曰衛世子蚤死其妻守義父母欲奪而嫁之祖母劉愍臣孤弱躬親撫養毛詩曰父兮生我母兮鞠我撫我畜我長我育我毛萇曰鞠養也臣少多疾病九歲不行零丁孤苦至于成立李陵贈蘇武詩曰遠處天一隅苦困獨伶丁國語曰晉趙文子冠韓獻子戒之曰此之謂成人論語曰三十而立既無伯叔終鮮兄弟毛詩曰終鮮兄弟維予與汝門衰祚薄晚有兒息字書曰祚福也外無朞功強近之親內無應門五尺

之僮孫卿子曰仲尼之門五尺豎子羞言五伯煢煢獨一作子立形影相弔曹植責躬表曰形影相弔五情愧赧而劉夙嬰疾病常在牀蓐臣侍湯藥未曾廢離逮奉聖朝沐浴清化前太守臣逵察臣孝廉後刺史臣榮舉臣秀才臣以供養無主辭不赴命詔書特下拜臣郎中尋蒙國恩除臣洗馬朱浮書曰同被國恩如淳漢書注曰凡言除者除故官就新官也漢書曰太子屬官有洗馬如淳曰前驅也猥以微賤當侍東宮非臣隕首所能上報廣雅曰猥頓也漢書谷永上書王鳳曰齊客隕首公門以報恩施史記曰孟嘗君相齊使其舍人魏子收邑三反而不致孟嘗君問其故對曰有賢者竊假之數年或毀孟嘗孟嘗乃奔魏子所與粟賢者聞之乃上書言孟嘗不作亂請身盟遂自刎宮門以明孟嘗臣具以表聞辭不就職詔書切峻責臣逋慢郡縣逼迫催臣上道州司臨

門急於星火臣欲奉詔奔馳則劉病日篤欲苟順私情則告訴不許臣之進退實爲狼狽孔叢子孔子曰吾於狼狽見聖人之志荀悅漢紀論曰周勃狼狽失據塊然囚執伏惟聖朝以孝治天下凡在故老猶蒙矜育爾雅曰矜憐也況臣孤苦特爲尤甚且臣少仕僞朝歷職郎署本圖宦達不矜名節鄭玄禮記注曰矜謂自尊大也今臣亡國賤俘至微至陋賈逵國語注曰伐國取人曰俘過蒙拔擢寵命優渥毛詩曰既優既渥豈敢盤桓有所希冀周易曰初九盤桓利居貞但以劉日薄西山氣息奄奄揚雄反騷曰臨汨羅而自隕兮恐日薄於西山廣雅曰奄困迫也人命危淺朝不慮夕左氏傳趙孟曰朝不謀夕何其長也臣無祖母無以至今日祖母無臣無以終餘年鸚鵡賦曰匪餘年之足惜母孫二人更

相爲命是以區區不能廢遠臣密今年四十有四祖母劉今年九十有六是臣盡節於陛下之日長報養劉之日短也烏鳥私情願乞終養（葛龔喪伯父還傳記曰烏鳥之情誠竊傷痛毛詩曰蓼莪孝子不得終養也）臣之辛苦非獨蜀之人士及二州牧伯所見明知皇天后土實所共鑒（左氏傳晉大夫曰皇天后土實聞君之言）願陛下矜愍愚誠聽臣微志庶劉僥倖保卒餘年（禮記曰子曰小人行險以僥倖僥與徼同古堯切）臣生當隕首死當結草（隕首已見上文左氏傳曰晉魏顆敗秦師於輔氏獲杜回秦之力人也初魏武子有嬖妾無子武子疾命顆必嫁是疾病曰必爲殉顆嫁之曰疾病則亂吾從其治也及輔氏之役魏顆見老人結草以亢杜回杜回躓而顛故獲之夜夢之曰余而所嫁婦人之父也）臣不勝犬馬怖懼之情謹拜表以聞（史記丞相青翟曰臣不勝）

犬馬心

謝平原內史表 臧榮緒晉書曰成都王表理機起為平原內史到官上表

謝恩

陸士衡

陪臣陸機言 蔡邕獨斷曰諸侯境內自相以下皆為諸侯稱臣於朝皆稱陪臣 今月九日魏郡太守遣兼丞張含齎板詔書印綬假臣為平原內史 凡王封拜謂之板官時成都攝政故稱板詔 拜受祗竦不知所裁臣機頓首頓首死罪死罪 范曄後漢書陳蕃上疏曰臣誠惶心不知所裁 臣本吳人出自敵國 漢書蒯通說韓信曰敵國破謀臣亡 世無先臣宣力之効才非丘園耿介之秀 尚書舜曰予欲宣力四方汝為易曰賁于丘園束帛戔戔王肅曰隱處丘園道德彌明必有束帛之聘楚辭曰獨耿介而不隨 皇澤廣被惠濟無遠 四子講德論曰皇澤豐沛尚書曰無遠弗屆 擢自群萃累蒙榮進 國語曰群萃而同處

賈逵曰萃亦聚也入朝九載歷官有六身登三閤官成兩宮臧榮緒晉書曰太熙末太傅楊駿辟機爲祭酒駿誅遷爲太子洗馬吳王出鎮淮南以機爲郎中令遷尚書中兵郎轉殿中郎又爲著作郎晉令曰祕書郎掌中外三閤經書兩宮東宮及上臺也服冕乘軒仰齒貴游左傳衛太子謂渾良夫曰服冕乘軒三死無與杜預注曰齒列也周禮曰師氏以三德教國子九國之貴游子弟學焉振景拔迹顧邈同列臣瓚漢書注曰邈凌邈也施重山岳義足灰沒葛龔讓州辟文曰恩重山岳言君之義我身如灰之滅不足報也遭國顛沛無節可紀雖蒙曠盪臣獨何顏俛首頓膝憂愧若厲中謝周易曰夕惕若厲而橫爲故齊王冏九永所見枉陷誣臣與衆人共作禪文王隱晉書曰齊王冏字景治趙王倫篡位冏舉兵討倫臨陳斬之禪文倫受禪之文幽執囹圄當爲誅始司馬遷書曰深幽囹圄之中臣之微誠不負天

地倉卒之際慮有逼迫乃與弟雲及散騎侍郎袁瑜王隱晉書曰袁瑜字世都中書侍郎馮熊馮熊字文羆尚書右丞崔基廷尉正顧榮顧榮字彥先汝陰太守曹武百百官名曰曹武字道淵思所以獲免陰蒙避迴岐一作嶇崎嶇自列言密自以家藏避詗問黨岐嶇艱阻得自申列也廣雅曰列陳也片言隻字不關其間事蹤筆跡皆可推校王隱晉書曰機與吳王晏表曰禪文本草今見在中書一字一迹自可分別蔡邕書曰惟是筆跡可以當面而一朝翻然更以爲罪蕞爾之生尚不足吝左傳子產曰諺云蕞爾之國杜預曰蕞小貌也說文曰尚曾也孔安國尚書傳曰吝惜也區區本懷實有可悲李陵書曰區區之心切慕此爾畏逼天威即罪惟謹天威已見上讓開府表公羊傳曰不即罪爾何休曰不就罪也漢書曰終軍詰徐偃請下御史徵偃即罪論語曰子在宗廟朝廷便便言惟謹爾鉗口結舌不

敢上訴所天莊子曰鉗墨翟之口慎子曰臣下閉口左右結舌潛夫論曰臣鉗口結舌而不敢言
左傳蔵尹克黄曰君天也何休墨守曰君者臣之天也莫大之釁日經聖聽孝經曰五
刑之屬三千而罪莫大於不孝肝血之誠終不一聞所以臨難慷慨而
不能不恨恨者惟此而已重蒙陛下愷悌之宥陛下謂成都也
毛詩曰愷悌君子杜預左傳注曰宥赦也迴霜收電使不隕越威如霜已見西征賦荀悅
申鑒曰人主威如雷電之震左傳齊侯對宰孔曰小白恐隕越于下復得扶老攜幼生
出獄戶戰國策曰薛人扶老攜幼迎孟嘗君道中懷金拖徒我紫退就散輩揚子
法言曰使我紆朱懷金其樂不可量也解嘲曰紆青拖紫感恩惟咎五情震悼文子曰昔
中黄子曰色有五章人有五情跼高天蹐精小地若無所容中謝毛詩曰謂天蓋高不
敢不跼謂地蓋厚不敢不蹐史記曰魏公子自責似若無所容不悟日月之明遂垂

曲照雲雨之澤，播及於瘁。尚書武王曰：惟我文考若日月之照臨。范曄後漢書鄧騭上䟽曰：被雲雨之渥澤。志臣弱壽無不哀臣零落罪有可察，荀削丹書，得夷平民。左氏傳曰：非豹隸也，著於丹書。漢書曰：延及平民。則塵洗天波，謗絕衆口。臣之始謗尚未，王是猥辱大命，顯授符虎。漢書文紀曰：初與郡守為銅虎符、竹使符。使春枯之條，更與秋蘭垂芳；陸沉之羽，復與翔鴻撫翼。莊子曰：孔子之楚，其鄰有夫妻臣妾登極者，仲尼曰：是陸沉者也。班固漢書張陳述曰：攜手逐秦，撫翼俱起。雖安國免徒，起紆青組；漢書曰：韓安國事梁孝王為中大夫。其後安國坐法抵罪。梁內史缺，漢使使者拜安國為梁內史，起徒中為二千石。張敞亡命，坐致朱軒。漢書：張敞為京兆尹，坐與楊惲厚善，不宜處位，免為庶人。數月，冀州部中有大賊，天子思敞功，使使召敞。敞即裝隨使者詣公車上書，天子引敞見，拜為冀州刺史。敞起亡命，復奉使典州。命，名也。謂所犯罪名已定而逃亡避之謂之亡命青組朱軒並二千石之車飾方臣所荷未足爲泰豈臣蒙垢含釁所宜忝竊范曄後漢書陳蕃曰鄙吝之萌復存于心方言曰貪而不施謂之釁非臣毀宗夷族所能上報喜懼參并悲慙哽結拘守常憲當便道之官如淳漢書注曰律二千石以上告歸寧不過行在所者便道之官無問也不得束身奔走稽顙城闕瞻係天衢馳心輦轂天衢已見上薦禰衡表輦轂已見上求通親親表臣不勝屏營延仰謹拜表以聞國語申胥曰昔楚靈王獨行屏營

勸進表

何法盛晉書曰劉琨連名勸進中宗嘉之晉紀曰劉琨亦勸進表無所點竄封印既畢對使者流涕而遣之

劉越石

建興五年晉書曰建興閔帝年號三月癸未朔十八日辛丑使持節散騎常侍都督河北并冀幽三州諸軍事領護軍匈奴中郎將司空并州刺史廣武侯臣琨使持節侍中都督冀州諸軍事撫軍大將軍冀州刺史左賢王渤海公臣磾頓首死罪上書臣琨臣磾頓首頓首死罪死罪臣聞天生蒸人樹之以君所以對越天地司牧黎元左傳邾文公曰天生人而樹之君以利之也典引曰發祥流慶對越天地左傳師曠曰天生人而立之君使司牧之勿使失性孝經鉤命決曰天有顧盼之義授圖于黎元聖帝明王鑒其若此易緯曰聖帝明王所以致太平知天地不可以乏饗故屈其身以奉之范曄後漢書袁紹上疏曰洛邑乏祀荀悅中鑒曰聖王屈己以申天下之樂知黎元不可以無主故

不得已而臨之東觀漢記馮異曰更始敗亡天下無主莊子曰君子不得已而臨莅天下也
社稷時難則戚藩定其傾郊廟或替則宗哲纂其祀所
以弘振遐風式固萬世蔡秀衛公誄曰仰唏遐風重輝冠世毛詩曰式固爾猶三
五以降靡不由之史記楚子西曰孔丘述三五之法明周召之業臣琨臣磾頓
首頓首死罪死罪伏惟高祖宣皇帝肇基景命王隱晉書曰宣皇帝河內溫人令上受禪追上尊號曰宣皇帝尚書武王曰至于大王肇基王迹詩曰景命有僕毛萇曰僕附
也鄭玄曰大之大命又附著於汝世祖武皇帝遂造區夏世祖武帝廟號書曰惟丕
顯考文王用肇造我區夏三葉重光四聖繼軌三世謂景宣文四聖謂武帝也書曰昔我
文王武王宣重光廣雅曰軌跡也恩澤洽於有虞卜年過於周氏左傳王孫
滿曰成王定鼎郟鄏卜世三十卜年七百自元康以來艱禍繁興晉書曰惠帝即位改

六百二十八字

元曰元康永嘉之際氛厲彌昏永嘉懷帝年號宸極失御登遐醜裔
王隱晉書懷紀曰羯賊劉曜破洛皇帝崩於平陽宸極踰帝位荅賓戲曰周失其御禮曰天王崩告喪曰天王
登遐國家之危有若綴旒公羊傳曰君若贅旒然贅猶綴也何休曰旒旗旒也以譬者言
爲下所執持東西爾賴先后之德宗廟之靈皇帝嗣建舊物克甄
王隱晉書懷紀曰洛陽破大司馬南陽王保於長安立秦王爲皇太子懷帝崩皇太子即位左傳伍負曰少康
祀夏配天不失舊物鄭玄尚書緯注曰甄表也誕授欽明服膺聰哲欽明已見上求通親
親表禮曰服膺拳拳玉質幼彰金聲夙振應劭漢官儀曰太子太傅琢磨玉質言大子有
王之質琢磨以道也孟子曰孔子之謂集大成集大成也者金聲而玉振之也冢宰攝其綱百
辟輔其治尚書曰冢宰掌邦治統百官包咸論語注曰攝猶兼也毛詩曰不顯維德百辟其刑之四
海想中興之美群生懷來蘇之望毛詩序曰宣王任賢使能周室中興尚書

曰徯我后后來其蘇不圖天不悔禍大災荐臻左傳鄭伯曰天其悔禍于許國未忘難寇害尋興左傳富辰曰人未忘禍王又興之逆胡劉曜縱逸西都何法盛晉書胡録曰建興四年劉載使劉曜寇長安敢肆犬羊淩虐天邑漢名臣奏曰太尉應劭等議以爲鮮卑隔在漢北犬羊爲群尚書曰肆予敢求爾于天邑商臣等奉表使還仍承西朝以去年十一月不守主上幽劫復沈虜庭干寶晉紀曰賊入掠京都劉粲寇于城下天子蒙塵于平陽傳詔諸公讚曰苟晞傳檄平陽求連和迎上止於是見害謝承後漢書序曰黃他求侵將投骸虜庭神器流離再辱荒逆再謂懷愍二帝老子曰天下神器不可爲爲者敗之韋昭曰神器天子璽符服御之物也臣每覽史籍觀之前載小雅曰載事也厄運之極古今未有苟在食土之毛含氣之類左傳芋尹無宇謂楚子曰食土之毛誰非君臣三略曰含氣之類咸願得志莫不叩心絕氣行號巷哭新序

子貢曰子產死國人聞之皆叩心流涕曰子產已死吾將安歸皆巷哭況臣等荷寵三世位則鼎司三世謂邁至琨也王隱晉書曰琨祖邁相國參軍父蕃太子洗馬侍御史鼎司謂司空也謝承後漢書序曰王龔幹事遂陟鼎司承問震惶精爽飛越謝承後漢書竇武上疏曰奉承詔命精爽隕越且悲且惋五情無主五情已見上謝平原內史表注莊子葉公見龍失其魂魄五情無主舉哀朔垂上下泣血謝承後漢書胡毋班書曰董卓起朔垂毛詩曰鼠思泣血臣琨臣磾頓首頓首死罪死罪臣聞昏明迭用否泰相濟昏明謂晝夜也文子曰春秋之代謝日月之晝夜孫卿子曰日月遞照周易曰泰者通也物不可終通故受之以否天命未改歷數有歸左氏傳王孫蒲謂楚子曰周德雖衰天命未改書曰天之歷數在爾躬或多難以固邦國或殷憂以啓聖明左氏傳曰楚使椒舉如晉求諸侯晉侯欲勿許司馬侯曰不可鄰國之難不可虞也或多難以固其國啓其疆土齊

有仲孫之難而獲桓公至今賴之晉有里丕之難而獲文公是以爲盟主也韓詩曰耿耿不寐如有殷憂啓聖見下注齊有無知之禍而小白爲五伯之長左傳曰初齊襄公立無常鮑叔牙曰君使民慢乱將作矣奉公子小白出奔莒乱作管夷吾召忽奉公子糾來奔雍廩殺無知公伐齊納子糾桓公自莒先入晉有驪姬之難而重耳主諸侯之盟左傳曰初晉獻公以驪姬爲夫人夫人譖太子太子縊于新城遂譖二公子曰皆知之重耳奔蒲夷吾奔屈漢書路温舒曰齊有無知之禍而桓公以興晉有驪姬之難而文公用伯繇是觀之禍乱之作將以開聖人也社稷靡安必將有以扶其危鹽鐵論曰定傾扶危黔首幾絕必將有以繼其緒史記曰秦更民名曰黔首伏惟陛下玄德通於神明聖姿合於兩儀陛下謂元帝也書曰玄德升聞乃命以位孝經援神契曰十世升平至德通神明兩儀天地也易曰易有太極是生兩儀應命代之期紹千載之運孟子曰五百年必有王者興其間必有名世者

也廣雅曰命名也桓子新論曰凡聖人乃千載一出賢人君子所想思而不可得見也夫符瑞之表天人有徵東觀漢記群臣上奏世祖曰符瑞之應昭然著聞矣中興之兆圖讖垂典自京畿隕喪九服崩離曹子建責躬詩曰得會京畿周書曰乃辨九服之國方千里曰王圻其外曰侯服甸服男服采服衛服蠻服夷服鎮服蕃服論語子曰邦分崩離析天下嚻然無所歸懷班固漢書贊曰海内嚻然喪其樂生之心雖有夏之遘夷羿宗姬之離犬戎蔑以過之左氏傳曰魏絳對晉侯曰昔有夏之方衰也后羿自鉏遷于窮石因夏人以代夏政又曰夷羿收之杜預曰夷氏也史記曰幽王嬖愛褒姒竟廢后立褒姒爲后廢后父申侯乃與西夷犬戎共攻幽王遂殺幽王驪山之下陛下撫寧江左奄有舊吳王隱晉書曰元帝琅邪共王之長子永興元年就國二年加揚州諸軍事韋孟諷諫詩曰撫寧遐荒江左江東也春秋歷序曰東方爲左毛詩曰奄有龜蒙柔服以德伐叛以刑左氏傳晉隨武子曰伐叛

刑也柔服德也抗明威以攝不類杖大順以肅宇內尚書曰我有周佑命將天明威漢書音義曰攝安也禮記曰天子以德爲車以樂爲御諸侯以禮相與大夫以法相序天下之肥也是謂大順純化既敷則率土宅心義風既暢則遐方企踵尚書曰汝丕遠惟商耇成人宅心知訓劉秦美新曰海外遐方延頸企踵百揆時敘于上四門穆穆于下書曰納于百揆百揆時敘賓于四門四門穆穆昔少康之隆夏訓以爲美談左氏傳伍員諫吳子曰昔有過澆滅夏后相后緡方娠逃出自竇歸于有仍生少康焉爲仍牧正以牧夏衆使女艾諜澆遂滅過戈復禹之績澆五叫切公羊傳曰魯人至今以爲美談宣王之興周詩以爲休詠毛詩序曰烝民尹吉甫美宣王也任賢使能周室中興焉況茂勳格于皇天清輝光于四海尚書曰昔成湯既受命時則有若伊尹格于皇天孝經曰孝悌之至通于神明光于四海蒼生顒然莫不欣戴尹文子曰堯德化布于四海仁惠被于蒼

生淮南子曰聖人呼吸陰陽之氣而群生莫不喁喁然仰其德以和順國語祭公謀父曰商王大惡庶人不忍欣戴武王聲教所加願爲臣妾者哉尚書曰朔南暨聲教史記張良曰百姓莫不願爲臣妾且宣皇之胤惟有陛下王隱晉書曰元皇帝宣帝之曾孫左傳介之推曰獻公之子九人惟君在矣億兆攸歸曾無與二尚書曰受有億兆夷人晏子春秋晏子謂魯哀公曰君矯魯國化而爲一心君曾无與二何暇有三乎天祚大晉必將有主主晉祀者非陛下而誰法言曰昔在有熊高辛唐虞三代咸有顯德故天因而祚之左傳介之推曰天未絕晉必將有主主晉祀者非君而誰是以邇無異言遠無異望漢書曰霍光以內外異言左傳叔向曰我先君文公人從而與之獻无異親民无異望矣謳歌者無不吟詠徽猷獄訟者無不思于聖德孟子曰堯崩三年之喪畢舜讓避丹朱於南河之南天下朝覲訟獄者不之堯之子而之舜謳歌者不謳歌堯之子而謳歌舜曰天也夫而後歸中國踐

天子之位焉詩曰君子有徽猷荅賓戲曰用納乎聖德天地之際既交華裔之情允洽封禪書曰天人之際已交上下之情允洽左傳孔子曰裔不謀夏夷不亂華一角之獸連理之木以爲休徵者蓋有百數春秋感精符曰麟一角明海內共一主也王者不刳胎不剖卵則出於郊孝經援神契曰德至草木則木連理尚書有休徵西都賓曰匪乎斯列者蓋以百數冠帶之倫要荒之衆冠帶謂中國也西蜀父老曰封疆之內冠帶之倫尚書曰五百里要服五百里荒服也不謀而同辭者動以萬計周書曰不謀同辭會於武王郊下羽獵賦曰枝莫邪而羅者万計矣是以臣等敢考天地之心因函夏之趣昧死以上尊號漢書楊雄河東賦曰函夏之大漢書又曰諸侯昧死再拜言上尊號願陛下存舜禹至公之情狹巢由抗矯之節以社稷爲務不以小行爲先東觀漢記群臣上奏世祖曰大王社稷爲計万姓爲心漢書賈誼上書曰人主

之行異布衣布衣飾小行以自託於鄉黨人主惟社稷固爾以黜首爲憂不以克讓
爲事書曰允恭克讓上以慰宗廟乃顧之懷下以釋普天傾首
之望詩曰乃眷西顧又曰溥天之下漢書翟義曰天下傾首服從莫能抗扞國難則所謂生
繁華於枯荑育豐肌於朽骨易曰枯楊生稊王弼曰稊者楊之秀稊與荑通左傳
蘧子馮曰所謂生死而肉骨神人獲安無不幸甚尚書帝曰夔命汝典樂神人以和
漢書漢王曰以韓信爲大將軍蕭何曰幸甚臣琨臣磾頓首頓首死罪死罪
臣聞尊位不可以虛萬機不可以曠史記李斯曰明主聖皇所能以勢尊
位東觀漢記諸將上奏世祖曰帝王不可以久曠虛之一日則尊位以殆曠之
浹辰則萬機以亂公羊傳曰緣臣之心不可一日无君左氏傳君子曰莒恃陋不修其城郭
浹辰之間而楚剋其二都杜預曰浹辰十二日也方今鍾百王之季當陽九之

會曹植九詠章句曰鍾當也班固漢書贊曰漢承百王之弊左傳叔向問晏子曰齊其何如晏子曰此季世也漢書曰陽九之厄曰初入百六陽九音義曰易傳所謂陽九之厄百六之會狡冠竊窬伺國瑕隙左氏傳師服曰民服其上下无覬覦杜預曰下不冀望上位也窬爲覦同杜預左傳注曰狡猾也說文曰窺小視也又曰覦欲也毛萇詩傳曰瑕猶過也隙閒隙也齊人波蕩無所繫心安可以廢而不恤哉漢書曰富人博戲乱齊人如淳曰齊民齊等無有貴賤故謂之齊若今平民也范曄後漢書李熊說公孫述曰方今四海波蕩匹夫橫議谷永集曰國家久無繼嗣天下无所繫心陛下雖欲逡巡其若宗廟何其若百姓何公羊傳曰齊侯逡巡而謝范曄後漢書馬武謂世祖曰大王雖欲執謙退奈宗廟社稷何昔惠公虜秦晉國震駭呂郤之謀欲立子圉外以絕敵人之志內以固闔境之情故曰喪君有君群臣輯穆好我者勸惡我者懼左傳僖十五年

晋與秦戰于韓原秦伯獲晋侯以歸乃許晋平晋侯使郤乞告瑕呂飴甥且召之呂甥曰將若君何衆曰何爲而可對曰征繕以輔孺子諸侯聞之喪君有君羣臣輯睦甲兵益多好我者勸惡我者懼庶有益乎衆説十曰方二千餘里圖四境之内**前事之不忘後代之元龜也**戰國策張孟談謂趙襄子曰前事之不忘後事之師也吴志魏文帝策命孫權曰前代之懿事後王之元龜**陛下明並日月無幽不燭**守諡孔子曰所謂聖者明並日月東都賦曰散皇明以燭幽**深謀遠慮出自胸懷**過秦論曰深謀遠慮行軍用兵之道不及曩時之士也**不勝犬馬憂國之情遲覲人神開泰之路**史記丞相翟青曰臣不勝犬馬心**是以陳其乃誠布之執事**左氏傳晋使呂相絶秦曰敢盡布之執事**臣等各忝守方任職在遐外不得陪列闕庭共覲盛禮踊躍之懷南望罔極謹上臣琨謹遣兼左長史右司馬臣温嶠**王隱晋書曰温嶠字泰真太原人也劉琨假守左長史西臺除司

空言司馬五年琨使詣江南主簿臣辟閭訓臧榮緒晉書曰辟閭訓字祖明樂安人也沒石勒爲幽州刺史臣磾遣散騎常侍征虜將軍清河太守領右長史高平亭侯臣榮劭晉百官名曰榮劭字茂世北平人爲清河太守輕車將軍關內侯臣郭穆晉百官名曰郭穆字景通沒胡中奉表臣琨臣磾等頓首頓首死罪死罪

文選卷第三十七

共五十一頁

文選卷第三十八

梁昭明太子撰

文林郎守太子右内率府録事參軍事崇賢館直學士臣李　善注上

表下

張士然爲吴令謝詢求爲諸孫置守冢人表

庾元規讓中書令表　桓元子薦譙元彦表

殷仲文自解表

傅季友爲宋公至洛陽謁五陵表

爲宋公求加贈劉前軍表

任彦昇爲齊明帝讓宣城郡公第一表

爲范尚書讓吏部封侯表

爲蕭揚州薦士表

爲褚蓁讓代兄襲封表

爲范始興作求立太宰碑表

爲吳令謝詢求爲諸孫置守冢人表（孫盛晉陽秋曰謝詢河東人然於吳令）

張士然（孫盛晉陽秋曰張悛字士然吳國人也元康中吳令謝詢表爲孫氏置守冢人悛爲其文詔從之晉百官名曰悛爲太子庶子）

臣聞成湯革夏而封杞武王入殷而建宋（尚書曰乃爾先祖成湯革夏駿命漢書酈生曰昔湯放桀封其後於杞呂氏春秋曰武王入殷立成湯之後於宋）春秋征伐

則晉脩虞祀燕祭齊廟左氏傳曰晉滅虢遂襲虞滅之而修虞祀歸其職貢於王傳子
曰樂毅伐齊遂下齊七十餘城置吏屬燕爲郡而修齊之宗廟夫一國爲一人興先
賢爲後愚廢成湯夏禹賢興國後桀紂無道而失國誠仁聖所哀悼而不
忍也故三王敦繼絕之德春秋貴柔服之義論語曰繼絕世 柔服
已見劉琨勸進表昔漢高受命追存六國亢諸絕祚一時並祀
漢書曰高祖撥亂猶修祀六國又詔曰秦皇帝楚隱王魏安釐王齊愍王趙悼襄王皆絕亡後其與秦始皇帝
守冢二十家趙及魏公子亡忌各五家令視其冢復亡與它事親與項羽對爭存亡
逮羽之死臨哭其喪漢書灌嬰斬項羽東城漢王爲發喪哭臨而去將以位
嘗侔尊力嘗均勢雖功奪其成而恩與其敗且暴與疾
顛禮之若舊班固漢書項羽贊曰舜重瞳子項羽又重瞳子豈其苗裔邪何其興之暴也國語單

襄公曰高位寔疾顛殘戮之尸乃以公葬漢書曰初懷王封羽爲魯公乃以魯公禮葬羽於穀城若使羽位承前緒世有哲王一朝力屈全身從命則楚翦不隳有後可冀伏惟大晉應天順民武成止戈應天順民已見上左氏傳楚子謂潘黨曰夫文止戈爲武西戎有即序之人京邑開吳蜀之館書曰織皮崐崘析支渠搜西戎即叙洛陽故宮名曰馬市在城東吳蜀二主館與相連興滅加乎萬國繼絕接于百世論語子曰興滅國繼絕世雖三五弘道商周稱仁洋洋之義未足以喻是以孫氏雖家失吳祚而族蒙晉榮子弟量才比肩進取懷金侯服佩青千里懷金已見上謝平原內史表佩青已見上求通親親表毛詩曰侯服于周天命靡常東觀漢記揚喬曰臣伏念二千石典牧千里當時受恩多有過望臣聞春雨潤

木自葉流根鴟鴞恤功愛子及室毛詩曰鴟鴞鴟鴞既取我子無毀我室故天稱罔極之恩聖有綢繆之惠罔極已見上求通親親表毛詩曰徹彼桑土綢繆牖戶追惟吳偽武烈皇帝吳志孫堅字文臺吳郡人蓋孫武後也權既稱尊號謚堅曰武烈皇帝遭漢室之弱值亂臣之強首唱義兵先衆犯難破董卓於陽人濟神器於甄井吳志曰堅屯梁東爲卓軍所攻潰圍而出堅復合戰於陽人大破卓軍漢書音義韋昭曰神器天子璽符也吳書曰初堅入洛軍城南甄官井上每旦有五色氣舉軍驚怪莫敢汲堅命人浚探得漢傳國璽文曰受命于天既壽永昌方圓四寸上紐交五龍龍上一角缺　甄音真威震群狡名顯往朝桓王才武弱冠承業吳志曰孫策字伯符堅子也權稱尊號追謚策曰長沙桓王招百越之士奮鷹揚之勢漢書曰故衡山王芮從百越之兵以佐諸侯誅暴秦詩曰維師尚父時維鷹揚西赴許都將迎幼

主雖元勲未終然至忠已著（吳志曰曹公與袁紹相距於官渡策陰謀襲許迎漢帝未發爲故吳郡太守許貢客所殺）夫家積義勇之基世傳扶危之業進爲徇漢之臣退爲開吳之主而蒸嘗絶於三葉園陵殘於薪采（爲采薪者所踐毁也）臣竊悼之伏見吳平之初明詔追録先賢欲封其墓愚謂二君並宜應書（二君堅策也）故舉勞則力輸先代論德則惠存江南正刑則罪非晉寇從坐則異世已輕若列先賢之數蒙詔書之恩裁加表異以寵亡靈則人望克厭誰不曰宜二君私奴多在墓側今爲平民乞差五人蠲其徭役使四時修護頹毁掃除塋壟永以爲常

讓中書令表 諸晉書並云讓中書監此云令恐誤也

庾元規 何法盛晉書潁川庾録曰亮字元規為中書郎肅祖欲使為中書監上疏肅祖納亮言封永昌公後遷司馬録尚書事薨

臣亮言臣凡庸固陋少無檢操昔以中州多故舊邦喪亂中州為洛陽庾氏潁川人近洛陽故云中州舊邦隨侍先臣遠庇有道爰客逃難求食而已何法盛晉書曰亮父琛為會稽太守亮少隨父會稽又曰中宗為鎮東將軍鎮建鄴論語季康子以就有道孔安國尚書序曰逃難解散不悟徼時之福遭遇嘉運先帝龍興乘異常之顧先帝謂中宗元帝也尚書序曰漢室龍興既眷同國士又申之婚姻何法盛晉書曰中宗欽亮名德故申婚姻又曰中宗娉亮妹為皇太子妃國士婚姻已見懷舊賦遂階親寵累忝非服弱冠濯纓沐浴玄風孟子曰滄

五又又六十五

浪之水清兮可以濯我纓沐浴已見上求自試表注頻繁省闥出總六軍何法盛晉書曰王敦表亮爲中領軍十餘年間位超先達無勞被遇無與臣比小人祿薄福過災生止足之分臣所宜守老子曰知足不辱知止不殆而偷榮昧進日爾一日謗讟既集上塵聖朝始欲自聞而先帝登遐先帝謂元帝也登遐已見上文區區微誠竟未上達陛下踐祚聖政維新臧榮緒晉書曰明帝諱紹字道幾元帝太子也禮曰成王幼不能莅祚周公作相踐祚而治詩曰周雖舊邦其命維新宰輔賢明庶寮咸允康哉之歌實在至公康哉之歌已見景福殿賦仲長子昌言曰人主臨之以至公行之以至仁而國恩不已復以臣領中書臣領中書則示天下以私矣何者臣於陛下后之兄也王隱晉書曰明穆皇后庾氏字文君琛第二女生成帝孫盛晉陽秋曰庾亮明穆皇后之

兄也姻婭之嫌實與骨肉中表不同雖太上至公聖德無私老子曰太上下知有之河上公曰太上謂太古無名之君也無私已見上求通親親表注然世之喪道有自來矣悠悠六合皆私其姻者也人皆有私則謂天下無公矣是以前後二漢咸以抑后黨安進婚族危向使西京七族東京六姓西京七族已見西京賦東京六姓章德竇后和熹鄧后安思閻后桓思竇后順烈梁后靈思何后皆非姻黨各以平進縱不悉全決不盡敗今之盡敗更由姻昵已歷觀庶姓在世無黨於朝無援於時植根之本輕也薄也苟無大瑕猶或見容至於外戚憑託天地勢連四時根援扶疎重矣大矣而財居權寵四海側目漢書曰列侯宗室見郅都側目而視也事有不允罪

不容誅身既招殃國爲之弊其故何邪直由婚媾之私群情之所不能免故率其所嬿而嬿之於國是以䟽附則信姻進則疑疑積於百姓之心則禍成重闥之内矣此皆往代成鑒可爲寒心者也夫萬物之所不通聖賢因而不奪冒親以求一才之用未若防嬿以明公道韓詩外傳曰公道達而私門塞今以臣之才兼如此之嬿而使内處心膂音呂外揔兵權尚書穆王曰今命汝作股肱心膂賈逵國語注曰膂脊也以此求治未之聞也以此招禍可立待也孫卿子曰亂則危辱滅亡可立而待也雖陛下二相明其愚欵二相王敦王導也王隱晉書曰王敦字處仲中宗時爲大將軍謀逆肅祖以爲丞相不受又曰王導字茂弘中宗時爲侍中肅祖即位敦平進太保不拜後爲丞相朝士

百寮頗識其情天下之人何可門到戶說使皆坦然邪孝經曰君子之教以孝非家至而日見之鄭玄曰非門到戶至而見之楚辭曰衆不可戶說兮孰云察予之中情尚書序曰坦然明白夫富貴寵榮臣所不能忘也刑罰貧賤臣所不能甘也今恭命則愈違命則苦臣雖不違何事背時違上自貽患責邪實仰覽殷鑒量己知弊毛詩曰殷鑒不遠在夏后之世身不足惜爲國取悔是以悾悾屢陳丹款曹大家蟬賦曰復丹款之未足留滯根乎天際也而微誠淺薄未垂察諒憂惶屛營不知所厝屛營已見上謝平原內史表以臣今地不可以進明矣且違命已久臣之罪又積矣歸骸私門以待刑書漢書曰彭宣上書乞骸骨歸鄉里私門已見本篇注尚書曰哀矜折獄明啓刑書顧陛下垂天地之鑒察臣

之愚則雖死之日猶生之年矣

薦譙元彥表 孫盛晉陽秋曰譙秀字元彥巴西人譙周孫性清靜不交於俗李雄盜蜀安車徵秀秀不應躬耕山藪桓溫平蜀反役上表薦秀

桓元子 何法盛晉書曰桓溫字元子譙國人爲琅邪王文學後進位大司馬薨

臣聞太朴既虧則高尚之標顯 易曰不事王侯高尚其事 道喪時昏則忠貞之義彰 道喪已見江淹雜體詩左氏傳荀息曰公家之利知無不爲忠也送往事居耦俱無猜貞也 故有洗耳投淵以振玄邈之風 洗耳許由也琴操曰堯大許由之志禪爲天子由以其不善乃臨河洗耳莊子曰舜以天下讓其友北人無擇北人無擇曰異哉后之爲人也欲以其辱行慢我吾羞見之因自投清泠之淵 亦有秉心矯迹以敦在三之節 國語曰晉武公伐翼殺哀侯止欒子曰苟無死矣吾令子爲上卿辭曰成聞之人生於三事之如一父生之師敎

之君食之韋昭曰三君父師也是故上代之君莫不崇重斯軌所以篤俗訓民靜一流競魏書文帝令曰樹德垂聲崇化篤俗伏惟大晉應符御世應符已見上文論語比考讖曰聖王御世河龍負卷舒圖運無常通時有屯蹇神州丘墟三方圮裂神州見吳都賦注兎罝絕響於中林白駒無聞於空谷毛詩曰肅肅兎罝施于中林鄭玄曰兎罝之人能恭敬則是賢者衆多也又曰皎皎白駒在彼空谷生芻一束其人如玉斯有識之所悼心大雅之所嘆息者也劉歆移書曰有識之所歎愍阮瑀爲曹公與孫權書曰大雅之人不肯爲此陛下聖德嗣興方恢天緒何法盛晉書曰孝宗穆帝諱聃字彭子康帝崩乃即位臣昔奉役有事西土鯨鯢旣懸思宣大化何法盛晉書曰李勢盜蜀溫伐勢勢出軍戰于筰橋軍敗面縛請命鯨鯢喻李勢也鯨鯢已見上文謝朓八公山詩訪諸故老搜揚潛逸庶武

羅於羿浞之墟想王蠋音蜀於亡齊之境左氏傳魏絳曰昔后羿因夏人以代夏政弃武羅伯因熊髡尨圉而用寒浞寒浞伯明氏之讒子弟也虞羿于田以取其國家杜預曰四子皆羿之良臣也史記曰燕之初入齊聞畫邑人王蠋賢令軍中曰環畫邑三十里毋入以王蠋之故已而使人謂蠋曰齊人多高子之義吾以爲將封子萬家蠋固謝燕人曰子不聽吾引三軍而屠畫邑王蠋曰忠臣不事二君貞女不更二夫齊王不聽吾諫則退而耕於野國既破亡吾不能存今又劫之以兵爲君將是助桀爲暴也與其生無義固不如亨名遂經其頸於樹枝自奮絕脰而死竊聞巴西譙秀植操貞固易曰貞固足以幹事抱德肥遯揚清渭波文子曰養生以經世抱德以終年可謂體道矣楚辭曰溷其泥而揚其波渭水已見西征賦于時皇極遘道消之會羣黎蹈顛沛之艱道消顛沛已見謝平原內史表中華有顧瞻之哀幽谷無遷喬之望毛詩曰顧瞻周道中心怛兮遷喬已見劉琨荅盧諶詩凶命屢招姦威仍

逼孫盛晉陽秋曰李雄安車徵秀雄叔父驤驤子壽辟命皆不應也身寄虎吻危同朝露莊子孔子曰丘幾不免虎口哉朝露已見上求自試表而能抗節玉立誓不降辱琴操莊周歌曰避世俟道志潔如玉論語子曰不降其志不辱其身伯夷叔齊與杜門絕迹不面僞庭進免龔勝亡身之禍退無薛方詭對之譏漢書曰王莽既篡遣使者奉璽書太子師及祭酒印綬安車駟馬迎龔勝勝自知不見聽即謂門人高暉曰吾受漢室厚恩無以報今老矣旦暮入地誼豈以一身事二姓下見故主哉語畢遂不復開口飲食積十四日死時年七十九矣又曰薛方字子容王莽以安車迎方方因使者辭謝曰堯舜在上下有巢許今明主方隆唐虞之德亦猶小臣欲守箕山之節也使者以聞莽說其言不強致說音悅雖園綺之棲商洛管寧之默遼海漢書曰園公綺季當秦之世避而入商雒深山管寧遼東已見謝眺郡内登望詩博物志廉翻夢人謂己曰余孤竹君之子遼海漂吾棺槨也方之於秀殆無以過于今西

土以爲美談西土蜀也夫旌德禮賢化道之所先崇表殊節聖喆之上務方今六合未康豺豕當路遺黎偷薄義聲弗聞漢書曰偷薄之政自是滋矣魏志崔琰書諫文帝曰盤遊滋侈義聲不聞益宜振起道義之徒以敦流遯之弊若秀蒙蒲帛之徵漢書曰武帝初即位使使者束帛加璧安車以蒲輪駕駟迎申公也足以鎮靜頹風軌訓貴俗魏文帝令曰道薄於當年風頹於百代幽遯仰流九服知化矣周書曰乃辨九服之國

解尚書表檀道鸞晉陽秋曰桓玄僭位仲文以佐命親貴帝初反正抗表自解

殷仲文

臣聞洪波振壑川無恬鱗魏略王脩奏記曰消流之水無洪波之勢七發曰横暴之極魚鼈失勢顚倒偃側也驚飈拂野林無靜柯家語吾丘曰樹欲靜而風揺之何者

勢弱則受制於巨力質微則莫以自保於理雖可得而言於臣寔所敢喻昔桓玄之㞥誠復驅迫者衆至於愚臣罪實深矣進不能見危授命忘身殉國論語子張問士子曰見危致命見利思義司馬遷荅任少卿書曰李陵常思奮不顧身以殉國家之急退不能辭粟首陽拂衣高謝史記曰伯夷叔齊恥武王伐紂義不食周粟隱於首陽山遂乃宴安昏寵叨昧僞封左傳曰宴安酖毒不可懷也錫文篡事曾無獨固曽無固守之節亦從於衆也晉中興書曰詔加桓玄爲楚王備九錫之禮玄到姑孰朝臣勸進玄遂篡位名義以之俱淪情節自茲無撓宜其極法以判忠邪鎮軍臣裕鎮軍宋高祖也匡復社稷大弘善貸馮衍與田邑書曰左平山東右匡社稷老子曰夫惟道善貸且成佇一戮於微命申三驅於大信楚辭曰蜂蛾微命力何固

三驅已見東都賦既惠之以首領復引之以縶維左氏傳宋公曰若以大夫之靈得保首領以沒縶維已見上文于時皇輿否隔天人未泰用忘進退惟力是視惟力是視已見東京賦是以僶俛從事自同全人毛詩曰何有何無僶俛求之呂氏春秋曰任天下而不強此之謂全人高誘曰全人全德之人無虧闕也今宸極反正惟新告始反正已見謝靈運述祖德詩惟新已見庾元規讓中書令表憲章既明品物思舊禮記仲尼憲章文武品物已見歎逝賦臣亦胡顏之厚可以顯居榮次尚書曰予心顏厚有忸怩乞解所職待罪私門私門已見上庾元規讓中書令表違謝闕庭乃心愧戀謹拜表以聞臣某云云

為宋公至洛陽謁五陵表晉書曰義熙十二年洛陽平裕命修晉五陵置守備

傅季友

臣裕言：近振旅河湄，揚旍西邁。左氏傳季文子曰：中國不振旅，蠻夷入伐。詩曰：居河之湄。將届舊京，威懷司雍。威懷已見潘岳關中詩。太康地記曰：司州，司隷校尉治，漢武帝初置。其界本西得梁州之地，今以三輔為雍州。河流遄疾，道阻且長。詩曰：遡洄從之，道阻且長。加以伊洛榛蕪，津塗久廢。蜀志許靖與曹公書曰：袁術方命圮族，津塗四塞。伐木通逕，淹引時月。東觀漢記曰：岑彭伐樹木開道，直出黎丘。始以今月十二日次故洛水浮橋。山川無改，城闕為墟，宮廟隳頓，鍾簴空列，觀宇之餘，鞠為禾黍。鞠為茂草，已見西征賦。毛詩序曰：過故宗廟宮室，盡為禾黍。廛里蕭條，鷄犬罕音。蕭條已見上西征賦。東觀漢記曰：北夷作，無鷄鳴狗吠之聲。感舊永懷，痛心在目。劉琨答盧諶詩曰：哀我皇晉，痛心在目。以其月十五日奉謁五陵郭緣生述征記曰北邙東則乾脯山山西南晉文帝崇陽陵陵西武帝峻陽陵邙之東北宣帝高原陵景帝峻平陵邙之南則惠帝陵也墳塋幽淪百年荒翳天衢開泰情禮獲申故老掩涕三軍悽感瞻拜之日憤慨交集行河南太守毛脩之等沈約宋書曰毛脩之字敬文滎陽人也高祖將伐羌爲河南河內二郡太守戍洛陽既開翦荆棘繕修毀垣左氏傳戎子駒支曰驅其狐狸翦其荆棘西京賦曰步毀垣而延竚職司既備蕃衛如舊伏惟聖懷遠慕兼慰不勝下情謹遣傳詔殿中中郎臣某奉表以聞

爲宋公求加贈劉前軍表沈約宋書曰劉穆之字道和東莞人爲前將軍卒追贈儀同三司高祖又表於天子於是重贈侍中司徒封南昌縣侯

傅季友

臣聞崇賢旌善王教所先王隱晉書衛瓘上言曰崇賢舉善而教用彰謝承後漢書曰滕延拜京兆尹旌善爲務念功簡勞義深追遠尚書禹曰惟帝念功論語曰慎終追遠民德歸厚矣故司勳秉策在勤必記周禮曰凡有功者銘書於王之太常德之休明没而彌著左氏傳王孫滿曰德之休明故尚書左僕射前軍將軍臣穆之爰自布衣協佐義始裴子野宋略曰高祖潛謀匡復罷著穆之主簿委以腹心内竭謀猷外勤庶政尚書曰爾有嘉謀嘉猷則入告爾后于内又曰庶政惟和萬邦咸寧密勿軍國心力俱盡韓詩曰密勿同心不宜有怒密勿僶俛也及登庸朝右尹司京畿沈約宋書曰穆之爲尚書左僕射又曰加丹陽尹尚書曰若時登庸敷讚百揆翼新大猷尚書曰納于百揆毛詩曰匪大猷是經惟邇言是聽頊戎車遠役居中作捍沈約宋書曰高祖北伐轉穆之左僕射甲伏五十人入居東城毛詩曰左旋右抽中軍作

好鄭玄曰居軍中爲容好也撫寧之勳實洽朝野識量局致棟幹之

器也蜀志曰文帝察黃權有局量易曰棟隆之吉不橈于下也方宣讚盛化緝隆聖

世志績未究遠邇悼心皇恩褒述班同三事蜀志曰偉度姓胡爲諸

葛亮主簿故見褒述尚書曰三事大夫敬爾有官榮哀既備寵靈已泰論語子貢曰夫

子其生也榮其死也哀寵靈已見江淹雜體詩臣伏思尋自義熙草創艱患未

弭王隱晉書曰義熙安帝年號國語太子曰天禍至于今未弭乎外虞既殷內難亦薦

沈約宋書曰義熙五年慕容超數爲邊患公抗表北伐公之北伐也徐道覆乃有闚閫之志勸盧循承虛而下

循從之公羊傳曰君子避內難不避外難時屯世故靡有寧歲周易曰屯剛柔始交

而難生又曰屯難也潘正叔迎大駕詩曰世故尚未夷國語姜氏告於公子曰子之行晉無寧歲臣以

寡劣負荷國重實賴穆之匡翼之勳豈惟讜言嘉謀溢

于民聽若乃忠規密謨潛慮帷幕造膝詭辭莫見其際穀梁傳曰士造辟而言詭辭而出范甯曰辟君也詭辭而出不以實告人也風俗通曰禮諫有五諷爲上故入則造膝出則詭辭禮曰善則稱君過則稱己王隱晉書曰樂廣任誠保素莫見其際事隔於皇朝功隱於視聽者不可勝記所以陳力一紀遂克有成國語狐偃曰畜力一紀可以遠矣又舅犯曰若克有成晉之柔嘉是甘出征入輔幸不辱命微夫人之左右未有寧濟其事者矣左氏傳重耳曰微夫人力之不及此爾雅曰左右助也寧濟已見曹植責躬詩履謙居寡守之彌固易曰九三勞謙君子有終吉王弼曰履得其位也每議及封爵輒深自抑絕所以勳高當年而茅土弗及三輔決錄曰茂陵馬氏代襲茅土撫事永念胡寧可昧謂宜加贈正司追甄土宇俾忠貞之烈不泯於身後大賚

所及永秩於善人論語曰周有大賚善人是富臣契闊屯夷旋觀終始金蘭之分義深情感易曰二人同心其利斷金同心之言其臭如蘭是以獻其乃懷布之朝聽所啓上合請付外詳議

為齊明帝讓宣城郡公第一表蕭子顯齊書曰明皇帝於安貞王道生子初太祖封西昌侯廢鬱林王海陵王封宣城郡公也

任彥昇

臣鸞言被臺司召以臣爲侍中中書監驃騎大將軍開府儀同三司楊州刺史錄尚書事封宣城郡開國公食邑三千户加兵五千人臣本庸才智力淺短毋丘儉表曰禹尚之朝不畜庸才東觀漢記李通上疏曰臣經術短淺智能空薄太祖高皇帝篤猶子之

愛降家人之慈蕭子顯齊書太祖高皇帝諱道成道生即太祖之弟也禮記曰兄弟之子猶子也蓋引而進之漢書曰齊悼惠王肥孝惠二年入朝帝與齊王燕飲太后前置齊王上坐如家人禮世祖武帝情等布衣寄深同氣蕭子顯齊書曰世祖武皇帝諱賾字宣遠太祖長子晉中興書庾亮上疏曰先帝謬顧情同布衣曹植求自試表曰與國分形同氣憂患共之武皇大漸實奉詔言尚書王曰嗚呼疾大漸惟幾毛詩曰其惟哲人告之話言雖自見之明庸近所蔽韓子曰楚莊王欲伐越莊子曰伐越何也王曰以政亂兵弱莊子曰臣患知之如目見百步之外不能自見其睫故曰自見之謂明愚夫一至偶識量己劉劭人物志曰一至謂之偏材偏材小雅之質也爾雅曰偶遇也郭璞曰偶爾值也庾元規表曰仰覽鑒量己知弊實不忍自固於綴衣之辰拒違於王几之側尚書顧命曰出綴衣於庭越翌日王崩王几見下句遂荷顧託導揚末命又曰后憑玉几導揚末命雖嗣君棄常獲罪宣德

嗣君謂鬱林王也爲宣太后所廢左傳申繻曰人棄常而妖興漢書曰太后召昌邑王賀賀曰我安得罪而召我哉王室不造職臣之由不造已見嵇康幽憤詩職汝之由已見王仲宣贈文叔良詩何者親則東牟任惟博陸漢書曰齊悼惠王子興居爲東牟侯又曰武帝遺詔封博陸侯徒懷子孟社稷之對何救昌邑爭臣之譏漢書霍光奏曰昌邑王賀不可以承天緒當廢皇太后詔可王曰聞天子有爭臣七人雖无道不失天下光謝曰王行自絕於天臣寧負王不負社稷四海之議於何逃責且陵土未乾訓誓在耳曹植求自試表曰墳土未乾而身名並滅左傳晉穆嬴曰今君雖終言猶在耳家國之事一至於斯謂鬱林猖蹷顚蹶也孫盛晉陽秋曰郤超假還東簡文帝謂之曰致意尊公家國之事遂至於此非臣之尤誰任其咎毛詩曰發言盈庭誰敢執其咎將何以肅拜高寢虔奉武園寢廟已見吳都賦園陵已見上張士然表悼心失圖泣血待

旦左傳楚薳啓彊曰孤與二三臣悼心失圖尚書曰先王昧爽坐以待旦寧容復徼榮於
家恥宴安於國危晉中興書曰卞壼表曰豈敢干祿位以徼時榮乎宴安已見上解尚書表
驃騎上將之元勳神州儀刑之列岳漢書曰霍去病征匈奴有絕漢之勳
始置驃騎將軍位在三公上班固衛青述曰長平桓桓上將之元神州已見上薦譙元彥表鄭氏毛詩箋曰儀
則刑法也尚書古稱司會中書實管王言周禮曰司會中大夫二人鄭玄曰司
會主天下之事若今之尚書耳沈約宋書曰置祕書令典尚書奏事文帝黃初初改爲中書令且虛飾
寵章委成御侮王隱晉書曰武帝詔山濤曰勿復爲虛飾之煩詩曰予曰有禦侮臣知不
愜物誰謂宜但命輕鴻毛責重山岳戰國策唐雎謂楚王曰國權輕於鴻
毛而積禍重於山岳陽泉養性賦曰況性命之幾微如鴻毛之漂輕毋丘儉之遼東詩曰憂責重山岳誰能爲
我擔存沒同歸毀譽一貫莊子曰哀公曰何謂拊命仲尼曰存亡毀譽是事之變吳志周

勑與曹休書曰志行雖微存沒一節周易曰殊途而同歸書曰爲善不同同歸于治莊子老聃曰彼以死生爲一條以可不可爲一貫也 辭一官不減身累增一職巳黷朝經 七略曰位累我躬賈逵國語注曰黷慢朝經也家語孔子曰治天下國家有九經其所以行者一也 便當自同體國不爲飾讓 穀梁傳曰大夫國體也何休曰君之卿佐是謂股肱故曰國體孫皓詔紀陟曰故特任使莫復飾讓 至於功均一匡賞同千室 論語孔子曰管仲相桓公一匡天下左傳曰晉侯滅赤狄潞氏晉侯賞桓子狄臣千室 光宅近甸奄有全邦 光宅已見吳都賦謝承後漢書曰周防及守近甸嘉瑞表應毛詩曰奄有龜蒙漢書淮南王上書曰淮南全國之時 殞越爲期不敢聞命 左傳齊侯對宰孔曰小白恐殞越于下 亦願曲留降鑒即垂順許鉅平之懇誠必固永昌之丹慊獲申 鉅平羊祜永昌庾亮並見上表 乃知君臣之道綽有餘裕 孟子曰欲爲君盡君道欲爲臣盡臣道又曰

吾聞之也有官守者不得其職則去有言責者不得其言則去我無官守我無言責則吾進退豈不綽綽然有餘裕哉苟曰易昭敢守難奪故可庶心弘議酌己親物者矣不勝荷懼弃賞之誠謹附某官某甲奉表以聞臣諱誠惶誠恐

爲范尚書讓吏部封侯第一表

范雲字彦龍與梁武同事齊竟陵王爲八友又與雲住處相近更增親密及爲天子以爲吏部尚書甚敬雲嘗語其二弟曰我昔與雲情同昆弟汝當爲我呼雲爲兄

任彦昇

臣雲言被尚書召以臣爲散騎常侍吏部尚書封霄城縣開國侯食邑千戸奉命震驚心顔無措臣雲頓首頓

死罪死罪臣夷門凡流輪翮無取張載贈虞子琰詩曰輕車運在輪飛骨須六翮進謝中庸退
慙狂狷禮記仲尼曰君子中庸小人反中庸論語子曰狂者進取狷者有所不為也固嘗鑽
厲求學而一經不治漢書曰韋賢少子玄成復以明經歷位至丞相故鄒魯諺曰遺子黃
金滿籝不如一經篆刻為文而三冬靡就法言曰童子彫蟲篆刻漢書東方朔上書
曰臣朔學書三冬文史足用負書燕魏空殫菽粟戰國策曰蘇秦說秦王書十上而說
不納去秦而歸負書擔橐孟子曰聖人之治天下使菽粟如水火躡屩脚齊楚徒失貧
賤史記曰虞卿躡蹻檐簦說趙孝成王徐廣曰蹻草履也韓詩外傳曰田子方謂魏太子曰貧賤可以驕人
矣志不得則受祿而適秦楚耳安往而不得吾貧賤乎既而分虎出守以囊被見
嗤漢書文紀曰初與郡守為銅虎符漢書曰王陽父子皆好車馬衣服其自奉養極為鮮明及遷徙去處所
載不過囊衣爾持斧作牧以愖苃興謗漢書曰暴勝之持斧逐捕盜賊周禮曰八命作牧

牧范曄後漢書曰吴祐父恢爲南海太守欲殺青簡以
寫經書祐諫曰今大人踰越五嶺遠在海濵其俗誠陋
然舊多珎怪上爲國家所疑下爲權戚所望此書若成
則載之兼両昔馬援以薏苡興謗王陽以衣囊徼名嫌
疑之間誠先賢所慎也赭衣爲虜見獄吏之尊漢書賈山上書曰秦赭衣半道群盜
蒲山又曰人有上書告周勃欲反下廷尉勃恐不知致
辭勃以千金與獄吏獄吏乃書牘背示之曰以公主爲
證勃既出曰吾嘗將百万軍然安知獄吏之貴也除名爲民知井臼之逸孫盛晉
陽秋曰劉弘顧望除名爲民東觀漢記曰馮敬通廢於
家娶北地任氏女爲妻忌不得畜媵妾兒女常自操井
臼也百年上壽既曰徒然莊子盜跖謂孔子曰人上壽百歲中壽八十如其誠
說亦以過半亂離斯瘼欲以安歸毛詩曰亂離瘼矣爰其適歸薛君曰瘼散
也閑門荒郊再離寒暑閑門已見恨賦毛詩曰載離寒暑兼以東皐數
畝控帶朝夕秋興賦曰耕東皐之沃壤輸黍稷之餘稅朝夕已見江賦關外一區悵

望鍾阜漢書楊僕上書曰恥爲關外人又曰楊雄有宅一區蔡邕詩序曰暮宿河南悵望許愼曰鍾山北陸無日之地雖室無趙女而門多好事楊惲與孫會宗書曰婦趙女也雅善鼓瑟漢書曰楊雄素貧嗜酒人希至其門時有好事者載酒肴從遊學祿微賜金而懽同娛老賜金娛老謂疏廣也已見張景陽詠史詩折芰燔枯此爲自足謝承後漢書曰鄭敬字次都釣魚大澤折芰而坐以蒲薦肉瓠瓢盈酒琴書自樂焚枯已見應璩百一詩陛下應期萬世接統千祀莊子曰萬世之後而遇大聖知其解者是旦暮遇之也漢書司馬談曰今天子接千歲之統三千景附八百不謀周書湯放桀而歸於亳三千諸侯大會然後即天子之位又曰武王將渡河中流白魚入于王舟王俯取出涘以祭不謀同辭不期同時一朝會武王於郊下者八百諸侯臣釁等離心功慙同德尚書武王曰受有億兆夷人離心離德予有亂臣十人同心同德泥首在顏輿櫬未毁張溫表曰臨去武昌庾得泥首闕下輿櫬即輿櫬也已見潘安仁贈

陸機詩締構草昧敢叨天功締構見魏都賦易曰天造草昧鄭玄曰草草創也昧爽也
左氏傳介之推曰竊人之財猶謂之盜況貪天之功以為已力獄訟謳謌示民同志獄訟
謳謌已見劉越石勸進表而隆器大名一朝揔集莊子曰語大功立大名比朝廷之士
也左傳仲尼曰惟名與器不可以假人顧己反躬何以臻此正當以接閑
白水列宅舊豐光武居白水已見南都賦東觀漢記曰吴漢南陽人也為人質厚少文上以其
南陽人故親之漢書曰盧綰豐人也與高祖同里蕭曹等特以事見禮至其親幸莫及綰也忘捨講
之尢存諸公之費東觀漢記曰初上學長安時過朱祐祐嘗留上須講竟乃談話及帝登位
車駕幸祐第問主人得無去我講乎祐曰不敢又曰上初學長安南陽大人賢者往來長安為之邸閣稽疑資用乏與同舍生
韓子合錢買驢令從者斂以給諸公費俯拾青紫豈待明經漢書夏侯勝曰士病不明經苟明其
取青紫如俛拾地芥臣雲頓首頓首死罪死罪夫銓衡之重關諸隆昔

陸機顧譚誄曰遷吏部尚書才長於銓衡而綜核人物遠惟則哲在帝猶難尚書咎繇曰在知人禹曰咸若時惟帝其難之知人則哲能官人漢魏已降達識繼軌雅俗所歸惟稱許郭孫綽子或問雅俗曰判風流正位分涇渭殊流雅鄭異調題帖分明標榜可觀斯謂之雅俗矣范曄後漢書曰郭泰字林宗性明知人好獎訓士類其獎拔士人皆如所鑒又曰許劭字子將少峻名節好獎人倫多所賞識故天下言拔士者咸稱許郭拔十得五尚曰比肩習鑿齒襄陽耆舊傳記曰龐統爲郡功曹性好人倫每所稱述多過其中時人怪問之統曰方欲興長道業不美其談即聲名不足慕企即爲善者少今拔十失五猶得其半而可以崇邁世教使有志自厲不亦可乎戰國策曰淳于髡一日而見七人宣王曰寡人聞千里一士是比肩而至也今子一朝而見七人不亦衆乎其餘得失未聞偶察童幼天機暫發顧無足算魏志曰王脩識高柔於弱冠異王基於童幼天機已見文賦論語曰斗筲之人何足算也在魏則毛玠公方居

晉則山濤識量魏志曰毛玠字孝先陳留人也爲尚書僕射典選舉先賢行狀曰玠雅量公正魏氏春秋曰山濤爲選曹郎遷尚書以臣況之一何遼落世說袁彥伯曰江山遼落居然有萬里勢齊季陵遲官方淆亂毛詩序曰禮義陵遲莊子曰是非之塗森然淆亂鴻都不綱西園成市華嶠後漢書曰元和元年置鴻都門學其諸生皆勑州郡三公舉用辟召或出爲刺史太守入爲尚書侍中乃有封侯賜爵者士君子皆恥與爲列焉漢記曰靈帝即位太后臨朝於西園賣官自関內侯以下入錢各有差金章有盈笥之談華貂深不足之歎金章盈笥未詳虞預晉錄曰趙王倫篡位時侍中常侍九十七人每朝小人滿庭貂蟬半座時人謡曰貂不足狗尾續草創惟始義存改作恭己南面責成斯在論語子曰舜夫何爲哉恭己正南面而已淮南子曰人主之術責成而不勞豈宜妄加寵私以乏王事附蟬之飾空成寵章董巴輿服志曰侍中中常侍冠武弁大冠加金鐺附蟬

為文求之公私授受交失近世侯者功緒參差或足食關中或成軍河內漢書曰蕭何以丞相留收巴蜀使給軍食漢王擊楚何守關中後為鄼侯范曄後漢書曰上拜寇恂河內太守上謂恂曰河內完富吾將因是而起昔高祖留蕭何鎮關中今吾委公以河內後封雍奴侯或制勝帷幄或門人加親漢書高祖曰夫運籌於帷帳之中決勝千里之外吾不如子房可封留侯東觀漢記曰拜前將軍鄧禹為大司徒制曰孔子曰自吾有回也門人日以親封禹為鄼侯或與時抑揚或隱若敵國班固漢書叔孫通述曰叔孫奉常與時抑揚稅介免冑禮義是創通為稷嗣君也東觀漢記曰吳漢自初從征伐兵有不利軍營不如意漢常獨繕檠弓戟上時令人視吳公何為還言方作攻具上曰差強人意隱若一敵國矣封漢廣平侯或策定禁中東觀漢記曰殤帝崩惟安帝宜承大統車騎將軍鄧騭定策禁中封騭為上蔡侯漢書鄂秋曰曹參雖有野戰略地之功此特一時之事又曰賜參爵列侯食邑平陽或功成野戰或盛德如卓

茂彧師道如桓榮東觀漢記曰卓茂字子容南陽人也漢官儀注曰世祖中興特擢盛德南陽卓茂爲太傅封宣德侯東觀漢記曰桓榮字春卿沛國人也治歐陽尚書事九江朱文剛窮極師道賜榮爵關內侯或四姓侍祠已無足紀應劭漢官典職曰四姓侍祠侯顏氏家訓曰漢明帝時外戚有樊氏郭氏陰氏馬氏是爲四姓謂之小侯者或以侍祠非列侯故曰小侯五侯外戚且非舊章漢書曰成帝昔封舅王譚王立王根王逢時王商爲列侯五人同日封故世謂之五侯而臣之所附惟在恩澤漢書恩澤侯表曰公孫弘自海瀕而登宰相寵以列侯之爵既義異疇庸實榮乖儒者陸機高祖功臣頌曰帝疇爾庸後嗣是膺雖小人負幸豈獨無心臣本自諸生家承素業東觀漢記相者謂班超曰祭酒布衣諸生耳董仲舒不遇賦曰若不亙身於素業莫隨世而轉輪門無富貴易農而仕東方朔戒子書曰飽食安步以仕易農乃祖玄平道風秀世晉中興書曰范汪字玄平善言

玄理爲吏部郎徙吏部尚書徐兗二州刺史爰在中興儀刑多士中興謂元帝也位
裁元凱任止牧伯尚書即古元凱也刺史即古牧伯也左傳太史克曰昔高陽氏有才子八
人蒼舒隤敳檮戭大臨尨降庭堅仲容叔達謂之八凱高辛氏有才子八人伯奮仲堪叔獻季仲伯虎仲熊叔
豹季貍謂之八元高祖少連夙秉高尚王僧孺范氏譜曰汪生少連所富者
義所乏之者時富義謂段干木已見魏都賦慶漢書文帝曰惜李廣不逢時薄宦東朝謝
病下邑王僧孺范氏譜曰少連太子舍人餘杭令先志不忘愚臣是庶且去
歲冬初國學之老博士耳今茲首夏將亞冢司劉璠梁典曰齊
永元初雲爲廣州刺史因廢家居久之爲國子博士梁書曰天監元年雲遷散騎常侍吏部尚書雖千
秋之一日九遷荀奕之十旬遠至東觀漢記馬援與楊廣書曰車丞相高
寢郎一月九遷爲丞相者知武帝恨誅衛太子上書訟之然日當爲月字之誤也范曄後漢書荀奕字慈明獻

帝即位董卓輔政徵奕奕欲遁吏持之急不得去因復就拜平原相行至宛陵復追爲尤祿勳視事三日進拜司空奕自被徵命及登台司九十五日方之微臣未爲速達臣雖無識惟利是視至於虧名損實爲國爲身尚書伊尹曰臣爲上爲德爲下爲民知其不可不敢妄冒陛下不棄菅蒯愛同絲麻左氏傳君子曰詩云雖有絲麻無棄菅蒯雖有姬姜無棄蕉悴儻平生之言猶在聽覽宿心素志無復貳辭嵇康幽憤詩曰內負宿心王隱晉書甄彬奏曰不宜違人之素志矜臣所乞特迴寵命則彝章載穆微物知免臣今在假不容詣省不任荷懼之至謹奉表以聞臣雲誠惶以下

爲蕭揚州薦士表蕭子顯齊書曰始安王遥光爲揚州刺史劉璠梁典曰齊建武初有詔舉士始安王表薦琅邪王暕及王僧孺

任彥昇

臣王言臣聞求賢暫勞垂拱永逸呂氏春秋曰賢主勞於求人而佚於治事方之疏壤取類導川孟子曰舜使禹疏九河禹掘地而注之海國語太子晉曰伯禹疏川導滯伏惟陛下道隱旒纊信充符璽老子曰大象無形道隱無名河上公注曰道潛隱使人無能指名也大戴禮孔子曰古者綖而前旒所以蔽明也黈纊塞耳所以掩聽也綖古冕字纊古纊字音義並同莊子曰聖人治天下爲符璽以信之六飛同塵五讓高世漢書爰盎謂文帝曰陛下有高世之行三陛下從代乘六乘傳馳不測之淵雖賁育之勇不及陛下陛下至代邸西向讓天子者三南向讓者再夫許由一讓而陛下五以天下讓過許由四矣又曰今陛下騁六飛馳不測老子曰和其光而同其塵白駒空谷振鷺在庭白駒已見指元子薦譙元彥表毛詩曰振鷺于飛于彼西雝我客戾止亦有斯容猶懼隱鱗卜祝藏器屠保司馬遷書曰僕之先

人文史星歷近乎卜祝之間易曰君子藏器於身待時而動鶡冠子曰伊尹酒保太公屠牛海內荒亂立爲世師物色關下委裘河上列仙傳曰關令尹喜內學老子西遊先見其氣知真人當過物色而遮之果得老子晏子曰治天下若委裘用賢委裘之實桓公聽管仲而趙襄子信王登此之謂委裘然委裘謂用賢也神仙傳曰河上公莫知其姓名也嘗讀老子道德經漢孝文帝駕從而詣之非取製於一狐諒求味於兼采王褒講德論曰千金之裘非一狐之腋張璠易注序曰蜜蜂以兼采爲味五聲倦響九工是詢鬻子曰昔者大禹治天下以五聲聽治九工已見王元長策秀才文寢議廟堂借聽輿皁說苑晉東郭氏曰肉食者失計於廟堂藿食得不肝腦塗地班固漢書匈奴贊曰漢興忠言嘉謀之臣相與議事於廟堂之上左氏傳曰晉侯聽輿人之誦輿皁已見射雉賦臣位任隆重義兼家邦實欲使名實不違徼倖路絕鄧析子曰循名責實君之事也奉法宣令臣之職也徼倖已見李令伯表勢門上品猶當格

以清談說苑晏子曰陂池之魚入於勢門謝靈運宋書序曰下品無高門上品無賤族王隱晉書曰祖約清談平裁老而不倦英俊下僚不可限以位貌左太沖詠史詩曰世冑躡高位英俊沉下僚竊見祕書丞琅邪臣王暕年二十一字思晦七葉重光海內冠冕梁書曰儉子暕字思晦何之元梁典曰侍中領右驍騎王騫字思晦太尉文憲公長子也左僕射王暕字思叔文憲公次子也王銘為騫碑亦云騫字思晦據此及梁書明梁典乃碑誤也晉中興書曰王祥弟覽覽生導導生洽洽生珣珣生曇首沈約宋書曰王僧綽曇首長子遇害子儉嗣也尚書曰宣重光晉中興書庾冰疏曰臣因循家寵冠冕當世神清氣茂允迪中和淮南子曰神清者嗜欲不能亂蔡洪張錡狀曰錡資氣早茂才幹足任尚書曰允迪厥德禮記曰以樂德教國子中和祗庸孝友叔寶理遣之談彥輔名教之樂臧榮緒晉書曰衛玠字叔寶好言玄理拜太子洗馬常以人有不及可以情恕非意相干可以理遣故終身不見喜慍之容世說曰王平子胡毋彥國諸

人皆以放任爲達或去衣裸體樂廣曰名教中自有樂地何爲乃爾故以暉映先達領袖後進孫盛晉陽秋曰裴秀有風操十餘歲時人爲之語曰後進領袖有裴秀居無塵雜家有賜書韋昭吳書曰劉基不妄交遊門無雜賓漢書曰班彪幼與兄嗣共遊學家有賜書好古之士自遠方至辭賦清新屬言玄遠陸機陸雲別傳曰雲亦善屬文清新不及機而口辯持論過之臧榮緒晉書曰阮籍雖放誕不拘禮教然發言玄遠室邇人曠物踈道親毛詩曰其室則邇其人甚遠尹文子曰處名位雖不肖不患物不親己在貧賤不患物不踈己親踈係乎勢利不係乎不肖與仁賢也養素丘園台階虛位養素已見謝宣遠送孔令詩庠序公朝萬夫傾望孟子曰夏曰校殷曰序周曰庠學則三代共之曹植求通親親表曰執政不廢於公朝豈徒荀令可想李公不亡而已哉臧榮緒晉書曰荀顗字景倩穎陽人也魏太尉彧之第六子黃初末除中郎高祖輔政見顗異之曰顗令君之子也近見袁侃亦曜卿之子也昔有父風

范曄後漢書曰李固字子堅漢中南鄭人司徒郃之子少好學四方有志之士多慕其風而來學京師咸歎曰是復爲李公矣

前晉安郡候官令東海王僧孺年三十五字僧孺理尚棲約思致恬敏劉璠梁典曰王僧孺字僧孺東海郯人六歲解屬文梁典除鎮軍記室稍遷蘭陵太守卒於諮議**既筆耕爲養亦傭書成學**東觀漢記曰班超家貧爲官傭寫書投筆歎曰丈夫獨不效傅介子立功絕域之地以封侯安久筆耕乎東觀漢記耕或爲研范曄漢書曰班超爲官傭書以供養吳志曰闞澤字德潤會稽人家世農夫至澤好學無以資常爲人傭書以供紙筆所寫既畢誦讀亦徧**至乃集螢映雪編蒲緝柳**檀道鸞晉陽秋曰車胤字武子學而不倦貧不常得油夏月則練囊盛數十螢火以夜繼日焉孫氏世錄曰孫康家貧常映雪讀書清介交遊不雜漢書曰路溫舒取澤中蒲截爲牒編用寫書楚國先賢傳曰孫敬到洛在太學左右一小屋安止毋然後入學編楊柳簡以爲經**先言往行人物雅俗**易曰君子多識前言往行以畜其德孫綽

子或問人物曰察虛實審真偽斷成敗定終始斯可謂之人物矣雅俗已乱范雲讓表**甘泉遺儀****南宮故事**胡廣漢官制度曰天子出車駕次第謂之鹵簿長安特出祠天於甘泉用之名曰甘泉鹵簿范曄後漢書曰鄭弘為尚書令弘前後所陳有補益著之南宮以為故事**畫池成圖抵掌可述**漢書張安世子千秋為中郎將將兵擊烏桓還謁大將軍霍光問戰鬬方略山川形勢千秋口對兵事畫地成圖无所忘失戰國策曰蘇秦說趙王抵掌而言**豈直鼮**廷**鼠有必對之辯竹書無落簡之謬**摯虞三輔決録注曰竇攸舉孝廉為郎世祖大會靈臺得鼠如豹文熒熒光澤世祖異之以問群百莫能知者攸對曰鼮鼠也詔問何以知之攸對曰見爾雅詔案祕書如攸言賜帛百匹張騭文士傳曰人有嵩山下得竹簡一枚兩行科斗書人莫能識張華以問束晳晳曰此明帝顯節陵策文驗校果然朝廷士庶皆服其博識**東坐鎮雅俗弘益已多僧孺訪對不休質疑斯在**班固漢書董仲舒述曰讜言訪對為世純傳太玄經曰爰質所疑宋衷曰質問也

並東序之祕寶瑚璉之茂器書曰大玉夷玉天球河圖在東序典引曰御東序之祕寶論語子貢問曰賜也何如子曰汝器也曰何器也曰瑚璉也誠言以人廢而才實世資論語子曰君子不以言舉人不以人廢言解朝曰鄒衍頡頏而取世資班固漢書翟方進述曰用合時宜器周世資臨表悚戰猶懼未允不任下情云云

爲褚諮議蓁讓代兄龍封表蕭子顯齊書曰褚蓁字茂緒爲義興太守改封巴東郡表讓封蕡子霽詔許之官至前將軍卒然此表與集詳略不同疑是蓁本爵多冗長

任彥昇

臣蓁言昨被司徒符仰稱詔旨許臣兄蕡所請以臣襲封南康郡公臣門籍勳蔭光錫土宇臣蕡世載承家允

膺長德蕭子顯齊書曰褚淵長子賁字蔚先官歷散騎常侍上表稱疾讓封與弟蓁國語曰祭公謀父
曰弃生載德韋昭曰載成也易曰開國承家小人勿用左氏傳王子朝曰王后無嫡則擇立長年鈞以德德鈞
以卜而深鑒止足脫屣千乘老子曰知足不辱知止不殆吳都賦曰輕脫屣於千
乘遂乃遠謬推恩近萃庸薄能以國讓弘義有歸左氏傳公
子魚曰能以國讓仁孰大焉匹夫難奪守以勿貳昔武始迫家臣之
策陵陽感鮑生之言張以誠請丁為理屈東觀漢記曰張純字伯仁
建武初先詔閼封武始侯子奮字穉通兄根常被病純病困勑家丞翕司空無功爵不當傳嗣純薨大行移書
問嗣翕上書奪詔封奮奮上書曰根不病哀臣小稱病令翕移乃又曰丁綝為陵陽侯薨長子鴻字季公讓位
於弟盛逃去鴻初與九江鮑駿友善及鴻亡駿遇於東海陽狂不識駿駿乃止讓之曰令子以兄弟私恩而絕父不
滅之基可謂智乎鴻感悟垂涕乃還就國且先臣以大宗絕緒命臣出纂傍

統（禮記曰繼別爲宗鄭玄曰別子之嫡也族人尊之謂之大宗是宗子也）稟承在昔理絕終天（天道無終而云終天永訣之辭也徐廣赴謝車騎葬還詩曰潛壙既掩扉終天隔幽壤潘岳哀永逝曰今奈何兮一舉邈終天而子不反）永惟情事觸目崩殞若使賁高延陵之風百志子臧之節（左傳曰吳子諸樊既除喪將立季札辭曰曹宣公之卒也諸侯與曹人不義曹君將立子臧子臧去之遂不爲也以成曹君君子曰能守節君義嗣也誰敢奸君有國非吾節也札雖不才願附於子臧之節）是廢德舉豈曰能賢（左氏傳曰宋公疾召大司馬孔父而屬殤公焉對曰群臣願奉馮也公曰先君以寡人爲賢使主社稷若弃德不讓是廢先君之舉豈曰能賢）陛下察其丹款特賜停絕（丹款已見庾元規表）不然投身草澤嵩遂愚誠耳（謝承後漢書曰朱寵隱身草澤）不勝丹慊之至謹詣闕拜表以聞臣誠惶誠恐以下

爲范始興作求立太宰碑表

吴均齊春秋曰竟陵文宣王子良薨西昌侯以天子命假黄鉞太宰蕭子顯齊書曰建武中故吏范雲上表爲子良立碑事不行

任彦昇

臣雲言原夫存樹風猷沒著徽烈尚書曰彰善癉惡樹之風聲應璩與王將軍書曰雀鼠雖愚猶知徽烈既絶故老之口必資不刊之書西征賦曰兆惟奉明邑號千人訴諸故老造自帝詢杜預傳序曰左丘明受經於仲尼以爲經者不刊之書也而藏諸名山則陵谷遷貿司馬遷書曰僕誠以著此書藏諸名山毛詩曰高岸爲谷深谷爲陵府之延閣則青編落簡劉歆七略曰孝武皇帝勑丞相公孫弘廣開獻書之路百年之間書積如山故内則延閣廣内祕書之府又曰尚書有青絲編目録然則配天之迹存乎泗

水之上漢書平紀曰郊祀高祖以配天酈善長水經注曰泗水南有泗水亭漢高祖廟前有碑延熹十年立素王之道紀於沂川之側家語南宮敬叔曰孔子生於衰周讃明易道以為法或者天將欲素王之乎何其盛也沂水南有孔子舊廟漢魏以來列七碑二碑無字由是崇師之義擬迹於西河禮記曾子謂子夏曰事夫子於洙泗之間退而老西河之上使西河之人疑汝於夫子七略曰西河燕趙之間尊主之情致之於堯禹尊主謂伊尹也恥其君不如堯舜已見曹子建通親親表禹亦聖帝故連言之故精廬妄啓必窮鐫勒之盛東觀漢記曰王阜年十一辭父母欲出精廬以尚幼不見聽荊州圖曰陰令劉喜魏時宰縣雅好博古教學立碑君長一城亦盡刊刻之美陳寔別傳曰寔卒蔡邕為立碑刻銘然寔為太丘宰故曰一城也況乎甄陶周召孕育伊顏周公召公伊尹顏回也典引曰孕虞育夏甄殷陶周故太宰竟陵文宣王臣某與存與亡則義刑社稷漢書

文帝即位絳侯爲丞相爰盎進曰丞相何如人上曰社稷臣盎曰絳侯所謂功臣非社稷臣社稷臣主存與存主亡與亡如淳曰人主在時與共治不以主亡而不行其政令也嚴天配帝則周公其人孝經子曰孝莫大於嚴父嚴父莫大於配天則周公其人也昔者周公郊祀后稷以配天宗祀文王於明堂以配上帝體國端朝出藩入守進思必告之道退無苟利之專尚書曰爾有嘉謀嘉猷則入告爾后于內公羊傳曰大夫出境有可以安社稷利國家者則專之可也左氏傳曰子產曰苟利社稷死生以之五教以倫百揆時序尚書帝曰契汝作司徒敬敷五教在寬又曰納于百揆百揆時序若夫一言一行盛德之風孟子曰舜聞一善言見一善行若決江河沛然莫之能禦也易云日新之謂盛德琴書藝業述作之茂漢書曰鄭敬字次都琴書自樂禮記曰作者之謂聖述者之謂明明聖者述作之謂也道非兼濟事止樂善亦無得而稱焉周易曰智周萬物而道濟天下東觀漢記曰上嘗問

東平王蒼曰在家何業最樂 蒼對曰爲善最樂上嗟嘆之論語曰齊景公有馬千駟 死之日民無德而稱焉

人之云亡忽移歲序詩曰人之云亡邦國殄瘁鴟鴞東徙松檟成行言成王未知周公之意類鬱林之嬿子良而周公有居攝之情由于良有代宗之議故假鴟鴞以諭焉吳均齊春秋曰鬱林王即位子良謝疾不視事帝嬿之又滿敞以杖防之子良既有代宗議憂懼不敢朝事而子良薨毛詩序曰鴟鴞周公救亂也成王未知周公之志乃作詩以遺王名之曰鴟鴞焉說苑曰梟與鳩相遇鳩曰子安之梟曰我將東徙鳩曰何梟曰西方之人皆惡我聲鳩曰子鳴於是鳴鳩曰子改鳴則可不改子鳴雖東徙猶惡子也左傳伍子胥曰樹吾墓檟

六府臣僚三藩士女蕭子顯齊書曰子良爲輔國將軍征虜將軍竟陵王鎮北將軍征北將軍護軍將軍斯謂六府子良 爲會稽太守南徐州刺史又南兗州刺史斯謂之三藩也

人蓄油素家懷鈆筆油素已見吳都賦葛龔與梁相牋曰曹褒寢懷鈆筆行誦文書

瞻彼景山徒然望慕景山謂墳也毛詩曰陟彼景山劉楨贈五官中郎將

詩曰望慕結不解

昔晉氏初禁立碑晉令曰諸葬者不得作祠堂碑石獸魏舒之亡亦從班列而阮略旣泯故首冒嚴科為之者竟免刑戮致之者反蒙嘉嘆陳留志曰阮略字德規為齊國內史為政表賢黜惡化興大行卒於郡齊人欲為立碑時官制嚴峻自司徒魏舒已下皆不得立齊人思略不已遂共冒禁樹碑然後詣闕待罪朝廷聞之尤嘆其惠至於道被如仁功參微管本宜在常均之外如仁微管並見上傳季友修張良教故太宰淵丞相嶷親賢並軌即為成規見褚淵碑即王儉所制蕭子顯齊書曰豫章文獻王嶷字宣嚴薨贈丞相南陽樂藹為建立碑第二子恪託沈約及孔稚珪為文乞依二公前例賜許刊立寧容使長想九原樵蘇罔識其禁駐驛長陵輶軒不知所適禮記曰趙文子與叔譽觀乎九原文子曰死者如可作也吾誰與歸戰國策顏蠋謂齊王曰秦攻齊令曰敢有去柳下季墓五十步樵採

者罪死不赦東觀漢記和帝詔曰高祖功臣蕭曹為首朕望長陵東門見二臣之壟感焉）臣里閭孤賤，才無可甄，值齊網之弘弛，寘客之禁（范曄後漢書曰建武中禁網尚寬諸王既長各招引賓客）策名委質，忽焉二紀（左氏傳狐突曰策名委質其二乃辟）愆先犬馬，亶息不荅（列女傳曰梁寡高行曰妾之夫不幸早死先犬馬填溝壑虞貞節曰人受命於天而命長犬馬受命於天而命短妾之夫反先犬馬死矣）而弊帷毀蓋，未蓐螻蟻（禮記仲尼曰吾聞之弊帷不棄為埋馬也弊蓋不棄為埋狗也戰國策安陵君謂楚王曰犬馬臣願得式黄泉蓐螻蟻延叔堅戰國策論曰為王先用塡黄泉為王作蓐以御螻蟻）珠襦玉匣，遽飾幽泉（西京雜記曰漢帝及諸侯王送死皆珠襦玉匣匣形如鎧甲連以金縷皆鏤為蛟龍鸞鳳龜龍之形所謂蛟龍玉匣）陛下弘獎名教，不隅微物，使臣得駿奔南浦，長號比陵（南浦迎喪比陵送葬）既曲逢前施，實仰覬後澤，儻驗杜預山頂之言，廢存焉，駿必拜之感。襄陽記曰：杜元凱好爲身後名，常自言百年後必高岸爲谷，深谷爲陵，作二碑，敘其平吳勳，一沈萬山下，一沈峴山下，謂參佐曰：何知後代不在山頭乎？臧榮緒晉書曰：扶風王駿，字子臧，宣帝第七子也，都督雍凉州諸軍事，後薨，民吏樹碑讚述德範，長老見碑無不拜之，言其遺愛如此。臨表悲懼，言不自宣。臣誠惶巳下

文選卷第三十八

文選卷第三十九

梁昭明太子撰

文林郎守太子右内率府録事參軍事崇賢館直學士臣李善注上

上書

啓

爲卞彬謝脩卞忠貞墓啓一首

上蕭太傅固辭奪禮啓一首

上書

上書秦始皇一首

李斯史記曰李斯者楚上蔡人也西說秦秦拜斯爲客卿會韓使鄭國來間秦以作漑渠已而覺秦室大臣皆言秦王曰諸侯人來秦者秪爲其主游間秦耳請一切逐客李斯議亦在逐中斯乃上書秦王乃除逐客之令復李斯官始皇帝以斯爲丞相後二世具斯五刑論腰斬咸陽市

臣聞吏議逐客竊以爲過矣昔穆公求士西取由余於戎史記曰戎王使由余於秦秦後歸由余繆公又使人間要由余遂去降秦繆公以客禮禮之東得

百里奚於宛史記曰晉獻公以百里奚爲秦穆公夫人媵於秦百里奚亡秦走宛楚之鄙人執之繆公聞百里奚欲重贖之恐楚人不許以五羖羊皮贖之楚人許與之繆公與議國事大悅授之國政迎蹇叔於宋史記曰百里奚謂繆公曰臣不及臣友蹇叔賢而世莫知繆公使人厚幣迎蹇叔以爲上大夫來丕豹公孫支於晉左氏傳曰晉郤芮丕鄭丕豹奔秦又曰秦伯謂公孫支曰夷吾其定乎對曰今其言多忌克難哉杜預曰公孫支秦大夫子桑也此五子者不產於秦穆公用之并國三十遂霸西戎史記曰秦用由余謀伐戎王益國十二開地千里遂霸西戎孝公用商鞅之法移風易俗民以殷盛國以富彊百姓樂用諸侯親服史記曰獻公卒子孝公立又曰衛鞅西入秦說孝公變法修刑內務耕稼外勸戰死之士賞罰三年百姓便之天子致胙諸侯畢賀也獲楚魏之師舉地千里至今治彊史記曰衛鞅將兵圍魏安邑降之又曰衛鞅擊魏公子卬封鞅爲列侯号商君

卬五剛切惠王用張儀之計拔三川之地西并巴蜀北收上郡南取漢中史記曰孝公卒子惠文君立又曰惠文君八年張儀復相秦攻韓宜陽降之云孝王十年納魏上郡張儀伐蜀滅之又攻楚漢中取地六百里置漢中郡史記云孝王納上郡此云惠王疑此誤也又曰武王立張儀死武王謂甘茂曰寡人欲通車三川窺周室使甘茂伐宜陽拔之然通三川是武王張儀巳死此云惠王用張儀之計拔三川疑此誤也三川韓界也宜陽韓邑也包九夷制鄢郢九夷屬楚夷也鄢郢楚二縣也蓋秦令人據之也東據成皐之險割膏腴之壤成皐縣名周之東境遂散六國之從六國韓魏燕趙齊楚也漢書音義文穎曰關東爲從使之西面事秦功施到今史記曰惠王卒韓魏齊楚皆賔從昭王得范雎廢穰侯逐華陽史記曰孝王卒立異母弟爲昭襄王又曰穰侯魏冄者秦昭王母宣太后弟太后二弟其異父長弟曰穰侯姓魏氏名冄同父弟曰芈戎爲華陽君魏冄爲相國范雎說秦昭王言穰侯權重諸侯昭王乃免相

國逐華陽君關外彊公室杜私門蠶食諸侯使秦成帝業春秋保乾圖曰光闓害蠶食天下高誘淮南子注曰蠶食無餘也此四君者皆以客之功由此觀之客何負於秦哉負猶累也向使四君却客而弗納踈士而弗用是使國無富利之實而秦無彊大之名也今陛下致昆山之玉有和隨之寶新序固桑對晉平公曰夫劒產於越珠產於江南玉產於昆山此三寶皆無足而致墨子曰和氏之璧隨侯之珠垂明月之珠服太阿之劒越絕書曰楚王召歐冶子干將作鐵劒二枚一曰太阿乘纖離之馬建翠鳳之旗樹靈鼉徒河切之鼓孫卿曰纖離蒲梢皆馬名鄭玄禮記注曰鼉皮可以冒鼓此數寶者秦不生一焉而陛下悅之何也必秦國之所生然後可則夜光之璧不飾朝廷犀象之器不爲玩好而趙衛

之女不充後庭駿良駃決騠啼不實外廄周書曰正北以駃騠爲獻廣雅曰駃馬屬江南金錫不爲用西蜀丹青不爲采所以飾後宮充下陳下陳猶後列也晏子曰有二女願得入身於下陳娛心意悅耳目者必出於秦然後可則是宛於元切珠之簪傅璣之珥阿縞之衣錦繡之飾不進於前言以宛珠飾簪以璣傅珥也說文曰珥瑱也徐廣曰齊之東阿縣繒帛所出者也此解阿義與子虛不同各依其說而留之舊注既少不足稱臣以別之他皆類此而隨俗雅化佳冶窈窕趙女不立於側也隨俗雅化謂閑雅變化而能隨俗也夫擊甕叩缶彈箏搏髀而歌呼嗚嗚快耳者真秦之聲也說文曰甕汲缾也於貢切說文曰缶瓦器秦鼓之以節樂缶甫友切鄭衛桑閒韶虞武象者異國之樂也禮記曰鄭衛之音亂世之音也又曰桑閒濮上亡國之音也樂動聲儀曰

舜樂曰簫韶又曰周樂伐時曰武象宋均曰武象象伐時用干戈徐廣曰韶一作昭今棄叩缶擊甕而就鄭衛退彈箏而取韶虞若是者何也快意當前適觀而已矣高誘呂氏春秋注曰適中適也今取人則不然不問可否不論曲直非秦者去爲客者逐然則是所重者在乎色樂珠玉而所輕者在乎民人也此非所以跨海內制諸侯之術也

臣聞地廣者粟多國大者人衆兵彊者則士勇是以太山不讓土壤故能成其大河海不擇細流故能就其深管子曰海不辭水故成其大山不辭土石故能成其高王者不卻衆庶故能明其德文子曰聖人不讓負薪之言以廣其名是以地無四方民無異國四時充美鬼神降福此五帝三王之所以無敵也今乃棄黔

首以資敵國郭象莊子注曰資者給齎之謂却賓客以業諸侯使天下之士退而不敢西向裹足不入秦此所謂籍寇兵而齎盜粮者也戰國策范睢説秦王曰此所謂籍賊兵而齎盜食者也説文曰齎持遺也夫物不產於秦可寶者多士不產於秦願忠者衆今逐客以資敵國損民以益讎內自虛而外樹怨諸侯求國無危不可得也

上書吳王一首

鄒陽漢書曰鄒陽齊人也陽事吳王濞王以太子事陰有邪謀陽奏書諫爲其事尚隱惡不指斥言故先引秦爲諭因道胡越齊趙之難然後乃致其意

臣聞秦倚曲臺之宮應劭曰始皇帝所治處也若漢家未央宮也三輔黃圖曰未央

有曲臺假懸衡天下如淳曰衡猶稱之衡也言其懸法度於其上申子曰君必有明法正義若權衡以稱輕重所以一群臣也畫地而人不犯兵加胡越至其晩節末路張耳陳勝連從子容兵之據以叩函谷咸陽遂危史記曰陳勝字涉陽城人也勝爲王號爲張楚西擊秦又曰張耳大梁人也陳勝起蘄以耳爲校尉廣雅曰據引也言相引以爲援也何則列郡不相親萬室不相救也今胡數涉北河之外史記曰秦惠王遊至北河徐廣曰戎地之河上也上覆飛鳥下不見伏兎蘇林曰覆盡也言胡上射飛鳥下盡地之伏兎鬭城不休救兵不至死者相隨輦車相屬轉粟流輸去千里不絶鄭玄禮記注曰流猶行也何則彊趙責於河間應劭曰趙幽王爲呂后所幽死文帝立其長子遂爲趙王取趙王河間立弟辟彊爲河間王至子哀王死嗣國除遂欲復還得河間也六齊望於惠后孟康

曰高后割濟南郡爲吕王台奉邑又割琅邪郡封營陵侯劉澤爲琅邪王文帝乃立悼惠王六子爲王言六齊不保今日之恩而追怨惠帝與吕后漢書曰文帝閔濟北逆亂自滅盡封悼惠王諸子爲列侯後齊文王薨无子於是分齊爲六將閭爲齊王惠爲濟北王賢爲淄川王雄渠爲膠東王卬爲膠西王辟光爲濟南王也

城陽顧於盧博孟康曰城陽王喜也喜父章與弟興居討諸吕有功夲當盡以趙地王章梁地王興居文帝聞其欲立齊王更以二郡王之章失職歲餘薨興居誅死盧博濟北王治興喜故顧念而怨也二郡謂城陽章所封濟北興居所封興居誅死故喜顧念而恨也泰山郡有博縣濟北縣

三淮南之心思墳墓張晏曰淮南厲王三子爲三王念其父見遷殺也漢書曰上憐淮南王不軌上乃立厲王三子安爲淮南王勃爲衡山王賜爲廬江王

大王不憂臣恐救兵之不專孟康曰不專救漢也如淳曰皆自私怨宿憤不能爲吴也若吴舉兵反天子來討謂四國但有意不敢相救也以孟康解其文故言不專救漢如淳解其意故云不能爲吴一説相成義乃可明

胡馬遂

進窺於邯鄲越水長沙還舟青陽蘇林曰青陽水名也言胡越水陸共伐漢也善曰此同孟康之義也張晏曰還舟聚舟也言胡為趙難越為吳難不可恃也善曰此微同如淳之說秦始皇本紀曰荆王獻青陽之田已而背約要擊我南郡雖使梁并淮陽之兵下淮東越廣陵以遏越人之糧漢亦折西河而下北守漳水以輔大國胡亦益進越亦益深此臣之所為大王患也善曰大國謂趙也陽假言吳恐助漢令胡越俱來伐之漢雖復使梁并淮陽之兵以遏越人之糧漢截西河以下而助於趙終無所益故胡亦益進越亦益深此臣為大王患也然其意欲破吳計雖使當為乃使越人當為吳人輒當為禦言吳趙欲來伐漢漢乃使梁并淮陽之兵以止吳人之糧漢截西河以禦於趙如此則趙不得進吳不得深陽惡指斥故假胡越錯亂其辭自此以下乃致其意焉臣聞蛟龍驤首奮翼則浮雲出流霧雨咸集聖王底節脩德則游談之士

歸義思名善曰厎與砥同厎礪也戰國策蘇秦說趙王曰外客游談之士无敢自進於前漢書王莽傳曰遊者為之談說今臣盡知畢議易精極慮如淳曰改易精思以謀慮之則無國而不可奸善曰爾雅曰奸求也奸與干同飾固陋之心則何王之門不可曳長裾乎然臣所以歷數王之朝背淮千里而自致者非惡臣國而樂吳民竊高下風之行尤悅大王之義善曰新序公孫龍謂平原君曰臣居魯則聞下風高先生之知悅先生之行故願大王無忽察聽其至善曰劉瓛周易注曰至極也謂極言之臣聞鷙鳥累百不如一鶚孟康曰鶚大鵰也如淳曰鷙鳥比諸侯鶚比天子夫全趙之時服虔曰全趙趙未分之時應劭曰後分為三武力鼎士袨縣服叢臺之下者一旦成市服虔曰袨服大盛玄黃服也臣瓚以為鼎士舉鼎之士叢臺趙王之臺不能止幽王之湛患韋昭曰高帝子幽王

友也呂后殺之湛今沈字也淮南連山東之俠死士盈朝不能還厲王之西也善曰漢書曰淮南厲王長謀反廢遷蜀韋昭曰徙蜀嚴道然則計議不得雖諸賁不能安其位亦明矣善曰左氏傳曰吳公子光享王鱄設諸寘劒於魚中以進抽劒以刺王說苑曰勇士孟賁水行不避蛟龍陸行不避狼虎故願大王審畫而已始孝文皇帝據關入立寒心銷志不明求衣臣瓚以爲文帝入關而立以天下多難故乃寒心戰栗未明而起自立天子之後使東牟朱虛東褒儀父之後應劭曰天下已定文帝遣朱虛侯章東喻齊王嘉其首舉兵欲誅諸呂猶春秋褒邾儀父者也深割嬰兒王之應劭曰封齊王六子爲王其中有小嬰兒孝文帝於骨肉厚也壤子王梁代益以淮陽善曰此言文帝之時梁王揖代王參淮陽王武後梁王揖早薨徙武爲梁王也然參揖皆少故云壤也晉灼曰方言梁益之間所愛諱其肥盛曰壤也善曰方言云瑋其肥盛

六〇丹七 文三十九 七 東六

晉書注以韓爲諱卒仆濟北囚弟於雍者豈非象新垣等哉善曰漢書曰濟北王興居聞帝之代乃反棘蒲侯擊之興居自殺又曰淮南王道死雍應劭曰二國有姦臣如新垣平等勸王共反令天子新據先帝之遺業善曰令天子景帝也先帝文帝也左規山東右制關中變權易勢大臣難知大王弗察臣恐周鼎復起於漢如淳曰新垣平詐言周鼎在泗水中臣望東北汾陰有金寶氣鼎在其中弗迎則不至爲吳計者猶新垣平之言周鼎終不可得也新垣過計於朝服虔曰過誤也則我吳遺嗣不可期於世矣高皇帝燒棧道灌章邯應劭曰章邯爲雍王高祖以水灌其城破之燒棧道言高祖涉所燒之棧道也史記曰張良說漢王燒絕棧道也兵不留行善曰言攻之易故不稽留也收弊人之倦東馳函谷西楚大破張晏曰項羽自號西楚霸王水攻則章邯以土其城陸擊則荊

王以失其地如淳曰荊亦楚謂項王敗走也此皆國家之不幾者也孟康曰言國家不可庶幾得之也願大王熟察之

獄中上書自明

鄒陽漢書曰陽以吳王不可說去之梁從孝王游羊勝公孫詭等疾陽惡之於孝王孝王怒陽下獄吏將殺之陽乃從獄中上書書奏孝王立出之卒爲上客

臣聞忠無不報信不見疑臣常以爲然徒虛語耳昔者荊軻慕燕丹之義白虹貫日太子畏之如淳曰白虹兵象月爲君善曰畏畏其不成也列士傳曰荊軻發後太子相氣見白虹貫日不徹曰吾事不成矣後聞軻死太子曰吾知其然也衛先生爲秦畫長平之事太白食昴昭王疑之蘇林曰白

起爲秦伐趙破長平軍欲遂滅趙遣衛先生說昭王益兵粮爲應侯所害事用不成其精誠上達於天故太白爲之食昴昴趙分也將有兵故太白食昴者干歷之也如淳曰太白天之將軍也夫精誠變天地而信不諭兩主豈不哀哉今臣盡忠竭誠畢議願知張晏曰盡其計議願王知之左右不明卒從吏訊爲世所疑張晏曰左右不明不敢斥王也訊考三日問之知與前辭同不是使荊軻衛先生復起而燕秦不寤也願大王孰察之昔玉人獻寶楚王誅之善曰韓子曰楚人和氏得璞玉於楚山之下奉而獻之武王武王使人相之玉人曰石也王刖和左足武王薨成王即位和又獻之王人又曰石也刖其右足李斯竭忠胡亥極刑善曰史記曰始皇以李斯爲丞相始皇崩胡亥立斯具五刑是以箕子陽狂接輿避世恐遭此患善曰史記曰紂淫亂不止箕子懼乃佯狂爲奴論語曰楚狂接輿歌而過孔子曰鳳兮鳳兮何德之衰願

大王察玉人李斯之意而後楚王胡亥之聽善曰以其計謬故令後之毋使臣爲箕子接輿所笑臣聞比干剖心子胥鴟夷善曰史記曰比干彊諫紂怒曰吾聞聖人心有七竅剖比干觀其心又曰子胥自剄王乃以子胥尸盛以鴟夷之革浮之江中應劭曰取馬革爲鴟夷鴟夷榼形臣始不信乃今知之願大王孰察少加憐焉語曰白頭如新漢書音義曰或初不相識相知至白頭不相知傾蓋如故文穎曰傾蓋猶交蓋駐車也善曰家語曰孔子之郯遭郯子於塗傾蓋而語終日甚相悅何則知與不知也故樊於期逃秦之燕籍荊軻首以奉丹事善曰史記曰荊軻見樊於期曰今聞秦購將軍首金千斤邑萬家今有言可以解燕國之患報將軍之仇首何如於期曰爲之奈何軻曰願得將軍首以獻秦王秦王必喜見臣臣左手把其袖右手椹其胷於期遂自剄徐廣曰椹丁鴆切王奢去齊之魏臨城自剄以卻齊而存魏善曰漢書

音義曰王奢齊臣也自齊亡之魏齊伐魏奢登城謂齊將曰今君之來不過以奢故也義不苟生以爲魏累遂自剄夫王奢樊於期非新於齊秦而故於燕魏也所以去二國死兩君者行合於志而慕義無窮也是以蘇秦不信於天下爲燕尾生服虔曰蘇秦於秦不出其信於燕則出尾生之信也善曰史記蘇秦曰尾生與女子期於梁下女子不來水至不去抱梁柱而死白圭戰亡六城爲魏取中山張晏曰白圭爲中山將亡六城殆欲誅之亡入魏文侯厚遇之還拔中山何則誠有以相知也蘇秦相燕燕人惡之於燕王善曰惡謂讒短也燕王按劍而怒食以駃騠孟康曰敬重蘇秦雖有惡王更膳以珍奇之味也白圭顯於中山中山人惡之於魏文侯善曰言白圭拔中山而尊顯而人說短於文侯文侯投以夜光之璧何則兩主二臣剖心析肝相信豈移於浮辭哉故

女無美惡入宮見妬士無賢不肖入朝見嫉昔者司馬喜臏臯引脚於宋卒相中山善曰戰國策曰司馬喜三相中山尚書刑德曰放臏者脫去人之臏也郭璞三蒼解詁曰臏膝蓋也范雎摺脇折齒於魏卒為應侯善曰史記曰范雎隨魏中大夫須賈使齊齊襄王賜范雎金十斤及牛酒須賈以為持魏國陰事告齊以告魏相魏之諸公子魏齊使舍人笞擊范雎折脇摺齒雎得出亡入秦為應侯廣雅曰摺折也力合切此二人者皆信必然之畫捐朋黨之私挾孤獨之交故不能自免於嫉妬之人也是以申徒狄蹈雍之河服虔曰殷之末世人也如淳曰莊周云申徒狄諫而不聽負石自投河善曰爾雅曰水自河出為雍言狄先蹈雍而後入河也雍一龍切徐衍負石入海漢書音義曰徐衍周之末人也見列士傳善曰論語讖曰徐衍負石伐子自狸守分亡身握石失軀宋均曰狸猶殺也力之切不容身於世新語曰窮澤之民身不容於世無紹介通之義

不苟取比周於朝以移主上之心善曰言皆義不苟取比周朋黨在朝廷以移主上之心妄求合也六韜曰結連朋黨比周爲權杜預曰比近也周密也故百里奚乞食於路穆公委之以政說苑鄒子說梁王曰百里奚乞食於路而穆公委之以政甯戚飯牛車下而桓公任之以國善曰呂氏春秋曰甯戚飯牛車下望桓公而悲擊牛角疾歌鄒子說苑鄒子說梁王曰甯戚扣轅行歌桓公任之以國此二人豈素宦於朝借譽於左右然後二主用之哉感於心合於意堅如膠漆昆弟不能離豈惑於衆口哉故偏聽生姦獨任成亂昔魯聽季孫之說而逐孔子善曰論語曰齊人饋女樂季桓子受之三日不朝孔子行宋信子冄之計囚墨翟文子曰子罕也冄音任善曰未詳夫以孔墨之辯不能自免於讒諛而二國以危何則衆口鑠金積毀

銷骨國語泠州鳩曰衆心成城衆口鑠金賈逵曰鑠消也衆口所惡金爲之銷亡積毀銷骨謂積讒善曰毀之言骨肉之親爲之銷滅是以秦用戎人由余而覇中國齊用越人子臧而彊威宣善曰言齊任子臧故威宣二王所以彊盛史記曰齊桓公卒子威王因齊立威王卒子宣王辟彊立張晏曰子臧越人也此二國豈拘於俗牽於世繫奇偏之辭哉公聽並觀垂明當世善曰公聽言無私也並觀言無偏也尸子曰論是非者自公心聽之而後可知也故意合則胡越爲昆弟由余子臧是矣不合則骨肉爲讎敵朱象管蔡是矣善曰史記曰舜弟象傲帝常欲殺舜丹朱堯子讎敵未聞尚書曰周公位冢宰群叔流言乃致管叔于商囚蔡叔于郭鄰今人主誠能用齊秦之明後宋魯之聽則五覇不足侔三王易爲比也是以聖王覺悟捐子之之心而不悦田常之

賢善曰史記曰燕王噲屬國於子之子之南面行王事齊因伐燕燕王噲死子之乃亡又曰齊田常殺簡公而立平公平公即位田常爲相五年齊國政皆歸田常封比干之後修孕婦之墓應劭曰紂刳姙者觀其胎產故功業覆於天下何則欲善無猒也夫晉文公親其讎而彊霸諸侯張晏曰寺人勃提也善曰國語曰初獻公使寺人勃鞮伐文公於蒲城文公踰垣寺人斬其袪及入寺人求見於是呂郤冀芮畏偪悔納公謀作亂伯楚知之故求見公公遽見之伯楚以呂郤之謀告公韋昭曰寺人掌內祛袂也勃鞮字伯楚齊桓公用其仇而一匡天下善曰左傳寺人披謂晉侯曰齊桓公置射鉤而使管仲相論語曰管仲相桓公霸諸侯一匡天下民到于今受其賜何則慈仁殷勤誠嘉於心此不可以虛辭借也至夫秦用商鞅之法東弱韓魏立彊天下而卒車裂之善曰商鞅車裂已見西征賦越用大夫種之謀禽勁吳而霸中

國遂誅其身善曰史記曰越王勾踐舉國政屬大夫種越平吴以兵北渡淮東方諸侯畢賀稱霸王范蠡乃去遺大夫種書種見稱疾不朝人或讒種作亂越王乃賜種劒而自殺是以孫叔敖三去相而不悔善曰史記曰孫叔敖楚之處士也虞丘相進之三月而相楚三得相而不喜知其材自得之也三去相而不悔知其非已之罪也於陵子仲辭三公爲人灌園善曰列女傳曰於陵子終賢楚王欲以爲相使使者往聘迎之子終出使者與其妻逃乃爲人灌園今人主誠能去驕傲之心懷可報之意善曰言士有功可報者思必報披心腹見情素善曰戰國策曰蔡澤説應侯曰公孫鞅事孝王竭知謀示情素墮肝膽施德厚終與之窮達無愛於士善曰於士所求無所愛惜也則桀之狗可使吠堯而跖之客可使刺由應劭曰由許由也跖盜跖也韋昭曰言恩厚無不侯善曰戰國策刁勃謂田單曰跖之狗戓吠堯非其主也吠音吠並同何況因萬乘之權假聖王之資乎然則荆

五百九十一　文三十九　十二

軻湛七族要離燔妻子豈足爲大王道哉應劭曰荆軻爲燕刺秦王不成而死其七族坐之湛沒也張晏曰七族上至高祖下至曾孫善曰呂氏春秋曰吴王闔閭欲殺王子慶忌要離曰王誠助臣請必能吴王曰諾明旦加罪焉執其妻子燔而揚其灰髙誘曰吴王僞加要離罪燒妻子揚其灰

臣聞明月之珠夜光之璧以暗投人於道衆莫不按劒相眄者何則無因而至前也蟠木根柢輪囷離竒張晏柢下下本也輪囷離竒委曲盤戾也蘇林曰柢音蔕善曰廣雅曰蟠曲也囷去倫切離薄其切竒音衣而爲萬乘器者何則以左右先爲之容也善曰器謂服玩之屬容謂雕飾杜預左氏傳注曰容形容也故無因而至前雖出隨侯之珠夜光之璧秖足結怨而不見德故有人先談則枯木朽株樹功而不忘善曰談或爲游今天下布衣窮居之士身在貧賤雖蒙堯舜之術

挾伊管之辯善曰伊尹管仲懷龍逢比干之意欲盡忠當世之君而素無根柢之容雖竭精神欲開忠信輔人主之治則人主必襲按劍相眄之跡矣善曰眄開達也是使布衣之士不得爲枯木朽株之資也是以聖王制世御俗獨化於陶鈞之上張晏曰陶家名模下圓轉者爲鈞以其能制器爲大小比之於天也善曰論語考比讖曰引五子以避俗遠邪殊域莫不向風而不牽乎卑辭之語不奪乎衆多之口善曰聖人有深謀善計而即行之不爲卑辭所牽制戰國策蘇秦曰卑辭以謝君衆口巳見上文故秦皇帝任中庶子蒙嘉之言以信荊軻之說而匕首竊發善曰戰國策曰荊軻既至秦持千金之資幣厚遺秦王寵臣中庶子蒙嘉嘉爲先言於秦王曰燕願舉國爲內臣如郡縣又獻燕督亢之地圖圖窮匕首見秦王驚自引而起乃引其匕首以擿秦王通俗文曰匕首其頭類匕故曰匕首短而便用周文獵涇渭載呂尚而歸以王天下六韜曰文王田于渭陽卒見呂尚坐茅而漁戰國策曰范雎謂秦王

曰臣聞呂尚遇文王立爲太師史記曰西伯獵果遇太公于渭俱爲師也秦信左右而亡周用烏集而王善曰漢書音義曰太公望塗遘卒遇共成王功如烏鵲之暴集也何則以其能越拘攣之語馳域外之義獨觀於昭曠之道也今人主沉諂諛之辭牽於帷墻之制善曰漢書音義曰言爲左右便辟侍帷墻臣妾所見牽制說文曰墻垣蔽也然帷妾之所止墻臣之所居也使不羈之士與牛驥同皁漢書音義曰皁食牛馬器以木作如槽善曰不羈謂才行高遠不可羈繫也此鮑焦所以忿於世而不留富貴之樂也善曰列士傳曰鮑焦怨世不用已采疏於道子貢難曰非其世而采其疏此焦之有哉弃其疏乃立枯於洛水之上疏即古蔬字臣聞盛飾入朝者不以私汙義砥厲名號者不以利傷行善曰孔安國尚書傳曰砥磨石也論語撰考讖曰子罕言利利傷行也故里名勝母曾子不入邑號朝歌墨子迴車晉灼曰史記樂書紂作朝歌之音朝歌者不時也善曰淮南子曰墨子非樂不入朝歌然古有此事未詳其本今欲使

天下恢廓之士誘於威重之權脅於位勢之貴回面汙行以事諂諛之人而求親近於左右則士有伏死堀穴巖藪之中耳安有盡忠信而趨闕下者哉

上書諫獵　司馬長卿

臣聞物有同類而殊能者故力稱烏獲捷言慶忌勇期賁育善曰史記曰秦武王有力士烏獲孟說皆至大官呂氏春秋曰吳王欲殺王子慶忌謂要離曰吾嘗以馬逐之江上而不能及說苑曰勇士孟賁水行不避蛟龍陸行不避狼虎戰國策范睢曰夏育之勇焉而死臣之愚暗竊以爲人誠有之獸亦宜然今陛下好凌阻險射猛獸卒然遇軼才之獸駭不存之地犯屬車之清塵漢書音義曰大駕屬車八十一乘善曰車塵言清尊之意也輿不及還轅人不暇施

功雖有烏獲逢蒙之伎力不得用枯木朽株盡爲難矣善曰吴越春秋陳音曰黄帝作弓後有楚狐父以道傳羿羿傳逢蒙是胡越起於轂下而羌夷接軫也豈不殆哉雖萬全無患然本非天子所宜近也且夫清道而後行中路而馳猶時有銜橛之變張揖曰銜馬勒也橛騑馬口長銜也善曰家語子曰郊之日汜掃清路行者必止莊子伯樂曰我善調馬前有飾橛而後鞭策之威而況乎涉豐草騁丘墟善曰毛詩曰湛湛露斯在彼豐草呂氏春秋吴爲丘墟前有利獸之樂而内无存變之意善曰鄭玄禮記注曰利猶貪也其爲害也不亦難矣夫輕萬乘之重不以爲安而樂出萬有一危之塗以爲娱臣竊爲陛下不取也蓋聞明者遠見於未萌而智者避危於无形善曰太公金匱曰明者見兆於未萌智者

避危於无形禍固多藏於隱微而發於人所忽者也故鄙諺曰家累千金坐不垂堂張揖曰畏櫚瓦墮中人也此言雖小可以喻大臣願陛下留意幸察

上書諫吴王

枚叔善曰漢書曰枚乘字叔淮陰人爲吴王濞郎中吴王初怨望謀爲逆也乘奏書諫王不納遂去之從梁孝王遊後景帝拜乘弘農都尉卒然乘之卒在相如之前而今在後誤也

臣聞得全者昌失全者亡善曰史記淳于髡說鄒忌子曰得全全昌失全全亡舜无立錐之地以有天下禹无十戶之聚以王諸侯湯武之土不過百里善曰韓子曰舜无置錐之地於後世而德結史記蘇秦說趙王曰舜无咫尺之

地以有天下禹无百人之聚以王諸侯湯武之土不過百里立爲天子誠得其道也上不絕三光之明下不傷百姓之心者有王術也善曰不絕其明言合度也高誘淮南子注曰三光日月星也故父子之道天性也善曰父子喻君臣也孝經曰父子之道天性也忠臣不避重誅以直諫則事无遺策功流萬世臣乘願披腹心而効愚忠惟大王少加意念惻怛之心於臣乘言夫以一縷之任係千鈞之重上懸之无極之高下垂之不測之淵雖甚愚之人猶知哀其將絕也馬方駭鼓而驚之係方絕又重鎮之係絕於天不可復結墜入深淵難以復出善曰孔叢子曰齊東郭亥欲攻田氏子貢曰今子士也位卑圖大殆非工之任也夫以一縷之任繫千鈞之重上懸之於无極之高下垂於不測之深傍人皆畏其絕而造之者不

知其子之謂乎馬方駭鼓而驚之繫方絕重鎮之馬奔車覆六轡不禁繫絕其高墜入於深其危必矣亥曰吾已矣

其出不出間不容髮蘇林曰改計取福正在今日言其激切甚急善曰曾子曰律歷迭相治也其間不容髮矣

能聽忠臣之言百舉必脫善曰孫卿子曰平則慮險安則慮危是百舉不陷也

必若所欲為危於累卵難於上天善曰說苑曰晉靈公造九層臺荀息聞之求見曰臣能累十二博棊加九鷄卵其上公曰危哉論語曰天不可階而升也

變所欲為易於反掌安於泰山善曰反掌言易也孟子曰武丁有天下猶反掌也春秋保乾圖曰安於泰山與曰合符

今欲極天命之上壽弊無窮之極樂善曰弊猶盡也

究萬乘之勢不出反掌之易居泰山之安而欲乘累卵之危走上天之難此愚臣之所大惑也顏師古曰走趣也音奏

人性有畏其影而惡其迹卻背而走迹逾多影逾疾

不如就陰而止影滅迹絶善曰莊子漁父曰人有畏影惡迹而去之走者舉足逾數而迹疾而影不離自以爲尚遲疾走不休絶力而死不知處陰而休影靜處以息迹愚亦甚矣孫卿子以爲涓蜀梁欲人勿聞莫若勿言欲人勿知莫若勿爲欲湯之滄漢書音義或曰滄寒也一人炊之百人揚之無益也不如絶薪止火而已善曰呂氏春秋曰夫以湯止沸沸愈不止去火則止矣不絶之於彼而救之於此譬由抱薪而救火也善曰文子曰不治其本而救其末無異鑿渠而止水抱薪而救火也養由基楚之善射者也去楊葉百步百發百中善曰戰國策蘇厲謂周君曰養由基善射去柳葉百步而射百發百中楊葉之大加百中焉可謂善射矣然其所止百步之内耳比於臣乘未知操弓持矢也福生有基禍生有胎服虔曰基胎皆始也納其基絶其胎禍

何自來善曰自從也太山之霤力救切穿石殫極之綆斷幹孚灼曰綆古綆字殫盡也極之綆幹幹井上四交之幹常爲汲者所契傷也水非石之鑽索非木之鋸漸靡使之然也夫銖銖而稱之至石必差寸寸而度之至丈必過張晏曰秉所轉四萬六千八十銖而至於石合而稱之必有盈縮也石稱丈量徑而寡失善曰文子曰夫事煩難治也法苛難行也多求難贍也寸而度之至丈必差銖而稱之至石必過石稱丈量徑而寡失故大較易爲智曲辯難爲惠也徑直也夫十圍之木始生而蘖足可搔而絕手可擢而抓善曰尸子曰千丈之木始若蘖足易去也莊子曰橡樟初生可抓而絕廣雅曰搔抓也字林曰搔先牢切抓壯交切據其未生先其未形磨礱砥礪不見其損有時而盡善曰賈逵國語注曰礱磨也礱力公切尚書注砥磨石也種樹畜養不見其益有時而大積德累行不知

其善有時而用弃義背理不知其惡有時而亡臣願大王孰計而身行之此百世不易之道也

上書重諫吴王

枚叔善曰漢書曰吴王舉兵西嚮以誅晁錯爲名漢聞之斬錯以謝諸侯乘於是復說吴王

昔秦西舉胡戎之難北備榆中之關善曰胡戎爲難舉兵而却也漢書曰金城郡有榆中縣南距羌莋之塞東當六國之從善曰漢書曰南夷自巂東北君長十數莋都最大莋在洛切六國已見李斯書六國乘信陵之籍善曰漢書音義曰无忌常總五國却秦有地資也明蘇秦之約厲荆軻之威并力一心以備秦然秦卒禽六國滅其社稷而并天下是何也則地

利不同而民輕重不等也今漢據全秦之地兼六國之衆修戎狄之義顔師古曰修恩義以撫戎狄而南朝羌筰此其與秦地相什而民相百大王之所明知也善曰言地多秦十倍民多百倍今夫讒諛之臣爲大王計者不論骨肉之義民之輕重國之大小以爲吳禍此臣所以爲大王患也夫舉吳兵以訾於漢李奇曰訾量也譬猶蠅蚋之附群牛腐肉之齧利劒鋒接必無事矣善曰說文曰秦謂之蚋楚謂之蚊蚋而銳切齧猶當也天下聞吳率失職諸侯願責先帝之遺約今漢親誅其三公以謝前過善曰謂誅晁錯也錯爲御史大夫故曰三公是大王威加於天下而功越於湯武也夫吳有諸侯之位而富實於天子有隱匿之名而居過於中

國韋昭曰隱匿謂僻在東南夫漢并二十四郡十七諸侯方輸錯出張晏曰漢持有二十四郡十七王也善曰此言貢獻之多方輸四方更輸錯雜而出也軍行數千里不絶於郊其珍怪不如山東之府如淳曰山東吴王之府藏也善曰錯出張云錯互出攻則謂興軍遠行也軍一爲運錯出謂四方更輸交錯出獻之而行也轉粟西鄉陸行不絶水行滿河不如海陵之倉如淳曰言漢京師仰須山東漕運以自給耳臣瓚曰海陵縣名有吴太倉脩治上林雜以離宮積聚玩好圈守禽獸不如長洲之苑服虔曰吴苑也韋昭曰長洲在吴東游曲臺臨上路不如朝夕之池張晏曰曲臺長安臺臨道上也蘇林曰以海水朝夕爲池深壁高壘副以關城不如江淮之險此臣之所爲大王樂也今大王還兵疾歸尚得十半善曰言王早還冀十分之中得半安全不然漢知吴有

吞天下之心赫然加怒遣羽林黃頭循江而下蘇林曰羽林黃頭郎習水戰者襲大王之都魯東海絕吴之饟道善曰吴饟軍自海入河故命魯國入東海郡以絕其道也地里志有魯國及東海郡梁王飾車騎習戰射積粟固守以偪滎陽待吴之飢大王雖欲反都亦不得已夫三淮南之計不負其約晉灼曰吴楚反皆守約不從也齊王殺身以滅其迹晉灼曰齊孝王將閭也吴楚反堅守距三國不從後欒布等聞初與三國有謀欲伐之王懼自殺善曰漢書曰齊王聞吴楚平乃自殺今乘已言之漢書與此必有一誤也四國不得出兵其郡晉灼曰膠東膠西濟北菑川四國王也發兵應吴楚趙囚邯鄲此不可掩亦已明矣應劭曰漢將酈寄圍趙王於邯鄲與囚無異也善曰杜預注左氏傳曰掩匿也今大王已去千里之國而制於十里之内矣張晏曰吴地方千里梁下屯兵方十

里言王必見制於此地張韓將北地如淳曰張張羽韓韓安國也善曰將北地謂將兵在吳軍之北也弓高宿左右服虔曰弓高侯韓穨當也如淳曰宿軍左右兵不得下壁軍不得太息臣竊哀之願大王孰察焉

詣建平王上書

江文通梁書曰宋建平王景素好士淹隨在南兗州廣陵令郭彦文得罪辭連淹繫州獄中上書景素覽書即出之

昔者賤臣叩心飛霜擊於燕地淮南子曰鄒衍盡忠於燕惠王惠王信譖而繫之鄒子仰天而哭正夏而天爲之降霜春秋考異郵曰桓公殺賢吏民含痛流涕叩心庶女告天振風襲於齊臺淮南子曰庶女告天雷電下擊景公臺隕海水大出許慎曰庶女齊之少寡無子養姑姑無男有女女利母財而殺母以誣告寡婦婦不能自解故冤告天司馬彪莊子注曰襲入也下

官每讀其書未嘗不廢卷流涕沈約宋書曰郡縣爲封國者內史相並於國主稱臣去任便止世祖孝建中始改此制爲下官太史公曰始齊之蒯通讀樂毅報燕書未嘗不廢書而泣也楊雄見屈原作離騷悲其文讀之流涕也何者士有一定之論女有不易之行淮南子文也高誘曰士有同志同德其交接有一會而分定故曰有一定之論也貞女專一亦無二心雖有偏喪不須更醮故曰有不易之行信而見疑貞而爲戮是以壯夫義士伏死而不顧者此也史記曰屈原信而見疑忠而被謗能無怨乎法言曰壯夫不爲左氏傳曰義士猶或非之又曰君子曰臣治煩去惑者也是以伏死而爭李陵與蘇武書曰足下遭時不遇至於伏劍不顧下官聞仁不可恃善不可依謂徒虛語乃今知之馬遷悲士不遇賦曰理不可據智不可恃鄒陽書曰臣常以爲然徒虛語耳又曰臣始不信今乃知之伏願大王暫停左右少加憐察鄒陽書曰左右不明卒從吏訊又曰願王孰察少加憐焉

下官本蓬戶桑樞之人布衣韋帶之士淮南子曰處窮僻之鄉蓬戶甕牖揉桑以為樞比齊人所謂形植梨黑憂悲而不得志也高誘曰編蓬為戶揉桑條為戶樞說苑唐且謂秦王曰大王嘗聞布衣韋帶之士怒乎伏尸二人流血五步退不飾詩書以驚愚進不買名聲於天下淮南子曰古之人同氣于天地與一世而優游及偽之生飾智以驚愚設詐以巧上又曰周室衰而王道廢儒墨於是博學疑聖飾詩書以買名譽於天下日者謬得升降承明之闕出入金華之殿漢書帝賜嚴助書曰君厭承明之廬又曰班伯少受詩於師丹上方向學鄭寬中張禹朝夕入說尚書論語於金華殿中詔伯受焉何常不爲影凝嚴側身高禁者乎詩序曰側身脩行班婕妤自傷賦曰應門閉兮禁闥高竊慕大王之義復爲門下之賓備鳴盜淺術之餘豫三五賤伎之末史記曰孟嘗君入秦昭王乃囚孟嘗君謀欲殺之孟嘗君謀欲使人抵昭王幸姬求解姬曰妾願得君狐

白裘此時孟嘗君有一狐白裘入獻之昭王無佗裘孟嘗君患之徧問客莫能對最下爲狗盗者曰臣能得狐白裘乃夜爲狗以入秦宮藏中取所獻狐白裘至以獻幸姬姬爲言昭王孟嘗君得出馳去至關關法鷄鳴出客孟嘗君恐追至客之居下坐者能爲鷄鳴遂得出之如食頃追至關已後孟嘗君乃還抱朴子軍術曰大將軍當明案九宮視年在宮常就三居五五爲死三爲大生能知三五横行天下司馬遷書曰使得奏薄伎王惠以恩光顧以顏色鄭玄詩箋曰爲光言天子恩澤光耀被及已也曹植豔歌曰長者賜顏色泰山可動移實佩荆卿黄金之賜竊感豫讓國士之分矣燕丹子曰荆軻之燕太子東宮臨池而觀軻拾瓦投鼃太子令人奉盤金軻用抵抵盡復進軻曰非爲太子愛金但臂痛耳史記趙襄子數豫讓曰子嘗事范中行氏智伯滅之不爲報讎臣事智伯死而子何獨爲報讎也豫讓曰中行氏衆人遇我我故衆人報之智伯國士遇我我故國士報之常欲結纓伏劒少謝萬一左氏傳曰衛太子迫孔悝於厠强盟之子路曰太子无勇若燔臺半必舍孔叔太子聞之懼下石

乞盂黶敵子路以戈擊之斷纓子路曰君子死冠不免結纓而死又曰晉侯殺里克公使謂之曰子弒二君與一大夫為子君者不亦難乎對曰臣聞命矣伏劒而死莊子曰弁𤤎曰今於道秋毛之端万分未得處一焉剖心摩踵以報所天鄒陽上書自明曰剖心析肝孟子曰墨子兼愛摩頂致於踵利天下為之劉熙曰致至也左氏傳箴尹克黃曰君天也何休曰君者臣之天不圖小人固陋坐貽謗𦘺楊惲書曰言固陋之愚也迹墜昭憲身恨幽圄陸機謝內史表曰幽縶囹圄當為誅始履影弔心酸鼻痛骨詩曰顧瞻周道中心弔兮高唐賦曰孤子寡婦寒心酸鼻太子丹謂麴武曰今秦王反戾天常每念之痛入骨髓下官聞虧名為辱虧形次之尸子曰衆以虧形為辱君子以虧義為辱是以每一念來忽若有遺李陵荅蘇武書曰每一念至忽然亡生加以涉旬月迫季秋天光沉陰左右無色司馬遷荅任少卿書曰今少卿抱不測之罪涉旬月迫季冬呂氏春秋曰行秋令則天多沈陰蔡邕月令

章句曰陰者密雲也沉者雲之重也身非木石與獄吏爲伍司馬遷荅任少卿書曰身非木石獨與法吏爲伍此少卿所以仰天搥心泣盡而繼之以血也李陵與蘇武書曰何圖志未立而怨已成此陵所以仰天搥心而泣血也韓子曰卞和乃抱其璞而哭於楚山三日三夜泣盡繼之以血下官雖乏鄉曲之譽然嘗聞君子之行矣燕丹子夏扶曰士无鄉曲之譽則未可以論行其上則隱於簾肆之間卧於巖石之下漢書曰谷口有鄭子真蜀有嚴君平君平卜筮於成都市裁日閱數人得百錢足自養則閉肆下簾而授老子論衡谷口鄭子真耕於巖石之下名震京師次則結綬金馬之庭高議雲臺之上漢書曰蕭育與朱博友故長安語曰蕭朱結綬西都賦曰承明金馬著作之庭東觀漢記曰建初元年詔賈逵日南宮雲臺使出左氏大義退則虜南越之君係單于之頸漢書曰南越與漢和親乃遣終軍使南越軍自請願受長纓必羈南越王而致闕下又賈誼曰

行臣之計請必係單于之頸而制其命俱啓丹冊並圖青史漢書曰高祖論功定封以丹書之信重以白馬之盟又有青史子音義曰古史官記事寧當爭分寸之末競錐刀之利哉左氏傳曰叔向詒子產書曰錐刀之末將盡爭之下官聞積毀銷金積讒磨骨鄒陽上書曰衆口鑠金積毀消骨遠則直生取疑於盜金近則伯魚被名於不義漢書曰直不疑南陽人爲郎事文帝其同舍有告歸誤持其同舍郎金巳而同舍郎覺妄意不疑不疑謝有之買金償後告歸者至而歸金亡金郎大慚范曄後漢書曰第五倫字伯魚京兆人舉孝廉補淮陽醫工長後從王朝京師得會帝戲倫謂倫曰聞卿爲吏篣婦公不過從兄飯寧有之耶倫對曰臣三娶妻皆无父少遭飢亂實不妄過人食帝大笑彼之二子猶或如是況在下官爲能自免昔上將之恥絳侯幽獄名臣之羞史遷下室司馬遷荅任少卿書曰絳侯誅諸呂囚於請室又曰而僕又茸以蠶室至如下

官當何言哉司馬遷書曰如僕尚何言哉夫魯連之智辭禄而不返史記曰秦使白起圍趙鬭魯仲連責新垣衍秦軍遂引去平原君欲封仲連連謝終不肯受接輿之賢行歌而志歸楚狂接輿已見鄒陽書子陵閑關於東越仲蔚杜門於西秦亦良可知也范曄後漢書曰嚴光字子陵會稽餘姚人少有高名與光武同游學及即位變名姓隱身不見趙岐三輔決錄注曰張仲蔚扶風人也少與同郡魏景卿隱身不仕所居蓬蒿沒人若使下官事非其虛罪得其實亦當鉗口吞舌伏匕首以殞身莊子曰鉗墨翟之口燕丹子荊軻曰田光向軻吞舌而死何以見齊魯奇節之人燕趙悲歌之士乎左氏傳子方曰事子我而有私於其讎何以見魯衛之士漢書王先生謂鄒陽曰今子欲安之乎陽曰齊楚多辯智韓魏時有奇節吾將歷問之史記荊軻之燕高漸離悲歌擊筑荊軻和而歌於市中又曰趙大夫悲歌慷慨者也方今聖曆欽明天下樂業尚書曰放

勣欽明管子曰天下有道人樂其業青雲浮雒榮光塞河尚書中候曰成王觀于洛河沈璧禮畢王退俟至于日昧榮光並出幕河青雲浮洛青龍臨壇銜玄甲之圖吐之而去西洎臨洮土刀切狄道比距飛狐陽原淮南子曰秦之時丁壯丈夫西至臨洮狄道東至會稽浮石南至豫章桂林北至飛狐陽原高誘曰臨洮隴西之縣洮水出北狄道漢陽之臨洮也飛狐盖在代郡飛狐山陽原盖在太原莫不浸仁沐義照景飲醴已楊雄覈靈賦曰文王之始起浸仁漸義會賢儧智儧音攢論語摘輔像曰帝率握炤景飲醴蓂莢爲曆宋均曰炤景謂景星所炤也而下官抱痛圓門含憤獄戶周禮曰以圜土教罷民鄭司農曰圜土獄城也一物之微有足悲者家語孔子謂哀公曰一物失理亂亡之端此思憂則憂可知矣仰惟大王少垂明白則梧丘之魂不愧於沈首鵠亭之鬼無恨於灰骨晏子春秋曰景公田於梧丘夜坐睡夢見五丈夫倚從稱无罪公問晏子曰昔先公靈公出畋有五丈夫

來鷹獸悉斷其頭而葬之命曰丈夫丘命人掘之五頭共孔公令寡葬之乃恩及白骨說苑曰景公畋於梧丘謝承後漢書曰蒼梧廣信女子蘇娥行宿高安鵠巢亭爲亭長龔壽所殺及婢致富取其財物埋致樓下交阯刺史周敞行部宿亭覺壽姦罪奏之殺壽列異傳曰鵠奔亭不任肝膽之切敬因執事以聞

啓

奉荅勑示七夕詩啓一首任昉集詔曰聊爲七夕詩五韻殊未近詠歌卿雖訥於言辯於才可即制付使者

任彦昇

臣昉啓奉勑并賜示七夕五韻竊惟帝迹多緒俯同不一春秋合誠圖曰黃帝布迹必稽功務法案均曰迹行迹謂功績也春秋保乾圖曰帝異緒託情風

什希世罕工毛詩題曰關雎之什魯靈光殿賦曰邈希世而特出雖漢在四世魏稱三祖四世漢武帝也三祖謂魏武文明也魏志高貴鄉公詔曰昔三祖神武聖德應天受祚寧足以繼想南風克諧調露家語曰昔者舜彈五絃琴造南風之詩其詩曰南風之薰兮可以解吾民之慍兮南風之時兮可以阜吾民之財兮王肅曰薰風至貌也樂動声儀曰時元氣者受氣於天布之於地以時出入物者也四時之節動靜各有分職不得相越謂調露之樂也宋均曰調露調和致甘露也使物茂長之樂也性與天道事絕稱言論語子貢曰夫子之文章可得而聞也夫子之言性與天道不可得而聞也豈其多幸親逢旦暮左氏傳羊舌職曰民之多幸國之不幸莊子曰萬世之後而一遇大聖知其解者是旦暮遇也臣早奉龍潛與賈馬而入室易曰潛龍勿用法言曰若以孔門用賦賈誼升堂相如入室晚屬天飛比嚴徐而待詔易曰飛龍在天利見大人荅賓戲曰泥蟠天飛者應龍之神也漢書曰嚴安徐樂上疏言世務上召

見乃拜樂安倍爲郎中又曰東方朔待詔金馬門惟君知臣見於訥言之首左氏傳君子曰古人有言曰知臣莫若君論語子曰君子欲訥於言而敏於行取求不疵表於辯才之戲左氏傳曰初申侯有寵於楚文王文王曰唯我知汝汝專利而不猒余取余求不汝疵瑕也裴詭集有辯才論謹輙牽率庸陋式訓天獎拙速雖効蚩鄙已彰孫子兵法曰兵聞拙速未睹工久陳琳箴曰蚩鄙益著闇纉上詩表曰勞者歌其事貴露蚩鄙臨啓慚恧女六切罔識所宜謹啓

爲卞彬謝脩卞忠貞墓啓一首蕭子顯齊書曰卞彬字士蔚官至綏建太守卒濟陰卞録曰壼字望之永嘉中除著作郎蘇峻稱兵爲尚書令右將軍領右衛峻至東陵口六軍敗績壼乗馬被甲赴賊二子眕盱見父去隨從俱爲賊所害贈侍中開府謚忠貞公眕音真忍切盱休于切

任彦昇

臣彬啓伏見詔書并鄭義泰宣勑當賜脩理臣士高祖晉故驃騎大將軍建興忠貞公壼墳塋臣門緒不昌天道所昧忠遘身危孝積家禍名教同悲隱淪惆悵王隱晉書曰述曰壼及二子死衞士翟湯聞而歎曰父爲忠臣子爲孝子忠孝之道萃於一門可謂賢哉名教謂王隱隱淪謂翟湯世說樂廣曰名教中自有樂地桓子新論曰天下神人五一曰隱淪而年世貿遷孤裔淪塞廣雅曰貿易也遂使碑表蕪滅丘樹荒毀狐兎成穴童牧哀歌桓子新論曰雍門周以琴見孟嘗君曰臣切悲千秋萬歲後墳墓生荊棘狐兎穴其中樵兒牧豎躑躅而歌其上也感慨自哀日月纏迫劉公幹贈五官中郎詩曰感慨以長歎陛下弘宣教義非求効於方今杜預左氏傳序曰弘宣祖業仲長子昌言曰引之於教義說苑曰聖王布德施惠非求報

於百姓也壹餘烈不泯固陳力於異世春秋元命苞曰文王積善所潤之餘烈論語子曰周任有言曰陳力就列不能者止但加等之澤近闕於晉典左氏傳曰凡諸侯薨於朝會加一等死王事加二等焦蘇之刑遠流於皇代戰國策顏斶謂齊王曰秦攻齊令曰敢有去柳下季壟五十步樵採者罪死不赦臣亦何人敢謝斯幸不任悲荷之至謹奉啓事以聞謹啓

啓蕭太傅固辭奪禮一首

劉璠梁典曰昉爲尚書殿中郎父憂去職居喪不知鹽味冬月單衫廬于墓側齊明作相乃起爲建武將軍驃騎記室再三固辭帝見其辭切亦不能奪

任彥昇

昉啓近啓歸許庶諒窮款奉被還旨未垂哀察悼心失

圖泣血待旦左氏傳楚薳啓彊曰孤與二三臣悼心失圖毛詩曰鼠思泣血尚書曰坐以待旦君於品庶示均鎔造鵩鳥賦曰品庶每生倉頡篇曰鎔炭鑪所以行銷鑄也干祿祈榮更爲自拔論語曰子張學干祿黜教廢禮豈闕視聽言己之所陳但正黜教而廢禮豈敢闕白於視聽哉所不忍言具陳茲啓言事迫情切口不忍言故陳此啓公羊傳曰謂之新宮不忍言也昉往從末嘗祿不代耕晉中興書文詔曰祿不代耕非經通之制也飢寒無甘旨之資限沒廢晨昏之半禮記曰命士已上父子皆異宮昧爽而朝慈以旨甘鄭玄曰慈愛敬進之也又曰凡爲人子之禮冬溫而夏清昏定而晨省膝下之懽已同過隙孝經曰故親生之膝下以養父母禮記曰君子三年之喪二十五月而畢若駟之過隙然而遂亟之則是无窮几筵之慕幾何可憑孫卿子孔子謂魯哀公曰君入廟而右登自阼階仰視榱棟俛見几筵其器存其人亡君以此思哀則哀將焉不至矣左氏傳曰人壽幾

何且奠酹不親如在安寄鄭玄周禮注曰喪所薦饋曰奠声類曰酹以酒祭地也酹力外切論語子曰吾不与祭如不祭又曰祭神如神在晨暮寂寥閴苦覔切若無主埤蒼曰閴靜也喪服傳曰无主者其无祭主王隱晉書曰傳咸遭繼母憂上書曰咸身无兄弟到官之日喪祭无主所守既無別理窮咽豈及多喻吕安荅嵇康論曰易了之理不在多喻明公功格區宇感通有塗尚書曰時則有若伊尹格于皇天東京賦曰區宇乂寧周易曰寂然不動感而遂通若霈然降臨賜寢嚴命孟子曰沛然下雨是知孝治所被爱至無惡心孝經曰昔者明王之以孝治天下也韓詩外傳曰阿谷之女謂子貢曰吾鄙野之人僻陋无心錫類所及匪徒教義毛詩曰孝子不匱永錫尔類不任崩迫之情謹奉啓 事陳聞謹啓

文選卷第三十九

共五十五頁

文選卷第四十九

梁昭明太子撰

文林郎守太子右内率府錄事參軍事崇賢館直學士臣李善注上

史論上

公孫弘傳贊一首　班孟堅

贊曰公孫弘卜式倪寬皆以鴻漸之翼困於燕雀李奇漢書

注云漸進也鴻一舉而進千里者羽翼之材也弘等言
皆以大材初困爲俗所薄若燕雀不知鴻鵠之志
遠迹羊豕之間非遇其時焉能致此位乎漢書曰公孫弘少時家貧
牧豕海上年四十餘乃學春秋武帝初即位召賢良文
學士是時弘年六十徵賢良文學對策拜博士遷丞相
又曰卜式以田畜爲事式以入山牧羊十餘年羊致千
餘頭上拜爲中郎遷御史大夫韋昭漢書注曰遠迹謂
耕牧在遠方也是時漢興六十餘載海內乂安府庫充實而四
夷未賓制度多闕上方欲用文武求之如弗及始以蒲
輪迎枚生見主父而歎息漢書曰武帝爲太子聞枚乘名及即位乘已年老迺以安
車蒲輪徵乘又曰主父偃齊國臨淄人武帝時言九事
其八事爲律令上書闕下朝奏暮召入見謂曰公安在
何相見之晚也羣士慕嚮異人並出卜式拔於芻牧弘羊擢於
賈古豎漢書曰桑弘羊洛陽賈人子衛青奮於奴僕日磾出於降虜

漢書曰衛青其父鄭季與陽信長公主家僮衛媪通生青青姊子夫入宫幸上召青爲建章監侍中又曰金日磾本匈奴休屠王子王降漢後悔昆邪王殺之將其衆降日磾以父不降没入官輸黄門養馬馬肥好上拜爲馬監

斯亦曩時版築飯牛之明已尚書序曰高宗夢得説使百工營求諸野得諸傅巖孟子曰傅説舉於版築之間呂氏春秋曰甯戚飯牛居車下望桓公悲擊牛角而疾歌矣漢之得人於茲爲盛儒雅則公孫洪董仲舒倪寬漢書曰倪寬治尚書爲侍御史上問尚書一篇擢爲中大夫篤行則石建石慶漢書曰石奮長子建次子慶皆以馴行孝謹官至二千石質直則汲黯卜式汲黯已見西征賦漢書曰卜式言郡國不便鹽鐵船有筭可罷推賢則韓安國鄭當時漢書曰韓安國所推舉皆廉士賢於已者於梁舉壺遂臧固至此皆天下名士鄭當時已見西征賦定令則趙禹張湯漢書曰張湯與趙禹共定諸律令又曰趙禹斄人至中大夫斄音部文章則司馬遷相如滑稽

則東方朔枚皐楚辭曰突梯滑稽如脂如韋王逸曰轉免隨俗也漢書曰枚皐字少孺不通經
術談笑類俳倡以故得媟黷應對則嚴助朱買臣漢書曰嚴助爲中大夫與朱買臣並
在左右歷數則唐都落下閎漢書曰造漢太初歷方士唐都巴郡落下閎與焉益部耆
舊傳曰閎字長公巴郡閬中人也明曉天文地理隱於落亭武帝時友人同縣譙隆薦閎待詔太史更作太初
歷拜侍中辭不受風俗通曰姓有落下漢有落下閎協律則李延年漢書曰李延年中山人坐
法腐刑善歌新聲爲協律都尉運籌則桑弘羊漢書曰桑弘羊以心計爲侍中奉使則張
騫蘇武張騫蘇武已見西征賦將帥則衛青霍去病衛青霍去病已見長楊賦
受遺則霍光金日磾漢書曰武帝病篤霍光曰如有不諱誰當嗣者上曰立少子君行周
公之事光讓日磾日磾亦曰臣不如光並受遺詔輔少主其餘不可勝紀是以興造
功業制度遺文後世莫及孝宣承統纂修洪業國語曰祭公謀

父曰時序其德纂修其緒亦講論六藝招選茂異六藝六經也漢書武帝詔曰察吏民茂才異等而蕭望之梁丘賀夏侯勝韋玄成嚴彭祖尹更始以儒術進漢書曰蕭望之修齊詩事同縣后倉又曰梁丘賀字長公從京房受易賀入說上善之以賀為郎至少府又曰夏侯勝從濟南伏生受尚書至長信少府又曰韋賢修詩傳子玄成至丞相又曰嚴彭祖字次公與顏安樂俱事眭孟公羊春秋有顏嚴之學為太子太傅又曰穀梁學有尹更始為諫議大夫劉向王褒以文章顯將相則張安世趙充國魏相邴吉于定國杜延年漢書曰張安世字少孺宣帝即位為大司馬車騎將軍又曰杜延年字幼公為太僕給事中宣帝任信之即奉駕入給事中趙充國于定國已見西征賦治民則黄霸王成龔遂鄭弘召信臣韓延壽尹翁歸趙廣漢嚴延年張敞之屬漢書曰黄霸字次公為揚州刺史宣帝以為潁川太守又曰王成為膠東相政甚有聲宣帝最先褒之又

曰龔遂字少卿宣帝以爲勃海太守人皆富實獄訟止息又曰鄭弘字穉卿爲淮陽相以高第入爲右扶風又曰召信臣字翁卿爲南陽太守吏民親愛號之曰召父又曰韓延壽字長公爲東郡太守吏民敬畏趨鄉之斷獄大減爲天下最又曰尹翁歸字子況拜東海太守東海大治又曰嚴延年字次卿爲涿郡太守道不拾遺趙張已見西征賦皆有功迹見述於後世參其名臣亦其次也

晉紀論晉武帝革命一首　干令升

何法盛晉書曰干寶字令升新蔡人始以尚書郎領國史遷散騎常侍卒撰晉紀起宣帝迄愍五十三年評論切中咸稱善之

史臣曰帝王之興必俟天命尚書曰俟天休命苟有代謝非人事也淮南子曰二者代謝舛馳高誘曰代更也謝次也文質異時興建不同春秋元命苞曰王者一質一文據天地之道也天質而地文又曰正朔三而改文質再而復故古之有

天下者栢皇栗陸以前則爲而不有應而不求執大象也莊子曰獨不知至德之時乎昔者栢皇氏栗陸氏若此之時則至治也淮南子曰天地大矣成而弗有老子曰執大象天下往鴻黃世及以一民也父子相承以一民之心也左氏傳史克曰昔帝鴻氏有不材子杜預曰帝鴻黃帝也禮記曰大人世及以爲禮堯舜内禪體文德也漢魏外禪順大名也謝靈運晉書禪位表曰夫唐虞内禪無兵戈之事故曰文德漢晉外禪有翦伐之事故曰順名以名而言安得不僭稱以爲禪代邪靈運之言似出于此文既詳悉故具引之湯武革命應天人也周易曰湯武革命順乎天而應乎人高光爭伐定功業也漢高祖及光武也仲長子昌言曰高光二祖之神武遇際會以而不能得管子曰禹平治天下及桀而亂之湯放桀以定禹功也湯平治天下及紂而亂之武王伐紂以定湯功也各因其運而天下隨時隨時之義大矣哉周易曰隨元亨隨時之義大矣哉古者敬其事則命

以始今帝王受命而用其終尚書曰月正元日舜格于文祖孔安國曰將即政故至文祖廟告也魏志曰陳留王咸熙二年十二月禪位于晉嗣王左氏傳曰晉侯使大子申生伐東山皐落氏狐突歎曰時事之徵也故敬其事則命以始今命以時卒閟其事也豈人事乎其天意乎

晉紀總論一首　干令升

史臣曰昔高祖宣皇帝以雄才碩量應運而仕范曄後漢書曰陶謙奏記於朱儁曰將軍既文且武應運而出值魏太祖創基之初籌畫軍國嘉謀屢中干寶晉紀曰魏武帝爲丞相命高祖爲文學掾每與謀策畫多善遂服輿軫驅馳三世干寶晉紀曰魏文帝即王位爲丞相長史明帝即位遷驃騎大將軍性深阻有如城府而能寬綽以容納行任數以御物而知人善采拔管子曰聖君任法不任智任數不任說尚書禹曰知人則哲能官人故賢愚咸懷小大

畢力尚書穆王曰小大之臣咸懷忠良東觀漢記太史官曰明主勞神忠臣畢力爾乃取鄧艾於農隙引州泰於行役委以文武各善其事魏志曰鄧艾字士林義陽人也典農綱紀上計吏因使見太尉司馬宣王宣王奇之辟以爲掾遷尚書郎郭頒世語曰初荆州刺史裴潛以州泰爲從事司馬宣王鎮宛潛數遣詣宣王由此爲宣王所知歷兗豫州刺史故能西禽孟達東舉公孫淵干寶晉紀曰新城太守孟達反高祖親征之屠其城斬達魏志曰公孫淵爲遼東太守景初元年徵淵遂發兵逆於遼隧自立爲燕王三年遣司馬宣王征淵斬淵傳首洛陽內夷曹爽外襲王陵干寶晉紀曰高祖與曹爽俱受遺輔政爽橫恣日甚高祖乃奏事永寧宮廢爽兄弟以侯歸第有司奏黃門張當辭道爽反狀遂夷爽三族又曰高祖東襲太尉王陵于壽春初陵以魏主非明帝親生且不明也謀更立楚王彪陵聞軍至面縛請降高祖解縛反服見之送之京都飲藥而死神略獨斷征伐四克楊雄連珠曰兼聽獨斷聖王之法也法言曰湯武桓桓征伐四克維御

群后大權在己春秋孔演圖曰天子執圖諸侯得之大權成屢拒諸葛亮節
制之兵而東支吳人輔車之勢漢書曰齊桓晉文之兵可謂入其域而有節制
矣左氏傳宮之奇曰諺所謂輔車相依脣亡齒寒世宗承基太祖繼業于寶晉紀曰世
宗景皇高祖崩以撫軍大將軍輔政又曰太祖文皇帝母弟也世宗崩進位大將軍錄尚書事輔政軍旅
屢動邊鄙無虧於是百姓與能大象始構矣周易曰人謀鬼謀百
姓與能大象已見上文玄豐亂內欽誕寇外于寶晉紀曰中書令李豐推太常夏侯玄
謀廢大將軍世宗聞之乃遣王羨迎豐至世宗責之豐知禍及遂肆惡言勇士築殺之皆夷三族又曰楊州刺史
文欽自曹爽死後陰懷異志乃矯太后令罪狀世宗世宗自帥中軍討之欽敗得入吳又曰鎮東大將軍諸葛
誕貳于我太祖親率六軍東征拔之斬誕首夷三族也潛謀雖密而在幾必兆淮
浦再擾而許洛不震咸黜異圖用融前烈左氏傳曰咸黜不端尚書

王曰公劉克篤前烈然後推轂鍾鄧長驅庸蜀干寶晉紀曰景元四年大舉伐蜀太祖部分諸軍指授方略使征西將軍鄧艾自狄道攻姜維於沓中使鎮西將軍鍾會自駱谷襲漢中漢書馮唐曰上古王者遣將也跪而推轂曰閫以內寡人制之閫以外將軍制之戰國策曰樂毅輕卒銳兵長驅至齊尚書曰及庸蜀人三關電掃劉禪入臣吳志賀邵曰劉氏據三關之險守重山之固張瑩漢南記曰蜀有陽平江關白水關此爲三關干寶晉紀曰鄧艾進軍城北蜀主劉禪面縛輿櫬詣壘門范曄後漢書閻忠說車騎將軍皇甫嵩曰旬月之間神兵電掃天符人事於是信矣東觀漢記耿純說上曰天時人事已可知矣始當非常之禮終受備物之錫干寶晉紀曰天子命太祖爲晉公九錫之禮又進公爵爲王左氏傳子魚曰備物典策名器崇於周公權制嚴於伊尹至於世祖遂享皇極世祖武帝也尚書考靈耀曰建用皇極宋均曰建立也皇極大中也正位居體重言慎法周易曰君子正位居體也法言曰重言重

行言重則有法行重則有德仁以厚下儉以足用周易曰山附於地剥上以厚下安宅毛詩序曰儉以足用寬以愛民和而不弛寬而能斷論語曰君子和而不同韋昭國語注曰弛廢也尚書曰寛而栗斷猶決也故民詠惟新四海悅勸矣毛詩曰周雖舊邦其命惟新周易曰說以先民民忘其勞說以犯難民忘其死說之大民勸矣哉聿修祖宗之志思輯戰國之苦毛詩曰無念爾祖聿修厥德腹心不同公卿異議而獨納羊祜之策以從善爲衆干寶晉紀曰征南大將軍羊祜來朝上疏云以國家之盛強臨吳之危獘軍不踰時尅可必也上納之而未宣左氏傳欒武子曰善鈞從衆夫善衆之主也從之不亦可乎故至於咸寧之末遂排群議而杖王杜之決干寶晉紀曰咸寧五年龍驤將軍王濬上疏曰吳王荒淫且觀時運宜征伐上將許之賈充荀勗等陳諫以爲不可張華固勸之杜預亦上疏上先納羊祜之謀重以濬預之決乃發詔諸方大舉汎舟三峽介馬桂

陽左氏傳晉飢秦輸之粟命之曰汎舟之役劉淵林蜀都賦注曰三峽巴東永安縣有高山相對民謂之峽左氏傳曰晉郤克與齊侯戰于鞍齊侯不侯介馬而馳之漢書曰有桂陽郡高帝置之役不二時江湘來同干寶晉紀曰咸寧五年十一月命安東將軍王渾龍驤將軍王濬帥巴蜀之卒浮江而下太康元年四月王濬鼓譟入于石頭吳主孫皓面縛輿櫬降于濬毛詩曰淮夷來同也夷吳蜀之壘垣通二方之險塞掩唐虞之舊域班正朔於八荒漢書曰賈捐之曰堯舜之盛也地方不過數千里論語比考讖曰正朔所加莫不歸義甘泉賦曰八荒協兮萬國諧太康之中天下書同文車同軌禮記子曰今天下書同文車同軌牛馬被野餘糧棲畝行旅草舍外閭不閉東觀漢記曰建武十七年商賈重寶單車露宿牛馬放牧道無拾遺淮南子曰昔容成之時置餘糧於畝首蔡邕胡廣碑曰餘糧棲乎畝毛詩曰召伯所茇毛萇曰茇草舍也禮記曰外户不閉謂之大同民相遇者如親其匱乏者

取資於道路禮記孔子曰昔者大道之行也人不獨親其親不獨子其子故于時有天下無窮人之諺莊子孔子曰當堯舜而天下無窮人非知得也當桀紂而天下無通人非知失也雖太平未洽亦足以明吏奉其法民樂其生百代之一時矣東觀漢記詔曰吏安其職民樂其業孝經援神契曰天下歸往人人樂生論語曰百世可知言喻遠也武皇既崩山陵未乾漢書霍禹曰將軍墳墓未乾楊駿被誅母后廢黜干寶晉紀曰永平元年誅太傅楊駿遷太后楊氏于永寧宮策廢爲庶人居於金墉城朝士舊臣夷滅者數十族尋以二公楚王之變干寶晉紀曰太子太傅孟觀知中宮旨因譛二公欲行廢立之事楚王瑋殺太宰汝南王亮太保衛瓘張華以二公既亡楚必專權使董猛言於后遣謁者李雲宣詔免瑋付廷尉瑋以矯詔伏誅宗子無維城之助而閼伯實沈之郤歲構毛詩曰懷德維寧宗子維城左氏傳子産曰昔高辛氏有二子伯曰

閼伯季曰實沈居曠埜不相能日尋干戈以相征討閼伯實沈則參商也師尹無具瞻之貴而顛墜戮辱之禍日有毛詩曰赫赫師尹民具爾瞻至乃易天子以太上之號而有免官之謠臧榮緒晉書曰惠帝永寧二年禪位于趙王倫倫以兵留守衛上號曰太上皇改金墉曰永昌宮中書令繆播云太史案星變事當有免官天子民不見德唯亂是聞左氏傳卜偃曰民不見德唯戮是聞朝爲伊周夕爲桀跖莊子曰施不及三王天下大駭矣下有盜跖上有曾史善惡陷於成敗毀譽胷於勢利於是輕薄干紀之士役姦智以投之如夜蟲之赴火范曄後漢書曰李寶勸劉嘉且觀成敗光武聞告鄧禹曰當是長安輕薄兒誤之耳左氏傳季孫盟臧氏曰無或如臧孫紇干國之紀吕氏春秋曰人主有能明其德者天下之士歸之若蟬之赴明火也內外混淆庶官失才鄭玄毛詩箋曰內謂諸夏也外謂夷狄也尚書曰推賢讓能庶官乃和名實反錯

天綱解紐管子曰循名而案實案實而定名名實相爲情國政迭移於亂人禁
兵外散於四方方岳無鈞石之鎮關門無結草之固漢書
十六兩爲斤三十斤爲鈞四鈞爲石左氏傳曰晉輔氏之役魏顆見老人結草以亢杜回回躓而顛仆李
辰石冰傾之於荊楊干寶晉惠紀曰蜀賊李流攻益州發武勇以西赴益州兵不樂西征
李辰因之誑曜百姓以山都民丘沈爲主石冰應之石冰略楊州楊州刺史蘇峻降劉淵王彌撓
之於青冀干寶晉紀曰劉淵遷離石遂謀亂淵在西河離石攻破諸郡縣自稱王又曰王彌攻東莞
東安二郡復攻青州二十餘年而河洛爲墟戎羯稱制二帝失尊
山陵無所干寶晉懷紀曰賊劉曜入京都百官失守天子蒙塵於平陽又愍紀曰劉曜寇長安劉粲
寇於城下天子蒙塵於平陽矣何哉樹立失權託付非才四維不張而
苟且之政多也管子曰不供祖舊則孝悌不備四維不張國乃滅亡四維一曰禮二曰義三曰

廉四曰聽漢書王嘉上疏曰上下相望莫有苟且之意夫作法於治其弊猶亂作法於亂誰能救之左氏傳曰渾罕曰君子作法於涼其弊猶貪作法於貪弊將若之何故于時天下非暫弱也軍旅非無素也彼劉淵者離石之將兵都尉王彌者青州之散吏也干寶晉武紀曰太康八年詔淵領北部都尉蓋皆弓馬之士驅走之人凡庸之才非有吳先主諸葛孔明之能也新起之寇烏合之衆非吳蜀之敵也曾子曰烏合之衆初雖相歡後必相咋脫耒為兵裂裳為旗非戰國之器也賈誼過秦論曰斬木為兵揭竿為旗自下逆上非鄰國之勢也然而成敗異效擾天下如驅群羊舉二都如拾遺孔安國尚書傳曰擾亂也淮南子曰兵略者乘勢以為資清淨以為常避實就虛若驅群羊此所以言兵者也漢書梅福上書曰高祖舉秦如

鴻毛取如拾遺楚將相侯王連頭受戮乞爲奴僕而猶不獲于寶晉紀曰劉曜入京都殺大將軍吳王晏光禄大夫竟陵王其餘官僚僵尸塗地百不遺一后嬪妃主虜辱於戎卒豈不哀哉孫盛晉陽秋曰劉曜入于京都六宮幽辱征西將軍南陽王模出降以模妃劉氏賜胡張平爲妻夫天下大器也羣生重畜也文子老子曰天下大器也不可執也不可爲也爲者敗之執者失之漢名臣奏陳風對問曰民如六畜在牧養者耳愛惡相攻利害相奪周易曰愛惡相攻而吉凶生情僞相感而利害生六韜曰利害相臻猶循環之無端其勢常也若積水于防燎火於原未嘗暫靜也周禮曰以防止水鄭玄曰偃瀦畜流水之陂尚書曰若火之燎于原器大者不可以小道治勢動者不可以爭競擾古先哲王知其然也是以扞其大患而不有其功禦其大災而不尸其利禮記曰聖王之制祭祀也能禦

（大災則祀之能扞大患則祀之）百姓皆知上德之生已而不謂浚已以生也（左氏傳子產寓書於子西以告宣子曰毋寧使人謂子子實生我而謂子浚我以生乎社預曰浚取也）是以感而應之悅而歸之如晨風之鬱北林龍魚之趣淵澤也（毛詩曰鴥彼晨風鬱彼北林孫卿子曰川淵深而魚鼈歸之刑政平而百姓歸之川淵者龍魚之居也國家者士人之居也）順乎天而享其運應乎人而和其義然後設禮文以治之斷刑罰以威之（孝經曰安上治民莫善於禮毛詩序曰君臣上下動無禮文左氏傳叔向詒子產書曰嚴斷刑罰以威其淫）謹好惡以示之審禍福以喻之（孝經曰示之以好惡而民知禁謝承後漢書曰朱儁上宣國威靈審示禍福）求明察以官之篤慈愛以固之故衆知向方（左氏傳叔向曰猶求聖哲之主明察之官忠信之長慈惠之師禮記曰樂行而人向方）皆樂其生而哀其死（鶡冠子所

誚人者惡死樂生悦其教而安其俗孟子曰萬乘之國行仁政民悦之猶解倒懸也老子曰安其居樂其俗君子勤禮小人盡力趙岐孟子章指曰治身勤禮君子所能家語曰子路治蒲孔子曰此其恭敬以信故其人盡力廉恥篤於家閭邪僻銷於胷懷廉恥己見上注禮記曰惰慢邪僻之氣不設於身體故其民有見危以授命而不求生以害義論語子張曰士見危致命又子曰志士仁人無求生以害仁又況可奮臂大呼聚之以干紀作亂之事乎漢書淮南王安上疏曰陳勝吴廣奮臂大呼天下響應基廣則難傾根深則難拔文子曰人主之有民猶城之有基木之有根根深則本固基厚則上安理節則不亂膠結則不遷是以昔之有天下者所以長久也夫豈無僻主賴道德典刑以維持之也左氏傳韓厥曰三代之令王皆數百年保天之禄夫豈無辟王賴前哲以免也毛詩曰雖無老成人

尚有典刑故延陵季子聽樂以知諸侯存亡之數短長之期者蓋民情風教國家安危之本也左氏傳曰吳公子札來聘請觀於周樂使工爲之歌鄭曰其細已甚民不堪也是其先亡乎爲之歌齊曰表東海者其太公乎國未可量也昔周之興也后稷生於姜嫄而天命昭顯文武之功起於后稷毛詩序曰后稷生於姜嫄文武之功起於后稷故其詩曰思文后稷克配彼天又曰立我蒸民莫匪爾極毛詩周頌文也鄭玄曰周公思先祖之有文德者后稷之功能配天又播殖百穀蒸民乃粒天下無不於汝得其中者言反其性又曰實穎實栗即有部胎家室毛詩大雅文也毛萇曰穎垂穎也鄭玄曰栗成熟也后稷教世種黍稷堯改封於部就其家室無變更也至于公劉遭狄人之亂去部之豳身服厥勞故其詩曰乃裹餱糧于橐託于囊毛詩大雅文毛萇曰小曰橐大曰囊鄭玄曰爲

狄人所迫逐不忍鬬其民裹糧食囊之中棄其餘而去陟則在巘復降在原以處其民毛詩大雅文也毛萇曰巘小山別於大山者也鄭玄曰由原而升巘復下在原言反覆之重民居以至于太王爲戎翟所逼而不忍百姓之命杖策而去之莊子曰太王亶父居豳狄人攻之太王曰與人之兄居而殺其弟與人之父居而殺其子吾不忍也子皆勉居矣因杖策而去故其詩曰來朝走馬帥西水滸至于岐下毛詩大雅文鄭玄曰來朝走馬言其避惡早且疾也循西水涯漆沮側也謂亶父避狄循漆沮之水而至岐下周民從而思之曰仁人不可失也故從之如歸市毛萇詩傳曰古公處豳狄人侵之乃屬其耆老而告之曰吾聞之君子不以其養人而害人二三子何患無君去之踰梁山邑於岐山之下豳人曰仁人之君不可失也從之如歸市居之一年成邑二年成都三年五倍其初新序曰太王亶父止於岐下百姓扶老攜幼隨而歸之一年成邑二年成都三

年五倍其初每勞來而安集之毛詩序曰萬民離散不安其居而能勞來安集之故其詩曰乃慰乃止乃左乃右乃疆乃理乃宣乃畝毛詩大雅文也毛萇曰慰安也人心定乃安隱其居乃左右而處之乃疆理其經界乃時耕其田畝者鄭玄曰時耕曰宣以至于王季能貊其德音毛詩曰維此王季帝度其心貊其德音毛萇曰心能制義曰度貊靜也鄭玄曰德政應和曰貊故其詩曰克明克類克長克君載錫之光毛詩大雅文也左傳曰勤施無私曰類教誨不倦曰長慶賞刑威曰君毛萇曰光大也鄭玄曰載始也始使之顯著也至于文王備修舊德而惟新其命毛詩曰周雖舊邦其命惟新鄭玄曰太王國於周至文王而受命言新者美之也故其詩曰惟此文王小心翼翼昭事上帝聿懷多福毛詩大雅文也鄭玄曰小心翼翼恭順之貌也昭明也聿述也懷思也謂能明事上天又能述思多福由此觀之周家世積忠厚仁及

草木内睦九族外尊事黃耇養老乞言以成其福祿者也毛詩行葦序文而其妃后躬行四教禮記曰古婦人教以婦德婦言婦容婦功鄭玄毛詩箋曰法度莫大於四教尊敬師傅服澣濯之衣脩煩辱之事化天下以婦道毛詩葛覃序也詩曰葛之覃兮毛萇曰葛所以為絺綌女功之事煩辱者也故其詩曰刑于寡妻至于兄弟以御于家邦毛詩大雅文也毛萇曰刑法也鄭玄曰御治也文王以禮法接其妻至于宗族又能為正治於家邦是以漢濱之女守絜白之志中林之士有純一之德毛詩曰漢有游女不可求思鄭玄曰女雖出游漢水之上人無欲求犯禮者亦由貞絜使之然也毛詩曰肅肅兔罝施于中林赳赳武夫公侯腹心鄭玄曰亦言賢故曰文武自天保以上治內采薇以下治外始於憂勤終於逸樂毛詩六月序也鄭玄曰內謂諸夏也外謂夷狄也於是天下三

分有二猶以服事殷諸侯不期而會者八百猶曰天命未至論語孔子曰三分天下有其二以服事殷周之德其可謂至德已矣周書曰武王將渡河不期同時一朝會於武王郊祀下者八百諸侯史記曰武王至於孟津諸侯皆曰帝紂可伐武王曰天命未至也以三聖之智伐獨夫之紂猶正其名敎曰逆取順守保大定功安民和衆琴操曰崇侯譖文王於紂曰西伯昌聖人也長子發中子旦皆聖三聖合謀將不利於君尚書武王曰獨夫受洪惟作威孔安國尚書傳曰湯順天應人逆取順守左氏傳楚子曰夫武禁暴戢兵保大定功安民和衆豐財猶著大武之容曰未盡善也論語孔子曰謂武盡美矣未盡善也及周公遭變陳后稷先公風化之所由致王業之艱難者則皆農夫女工衣食之事也毛詩七月序也故自后稷之始基靜民十五王而文始平之十六王而武始居

之十八王而康克安之國語曰靈王二十二年穀洛鬭王欲壅之太子晉諫曰后稷始基靜民十五王而文始平之十八王而康克安之其難也如是韋昭曰基始也靜安也自后稷播百穀以始安民九十五王世脩其德至文王乃平民受命也十五王謂后稷不窋鞠陶公劉慶節皇僕差弗毁俞公非高圉亞圉公組太王王季文王也十八者加武王成王康王并上十五故其積基樹本經緯禮俗節理人情恤隱民事如此之纒緜也潘元茂九錫文曰經緯禮律王肅家語注曰經緯猶織以成之也國語祭公謀父曰勤恤民隱爰及上代雖文質異時功業不同文質已見上文及其安民立政者其揆一也安民已見上文尚書有立政篇孟子曰先聖後聖其揆一也今晉之典也功烈於百王事捷於三代蓋有為以為之矣禮記孔子曰昔者魯公伯禽有為為之宣景遭多難之時務伐英雄誅庶桀以便事左氏傳司馬侯曰或乃多難尸子曰

便事以立官也以固其國不及脩公劉大王之仁也受遺輔政屢遷廢置故齊王不明不獲思庸於亳魏志曰齊王芳字蘭卿明帝崩即皇帝位大將軍司馬景王廢帝以太后令遣芳歸藩于齊尚書曰太甲既立弗明伊尹放諸桐宮三年復歸于亳思庸也高貴沖人不得復子明辟魏志曰高貴鄉公諱髦字士彥齊王廢即皇帝位魏氏春秋曰帝自出討文王擊戰鼓出雲龍門賈充自外入帝師潰騎督成倅弟濟以矛進帝崩于師尚書曰惟予沖人弗及知又周公曰朕復子明辟二祖逼禪代之期不暇待參分八百之會也二祖景文是其創基立本異於先代者也景福殿賦曰武創元基又加之以朝寡純德之士鄉乏不二之老尚書曰昔君文武則有不二心之臣風俗淫僻恥尚失所學者以莊老為宗而黜六經于寶晉紀劉弘教曰太康以來天下共尚無為貴談莊老少有說事談者以虛薄為

辯而賤名檢王隱晉書曰王衍不治經史唯以莊老虛談惑衆劉謙晉紀應瞻表曰元康以來以儒術清儉爲群俗行身者以放濁爲通而狹節信劉謙晉紀應瞻表曰以宏放爲夷達王隱晉書曰貴遊子弟多祖述於阮籍同禽獸爲通又傳玄上䟽曰魏文慕通達而天下賤守節也進仕者以苟得爲貴而鄙居正鄭玄毛詩箋曰禄仕者苟得禄而已公羊傳曰君子大居正當官者以望空爲高而笑勤恪劉謙晉紀應瞻表曰元康以來望白署空顯以台衡之量尋文謹案目以蘭薰之器是以目三公以蕭杌之稱標上議以虛談之名干寶晉紀云言君上之議虛談也蕭杌未詳劉頌屢言治道傳咸每糺邪正皆謂之俗吏干寶晉紀曰劉頌在朝忠正才經政事武帝重之訪以治道悉心陳奏多所施行又曰尚書郭啓出赴妹葬疾病不辭左丞傳咸糺之尚書弗過王隱晉書傳玄曰論經禮者謂之俗生說法理者名爲俗吏其倚杖虛曠依阿無心者皆名

重海內若夫文王日昃不暇食仲山甫夙夜匪懈者尚書曰文王自朝至于日中側弗皇暇食毛詩曰肅肅王命仲山甫將之夙夜匪懈以事一人蓋共嗤點以爲灰塵而相詬火候反病矣鄭玄毛詩箋曰言時人骨肉無相詬病也說文曰詬恥也由是毀譽亂於善惡之實情慝奔於貨慾之塗選者爲人擇官官者爲身擇利謝承後漢書呂強上䟽曰苟寵所愛私擢所幸不復爲官擇人反爲人擇官也而秉鈞當軸之士身兼官以十數毛詩曰秉國之鈞四方是維桓寬鹽鐵論曰車丞相當軸勳中括囊不言大極其尊小録其要機事之失十恒八九漢書解故曰機事所揔號令攸發胡廣曰機密之事而世族貴戚之子弟陵邁超越不拘資次崇讓論曰非勢家之子率多因資次而進之悠悠風塵皆奔競之士孔安國論語注曰悠悠周流之貌風塵以諭汙辱也晉諸公讚曰人人望

品求奔競者列官千百無讓賢之舉孫卿子曰天子千官諸侯百官史記曰司馬季主曰試官不讓賢子眞著崇讓而莫之省干寶晉紀曰時禮讓未興賢者壅滯少府劉寔著崇讓論孫盛晉陽秋曰劉寔字子眞平原人子雅制九班而不得用王隱晉書曰劉頌字子雅轉吏部尚書爲九班之制裴頠有所駮長虞數直筆而不能糾孫盛晉陽秋曰司隸校尉傅咸勁直正厲果於從政先後彈奏百寮王戎多不見從其婦女莊櫛織紝女金反皆取成於婢僕禮記曰婦事舅姑如事父母鷄初鳴咸盥漱櫛縰笄纖紝見下句未嘗知女工絲枲胥里反之業中饋酒食之事也禮記曰女子十年不出執麻枲治絲繭織紝組紃周易曰在中饋無攸遂毛詩曰乃生女子無非無儀酒食是議先時而婚任情而動故皆不恥淫逸之過不拘妬忌之惡有逆于舅姑有反易剛柔有殺戮妾媵有黷亂上下爾雅曰婦

稱夫之父曰舅稱夫之毋曰姑禮記曰婦將有事大小必請於舅姑又曰男子親迎男先於女剛柔之義也公羊傳曰媵者何諸侯娶一國則二國往媵之以姪娣禮記曰婚禮者上以事宗廟而下以繼後世也尚書說命曰黷于祭祀時謂弗欽父兄弗之罪也天下莫之非也又況責之聞四教於古修貞順於今以輔佐君子者哉四教已見上文列女傳宋鮑女宗曰貞順婦人之至行也毛詩序曰后妃又當輔佐君子求賢審官禮法刑政於此大壞如室斯構而去其鑿契如水斯積而決其隄防呂氏春秋曰若積大水而失其壅隄矣如火斯畜而離其薪燎也國之將亡本必先顛其此之謂乎左氏傳齊仲孫謂齊侯曰臣聞國之將亡本必先顛而後枝葉從之故觀阮籍之行而覺禮教崩弛之所由干寶晉紀曰阮籍宏逸曠達居喪不帥常檢察庾純賈充之事而見師尹之多僻干寶晉紀曰賈充饗

衆官庚純後至充曰君行常居人前今何以在後純曰
有小市井事不了是以後世俗言純乃祖爲五伯又曰
充之先爲市魁故以戲苔考平吳之功知將帥之不讓于寶晉紀曰王渾愧久造
江而王濬先之乃表濬違詔不受己節度濬上書自陳曰惡直醜正實繁有徒欲構南箕成此貝錦思郭
欽之謀而悟戎狄之有釁于寶晉紀御史大夫郭欽上書曰戎狄強獷歷古爲患今
西北郡皆與戎居若百年之後有風塵之警胡騎自平
陽上黨不三日至盟津及平吳之盛出北地西河安定
復上郡置馮翊平陽帝弗聽覽傅玄劉毅之言而得百官之邪于寶晉紀
傅玄上書曰昔魏氏虛無放誕之論盈於朝野使天下
無復清議而亡秦之病復發於今又上顧謂劉毅曰朕
方漢何主對曰桓靈帝曰吾雖不及古賢猶尅己爲治
方之桓靈不亦甚乎對曰桓靈賣官錢入於官陛下賣
官錢入私門以此言殆不若也核傅咸之奏錢神之論而觀寵賂之彰
于寶晉紀司隷校尉傅咸上書曰臣以貨賂流行所宜
深絶又曰魯褒字元道南陽人作錢神論左氏傳曰取

郜大鼎于宋臧哀伯諫曰官之失德寵賂彰也民風國勢如此雖以中庸之才守文之主治之賈誼過秦篇曰陳涉材能不及中庸論語曰中庸之爲德也其至矣乎民鮮久矣何晏曰庸常也中和可常行之德也公羊傳曰繼文王之體守文王之法度何休曰引文王者文王始受命制度也辛有必見之於祭祀季札必得之於聲樂左氏傳曰初平王之東遷也辛有適伊川見被髮而祭於野者曰不及百年此其戎乎其禮先亡矣又曰季札來聘請觀樂使工爲之歌陳曰國無主其能久乎范燮必爲之請死賈誼必爲之痛哭左氏傳曰范燮反自鄢陵之役使其祝宗祈死曰君無禮而克敵天益其疾矣愛我者唯祝使我速死無及於難范氏之福也漢書賈誼上疏曰可爲痛哭者一也又況我惠帝以蕩蕩之德臨之哉惠帝已見西征賦毛詩曰蕩蕩上帝下民之辟故賈后肆虐於六宮韓午助亂於外內其所由來者漸矣豈特繫一婦人之惡乎

于寶晉紀曰賈庶人既死初武帝爲太子取后在宮不恭遜而甚妬忌有孕者輒殺于戈以手戟擿之子隨刃墜又曰韓壽妻賈午寔始助亂懷帝承亂之後得位羈於彊臣于寶晉懷紀曰太傅東海王越總兵輔政愍帝奔播之後徒廁其虛名于寶晉紀曰洛京傾覆秦王業避難密南趣許潁豫州刺史閻鼎以天下無主有輔立之計天下之政既已去矣非命世之雄不能取之矣孟子曰五百年必有王者興其間必有名世者廣雅曰命名也然懷帝初載嘉禾生于南昌徐廣晉紀曰太康五年八月嘉禾生南昌九月懷帝生毛詩曰文王初載天作之合載猶生也望氣者又云豫章有天子氣于寶晉紀曰初望氣者言豫章廣陵有天子氣及國家多難宗室迭興毛詩曰維予小子未堪家多難史記太史公曰遞興遞廢能者用事以愍懷之正淮南之壯成都之功長沙之權皆卒於傾覆王隱晉書曰愍懷太子遹立爲皇太子賈后無子妬害滋

甚廢太子為庶人送太子于許昌宮之別坊矯詔使小黄門孫慮害太子趙王倫酖殺賈后帝詔謚適為愍懷皇太子又曰武皇帝男允字欽度封淮南王領中護軍孫秀既害石崇等以懼允允遂進圍相府相國趙王倫閉門允兵四勝陷破無前倫息度僞云有詔助淮南王王下車受詔遂害允又曰穎字章度封成都王拜越屯騎校尉趙王倫篡位穎謀舉義兵迎天子倫死後廢太子覃立穎為皇太弟張方廢穎歸藩遣田徽殺之於鄴又曰乂字士度封長沙王拜步兵校尉齊王冏相攻冏敗縛至上前乂叱左右斬之河間王顒欲廢太子立成都王欲先誅乂出征連戰王敗走遂誅之而懷帝以豫章王登天位于寶晉惠紀曰詔豫章王熾為皇太弟皇帝崩太子即位崩謚曰孝懷皇帝尚書曰天位艱哉劉向之讖云滅亡之後有少如水名者得之起事者據秦川西南乃得其朋案愍帝蓋秦王之子也得位於長安長安固秦地也于寶晉懷紀曰關中建秦王業為皇太子本吳孝王之子出為秦獻王後皇帝崩大子即位于長安崩謚曰愍皇帝

而西以南陽王為右丞相東以琅邪王為左丞相干寶晉紀

愍帝詔琅邪王叡曰今以王為侍中左丞相督陝東諸軍事右丞相南陽王督陝右諸軍事臧榮緒晉書曰南陽王保字景度太尉模世子或以南陽王為秦王非也上諱業故改鄴為臨漳漳

水名也由此推之亦有徵祥而皇極不建禍辱及身皇極

已見上文豈上帝臨我而貳其心毛詩曰上帝臨汝無貳爾心將由人能

弘道非道弘人者乎淳耀之烈未渝故大命重集于中

宗元皇帝晉中興書曰中宗元皇帝諱睿字景文嗣為琅邪王愍帝崩于平陽即皇帝位國語史伯曰

黎為高辛氏火正以淳耀敦大光照四海之成天地之大功者其子孫未嘗不章韋昭曰淳大也耀明也

後漢書皇后紀論一首　范蔚宗

夏殷以上后妃之制其文略矣周禮王者立后三夫人

九嬪二十七世婦八十一女御以備内職焉后正位宮闈同體天王夫人坐論婦禮九嬪掌教四德世婦主知喪祭賓客女御序于王之燕寢頌官分務各有典司禮記曰舜葬於蒼梧之野蓋二妃未之從也鄭玄曰帝嚳立四妃以象后妃四星其一明者爲正妃餘三小者次妃也帝堯因焉至舜不告而娶不立正妃但立二妃而已夏后氏增以三三而九合十二人春秋說云天子娶十二即夏制也以虞夏及周制差之則殷人又增以三九二十七合三十九人周人上法帝嚳立正妃又三九二十七爲八十一以增之合百二十一人其位后也夫人也婦也嬪也女御也五者相參以定尊卑周禮曰九嬪掌婦學之法教九御婦德婦言婦容婦功各帥其屬而以時御敘于王所世婦掌祭祀賓客喪紀之事女御書敘于王之燕寢以歲時獻功事女史掌王后之禮職掌内治之貳以詔后治内政也女史彤管記功書過毛詩曰靜女其孌貽我彤管毛萇曰古者后夫人必有女史彤管之法女史不記其過其

罪殺之居有保阿之訓動有環珮之響列女傳曰齊孝孟姬者華氏之長女齊孝公之夫人也孝公遊於琅邪華姬從後車奔姬墮車碎孝公使駟馬載姬以歸姬曰妾聞妃后踰閾必乘安車輜軿下堂必從傅母保阿進退則鳴玉珮環今立車無軿非敢受命也曹大家曰玉環珮珮玉有環進賢才以輔佐君子哀窈窕而不淫其色毛詩序曰關雎樂得淑女以配君子憂在進賢不淫其色哀窈窕思賢才所以能述宣陰化脩成內則魏文帝典論曰欲納二女充備六宮佐宣陰教聿脩古義文禮記有內則篇閨房肅雍險謁不行者也毛詩序曰王姬猶執婦道以成肅雍之德又曰后妃內有進賢之志而無險詖私謁之心故康王晚朝關雎作諷宣后晏起姜氏請愆列女傳曰曲沃負謂其子如耳曰周之康王晏出朝關雎預見虞貞節曰其夫人晏出故作關雎之歌以感誡之列女傳曰姜后者齊侯之女宣王之后也宣王嘗夜卧而晏起后夫人不出於房姜后既出乃脫簪珥待罪於永巷曰妾不才妾之淫心見

矣至使君王失禮而晏朝及周室東遷禮序凋缺諸侯僭縱軌制無章史記曰平王東徙雒邑周室微諸侯以強并弱齊桓有如夫人者六人左氏傳曰齊侯之夫人三王姬徐嬴蔡姬皆無子齊侯好內多寵內嬖如夫人者六人長衛姬生武孟少衛姬生惠公鄭姬生孝公葛嬴生昭公密姬生懿公宋華子生公子雍公與管仲屬孝公於宋襄公以為太子雍巫有寵於衛恭姬因寺人貂以薦羞於公亦有寵也公許之立武孟管仲卒五公子皆求立齊桓公卒易牙入與貂因寵以殺群吏而立公子無虧孝公奔宋晉獻升戎女為元妃左氏傳曰初晉侯欲以驪姬為夫人卜之不吉筮之吉公曰從筮立之生奚齊其娣生卓子及將立奚齊既與中大夫成謀姬謂太子曰君夢齊姜必速祭之太子祭于曲沃歸胙于公公田姬寘諸宮六日公至毒而獻之公祭之地地墳與犬犬斃與小臣小臣亦斃姬泣曰賊由太子太子奔新城自縊而死終於五子作亂冢嗣遘屯五子齊武孟等冢嗣晉太子也爰逮戰國風憲愈薄適情任欲顛倒衣裳

毛詩曰綠兮衣兮綠衣黃裳鄭玄曰今衣黑而黃裳諭亂嫡妾之禮也以至破國亡身不可勝數斯固輕禮弛防先色後德者也秦并天下多自驕大官備七國爵列八品當秦之時凡有七國秦并其六國故內職皆備置之而爵列八品焉漢書曰漢興因秦之稱號正嫡稱皇后妾皆稱夫人又有美人良人八子長使少使之號焉漢興因循其號而婦制莫釐孔安國尚書傳曰釐理也力之切高祖帷薄不修孝文衽席無辨漢書曰高祖得戚姬愛幸常從呂后年長常留守希見大戴禮曰古者大臣坐汚穢淫亂男女无別者不曰汚穢曰帷薄不修漢書孝文竇皇后景帝母也上幸上林皇后愼夫人從其在禁中常同坐桓子新論曰文帝愼夫人與皇后同席以亂尊卑鄭玄周禮注曰衽席單席然而選納尚簡飾玩華少自武元之後世增淫費至乃掖庭三千增級十四班固漢書贊曰漢興因秦之稱號至武帝制婕妤元帝加昭儀之號凡十四

等妖倖毁政之符外姻亂邦之迹前史載之詳矣及光武中興斵雕爲朴漢書班固曰漢興破觚爲圜斵雕爲朴六宮稱號惟皇后貴人金印紫綬俸不過粟數十斛又置美人宮人采女三等並無爵秩歲時賞賜充給而已漢法常因八月筭民遣中大夫與掖庭丞及相工於洛陽鄉中閱視良家童女年十三以上二十以下姿色端麗合法相者載還後宮擇視可否乃用登御所以明慎聘納詳求淑哲應劭風俗通曰采女案采者擇也以歲八月雒陽民遣中大夫與掖庭丞相工閱視童女年十三以上二十以下長壯妖絜有法相者載入後宮明帝聿遵先旨宮教頗修登建嬪后必先令德內無出閫之言權無私溺之授可謂矯其弊

矣（禮記曰外言不入於閫內言不出於閫）向使因設外戚之禁編著甲令（如淳漢書注曰甲令者前帝第一令）改正后妃之制貽厥方來豈不休哉（毛詩曰貽厥孫謀）雖御己有度而防閑未篤（毛詩序曰魯桓公不能防閑文姜）故孝章以下漸用色授（范曄後漢書曰肅宗孝章皇帝諱炟顯宗第五子也炟丁達反）恩隆好合遂忘淄蠹自古雖主幼時艱王家多釁必委成冢宰簡求忠貞未有專任婦人斷割重器（重器神器也）唯秦芈太后始攝政事故穰侯權重於昭王家富於嬴國（史記曰秦武王取魏女爲后無子立異母弟爲昭襄王襄王母楚人姓芈氏號宣太后又曰穰侯之富富於王家魏人范雎說秦昭王言穰侯擅權於諸侯）漢仍其謬知患莫改東京皇統屢絕權歸女主外立者四帝臨朝者六后（范曄後漢書曰孝安

皇帝諱祐父清河孝王慶殤帝崩鄧太后與兄騭定策禁中立之又曰安帝崩閻太后與兄顯立濟北惠王子北鄉侯懿又曰桓帝諱志父蠡吾侯質帝崩梁太后與兄冀立之又曰靈帝諱宏父萇解瀆亭侯桓帝崩竇太后與父武立之又曰章德竇皇后和帝即位太后臨朝和熹鄧皇后立殤帝太后臨朝安思閻皇后立少帝太后臨朝順烈梁皇后立沖帝太后臨朝桓思竇皇后立靈帝太后臨朝曹節等遷太后於南宮雲臺家屬徙北景又曰靈思何皇后帝崩皇子辯即位太后臨朝董卓遷於永安宮莫不定策帷帟委事父兄貪孩童以久其政抑明賢以專其威任重道悠利深禍速身犯霧露於雲臺之上家纓縲紲於圄犴岸之下范曄後漢書謝弼上封事曰竇太后幽隔空宮如有霧露之疾陛下何面目以見天下論語子曰公冶長可妻也雖在縲紲之中非其罪也毛詩曰宜犴宜獄湮滅連踵傾輈繼路運命論曰前鑒不遠覆車繼軌王隱晉書曰劉徹商貨繼路而赴蹈不息燋爛為期嵇康與山巨源

五百九十三　文四十九　三三　刘中

書曰禽鹿長而見羈則赴蹈湯火表嵇後漢書朱穆上䟽曰養魚沸鼎之中棲鳥烈火之上用之不時必見燋爛也終於陵夷大運淪亡神寶漢書張釋之曰秦陵夷至于二世天下土崩史記作陵遲漢書哀帝詔曰尚書曰考終命言大運一終也詩書所歎略同一揆毛詩曰赫赫宗周褒姒滅之毛萇曰滅滅也尚書曰古人有言牝雞之晨惟家之索故考列行迹以爲皇后本紀雖成敗事異而同居正號者並列于篇其以恩私追尊非當世所奉者則隨他事附出親屬別事各依列傳其餘無所見則係之此紀以續西京外戚云爾私恩謂桓順外立即位以私恩尊其母后似此者則隨他事附出不同此篇

文選卷第四十九

文選卷第五十

梁昭明太子撰

文林郎守太子右内率府録事參軍事崇賢館直學士臣李善注上

史論下

史述贊

述成紀贊一首
述韓彭英盧吳傳贊一首
范蔚宗後漢書光武紀贊一首

史論下

後漢書二十八將傳論一首　范蔚宗

論曰中興二十八將前世以爲上應二十八宿未之詳也中興謂漢有王莽篡位後光武復興爲中興也天有二十八宿將以輔君治化者也然咸能感會風雲奮其智勇周易曰雲從龍風從虎史記太史公曰相如其處智勇可謂兼之稱爲佐命亦各志能之士也李陵書曰其餘佐命立功之士議者多非光武不以功臣任職至使英姿茂績委而勿用謝承後漢書序曰中

徒播英姿磊落潘岳楊肇誄曰茂績惟嘉然原夫深圖遠筭固將有以爲爾

若乃王道既衰降及霸德猶能授受惟庸勳賢兼序如管隰之迭升桓世先趙之同列文朝可謂兼通矣左氏傳寺人披曰齊桓公置射鉤而使管仲相又曰齊桓衛姬之子有寵於僖公有鮑叔牙隰朋以爲輔佐又曰晉蒐于被廬命趙衰爲卿讓於先軫杜預曰先軫晉下軍之佐原軫也降自秦漢世資戰力至於翼扶王室茲實武人屈起亦有鬻繒盜狗輕猾之徒漢書曰灌嬰雎陽販繒者也高祖爲沛公以中涓從後剖符食潁陰至丞相又曰樊噲沛人也以屠狗爲事高祖爲沛公以舍人從後封舞陽侯或崇以連城之賞或任以阿衡之地班固漢書贊曰藩國大者跨州兼郡連城數十毛詩曰寶惟阿衡左右商王毛萇曰阿衡伊尹也故勢疑則隙生力侔則亂起蕭樊且猶縲紲信越終見葅戮不其

然乎李陵書曰昔蕭樊囚執韓彭葅醢自茲以降訖于孝武宰輔五世莫非公侯遂使縉紳道塞賢能蔽壅司馬相如封禪書曰因雜縉紳先生之略術臣瓚曰縉赤色紳大帶也朝有世及之私下多抱關之怨禮記曰大人世及以為禮漢書曰蕭望之署小苑東門候王仲翁謂望之曰不肯碌碌反抱關為其懷道無聞委身草莽者亦何可勝言論語陽貨謂孔子曰懷其寶而迷其邦淮南子曰今至人生於亂世含德懷道而死者衆天下莫知貴其不言也故光武鑒前事之違存矯枉之志班固漢書贊曰漢興懲強秦之敗大啓九國可謂矯枉過其正也雖寇鄧之高勳耿賈之鴻烈分土不過大縣數四所加特進朝請而已范曄後漢書曰寇恂字子翼封雍奴侯邑萬戶為執金吾鄧禹字仲華為大司徒封高密侯食邑四縣耿弇字伯昭封好畤侯食二縣以列侯奉朝請賈復字君文封膠東侯食六縣以列侯加位特進蔡邕獨斷

曰諸侯功德優盛朝廷所異者賜位特進位在三公下孟康漢書注曰律春曰朝秋曰請觀其治平論語子曰臨政課職責咎辭所謂導之以法齊之以刑者乎導之以政齊之以刑民免而無恥若格之功臣其傷已甚何者直繩則虧喪恩舊撓情則違廢禁典范曄後漢書第五倫上疏曰臣愚以爲貴戚可封侯以富之不當職事以任之何者繩以法則傷恩私以親則違憲選德則功不必厚舉勞則人或未賢參任則群心難塞並列則其弊未遠言選德棄功參差雜用即怨望必多故云難塞若論功棄德並列於朝即蒞戮相仍故云未遠不得不校其勝否即事相權言尊功而不尊德此功權於德任德而不任功此德權於功漢書曰量資幣權輕重於是有母權子而行有子權母而行章昭曰重爲母輕爲子衡平也故高秩厚禮允答元功峻文深憲責成吏職漢書曰翟方進爲相峻文深詆中傷者尤多建

武之世建武光武年號侯者百數若夫數公者則與參國議分均休咎其餘並優以寬科完其封祿莫不終以功名延慶于後范曄後漢書郎顗上疏曰攘災延慶號令天下昔留侯以爲高祖悉用蕭曹故人郭伋亦議南陽多顯鄭興又戒功臣專任漢書曰上望見諸將往往數人偶語上曰此何語張良曰此謀反耳陛下起布衣與此屬取天下已爲天子而所封皆蕭曹故人所誅者皆平生仇怨故相聚謀反耳范曄後漢書曰光武以郭伋爲并州牧過京師謝恩帝即引見伋因言選補衆職當簡天下賢俊不宜專用南陽人帝納之又曰鄭興字少贛河南人徵爲太中大夫上疏曰道路流言咸曰朝廷欲用功臣功臣用則人位謬矣夫崇恩偏授易啓私溺之失至公均被必廣招賢之路意者不其然乎班固漢書引曰崇恩德以撫海内仲長子昌言曰人主臨之以至公求平中顯宗追感前世功臣顯宗明帝

乃圖畫二十八將於南宮雲臺其外又有王常李通竇融卓茂范曄後漢書曰王常字顏卿潁川人封山桑侯拜爲橫野大將軍位次與諸將絕席又曰李通字次元南陽人封固始侯拜大司空又曰竇融字周公扶風人封安豐侯爲衛尉又曰卓茂字子康南陽人爲密令世祖即位以茂爲太傅合三十二人故依本第係之篇末以志功次云爾

宦者傳論一首　范蔚宗

宦者養也養閹人使其看宮人此是小臣後漢用之尊重故集爲傳論

易曰天垂象聖人則之宦者四星在皇位之側仲長子昌言曰天文宦者四星在帝座傍而周禮有其官職故周禮置官亦備其數閹者守中門之禁周禮曰閹人掌守王宮中之門禁鄭玄曰中門於外內爲中寺侍人掌女

宮之戒周禮曰寺人掌王之内人及女宮之戒令又去王之正内者五人周禮曰寺人王之正内五人鄭玄曰正内路寢也月令仲冬閹尹審門閭謹房室禮記文也鄭玄曰閹尹主領閹豎之官也於周則爲内宰掌治王之内政宮令誡出入及開閉之屬也重閉外内門詩之小雅亦有巷伯刺讒之篇毛詩小雅曰巷伯刺幽王也寺人傷於讒而作是詩也毛萇曰巷伯内小臣也然宦人之在王朝者其來舊矣將以其體非全氣情志專良通關中人易以役養乎老子曰未知牝牡之合而全作王弼曰作長也無物以損其身故全長也漢書曰元帝以石顯久典事中人無外黨精專可信任遂委以政應劭漢官儀曰掖庭後宮所處中宮謂諸中人然而後世因之才任稍廣其能者則勃貂管蘇有功於楚晉左氏傳曰呂郤畏偪焚公宮而殺晉侯寺人披請見公見之以難告又曰晉侯問原守於寺人勃鞮對曰昔趙衰以壺飧從徑餒而弗食故使處原

杜預曰勃鞮披也史記以勃鞮爲履貂上新序曰楚恭王有疾告諸大夫曰管蘇犯我以義違我以禮與處不安不見不思然而有德焉吾死之後爵之於朝申侯順吾所欲行吾所樂與處則安不見則思然未嘗有得焉必速遣之

景監繆賢著庸於秦趙 史記曰商鞅入秦因孝公寵臣景監以求見又曰藺相如爲趙宦者令繆賢舍人趙求人使報秦者未得宦者令繆賢曰臣舍人藺相如可使

及其弊也豎刁亂齊伊戾禍宋 左氏傳曰齊桓公卒易牙入與寺人貂因內寵以殺群吏而立公子無虧孝公奔宋杜預曰寺人內閹官豎刁也史記曰豎貂爲豎刁並音凋左氏傳曰楚客聘於晉過宋太子知之請野享之公使往伊戾請從至則爲坎用牲加書僞之而聘告平公曰太子將爲亂既與楚客盟矣公使視之則信有焉太子死 公徐聞其罪乃烹伊戾

漢興仍襲秦制置中常侍官然亦引用士人以參其選皆銀璫左貂給事殿省 范曄後漢書朱穆曰案漢故事中常侍或用士人建武以後乃悉用宦者假貂璫之飾任常伯之職

及高后稱制

乃以張卿爲大謁者出入卧内受宣詔令漢書高后紀曰太后臨朝
稱制蔡邕曰天子命令之別二曰制書然制非皇后所
行故曰稱也漢書劉澤傳田生求事呂氏所幸大謁者
張釋卿如淳曰奄人也呂后紀云張釋劉澤傳又曰張
卿然則張釋字子卿今漢書或爲釋卿誤也仲長子昌
言曰宦豎傳近房卧之内交錯婦人之間文帝時有趙談北宫伯子頗見親
幸漢書曰孝文時宦者則趙談北宫伯子至於孝武亦愛李延年漢書曰孝武時宦者
李延年帝數宴後庭或潛遊離館故請奏機事多以宦人
主之漢書曰蕭望之以武帝遊燕後庭故用宦者非國
舊制仲長子昌言曰至於武皇遊燕後庭置中書
之官領受軍事漢官解故曰機事
所揔號令攸發胡廣曰機密之事元帝之世史游爲黄
門令勤心納忠有所補益漢書曰急就一篇元帝黄門令史游作董巴輿服志曰禁
門曰黄闥中人主之其後弘恭石顯以佞險自進卒有蕭周之禍

損穢帝德焉漢書曰前將軍蕭望之及光祿大夫周堪建議以為宜罷中書官官應古不近刑人由是大與石顯忤後皆害焉望之自殺堪廢錮不得復進用中興之初宦官悉用閹人不復雜調他士如淳漢書注曰調選也至永平中始置員數中常侍四人小黃門十人和帝即祚幼弱而竇憲兄弟專總權威范曄後漢書曰孝和皇帝諱肇肅宗子也年十歲竇太后詔曰竇憲朕之元兄當以舊典輔斯職焉內外臣僚莫由親接所與居者唯閹官而已故鄭衆得專謀禁中終除大憝徒對反史記曰景帝居禁中如淳漢書注曰省中本為禁中蔡邕曰禁中者門戶有禁非侍御不得入故曰禁中尚書曰元惡大憝遂享分土之封超登宮卿之位於是中官始盛焉范曄後漢書曰鄭衆字季產南陽人和帝初竇憲圖作不軌衆遂首謀誅之以功遷大長秋封鄛鄉侯自明帝以後迄乎延平范曄後漢

書曰安帝年號延平委用漸大而其資稍增中常侍至有十人小黃門亦二十人改以金璫右貂兼領卿署之職鄧后以女主臨政而萬機殷遠和熹鄧后已見皇后紀論朝臣圖議無由參斷帷幄稱制下令不出房闈之間不得不委用刑人寄之國命范曄後漢書朱穆曰自和熹太后以女主稱制不接公卿乃以閹人爲常侍小黃門通命兩宮手握王爵口含天憲范曄後漢書諫議大夫劉陶上疏訟朱穆曰今權宦傾擅朝室手握王爵口含天憲非所以崇尊顯之高業守和平之隆祚非復掖庭永巷之職閨牖房闈之任也漢書曰掖庭八丞又曰永巷宮皆取其領事之號或曰永巷則曰永巷僕射其後孫程定立順之功曹騰參建桓之策范曄後漢書曰孫程字稚卿涿郡人安帝時爲中黃門時江京等廢皇太子爲濟陰王明年帝崩立北鄉侯爲天子十月北鄉侯疾篤程謂濟

陰王謂者長興渠曰王以嫡統遂至廢黜若北鄉不起共斬江京事乃可成渠然之北鄉薨程與十八人謀於西鍾下皆截衣爲誓斬江京迎濟陰王立之是爲順帝封程浮陽侯又曰順帝諱保安帝之子又曰曹騰遷中常侍桓帝立騰以定策封費亭侯大長秋

續以五侯合謀梁冀受鉞范曄後漢書曰單超河南人徐璜下邳人貝瑗魏郡人左悺河南人唐衡潁川人桓帝呼超悺入室謂曰梁將軍兄弟專國今欲誅之於常侍意如何超等對曰誠國姦賊當誅日久五人遂定其議帝齧超臂出血爲盟於是詔收冀悉誅之超封新豐侯璜武原侯瑗東武侯悺上蔡侯衡汝陽侯五人同日封故俗謂之五侯

迹因公正恩固主心故中外服從上下屏氣屏氣言恐懼也論語曰屏氣似不息者范曄後漢書曰陽球既誅王甫權門聞之莫不屏氣

或稱伊霍之勲無謝於往載伊尹霍光或謂良平之畫復興於當今張良陳平雖時有忠公而競見排斥舉動回山海呼吸變霜露阿旨曲求則寵光

三族直情忤意則參夷五宗漢之綱紀大亂矣陳琳檄曰所愛光五宗所惡滅三族若夫高冠長劒紆朱懷金者布滿宮闈枚乘兎園賦曰高冠扁焉長劒閒焉法言曰或問使我紆朱懷金其樂不可量也李軌曰朱紱也苴子余茅分虎南面臣民者蓋以十數尚書緯曰天子社東方青南方赤西方白北方黑上冒以黄土封諸侯各取方土苴以白茅以為社漢舊儀曰郡分銅虎符三府署第館基列於都鄙子弟支附過半於州國南金和寶冰紈霧縠之積盈仞珍藏毛詩曰元龜象齒大賂南金韓子曰楚人和氏得玉璞於楚山之中奉而獻之王使玉人理其璞而得寶焉漢書曰齊地織作冰紈臣瓚曰紈之細密如堅冰也子虛賦雜纖羅垂霧縠嬙媛侍兒歌童舞女之玩充備綺室左氏傳子西曰今聞夫差宿有妃嬙嬪御焉杜預曰妃嬙貴者也嬙音牆漢書曰初袁盎為吳相時從史盜私盎侍兒文穎曰婢也仲長子昌言曰爲音樂則歌

兒舞女于背而迭起左氏傳晏子謂齊侯曰高臺深池撞鍾舞女狗馬飾彫文土木被緹繡漢書東方朔曰土木衣綺繡狗馬被繢罽佞倖傳曰董賢起大第闕下土木之功窮極伎巧柱檻衣以綈錦皆剝割萌黎競恣奢欲搆害明賢專樹黨類其有更相援引希附權彊者皆腐身薰子以自衒達班固漢書曰司馬遷述曰嗚呼史遷薰胥以行刑韋昭曰古者腐刑必薰合之同弊相濟故其徒有繁潘元茂九錫文曰同惡相濟尚書曰簡賢附勢實繁有徒敗國蠹政之事不可殫書所以海内嗟毒志士窮棲韋昭國語注曰山居曰棲寇劇緣間搖亂區夏劉騊駼與李子堅書曰下車負乘劇賊未禽韓詩曰讒言緣間而起雖忠良懷憤時或奮發而言出禍從旋見孥戮尚書曰予則孥戮汝因復大考鉤黨轉相誣染東觀漢記曰靈帝時故大僕杜密故長樂少府李膺各爲鉤黨尚書曰下本州考治

時上年十三問諸常侍曰何鉤黨諸常侍對曰鉤黨人卽黨人也卽可其奏凡稱善士莫不罹被災毒桓子新論曰居家循理鄉里和順出入恭敬言語謹遜謂之善士竇武何進位崇戚近乘九服之囂怨協群英之勢力周書曰乃辨九服之國謝承後漢書曰黃向對策以爲群英之表而以疑留不斷至於殄敗斯亦運之極乎范曄後漢書曰竇武字游平扶風人也女立爲皇后武爲大將軍謀誅中官曹節等矯詔將兵誅武又曰何進字遂高南陽人也女弟立爲皇后爲大將軍靈帝崩袁紹說進令誅中官謀泄張讓趙忠等因進入省共殺進應劭風俗通曰秦因愚弱之極運雖袁紹龔行芟夷無餘范曄後漢書曰袁紹勒兵斬趙忠捕宦官無少長悉斬之張讓投河而死尚書曰今予恭行天之罰左氏傳君子曰周任有言爲國家者見惡如農夫之務去草焉芟夷蘊崇之絕其本根勿使能殖然以暴易亂亦何云及史記伯夷歌曰登彼西山兮言采其薇以暴易亂兮不知其非自曹騰說梁冀

音立昏弱曹騰梁冀已見上文昏弱謂桓帝也魏武因之遂遷龜鼎魏武曹操也龜鼎國之守器以喻帝位也尚書曰寧王遺我大寶龜紹天明即命左氏傳王孫滿曰桀有昏德鼎遷於商商紂暴虐鼎遷於周所謂君以此始必以此終信乎其然矣左氏傳曰晉荀林父及楚子戰於邲楚子見左廣將從之乘屈蕩尸之曰君以此始必以此終

逸民傳論一首何晏論語注曰逸民言節行超逸　范蔚宗

易稱遯之時義大矣哉易曰艮下乾上遯彖曰遯之時義大矣哉孔子曰遯逃也謂去代不求利是其大也又曰不事王侯高尚其事周易蠱卦上九爻辭是以堯稱則天而不屈穎陽之高論語子曰唯天爲大唯堯則之呂氏春秋曰昔堯朝許由於沛澤之中請屬天下於夫子許由遂之穎水之陽武盡美矣終全孤竹之絜論語曰子謂武盡美矣未盡善也史記伯夷叔齊孤竹君之子也武王已平殷亂天下宗周而伯夷叔齊恥之義不

食周粟隱於首陽山自兹以降風流彌繁琴賦曰體制風流莫不相襲長往之
軌未殊而感致之數匪一西征賦曰悟山潛之逸士卓長往而不返或隱居
以求其志或迴避以全其道論語孔子曰隱居以求其志行義以達其道又曰賢
者避世其次避地或靜己以鎮其躁或去危以圖其安言或靜默隱居
以鎮心之躁競或去彼危難以謀己之安全也或垢俗以動其槩或疵物以激
其清言或垢穢時俗以動其槩或疵點萬物以發其清槩猶操也然觀其甘心畎畒
之中憔悴江海之上莊子曰舜以天下讓其友北人無擇北人無擇曰異哉后之為人也
居於畎畒之中而遊堯舜之門不若是而已又曰就藪澤處閑曠此江海之士避世之人也閑暇者之所好也
豈必親魚鳥樂林草哉亦云介性所至而已世說簡文入華林園
顧謂左右曰覺鳥獸禽魚自來親人爾故蒙恥之賓屢黜不去其國列女傳曰

柳下惠死妻誄之曰蒙恥救民德彌大兮雖遇三黜終不弊兮蹈海之節千乘莫移其情史記曰魯仲連謂新垣衍曰秦即爲帝則連蹈東海死耳又曰魯連下聊城田單歸而欲爵之魯連逃隱於海上適使矯易去就則不能相爲矣論語曰長沮桀溺耦而耕孔子過之使子路問津焉桀溺曰與從避人之士豈若從避世之士哉子路行以告夫子曰天下有道丘不與易也漢書賈誼上書曰胡越之人雖死不相爲者教習然也彼雖硜硜有類沽名者論語曰子擊磬於衛有荷蕢而過孔氏之門者曰有心哉擊磬乎既而曰鄙哉硜硜乎莫己知也已又子貢曰有美玉於斯韞櫝而藏諸求善價而沽諸孔子曰沽之哉沽之哉我待價者也然而蟬蛻稅囂埃之中自致寰區之外淮南子曰蟬飲而不食三十日而蛻異夫飾智巧以逐浮利者乎淮南子曰古之人同氣于天地與一世而優遊及僞之生飾智以驚愚設詐以巧上荀卿有言曰志意修則驕富貴道義重則輕王公也荀卿子曰志意

修則驕冨貴矣道義重則輕王公矣内省則外物輕矣漢室中微王莽簒位士之蘊藉慈夜義憤甚矣東觀漢記曰桓榮温恭有蘊藉明經義文穎曰謂寛博有餘也是時裂冠毀冕相攜持而去之者蓋不可勝數范曄後漢書曰胡剛清高有志節值王莽居攝解其衣冠縣府門而去遂亡命交趾隱於屠肆之間左氏傳王使詹桓伯辭於晉侯曰伯父若裂冠毀冕拔本塞源毛詩序曰百姓莫不相攜持而去焉揚雄曰鴻飛冥冥弋人何慕焉言其違患之遠也法言曰鴻飛冥冥弋人何慕焉宋衷曰簒取也鴻高飛冥冥薄天雖有弋人執矰繳何所施巧而取焉喻賢者深居亦不罹暴亂之害今簒或為慕誤也光武側席幽人求之若不及國語越王夫人去笄側席而坐韋昭曰側猶特也禮憂者側席而坐班固漢書公孫弘賛曰上方欲用文武求之如不及旌帛蒲車之所徵賁彼義相望於巖中矣言招士或旌以帛也漢書曰武帝以枚乘年老乃以安車蒲輪徵乘周易曰賁于丘園束

帛戔戔若薛方逢步江萌聘而不肯至漢書曰薛方字子容王莽以安車迎方方因使者辭謝曰堯舜在上下有巢許今明主方隆唐虞之德亦猶小臣欲守箕山之節也使者以聞莽說其言不強致也世祖即位徵方於道病卒范曄後漢書曰逢萌字子康北海人也王莽殺其子宇萌將家屬入海客於遼東光武即位徵萌託以老耄迷路東西語使者曰朝廷所以徵我者以其有益於政尚不知方面所在安能濟時乎即便駕歸連徵不起以壽終嚴光周黨王霸至而不能屈范曄後漢書曰嚴光一名遵會稽人與光武同遊學及光武即位聘之三反而後至舍於北軍車駕即日幸其館光卧不起帝即其卧所撫光腹曰咄咄子陵不可相助為政邪又眠不應良久乃張目熟視曰昔唐堯著德巢父洗耳士故有志何至相迫乎又曰周黨字伯況太原人建武中徵為議郎以病去職遂將妻子居于黽池後復徵不得已乃著短布單衣穀皮綃頭待見尚書及光武引見黨伏而不謁自陳願守所志帝乃許焉又曰王霸字仲儒太原人建武中徵到尚書拜稱名不稱臣有司問其故霸曰天子有所不臣諸侯有所不友以病歸隱居守

志羣方咸遂志士懷仁「郭象莊子注曰一方得而羣方失論語子曰志士仁人無求生以害仁禮記曰君子有禮故物無不懷仁」斯固所謂舉逸人則天下歸心者乎「論語子曰舉逸人天下之人歸心焉」肅宗亦禮鄭均而徵高鳳以成其節「范曄後漢書曰肅宗孝章皇帝諱炟顯宗第五子又曰鄭均字仲虞東平任城人建初六年公車特徵再遷尚書數納忠言肅宗敬重之以疾乞骸骨又曰高鳳字文通南陽人建初中將作大匠任隗舉鳳直言到公車託病逃歸隱身漁釣終於家」自後帝德稍衰邪孽當朝處子耿介與卿相等列「束廣微補亡詩曰堂堂處子楚辭曰獨耿介而不隨俗」至乃抗憤而不顧多失其中行焉「論語子曰不得中行而與之必也狂狷乎」蓋録其絶塵不及同夫作者列之此篇「莊子顏回問於仲尼曰夫子步亦步夫子趨亦趨夫子馳亦馳奔逸絶塵而瞠乎若後耳司馬彪曰言不可及也論語子曰作者七人包咸曰七人謂長沮桀溺丈人石門荷

賁儀封人楚狂接輿

宋書謝靈運傳論一首　沈休文

沈休文修宋書百卷見靈運是文士遂于傳下作此書說文之利害辭之是非

史臣曰民稟天地之靈含五常之德剛柔迭用喜慍分情漢書曰夫人肖天地之貌懷五常之性聰明精粹有生之最靈者也應劭曰肖類也頭圓象天足方象地又曰凡民函五常之性而剛柔不同史記曰況懷五常含好惡鄭玄禮記注曰五常五行也孔安國尚書傳曰五行之德王者相承以取法禮記曰何謂七情喜怒哀懼愛惡欲夫志動於中則歌詠外發毛詩序曰情動於中而形於言嗟歎之不足故永歌之又曰情發於聲聲成文謂之音六義所因四始攸繫升降謳謠紛披風什毛詩序曰詩有六義焉一曰風二曰賦三曰比四曰興五曰雅六曰頌又曰是謂四始詩之至也毛詩題曰鹿鳴之什說者云詩每十篇同卷故曰什也雖虞夏以前遺文不覩虞書有帝

庸作歌夏書有五子之歌巳前不見歌文稟氣懷靈理或無異古猛虎行曰稟氣有豐約受形有短長然則歌詠所興宜自生民始也周室既衰風流彌著幽厲之時多有諷刺在下祖習如風之散如水之流故曰彌著屈平宋玉導清源於前賈誼相如振芳塵於後孫卿子曰君子養源源清則流清陸機大暑賦曰播芳塵之馥馥英辭潤金石高義薄雲天仲長子昌言曰英辭雨下吳越春秋樂師謂越王曰君王德可刻之於金石淮南子曰夫道潤乎草木浸乎金石法言曰或問屈原相如之賦孰愈曰原也過以浮如也過以虛過浮者蹈雲天過虛者華無根然原上援稽古下引鳥獸其著意子雲長卿亮不可及自茲以降情志愈廣王襃劉向揚班崔蔡之徒范曄後漢書曰崔駰年十三能通百家言善屬文與班固傅毅同時齊名又曰蔡邕少博學好辭章揚揚子雲班班孟堅異軌同奔遞相師祖禮記曰仲尼祖述堯舜雖清辭麗曲時發乎篇

而蕪音累氣固亦多矣（賈逵國語注曰蕪穢也累猶負也）若夫平子艷發文以情變絕唱高蹤久無嗣響（平子張衡字也）至于建安曹氏基命三祖陳王咸蓄盛藻（續晉陽秋曰及至建安而詩章大盛尚書曰王如不敢及天基命定命建安獻帝年號魏志曰明帝青龍四年有司奏武皇帝為魏太祖文皇帝為魏高祖明皇帝為魏烈祖也）甫乃以情緯文以文被質（鄭玄周禮注曰甫始也言始將情意以緯於文）自漢至魏四百餘年辭人才子文體三變相如工為形似之言二班長於情理之說（二班叔皮孟堅也）子建仲宣以氣質為體並標能擅美獨映當時是以一世之士各相慕習源其飈流所始莫不同祖風騷（續晉陽秋曰自司馬相如王褒揚雄諸賢代尚詩賦皆體則風騷詩揔百家之言飇流即風流已見上文廣雅曰祖法也）徒以賞好異

情故意製相詭說文曰詭變也降及元康潘陸特秀元康晉惠帝年號也律異班賈體變曹王縟續晉陽秋曰逮乎西朝之末潘陸之徒有文質而宗師不異旨星稠繁文綺合論衡曰德彌盛者文彌縟又曰或能陳得失奏便宜應經傳文如星月若谷子雲唐子高者並爲高第漢書宣帝曰辭賦譬如女工有綺縠也綴平臺之逸響采南皮之高韻漢書曰梁孝王廣治睢陽城爲複道自宮連屬於平臺三十餘里招延四方豪傑逸響謂司馬相如之文南皮魏文帝所遊也高韻謂應徐之文也遺風餘烈事極江右史記曰宣王法文武遺風春秋元命苞曰文王積善所潤之餘烈江右西晉也在晉中興玄風獨扇爲學窮於柱下博物止乎七篇續晉陽秋曰正始中王弼何晏好莊子玄勝之談而俗遂貴焉老子爲柱下史莊子內篇其數有七馳騁文辭義殫乎此自建武曁于義熙歷載將百建武晉愍帝年號義熙晉安帝年號雖比響聯辭波屬

雲委荅賓戲曰馳辨如濤波仲長統昌言曰妙句雲布孝經鉤命決曰雲委霧散殊錯沈浮莫不寄言上德託意玄珠孫綽子曰莊子多寄言渾沌得宗罔象得珠老子德經曰上德不德是以有德莊子曰黃帝遊乎赤水之北登乎崑崙之丘而南還歸遺其玄珠郭象曰此明得真之所由遒麗之辭無聞焉爾孫綽集序曰綽文藻遒麗公羊傳曰紀子伯者何無聞焉爾仲文始革孫許之風叔源大變太元之氣仲文殷仲文也續晉陽秋曰許詢有才藻善屬文詢及太原孫綽轉相祖尚又加以三世之辭而風騷之體盡矣詢綽並為一時文宗自此作者悉化之至義熙中謝混始改之叔源混字也太元晉武帝年號爰逮宋氏顔謝騰聲靈運之興會摽舉延年之體裁明密興會情興所會也鄭玄周禮注曰興者託事於物也體裁制也謝承後漢書曰魏朗為河內太守明密法令也並方軌前秀垂範後昆尚書曰垂裕後昆若夫敷衽論心商搉前藻楚辭曰跪敷衽以陳辭陸機樂

府篇曰商推爲此歌工拙之數如有可言夫五色相宣八音協暢文賦曰暨音聲之迭代若五色之相宣由乎玄黃律呂各適物宜周易曰象其物宜是故謂之象欲使宮羽相變低昂舛節若前有浮聲則後須切響一簡之內音韻盡殊兩句之中輕重悉異妙達此旨始可言文至於先士茂製諷高歷賞言諷詠之者咸以爲高歷載辭人所共傳賞子建函京之作仲宣灞岸之篇曹子建贈丁儀王粲詩曰從軍度函谷驅馬過西京王仲宣七哀詩云南登霸陵岸回首望長安子荆零雨之章正長朔風之句孫子荆陟陽候詩曰晨風飄岐路零雨被秋草王正長雜詩曰朔風動秋草邊馬有歸心並直舉胷情非傍詩史正以音律調韻取高前式自靈均以來多歷年代靈均屈原字也尚書周公曰殷禮陟配天多歷年所雖文體稍

精而此秘未覩至於高言妙句音韻天成皆暗與理合匪由思至張蔡曹王曾無先覺（論語曰抑亦先覺者是賢乎）潘陸顔謝去之彌遠世之知音者有以得之此言非謬如曰不然請待來哲（西征賦曰如其禮樂以俟來哲）

恩倖傳論一首　沈休文

（約言當時遇幸會者即得好官又以晉宋之間皆取門戶不任才能故作此論）

夫君子小人類物之通稱蹈道則爲君子違之則爲小人（莊子曰天下盡殉也彼其所殉仁義也則俗謂之君子其所殉貨財也則俗謂之小人）屠釣卑事也版築賤役也太公起爲周師傅說去爲殷相（尉繚子曰太公屠牛朝歌史記曰太公望呂尚以漁釣奸周西伯戰國策范雎謂秦王曰呂尚之遇文王立爲太師尚書

曰高宗夢得說乃審厥象俾以形旁求於天下說築傅巖之野惟肖爰立作相非論公侯之世鼎食之資家語曰子路南遊於楚列鼎而食明敭幽仄唯才是與尚書曰明明敭仄陋逮于二漢茲道未革胡廣累世農夫伯始致位公相黃憲牛醫之子叔度名動京師范曄後漢書曰胡廣字伯始南陽人六世祖剛值王莽居攝亡命交趾莽敗乃歸鄉里廣少孤貧法雄察廣孝廉試以章奏為天下第一旬月拜尚書郎凡一履司空再作司徒三登太尉又曰黃憲字叔度南陽人世貧賤父為牛醫同郡陳蕃臨朝而歎曰叔度若在吾不敢先佩印綬漢書曰鄭子真名震乎京師且士子居朝咸有職業雖七葉珥貂見崇西漢左太沖詠史詩曰金張藉舊業七葉珥漢貂而侍中身奉奏事又分掌御服應劭漢書注曰入侍天子故曰侍中晉令曰侍中除書表奏皆掌署之應劭漢官儀曰侍中出則佩璽抱劒東方朔為黃門侍郎執戟殿下漢書曰東方

胡初爲常侍郎後奏泰階之事拜爲太中大夫給事中
嘗醉小遺殿上詔免爲庶人復爲中郎百官表郎中令
屬官中有郎比六百石侍郎比四百石又黃門有給事
黃門漢官儀云給事黃門侍郎位次侍中給事中故曰
給事黃門然侍郎黃門侍郎二官全別沈以爲同誤也
荅客難曰官不過侍郎位不過執戟非黃門侍郎明矣

郡縣掾吏並出豪家負戈宿衛皆由勢族掾吏卑位負戈賤役豪家世族咸亦爲之言無貴賤之異也子虛賦曰幸得宿衛十有餘年非若晚代分爲二塗者也二塗謂士庶也言仕子不居賤職庶族不涉清階漢末喪亂魏武始基國語曰后稷始基靖民尚書曰太王肇基王迹軍中倉卒權立九品蓋以論人才優劣非謂世族高卑列子曰子華之門徒皆世族也因此相沿遂爲成法自魏至晉莫之能改言魏晉二朝咸遵魏武之法州都郡正以才品人傅子曰魏司空陳群始立九品之制郡置中正平人才之高下各爲輩目州置州都而摠其義而

舉世人才外降蓋寡徒以憑藉世資用相陵駕人才不甚懸殊故因世資以成貴也都正俗士斟酌時宜品目少多隨事俯仰言法壞之漸也都正既皆俗士不能校其材藝乃隨時斟酌定其品差劉毅所云下品無高門上品無賤族者也臧榮緒晉書曰劉毅爲尚書左僕射上疏陳九品之弊曰上品無寒門下品無勢族言勢族之人不居下品寒門之子不居上班歲月遷訛斯風漸篤凡厥衣冠莫非二品言衣冠之族皆居二品之中自此以還遂成卑庶衣冠以外皆同下科周漢之道以智役愚臺隸參差用成等級左氏傳曰人有十等輿臣隸隸臣僚僚臣僕僕臣臺魏晉以來以貴役賤士庶之科較古學然有辨太玄經曰君子之道較然見矣夫人君南面九重奧烏到絕楚詞曰豈不鬱陶而思君兮君之門以九重陪奉朝夕義隔卿士堦闥之任

宜有司存論語曾子曰籩豆之事則有司存旣而恩以狎生信由恩固爾雅曰狎習也無可憚之姿有易親之色孝建泰始主威獨運沈約宋書曰孝建武帝年號泰始明帝年號空置百司權不外假而刑政糺雜理難遍通耳目所寄事歸近習禮記月令曰仲冬省婦事無得淫雖有貴戚近習無有不禁鄭玄曰貴戚姑姊妹也近習天子所親幸也賞罰之要是謂國權出納王命由其掌握於是方塗結軌輻湊同奔莊子曰車軌結乎千里之外文子曰羣臣輻湊張湛曰如衆輻之集於轂人主謂其身卑位薄以爲權不得重曾不知鼠憑社貴狐藉虎威晏子春秋景公問晏子曰理國亦有常乎對曰讒佞之人隱在君側猶社鼠不熏也去此乃治矣戰國策荊宣王問群臣曰吾聞北方之畏昭奚恤也何如群臣莫對江乙對曰虎求百獸而食之得狐狐曰子無敢食我天帝命我長百獸今子食我是逆天命

子以我爲不信吾爲子先行子隨我後觀百獸之畏我虎不知百獸之畏己而走也以爲畏狐也今王之地方五千里帶甲百萬而專屬之於昭奚恤故北方之畏虎畏昭奚恤其實畏王之甲兵也猶百獸之畏虎外無逼主之嫌内有專用之功勢傾天下未之或悟挾朋樹黨政以賄成左氏傳曰襄十年王朝卿士王叔陳生與伯輿爭政大夫瑕禽曰今自王叔之相也政以賄成鈇鉞瘡痏搢於𣶒第側里之曲西京賦曰所惡成瘡痏左氏傳趙孟曰𣶒第之言不踰閾杜預曰第簀也服冕乘軒出於言笑之下左氏傳衛太子謂渾良夫曰服冕乘軒三死無與南金北毳來悉方艚祖刀素縑丹魄至皆兼兩音亮北毳貆貂之屬艚舩也丹魄虎魄也色赤故曰丹孔安國尚書傳曰車稱兩西京許史蓋不足云晉朝王石未或能比漢書孝宣許皇后元帝母元帝封外祖父廣漢爲平恩侯又曰史良娣宣帝祖母也兄恭宣帝立恭巳死封恭長子高爲樂陵侯王隱晉書曰王愷字君夫世祖舅自以外戚晉氏

政寬又性至豪險又曰石崇貪而好利富擬王者及太宗晚運慮經盛衰沈約宋書曰明帝廟號太宗法言曰聖人之法未嘗不關盛衰焉權倖之徒慴憚丁達宗戚欲使幼主孤立永竊國權六代論曰君孤立於上臣弄權於下搆造同異興樹禍隙帝弟宗王相繼屠勦尚書曰天用勦絶其命孔安國曰勦截也截絶謂滅之也民忘宋德雖非一塗寶祚夙傾實由於此寶祚猶寶命也嗚呼漢書有恩澤侯表又有佞倖傳今采其名列以為恩倖篇云

史述贊三首　班孟堅

述高紀第一

皇矣漢祖纂堯之緒漢書曰劉向頌高祖云漢帝本系出自唐帝降及于周在秦作

劉爾雅曰纂繼也寔天生德聰明神武項岱曰聽於無聞曰聰照臨四方曰明以內知外曰神彪定禍亂鬬土斥疆曰武論語子曰天生德於予周易曰古之聰明叡智神武而不殺者夫秦人不綱網漏于楚項岱曰秦重斂殘人天下叛之故言人耳綱以喻網網無綱無所成故漏也言秦人不能整其綱維令網目漏也於楚謂陳涉支而不能誅故高祖因而起爰茲發迹斷蛇奮旅神母告符朱旗乃舉漢書曰高祖夜經澤中有大蛇當徑拔劒斬蛇蛇分為兩後人來至蛇所有一嫗夜哭曰吾子白帝子化為蛇令者赤帝子斬之又曰高祖立為沛公旗幟皆赤粤于歟蹈秦郊嬰來稽首元年冬十月沛公至霸上秦王子嬰素車白馬降于軹道革命創制三章是紀周易曰湯武革命順乎天而應乎人漢書曰高祖謂秦父老曰與父老約法三章耳殺人者死傷人及盜抵罪應劭曰抵至也除秦酷政但至於罪應天順民五星同晷晷光景也應劭曰東井秦之分野五星所在其下以義取天下之象也項氏畔換

黜我巴漢漢書曰項羽背約更立沛公爲漢王王巴蜀漢中韋昭曰畔換跋扈也西土宅心戰士憤怨尚書曰逷矣西土之人又曰惟克厥宅心郭璞三蒼解詁曰西土謂長安也乘疊而運席卷三秦左氏傳士會謂晉侯曰會聞用師觀釁而動春秋握誠圖曰諸侯水散席卷各爭恣志漢書曰韓信陳三秦易并之計應劭曰章邯爲雍王司馬欣爲塞王董翳爲翟王分王秦地故曰三秦割據河山保此懷民保安也懷歸也言漢據河山之固民懷歸者能保又之漢書田肯賀上曰秦帶河阻山懸隔千里尚書曰黎民懷之股肱蕭曹社稷是經蕭何曹參也禮記衛獻公曰有柳莊者非寡人之臣社稷之臣爪牙信布腹心良平韓信英布張良陳平也毛詩曰予王之爪牙又曰赳赳武夫公侯腹心恭行天罰赫赫明明恭行已見上文毛詩曰赫赫明明王命卿士

述成紀第十

孝成皇皇臨朝有光 項岱曰皇皇華色盛也 威儀之盛如珪如璋 項岱曰珪璋王之妙好雕鏤者毛詩曰顒顒昂昂如珪如璋 閻閻恣趙朝政在王 閻闈閻門之內也門內恣趙昭儀姊妹以元舅侍中封陽平侯王鳳爲大將軍領尚書事 炎炎燎火光允不陽 項岱曰允信也內損於飛鷰外見壅於王鳳等信不得陽也張晏曰天子之威盛若燎火之陽今委政王氏不亦熾乎

述韓英彭盧吳傳第四

信惟餓隷布實黥徒 漢書曰韓信家貧從下鄉南昌亭長寄食亭長苦之乃晨炊蓐食食時往不爲具食信知之自絕去又曰黥布姓英少時客相之當刑而王及坐法黥欣然笑曰人相我當刑而王幾是乎 越亦狗盜芮尹江湖 漢書曰彭越嘗漁鉅野澤中爲盜沛公攻昌邑越助之說苑曰管仲故城陰之狗盜漢書曰吳芮秦時鄱陽令也甚得江湖間心號曰鄱君音義曰尹正也 雲

起龍驤化爲侯王割有齊楚跨制淮梁韓信初爲齊王後楚王黥布爲淮南王彭越爲梁王綰自同閈胡旦鎮我北疆應劭曰閈音扞南楚汝沛名里門曰閈綰爲燕王故曰北疆德薄位尊非祚惟殃周易曰德薄而位尊智小而謀大左氏傳舟之僑曰無德而祿殃也吳克忠信胤嗣乃長漢書曰芮爲長沙王薨子忠嗣自芮後傳位五世無子國除

後漢書光武紀賛一首　范蔚宗

賛曰炎政中微大盜移國東觀漢記序曰漢以炎精布耀中微謂平世衰也魯靈光殿賦序曰遭漢中微盜賊奔突九縣飆回三精霧塞三精日月星也孝經援神契曰天地至貴精不兩明宋均曰天精爲日地精爲月河圖曰巛德布精上爲衆星民厭淫詐神思反德世祖誕命靈貺自甄尚書曰我文考誕膺天命春秋元命苞曰通三靈之貺交錯同端鄭玄尚書緯

注曰甄表也沈機先物深略緯文說文曰機主發之機也周書曰經緯天地曰文矣
尋邑百萬貔虎爲群長轂雷野高旗彗蘇沒雲漢書曰劉聖公爲天
子以光武爲偏將軍徇昆陽光武令王常留守光武出收兵王莽遣大司徒王尋大司空王邑將兵百萬旌旗
輜車千里不絕又驅諸猛獸虎豹犀象之屬以助威武圍城數重光武遂進尋邑亦遣兵合戰光武奔之斬首
數千級光武乃與敢死士三千人衝中堅尋邑陣亂遂殺王尋鬻子曰紂虎旅百萬穀梁傳曰長轂五百乘范
寗曰長轂兵車也東都主人曰戈鋋彗雲英威既振新都自焚漢書曰莽封爲新都侯又
曰更始兵到城中少年子弟自燒室門呼曰反虜王莽何不出降莽避火宣室火輒隨之虔劉庸代
紛紜梁趙范曄後漢書曰梁王劉永擅命睢陽又曰公孫述稱王王巴蜀又曰卜者王郎爲天子都
邯鄲又曰彭寵自立爲燕王代卭燕也三河未澄四關重擾三河洛陽也四關長安也
范曄後漢書曰赤眉賊入函谷關敗更始光武乃遣鄧禹引兵西乘更始赤眉之亂時更始大司馬朱鮪等屯

洛陽光武令馮異守孟津以拒之神旌乃顧遞行天討金湯失險車書共道鹽鐵論曰秦金城千里氾勝之書曰神農之教雖石城湯池無粟者不能守也禮記子曰今天下車同軌書同文靈慶既啓人謀咸贊靈慶謂天符也易繫辭曰人謀鬼謀百姓與能王弼曰人謀謂衆議西都賓曰天啓之心人惎之謀明明廟謨赳赳雄斷廟謨廟筭也揚雄連珠曰兼聰獨斷聖王之法也於烏赫有命系我皇漢毛詩曰有命自天蔡邕獨斷曰光武以再命復漢之祚

文選卷第五十

共四十三頁

文選卷第五十一

梁昭明太子撰

文林郎守太子右内率府録事參軍事崇賢館直學士臣李善注上

論一

賈誼過秦論一首

東方朔非有先生論一首

王褒四子講德論一首

過秦論一首漢書應劭曰賈誼書第一篇名也言秦之過　賈誼

秦孝公據殽函之固擁雍州之地韋昭曰殽謂二殽函函谷關也史記張良曰關中左殽函右隴蜀君臣固守以窺周室有席卷天下包舉宇

內春秋握誠圖曰諸侯冰散席卷各爭恣妄囊括四海之意并吞八荒之心張晏曰括結囊也言能苞含天下也周易曰括囊無咎無譽當是時也商君佐之內立法度務耕織修守戰之具外連衡而鬭諸侯戰國策蘇秦說秦王曰始將連橫高誘曰合關東從通之於秦故曰連橫文穎曰關西為橫衡音橫於是秦人拱手而取西河之外李斯上書曰孝公用商鞅之法獲楚魏之師舉地千里孝公既沒惠文武昭史記曰孝公卒子惠文王立卒子武王立卒立異母弟是曰昭襄王也蒙故業因遺策南取漢中西舉巴蜀東割膏腴之地收要害之郡李斯上書曰惠王用張儀之計西并巴蜀南取漢中東據成皐之險割膏腴之壤諸侯恐懼會盟而謀弱秦不愛珍器重寶肥饒之地以致天下之士合從締交相與為一文穎曰關東為從張晏曰締連結也

徒切帝當此之時齊有孟嘗趙有平原楚有春申魏有信陵史記曰平原君趙勝者趙之諸公子也又曰孟嘗君者名文姓田氏又曰春申君者楚人也名歇姓黃氏又曰魏公子無忌者魏安釐王弟也爲信陵君此四君者皆明智而忠信寬厚而愛人尊賢而重士約從離橫言諸侯結約爲從欲以分離秦橫也兼韓魏燕趙宋衛中山之衆於是六國之士有甯越徐尚蘇秦杜赫之屬爲之謀呂氏春秋曰齊攻廩丘趙使孔青將而救之與齊人戰大敗齊人得尸三萬以爲二京甯越謂孔青曰惜矣不如歸尸以內攻之彼得尸而府庫盡於葬此之謂內攻之甯越趙人也徐尚未詳蘇秦已見上文呂氏春秋曰杜赫以安天下說周昭文君昭文君謂杜赫曰願學所以安周高誘曰杜赫周人也齊明周最陳軫召滑樓緩翟亭的景蘇厲樂毅之徒通其意戰國策東周齊明謂東周君曰臣恐西周之與楚韓寶令之爲己求地於東周也高

誘曰齊明東周臣也戰國策曰齊令周最使鄭立韓擾而廢公叔周最患之高誘曰周最周君之子也仕於齊故齊使之也字林曰最才勾切戰國策秦王謂陳軫曰吾聞子欲去秦而之楚信乎軫曰然高誘曰陳軫夏人仕秦亦仕楚也韓子于象謂楚王曰前時王使召滑之越五年而能成之史記范蠉對楚王曰王前嘗用召滑而郡江東召音劭滑音依字戰國策曰秦王伐楚魏王不欲樓緩謂魏王曰不與秦攻楚楚且與秦攻王王不如令秦楚戰王交制之高誘曰樓緩魏相也翟景未詳史記曰蘇秦之弟厲因燕子而求見齊王齊王怨蘇秦欲囚蘇厲燕子爲謝遂委質爲齊臣又曰樂毅賢而好兵爲魏昭王使於燕燕昭王以客禮待之樂毅遂委質爲臣燕昭王以爲亞卿也

吳起孫臏帶佗兒良王廖田忌廉頗趙奢之倫制其兵

史記曰吳起衛人也聞魏文侯賢事魏文侯以爲將又曰孫臏生阿甄之間臏亦孫武之後也田忌進孫子於齊威王帶佗未詳佗徒何切呂氏春秋曰王廖貴先兒良貴後此二人者皆天下之豪士也兒五兮切廖力彫切戰國策曰韓魏之君朝田侯鄒忌爲齊相田忌爲將使田忌伐魏三戰三勝高誘

曰田侯宣王也史記曰廉頗趙之良將也趙惠文王廉頗爲趙將伐齊大破之又曰趙奢者趙之田部吏也秦伐韓趙王令趙奢將而救之嘗以十倍之地百萬之衆叩關而攻秦孔安國論語注曰叩擊也叩或爲仰言秦地高故曰仰攻之秦人開關而延敵九國之師逡巡而不敢進九國謂齊楚韓魏燕趙宋衛中山也史記曰逡巡遁逃秦無亡矢遺鏃之費而天下諸侯已困矣李巡爾雅注曰鏃以金爲箭鏑也於是從散約解爭割地而賂秦秦有餘力而制其弊追亡逐北伏尸百萬流血漂櫓音魯韋昭曰大楯曰櫓左氏傳曰狄虒彌建大車之輪以爲櫓因利乘便宰割天下分裂河山彊國請伏弱國入朝施及孝文王莊襄王享國之日淺國家無事史記曰昭襄王卒子孝文王立卒子莊襄王立公羊傳曰桓公之享國也長何休曰享食也及至始皇奮六世

之餘烈張晏曰孝公惠文王武王昭王孝文王莊襄王振長策而御宇內吞二
周而亡諸侯以馬喻也說文曰振舉也史記曰始皇滅二周置三川郡履至尊而制
六合執敲扑浦木以鞭笞天下臣瓚以為短曰敲長曰扑說文曰敲擊也枯交切
威振四海南取百越之地以為桂林象郡漢書音義曰百越非一種若今
言百蠻也史記曰始皇略取陸梁地為桂林象郡韋昭曰桂林今鬱林象郡今日南也百越之君俛
首係計頸委命下吏乃使蒙恬北築長城而守藩籬卻
匈奴七百餘里胡人不敢南下而牧馬士不敢彎弓而
報怨於是廢先王之道燔百家之言以愚黔首史記李斯曰請
廢博士官所職天下敢有藏詩書百家語者詣守尉雜燒之又曰秦更名民曰黔首墮名城殺豪
俊應劭曰壞城恐復阻以為己害收天下之兵聚之咸陽銷鋒鏑鑄以為

金人十二以弱天下之民 如淳曰鍉箭足也鄧展曰鍉是扞頭鐵也史記曰始皇收天下兵聚之咸陽以銷鋒鍉爲鍾鐻金人十二重各千石置宮庭中鍉音的鍉或爲鏑鐻音巨 然後踐華爲城因河爲池 服虔曰斷華山爲城美大之也晉灼曰踐登也 據億丈之城臨不測之谿以爲固良將勁弩守要害之處信臣精卒陳利兵而誰何 誰何問之也漢書有誰何卒如淳曰何謂何官也廣雅曰何問也 天下已定始皇之心自以爲關中之固金城千里 金城言堅也史記張良曰關中所謂金城千里天府之國也 子孫帝王萬世之業 史記秦始皇曰朕爲始皇帝後世以計數二世三世至于萬世傳之無窮 始皇既沒餘威震于殊俗然而陳涉甕牖繩樞之子 陳涉已見鄒陽上書禮記曰儒有蓬户甕牖韋昭曰繩樞以繩扃户爲樞也 甿隸之人 如淳曰甿古氓字氓人也 而遷徙之徒也材能不及

中庸方言曰庸賤稱也言不及中等庸人也非有仲尼墨翟之賢陶朱猗頓之富史記曰范蠡之陶爲朱公以爲陶天下之中皆諸侯四通貨物所交易也乃治産積十九年之間三致千金孔叢子曰猗頓魯之窮士也耕則常飢桑則常寒聞朱公富往而問術焉公告之曰子欲速富當畜五牸乃適河東大畜牛羊于猗氏之南其滋息不可計以興富猗氏故曰猗頓也躡足行伍之間俛起阡陌之中如淳曰躡音疊音義曰俛音免如淳曰時皆卑屈在阡陌之中率罷散之卒將數百之衆轉而攻秦斬木爲兵揭竿爲旗埤蒼曰揭高舉也巨列切莊子曰揭竿求諸海也天下雲集而響應贏糧而景從莊子曰今使民曰某所有賢者贏糧而趣之方言曰贏擔也音盈山東豪俊遂並起而亡秦族矣且夫天下非小弱也雍州之地殽函之固自若也陳涉之位非尊於齊楚燕趙韓魏宋衛中山之君

也鉏櫌棘矜巨巾非銛息鹽於鉤戟長鎩所介也孟康曰櫌鉏柄也張晏曰矜音槿爾雅曰棘戟也言鉏柄及戟槿也櫌音憂槿巨巾切如淳曰鉤戟似矛刃下有鐵橫上鉤曲也說文曰鎩鈹有鐔也讁戍之衆非抗於九國之師也通俗文曰罰罪曰讁丈厄切深謀遠慮行軍用兵之道非及曩時之士也史記曰賢人深謀於廊廟論語曰人無遠慮必有近憂然而成敗異變功業相反試使山東之國與陳涉度長絜大比權量力則不可同年而語矣莊子曰大樹其絜百圍司馬彪曰絜帀也下結切然秦以區區之地致萬乘之權招八州而朝同列百有餘年矣鄧展曰招猶舉也蘇林曰招音翹然後以六合爲家殽函爲宮一夫作難而七廟墮身死人手爲天下笑者何也春秋考異郵曰君殺妻誅爲天下笑仁義不施而攻

守之勢異也

非有先生論　東方曼倩班固漢書曰東方朔字曼倩平原厭次人武帝即位言得失又設非有先生論

非有先生仕於吳進不能稱往古以廣主意退不能揚君美以顯其功默然無言者三年矣吳王怪而問之曰寡人獲先人之功寄于衆賢之上夙興夜寐未嘗敢怠也今先生率然高舉遠集吳地率然輕舉之皃將以輔治寡人誠竊嘉之體不安席食不甘味目不視靡曼之色耳不聽鐘鼓之音虛心定志欲聞流議者三年於茲矣呂氏春秋曰越王欲致必死於吳身不安枕席口不甘厚味目不視靡曼耳不聽鐘鼓三年苦身勞力高誘曰靡曼好色也流議猶餘論也今先生進無以輔治退不揚主譽竊爲先生

不取也蓋懷能而不見是不忠也見而不行主不明也意者寡人殆不明乎非有先生伏而唯唯吳王曰可以談矣寡人將竦意而聽焉先生曰於戲可乎哉可乎哉（於戲歎辭也於音烏戲音呼可乎哉言不可也）談何容易（言談說之道何容輕易乎）夫談者有悖（蒲忽）於目而佛於耳謬於心而便於身者（韓子曰聖人之救危國以忠佛耳字書曰佛違也佛扶勿切）或有說於目順於耳快於心而毀於行者非有明王聖主孰能聽之矣吳王曰何爲其然也中人以上可以語上也（論語孔子曰中人以上可以語上也中人以下不可以語上也）先生試言寡人將覽焉先生對曰昔關龍逢深諫於桀而王子比干直言於紂（尸子曰義必利雖桀殺關龍逢紂殺王子比干猶謂之必利也）

此二臣者皆極慮盡忠閔主滛不下流而萬民騷動故直言其失切諫其邪者將以爲君之榮除主之禍也今則不然反以爲誹方未謗君之行無人臣之禮如淳曰漢書注曰誹非上所行也果紛然傷於身蒙不辜之名戮及先人爲天下笑鄭玄禮記注曰戮猶辱也故曰談何容易是以輔弼之臣瓦解而邪諂之人並進春秋考異郵曰瓦解土崩遂及飛廉惡來革等史記曰中潏生蜚廉蜚廉生惡來惡來父子俱以材力事殷紂說苑子石曰費仲惡來革長鼻決目崇侯虎順紂之心欲以合於意武王伐紂四子身死牧之野三人皆詐僞巧言利口以進其身論語子曰巧言令色鮮矣仁又曰惡利口之覆邦家陰奉彫瑑刻鏤之好以納其心務快耳目之欲以苟容爲度遂往不戒身沒被戮宗

廟崩弛國家爲墟殺戮賢臣親近讒夫詩不云乎讒人罔極交亂四國此之謂也毛詩小雅文也鄭玄曰極猶已也故卑身賤體說色微辭愉愉逾喣喣況于終無益於主上之治即志士仁人不忍爲也愉愉喣喣和說之皃也孝經鉤命决曰驩忻慎懼嘔嘔喻喻喣與嘔同音呼論語子曰志士仁人無求生以害仁也將儼然作矜莊之色深言直諫上以拂人主之邪下以損百姓之害拂與弼同則忤於邪主之心歷於衰世之法故養壽命之士莫肯進也遂居深山之閒積土爲室編蓬爲戶彈琴其中以詠先王之風亦可以樂而忘死矣尚書大傳曰子夏曰弟子所授書於夫子者不敢忘雖退而窮居河濟之閒深山之中作壤室編蓬戶尚彈琴瑟其中以歌先王之風則可以發憤矣是以伯夷叔齊

避周餓于首陽之下後世稱其仁論語子曰伯夷叔齊餓於首陽之下人到于今稱之如是邪主之行固足畏也故曰談何容易於是吳王戄然易容戄戄敬皃也居具切捐薦去几危坐而聽捐薦去几自貶損也管子曰少者之事先生危坐向師顏色無怍先生曰接輿避世箕子被髮佯狂此二子者皆避濁世以全其身者也論語曰楚狂接輿歌而過孔子尸子曰箕子胥餘漆體而為厲被髮佯狂以此免也使遇明王聖主得賜清讌之閒寬和之色發憤畢誠圖畫安危揆度得失上以安主體下以便萬民則五帝三王之道可幾而見也故伊尹蒙恥辱負鼎俎和五味以干湯太公釣於渭之陽以見文王曾連子曰伊尹負鼎佩刀以干湯得意故尊宰舍六韜曰文王卜田史扁為卜曰于渭之陽將大得

焉非熊非羆非虎非狼兆得公侯天遣女師文王齋戒三日田于渭陽卒見呂望坐茅以漁心合意
同謀無不成計無不從誠得其君也深念遠慮引義以
正其身推恩以廣其下孟子曰推恩足以保四海本仁祖誼戰國策蘇代說
齊王曰祖仁者王立義者霸褒有德祿賢能誅惡亂摠遠方壹統類
美風俗此帝王所由昌也上不變天性下不奪人倫則
天地和洽遠方懷之故號聖王臣子之職既加矣於是
裂地定封爵爲公侯傳國子孫名顯後世民到于今稱
之以遇湯與文王也太公伊尹以如此龍逄比干獨如
彼豈不哀哉故曰談何容易於是吳王穆然俛而深惟
仰而泣下交頤穆猶默靜思貌也孫子兵法曰令發之日士寢者涕交頤曰嗟乎余

國之不亡也綿綿連連殆哉世之不絕也說文曰綿聯微也爾雅曰殆危也於是正明堂之朝齊君臣之位舉賢才布德惠施仁義賞有功躬親節儉減後宮之費損車馬之用放鄭聲遠佞人論語顏回問爲邦子曰放鄭聲遠佞人鄭聲淫佞人殆省庖廚去侈靡卑宮館壞苑囿填池塹以與貧民無產業者開內藏振貧窮存耆老恤孤獨薄賦斂省刑罰行此三年海內晏然天下大洽陰陽和調萬物咸得其宜孫卿子曰萬物得宜事變得應國無災害之變民無飢寒之色家給人足畜積有餘囹圄空虛文子曰法寬刑緩囹圄空虛鳳皇來集麒麟在郊禮記曰鳳皇麒麟皆在郊藪甘露既降朱草萌芽禮記曰天降膏露鄭玄曰膏猶甘也尚書大傳曰德光地序則

朱草生遠方異俗之人嚮風慕義各奉其職而來朝賀故治亂之道存亡之端若此易見呂氏春秋曰治亂存亡如可見如不可見而君人者莫肯為也臣愚竊以為過故詩曰王國克生惟周之貞濟濟多士文王以寧此之謂也毛詩小雅文也

四子講德論 并序　王子淵

褒既為益州刺史王襄作中和樂職宣布之詩又作傳漢書曰益州刺史王襄欲宣風化於衆庶聞王褒有俊才使褒作中和樂職宣布詩選好事者令依鹿鳴之聲習而歌之褒既為刺史作頌又作傳如淳曰言王政中和在官者樂其職國語所謂宣布哲人之令德也名曰四子講德以明其意焉

微斯文學問於虛儀夫子曰蓋聞國有道貧且賤焉恥

也論語子曰邦有道貧且賤焉恥也今夫子閉門距躍專精趍學有日矣距躍不行也應劭風俗通曰涉始於足足率長十寸十寸則尺一躍三尺法天地人再躍則涉幸遭聖主平世而久懷寶論語陽貨謂孔子曰懷其寶而迷其邦可謂仁乎是伯牙去鍾期而舜禹遁帝堯也廣雅曰遁避也於是欲顯名號建功業不亦難乎夫子曰然有是言也夫蟁蝱終日經營不能越階序說文曰蟁蝱齧人飛蟲也莊子曰蚉䖟噆膚蟁亡云切蝱莫衡切爾雅曰東西牆謂之序附驥尾則涉千里攀鴻翮則翔四海文子曰蚉與驥致千里而不飛僕雖嚚頑顧從足下雖然何由而自達哉文學曰陳懇誠於本朝之上行話談於公卿之門春秋說題辭曰秉懿誠之義思至忠之功高誘淮南子注曰本朝國朝也夫子曰無介紹之道安從行乎公卿禮記

曰介紹而傳命文學曰何爲其然也昔甯戚商歌以干齊桓呂氏春秋曰甯戚飯牛車下望桓公而悲擊牛角疾歌淮南子曰甯越商歌車下而桓公慨然而悟許慎曰商秋聲也越石負芻而寤晏嬰晏子春秋曰晏子之晉至於中牟睹弊冠皮裘負芻息於途側者晏子曰吾子何爲者對曰我越石父者也晏子曰何爲此曰吾爲人臣僕於中牟見使將歸晏子曰何爲爲僕對曰吾身不免凍餓之地吾是以爲僕也晏子曰可得而贖乎對曰可遂解左驂而贖之因載而與之俱歸至舍不辭而入越石父立而請絕晏子使人應之子何絕我之暴也越石父對曰臣聞之士者詘乎不知己而申乎知己吾三年爲人臣而莫吾知也今子贖我吾以子爲知我矣今不辭而入是與臣僕者同矣晏子出見之曰嚮也見客之容而今也見容之意非有積素累舊之歡皆塗覯卒遇而以爲親者也故毛嬙西施善毀者不能蔽其好慎子曰毛嬙先施天下之姣也衣之以皮倛則見之者皆走易之玄錫則行者皆止先施西施一也嫫暮姆母

六百二十

倭傀善譽者不能掩其醜孫卿子曰閭娵子奢莫之媒也嫫母力父是之喜也倭傀醜女未詳所見倭於爲切傀古回切苟有至道何必介紹夫子曰洛夫特達而相知者千載之一遇也招賢而處友者衆士之常路也是以空柯無刃公輸不能以斷但懸曼矰蒲苴不能以射聲類曰但徒也薛君韓詩章句曰曼長也鄭玄周禮注曰結繳於矢謂之矰矰高也列子曰蒲苴子弋弱弓纖繳乘風而振之連雙鶬於青雲故膺騰撇波而濟水不如乘舟之逸也說文曰撆擊也撆與撇同也疋設切衝蒙涉田而能致遠未若遵塗之疾也才蔽於無人行衰於寡黨此古今之患唯文學慮之文學白唯唯敬聞命矣於是相與結侶攜手俱遊求賢索友歷于西州有二人焉乘輅而歌倚輗王雞而

聽之輅車也白虎通曰名車爲輅者何言所以步之於路也包咸論語注曰輗者轅端横木以縛軛也詠歎中雅轉運中律嘽緩舒繹曲折不失節禮記曰嘽諧慢易繁文簡節之音作而民康樂問歌者爲誰則所謂浮遊先生陳丘子者也於是以士相見之禮友焉儀禮曰士相見之禮贄冬用雉夏用腒左頭奉之禮文既集韓子曰禮有文禮者義之文文學夫子降席而稱曰俚力紀人不識寡見尠聞劉德漢書注曰俚鄙也曩從末路望聽玉音竊動心焉尚書大傳曰天下諸侯莫不玉音金聲敢問所歌何詩請聞其說浮遊先生陳丘子曰所謂中和樂職宣布之詩益州刺史之所作也刺史見太上聖明股肱竭力如淳漢書注曰太上天子也尚書大傳曰股肱臣也德澤洪茂黎庶和睦天人並應屢降瑞

福故作三篇之詩以歌詠之也文學曰君子動作有應從容得度南容三復白珪孔子睹其慎戒論語曰南容三復白珪孔子以其兄之子妻之太子擊誦晨風文侯諭其指意韓詩外傳曰魏文侯有子曰擊次曰訢訢少而立之以爲嗣封擊中山三年莫往來其傅趙倉唐諫曰何不遣使乎則臣請使擊曰諾於是遂求北犬晨鴈齎行倉唐至曰北藩中山之君再拜獻之文侯曰嘻擊知吾好北犬嗜晨鴈也即見使者文侯曰中山之君亦何好乎對曰好詩文侯曰於詩何好曰好晨風文侯曰晨風謂何對曰詩云鴥彼晨風鬱彼北林未見君子憂心欽欽如何如何忘我實多此自以忘我者也於是文侯大悅曰欲知其君視其所使中山君不賢惡能得賢傳遂廢太子訢召中山君以爲嗣今吾子何樂此詩而詠之也先生曰夫樂者感人密深而風移俗易禮記曰樂者聖人所作也其感人深又曰樂者所以移風易俗也吾所以詠歌之者美其君術明而臣

道得也君者中心臣者外體外體作然後知心之好惡臣下動然後知君之節趣子思子曰民以君爲心君以民爲體心正則體修心肅則身敬也好惡不形則是非不分節趣不立則功名不宣故美玉蘊於碔武砆夫凡人視之怢焉馬融論語注曰蘊藏也戰國策曰白骨疑象武夫類玉張揖漢書注曰武夫石之次玉者廣蒼曰怢忽忘也怢他没切良工砥之然後知其和寶也精練藏於鑛朴庸人視之忽焉精練金也金百練不耗故曰精練也說文曰鑛銅鐵璞也礦與鑛同瓜並切巧冶鑄之然後知其幹也況乎聖德巍巍蕩蕩民氓所不能命哉論語子曰大哉堯之爲君也蕩蕩乎民無能名焉巍巍乎其有成功廣雅曰命名也是以刺史推而詠之揚君德美深乎洋洋罔不覆載紛紜天地寂寥宇宙言所覆者廣也

紛紜衆多之貌也寂寥曠遠之貌也明君之惠顯忠臣之節究爾雅曰究窮也郭璞曰謂窮盡也皇唐之世何以加茲是以每歌之不知老之將至也論語子曰發憤忘食樂以忘憂不知老之將至也文學曰書云迪一人使四方若卜筮尚書曰故一人有事四方若卜筮無不是孚孔安國曰迪道也孚信也大忠賢之臣尊主志承君惠攄盛德而化洪天下安瀾比屋可封瀾水波安瀾以喻太平也尚書大傳曰周民可比屋而封何必歌詠詩賦可以揚君哉愚竊惑焉浮遊先生色勃眥溢曰是何言與論語子曰君召使擯色勃如也孝經子曰是何言與昔周公詠文王之德而作清廟建為頌首吉甫歎宣王穆如清風列于大雅毛詩周頌曰清廟祀文王也周公既成雒邑朝諸侯率以祀文王焉毛詩大雅序曰蒸民尹吉甫美宣王也詩曰吉甫作誦穆

如清風夫世衰道微僞臣虛稱者殆也世平道明臣子不宣者鄙也鄙殆之累傷乎王道故自刺史之來也宣布詔書勞來不怠令百姓徧曉聖德莫不霑濡厖邈江眉耇之老厖雜也謂眉有白黑雜色咸愛惜朝夕顧濟須臾且觀大化之淳流於是皇澤豐沛主恩滿溢百姓歡欣中和感發是以作歌而詠之也感發謂情感於中發言爲詩也傳曰詩人感而後思思而後積積而後滿滿而後作言之不足故嗟歎之嗟歎之不足故詠歌之詠歌之不厭不知手之舞之足之蹈之也樂動聲儀文也此臣子於君父之常義古今一也今子執分寸而罔億度億度之言無限也韓子曰有尺寸而無億度又曰前識無緣而妄億

度也馬融論語注曰罔誣也虎把握而卻寡廓乃欲圖大人之樞機道方伯之失得不亦遠乎大人謂天子也周易曰利見大人又曰言行君子之樞機陳丘子見先生言切恐二客慙膝步而前曰先生詳之戰國策曰荊軻見太子太子再拜而跽膝行流涕行潦老暴集江海不以為多左氏傳曰君子曰潢汙行潦之水杜預曰行潦流潦也莊子海若曰天下之水莫大於海百川歸之而不盈鰌鱓並逃九罭域不以為虛爾雅曰鰼鰌郭璞曰今泥鰌也鰼似立切鰌且由切郭璞山海經注曰鱓魚似蛇時闡切毛詩曰九罭之魚鱒魴爾雅曰九罭魚網也是以許由匿堯而深隱唐氏不以衰呂氏春秋曰昔堯朝許由於沛澤之中請屬天下於夫子許由遂之箕山之下夷齊恥周而遠餓文武不以卑夷齊已見上文夫青蠅不能穢垂棘毛詩曰營營青蠅止於樊鄭玄曰蠅之為蟲汙白使黑汙黑使白左氏傳曰晉荀息

請以垂棘之璧假道於虞以伐虢邪論不能惑孔墨今刺史質敏以流惠舒化以揚名采詩以顯至德歌詠以董其文爾雅曰董正也受命如絲明之如緡禮記曰王言如絲其出如綸王言如綸其出如綍音弗鄭玄曰言出彌大也甘棠之風可倚而俟也毛詩序曰甘棠美召伯也召伯之教明於南國二客雖窒計沮孳與議何傷言二客雖於計窒塞於議沮敗何傷於理乎言未傷也爾雅曰窒塞也顧謂文學夫子曰先生微矜於談道又不讓乎當仁論語子曰當仁不讓於師亦未巨過也願二子措意焉夫子曰否夫雷霆必發而潛底震動呂氏春秋曰開春始雷則蟄蟲動矣枹乎鼓鏗苦耕鏘七羊而介士奮竦左氏傳曰郤克援枹而鼓鄭玄周禮注曰介被甲也故物不震不發士不激不勇今文學之言欲以議愚感敵舒先生之

憤頹二生亦勿疑言議前敵之愚以感動之於是文繹復集乃始講德馬融論語注曰繹尋繹也文學夫子曰昔成康之世君之德與臣之力也韓子曰晉平公問叔向曰齊桓公九合諸侯臣之力邪君之力邪與音余先生曰非有聖智之君惡烏有甘棠之臣故虎嘯而風寥戾龍起而致雲氣周易曰雲從龍風從虎聖人作而萬物覩蟋蟀俟秋吟蜉浮蝣由出以陰易通卦驗曰立秋蜻蛚鳴蔡邕月令章句曰蟋蟀蟲也謂之蜻蛚也易曰飛龍在天利見大人鳴聲相應仇偶相從周易曰同聲相應同氣相求水流濕火就燥人由意合物以類同是以聖主不徧窺望而視以明不殫傾耳而聽以聰何則淑人君子人就者衆也毛詩曰淑人君子其儀不忒故千金之裘非一狐之腋亦大厦之林非一

丘之木太平之功非一人之略也慎子曰廊廟之材蓋非一木之枝狐白之裘非一狐之皮也治亂安危存亡榮辱之施非一人之力也蓋君爲元首臣爲股肱明其一體相待而成有君而無臣春秋刺焉公羊傳曰宋公與楚人期戰于泓之陽宋師大敗故君子大其不鼓不成列臨大事而不忘大禮有君而無臣以爲雖文王之戰亦不過此也何休曰惜其有王德而無王佐也三代以上皆有師傅五伯以下各自取友說苑郭隗曰帝者之臣其名臣也其實師也王者之臣其名臣也其實友也伯者之臣其名臣也其實僕也齊桓有管鮑隰甯九合諸侯一匡天下左氏傳曰鮑叔牙奉公子小白又曰齊桓衛姬之子有鮑叔牙隰朋以爲輔佐說苑鄒子曰甯戚叩轅行歌桓公任之以國政論語子曰桓公九合諸侯不以兵車管仲之力也又曰管仲相桓公一匡天下民到于今受其賜晉文公有咎犯趙衰楚危取威定霸以尊天子左氏傳曰晉公子重耳奔

狄從者狐偃趙衰顛頡魏武子司空季子杜預曰狐偃子犯也司空季子胥臣曰季也左氏傳曰先軫謂晉侯曰報施救患取威定霸於是乎在矣秦穆有王由五羖攘却西戎始開帝緒韓詩外傳曰昔戎將由余使秦秦繆公問得失之要對曰古之有國者未嘗不以恭儉也失國者未嘗不以驕奢也繆公然之於是告內史王廖曰隣國有聖人敵國之憂也由余聖人也將奈之何王廖曰君其遺之女樂以嫗其志然後可圖繆公曰善乃使王廖以其女樂二列遺戎王史記曰百里奚亡秦走宛秦繆公聞百里奚故重贖之恐楚不予請以五羖羊皮贖之楚人許予之繆公與語國事大悅又曰秦用由余謀伐戎王并國十二遂霸西戎春秋保乾圖曰五帝異緒宋衷曰緒業也楚莊有叔孫子反兼[illegible]江淮威震諸夏韓詩外傳曰沈令尹進孫叔敖於莊叔敖治楚三年而楚國霸左氏傳曰楚子圍鄭子反將右晉師救鄭及楚師戰于邲晉師敗績邲步必切勾踐有種蠡渫庸剋滅彊吳雪會稽之恥漢書曰江都王問董仲舒曰越王勾踐與大夫渫庸種蠡謀伐吳遂

滅之孔子稱舿有三仁寡人亦以爲越有三仁史記曰吴王夫差伐越敗之越王勾踐乃以甲兵五千人捿於會稽又曰勾踐自會稽歸拊循其士民伐吴大破之吴王自殺也魏文有段干田翟秦人寢兵折衝萬里呂氏春秋曰孟嘗君問白圭曰魏文侯名過桓公而功不及五伯何也白圭對曰文侯師子夏友田子方敬段干木此名之所以過桓公也而名號顯榮者三士羽翼之也史記魏文侯謂李克曰寡人之相非成則璜璜翟璜也成魏文侯弟名也呂氏春秋曰段干木者魏文敬之過其廬而軾秦欲攻魏而司馬康諫曰段干木賢者而魏禮之天下皆聞無乃不可加兵乎秦君以爲然乃止燕昭有郭隗樂毅奠破彊齊困閔於莒史記曰燕昭王以子之之亂而齊大破燕燕昭王怨齊於是詘身下士先禮郭隗以招賢者樂毅爲魏使於燕燕昭王以爲亞卿使樂毅伐齊破之追至于臨菑齊湣王走保於莒湣與閔同夫以諸侯之細功名猶尚若此而況帝王選於四海羽翼百姓哉高誘呂氏春秋注曰羽翼輔佐也故有賢聖

之君必有明智之臣欲以積德則天下不足平也欲以立威則百蠻不足攘也毛萇詩傳曰攘除也今聖主冠道德履純仁被六藝佩禮文屢下明詔舉賢良求術士招異倫拔俊茂是以海内歡慕莫不風馳雨集襲雜並至填庭溢闕含淳詠德之聲盈耳登降揖讓之禮極目進者樂其條暢怠者欲罷不能條猶理也漢書音義曰暢通也偃息匍匐乎詩書之門遊觀乎道德之域咸絜身修思吐情素而披心腹各悉精銳以貢忠誠允願推主上弘風俗而騁太平濟濟乎多士文王所以寧也濟濟多士已見上文若乃美政所施洪恩所潤不可究陳舉孝以篤行崇能以招賢去煩蠲苛以

綏百姓祿勤增奉以厲貞廉漢書宣紀曰律令有可蠲除以安百姓條奏又曰吏
不廉平則治道衰今小吏皆勤事祿薄其益吏奉什五也減膳食卑宮觀宣紀曰令太官損膳
省宰又曰郡國宮觀勿復修理省田官損諸苑宣紀曰池籞未御幸者假與貧人踈繇
役振乏困宣紀曰流人還歸勿筭繇事又曰遣使者振貸乏困恤民災害不遑遊
宴宣紀曰今天下頗被疾疫之災朕甚愍之閔耄老之逢辜憐縗絰之服事
宣紀曰朕惟耆老之人髮齒墮落亦無暴虐之心諸年八十以上非誣告人殺傷人他皆勿坐又曰百姓遭縗
絰凶災而吏繇事傷孝子之心自今有大父母父母喪者勿繇事惻隱身死之腐人悽
愴子弟之縲匿宣紀曰今繫者或以掠辜若飢寒死獄中朕甚痛之又曰自今子首匿父母孫
匿大父母皆勿坐恩及飛鳥惠加走獸胎卵得以成育草木遂
其零茂尸子曰湯之德及鳥獸矣莊子曰至德之世禽獸成群草木遂長愷悌君子民

之父母豈不然哉毛詩大雅文先生獨不聞秦之時耶違三王背五帝滅詩書壞禮義信任群小憎惡仁智詐僞者進達佞諂者容入宰相刻峭大理峻法廣雅曰峭急也謂嚴急也峻與峭同處位而任政者皆短於仁義長於酷虐狠摯虎攫懷殘秉賊孟子曰賊仁者謂之賊賊義者謂之殘其所臨莅莫不肌栗慴伏吹毛求疵並施螫毒百姓征伀無所措其手足韓子曰古之人君大體者不吹毛而求小疵不洒垢而察難知方言曰征伀惶遽也論語子曰刑罰不中則民無所措手足伀章容切噭噭愁怨遂亡秦族是以養雞者不畜貍牧獸者不育豺樹木者憂其蠹保民者除其賊文子曰乳犬噬虎伏雞搏貍又曰所爲立君者以禁暴亂也夫養禽獸者必除豺狼又況牧民乎又曰木林生蠹還自食人生事因自賊故

大漢之爲政也，崇簡易，尚寬柔，進淳仁，舉賢才，上下無怨，民用和睦（孝經曰：民用和睦，上下無怨）。今海内樂業，朝廷淑清，天符既章，人瑞又明，品物咸亨，山川降靈（周易曰：雲行雨施，品物咸亨），神光燿暉，洪洞朗天（宣紀曰：薦鬯之夕，神光交錯，或降于天，或登于地），鳳皇來儀，翼翼邕邕，群鳥並從，舞德垂容（宣紀曰：鳳皇集魯，群鳥從之。尚書曰：鳳皇來儀。爾雅曰：翼翼，恭也。邕邕，和也。又曰：邕邕者，聲和也。山海經曰：鳳首文曰德），神雀仍集，麒麟自至（宣紀神雀仍集，九真獻奇獸），甘露滋液，嘉禾櫛比（宣紀曰：甘露降未央宮。又曰：嘉穀玄稷降于郡國），大化隆洽，男女條暢，家給年豐，咸則三壤，豈不盛哉（尚書曰：咸則三壤，成賦中邦）！昔文王應九尾狐而東夷歸周（春秋元命苞曰：天命文王以九尾狐），武王獲白魚而諸侯同辭（尚書璇璣鈐曰武王得兵鈐謀東觀白魚入舟俯取以燎入百諸侯順同不謀魚者視用無足翼從欲紂如魚乃誅周公受秬鬯而鬼方臣詩周公受秬鬯未詳鄭玄箋曰鬼方遠方也宣王得白狼而夷狄賓史記曰穆王征犬戎得四白狼以歸今云宣王未詳夫名自正而事自定也論語曰名不正則言不順言不順則事不成今南郡獲白虎亦偃武興文之應也獲之者張武武張而猛服也是以北狄賓洽邊不恤寇甲士寢而旌旗仆也文學夫子曰天符既聞命矣敢問人瑞先生曰夫匈奴者百蠻之最彊者也毛詩曰因時百蠻天性驕蹇習俗傑暴左氏傳曰彼皆偃蹇杜預曰偃蹇驕傲也賤老貴壯氣力相高史記曰匈奴貴壯健賤老弱也業在攻伐事在獵射史記曰匈奴因射獵爲生業習戰攻以侵伐兒能騎羊走箭飛鏃史記曰匈奴兒能騎

羊引弓射鳥鼠也逐水隨畜都無常處史記曰匈奴逐水草遷徙無城郭常處鳥集獸散往來馳鶩周流曠野以濟嗜欲其耒耜則弓矢鞌馬播種則扞弦掌拊禮記曰左佩決扞鄭玄曰扞拾也言所以拾弦也何旦切鄭玄禮記注曰拊弓把也音夫收秋則奔狐馳兔穫胡郭刈則顛倒殪伊計仆史記曰匈奴射狐兎用爲食追之則奔遁釋之則爲寇史記曰匈奴利則進不利則退不羞遁走是以三王不能懷五伯不能綏鷩邊抗士虆杞芻葷詩人所歌自古患之毛詩曰六月棲棲戎車既飭四牡騤騤載是常服玁狁孔熾我是用急今聖德隆盛威靈外覆日逐舉國而歸德單于稱臣而朝賀宣紀曰日逐王先賢撣將人衆來降鄭氏曰撣音纒束之纒又曰單于稱臣使弟奉珍朝賀正月乾坤之所開陰陽之所安而蒲吉計且頗燋齒

肩開翦髮黥首文身裸袒之國漢書終軍曰解編髮

又曰匈奴有罪小者軋音義曰刀刻其面幽未詳又曰大宛深目多鬚髯盖梟瞯也黥

山海經髟林南靡不奔走貢獻懽忻來附婆嗢

刎之世何物不樂孔安國尚書傳曰洪大也鴻與洪古

也飛鳥翕翼泉魚奮躍毛詩曰鴛鴦在梁戢其左翼鄭玄曰明王

駭也韓詩曰鳶飛戾天魚君曰魚喜樂則踴躍於泉中是以刺史感懣

詠至德鄙人黲淺不能究識黲不明也烏感切敬遵

兇殫焉於是二客醉于仁義飽于盛德毛詩曰既醉以

終日仰欸怡懌而悅服

卷第五十一

文選卷第五十二

梁昭明太子撰

文林郎守太子右內率府録事參軍事崇賢館直學士臣李善注上

論二

王命論一首　班叔皮

善曰王命帝王受命也漢書曰彪遭王莽敗光武即位於冀州時隗囂據隴擁衆囂問彪曰往者周亡戰國並争天下分裂意者從横之事復起於今乎

昔在帝堯之禪曰咨爾舜天之曆數在爾躬舜亦以命

禹善曰論語文也尚書帝曰來禹予懋乃德嘉乃丕績天之曆數在汝躬汝終陟元后孔安國曰曆數謂天道也元后天子也爾雅曰命告也曁于稷契咸佐唐虞光濟四海奕世載德至于湯武而有天下善曰稷武王之祖也契成湯之祖也杜預左氏傳注曰曁至也國語祭公謀父曰奕世載德孔安國尚書傳曰載行也雖其遭遇異時禪代不同至于應天順人其揆一焉善曰周易曰湯武革命順乎天應乎人孟子曰先聖後聖其揆一也是故劉氏承堯之祚氏族之世著于春秋善曰漢書贊曰春秋晉史蔡墨有言陶唐氏既衰其後有劉累范氏其後也范氏為晉士師魯文公世出奔秦後歸于晉其處者為劉氏唐據火德而漢紹之善曰帝系曰帝堯封于唐為火德漢書贊曰漢承堯運德祚已盛斷蛇著符旗幟尚赤協于火德自然之應得天統矣始起沛澤則神母夜號以彰赤帝之符善曰漢書曰高祖夜徑澤中有大蛇當徑高祖乃拔劍斬蛇後人来至蛇所

有一老嫗夜哭曰吾子白帝子也化爲蛇當道今者赤帝子斬之又曰高祖立爲沛公旗幟皆赤由是知所殺蛇白帝子殺者赤帝子故也

由是言之帝王之祚必有明聖顯懿之德善曰春秋河圖揆命篇曰倉戲農黃三陽翼天德聖明法言曰昔在有熊高陽高辛唐虞三代咸有顯懿故天因而祚之豐功厚利積累之業善曰史記祟侯虎曰西伯積善累德諸侯皆嚮之然後精誠通于神明流澤加於生民善曰孝經子曰孝悌之至通於神明尚書周公曰道洽政治澤潤生民故能爲鬼神所福饗天下所歸往善曰孟子萬章曰堯薦舜如何曰使之主祭百神享之使之主事事治而百姓安之易乾鑿度曰王者天下所歸韓詩外傳曰王者往也天下往之謂之王也未見運世無本功德不紀而得倔起在此位者也善曰世運五行更運相次之世也不紀不爲人所記也春秋元命苞曰五德之運應錄次相代埤蒼曰崛特起也崛與倔同世俗見高祖興於布衣不達其故

五十二 二

善曰漢書曰高祖曰吾以布衣取天下以爲適遭暴亂家語孔子曰舜起布衣而終以帝也得奪其劒善曰適猶遇也漢書高祖曰吾提三尺劒取天下遊說之士至比天下於逐鹿幸捷而得之善曰漢書隗囂曰秦失其鹿劉季逐而掎之時人復知漢乎太公六韜曰取天下若逐野鹿得鹿天下共分其肉不知神器有命不可以智力求韋昭曰神器天子璽符服御之物善曰老子曰天下神器不可爲也爲者敗之也悲夫此世之所以多亂臣賊子者也善曰孟子曰孔子成春秋而亂臣賊子懼若然者豈徒闇於天道哉又不覩之於人事矣夫餓饉流隸飢寒道路善曰說文曰餓飢也穀梁傳曰五穀不升謂之饉流隸流移賤隸也左氏傳曰人有十等輿臣隸也饉或爲殣荀悅曰道殣謂之殣也思有短褐之襲擔石之蓄韋昭曰短爲裋裋襦也毛布曰褐善曰裋丁管切說文曰襲重衣也字林曰襲大篋也晉灼曰無一擔與一斛之餘所願

不過一金終於轉死溝壑韋昭曰一斤爲一金善曰孟子謂滕文公曰爲人父母使老稚轉乎溝壑惡在爲人父母也何則貧窮亦有命也善曰墨子曰貧富治亂固有天命不可損益也況乎天子之貴四海之富神明之祚可得而妄處哉善曰禮記孔子曰舜其大孝也與尊爲天子富有四海之内宗廟饗之子孫保之法言曰天因祚之爲神明主也故雖遭罹厄會竊其權柄勇如信布強如梁籍成如王莽然卒潤鑊伏鑕烹醢分裂善曰史記曰項籍其季父項梁陳勝等起梁爲楚上柱國軍下邳自號武信君北至定陶再破秦軍後秦大破之項梁死又況幺麽不及數子而欲闇干天位者也善曰鶡冠子曰無道之君任用幺麽動則煩濁無道之君任用俊雄動則明白通俗文曰不長曰幺細小曰麽莫可切爾雅曰干求也是故駑蹇之乘不騁千里之塗善曰廣雅曰駑駘也今謂馬之下者爲駑王逸楚辭注曰蹇跛也呂氏春

秋曰所爲貴驥者爲其一日千里也鷰雀之疇不奮六翮之用善曰史記陳涉曰鷰
雀安知鴻鵠之志哉韓詩外傳曰夫鴻鵠一舉千里所恃者六翮耳蓋賣楶棁之材不荷棟
梁之任應劭曰爾雅曰栭謂之楶棁朱儒柱善曰說文曰栭枅上標周易曰棟隆之吉不撓乎下也楶
音節棁之劣切斗筲之子不秉帝王之重音義曰筲竹筥也受一斗善曰論語子曰
斗筲之人何足筭也易曰鼎折足覆公餗不勝其任也善曰周易鼎卦之辭
也說文曰鬻鬲鼎實也鬻與餗同音速當秦之末豪桀共推陳嬰而王之嬰
母止之曰自吾爲子家婦而世貧賤卒富貴不祥不如
以兵屬人事成少受其利不成禍有所歸嬰從其言而
陳氏以寧善曰史記文王陵之母亦見項氏之必亡而劉氏
之將興也是時陵爲漢將而母獲於楚有漢使來陵母

見之謂曰願告吾子漢王長者必得天下子謹事之無有二心遂對漢使伏劒而死以固勉陵其後果定於漢陵爲宰相封侯善曰史記文夫以匹婦之明猶能推事理之致探禍福之機善曰白虎通曰庶人稱匹夫何言其夫妻爲偶也鄭玄周禮注曰致猶會也全宗祀於無窮垂冊書於春秋而況大丈夫之事乎張晏曰冊書史記也晉灼曰至周名春秋考紀也善曰孟子曰富貴不能淫貧賤不能移此之謂大丈夫也是故窮達有命吉凶由人善曰呂氏春秋曰道德於此窮達一也左氏傳周內史叔興曰吉凶由人嬰母知廢陵母知興審此二者帝王之分決矣蓋在高祖其興也有五一曰帝堯之苗裔二曰體貌多奇異善曰漢書曰高祖爲人隆準而龍顏美鬚髯左股有七十二黑子三曰神武有徵應善曰

御應謂下衆瑞也四曰寬明而仁恕善曰漢書曰高祖寬仁愛人意豁如也五曰知人善任使善曰高祖任張良以運籌委蕭何以關内是也加之以信誠好謀達於聽受見善如不及用人如由巳善曰論語子曰見善如不及從諫如順流趣時如響起善曰左氏傳叔向曰齊桓公從善如流周易曰變通者趣時者也當食吐哺納子房之策善曰漢書酈食其欲立六國後漢王以問張良良發八難漢王輟食吐哺曰豎儒幾敗乃公事拔足揮洗揖酈生之說善曰漢書曰酈食其求見沛公方踞牀使兩女子洗足酈生不拜長揖曰足下必欲誅無道秦不宜踞見長者沛公起攝衣謝之延上坐食其說沛公襲陳留悟戍卒之言斷懷土之情善曰漢書曰高祖西都洛陽戍卒婁敬說上曰陛下都洛陽不便不如入關據秦之固是日車駕西都長安高四皓之名割肌膚之愛善曰漢書曰上欲廢太子立戚夫人子趙王如意呂后不知所爲張良曰顧上有所不能致四

人令太子爲書卑辭安車請以爲客令上見之則一助也於是太子迎四人至上破黥布歸愈欲易太子及置酒太子侍四人者從上乃驚曰吾求公公逃避我今公何自從吾兒遊煩公幸卒調護太子竟不易太子者良本招此四人之力也舉韓信於行陣收陳平於亡命善曰漢書曰蕭何薦韓信於漢王於是漢王齋戒設壇場拜信爲大將軍又曰陳平亡楚來降漢王與語說之使驂乘監諸將英雄陳力羣策畢舉此高祖之大略所以成帝業也善曰莊子許由曰我爲汝言其大略廣雅曰略法也若乃靈瑞符應又可略聞矣善曰略粗略也初劉媼妊高祖而夢與神遇震電晦冥有龍虵之怪善曰漢書曰高祖母媼嘗息大澤之陂夢與神遇是時雷電晦冥其父往視則見蛟龍於其上已而有娠遂產高祖說文曰妊孕也如蔭切及長而多靈有異於衆是以王武感物而折契呂公覩形而進女善曰漢書曰高祖常從王媼武負貰酒時飲醉臥武負王媼見其上常

有怪歲竟此兩家常折券棄債貰食夜切又曰呂公見
高祖曰臣少好相人相人多矣無如季相臣有息女願
爲箕箒妾也秦皇東遊以厭其氣呂后望雲而知所處善曰漢書
秦始皇帝曰東南有天子氣於是東遊以厭當之高祖
隱於芒碭山澤間呂后與人俱求常得之高祖怪問呂
后曰季所居上常有雲氣故從往
常得季說文曰厭塞也於冉切始受命則白蛇分西
入關則五星聚善曰白蛇分已見上文漢書曰元年冬
十月五星聚於東井沛公至霸上也
故淮陰留侯謂之天授非人力也善曰漢書韓信謂高
祖曰且陛下天授非
人力也又曰張良數以太公兵法說沛公沛公喜常用
其策爲他人言皆不省良曰沛公殆天授故遂從之
歷古今之得失驗行事之成敗稽帝王之世運考五者
之所謂取舍不厭斯位符瑞不同斯度韋昭曰厭合也
善曰一艷切
而苟昧權利越次妄據外不量力內不知命善曰左氏
傳曰息侯

伐鄭君子曰不量力論語孔子曰不知命無以為君子則必喪保家之主失天年之壽善曰左氏傳曰趙孟遇鄭印段賦蟋蟀趙孟曰保家之主也莊子弟子問於莊子曰山中之木以不材得終其天年也遇折足之凶伏斧鉞之誅英雄誠知覺寤畏若禍戒超然遠覽淵然深識收陵嬰之明分絕信布之覬覦善曰左氏傳師服曰下無覬覦杜預曰下不敢望上位也說文曰覬幸也覦欲也距逐鹿之瞽說審神器之有授貪不可冀無為二母之所笑韋昭曰幾望也今本作冀則福祚流于子孫天祿其永終矣善曰尚書曰四海困窮天祿永終

典論論文一首

魏　文帝

文人相輕自古而然傅毅之於班固伯仲之間耳而固

小之與弟超書曰武仲以能屬文爲蘭臺令史下筆不能自休伯仲猶兄弟之次也言勝負在兄弟之間不甚相踰也范曄後漢書曰班超字仲升徐令彪之少子也夫人善於自見而文非一體鮮能備善是以各以所長相輕所短里語曰家有弊帚享之千金斯不自見之患也東觀漢記曰吳漢入蜀都縱兵大掠上詔讓漢曰城降孩兒老母口萬數一旦放兵縱火聞之可爲酸鼻家有弊帚享之千金禹宗室子孫故嘗更職何忍行此杜預左氏傳注曰享通也享或爲享今之文人魯國孔融文舉廣陵陳琳孔璋山陽王粲仲宣北海徐幹偉長陳留阮瑀元瑜汝南應瑒德璉東平劉楨公幹斯七子者於學無所遺於辭無所假咸以自騁驥騄於千里仰齊足而並馳以此相服亦良難矣千里已見

上文毛萇詩傳曰田獵齊足尚疾也蓋君子審己以度人故能免於斯累呂氏春秋曰君子必審諸己然後任人楚辭曰羌內恕己以量人王逸曰量度也而作論文王粲長於辭賦徐幹時有齊氣然粲之匹也言齊俗文體舒緩而徐幹亦有斯累漢書地理志曰故齊詩曰子之還兮遭我乎峱之間兮此亦其舒緩之體也如粲之初征登樓槐賦征思幹之玄猨漏卮圓扇橘賦雖張蔡不過也然於他文未能稱是琳瑀之章表書記今之雋也應瑒和而不壯劉楨壯而不密孔融體氣高妙有過人者然不能持論理不勝詞漢書東方朔枚皐不根持論孔叢子平原君謂公孫龍曰公無復與孔子高辯事也其人理勝於辭公辭勝於理至乎雜以嘲戲及其所善楊班儔也常人貴遠賤近向聲背實又患闇於自見謂己

爲賢夫文本同而末異蓋奏議宜雅書論宜理銘誄尚實詩賦欲麗此四科不同故能之者偏也唯通才能備其體文以氣爲主氣之清濁有體不可力強而致譬諸音樂曲度雖均節奏同檢蒼頡篇曰檢法度也至於引氣不齊巧拙有素雖在父兄不能以移子弟桓子新論曰惟人心之所獨曉父不能以禪子兄不能以教弟也蓋文章經國之大業不朽之盛事年壽有時而盡榮樂止乎其身二者必至之常期未若文章之無窮是以古之作者寄身於翰墨見意於篇籍不假良史之辭不託飛馳之勢而聲名自傳於後故西伯幽而演易周旦顯而制禮司馬遷書曰西伯拘而演周易不以隱約而弗務不以

康樂而加思周易曰隱約者觀其不懾懼夫然則古人賤尺璧而重寸陰懼乎時之過已淮南子曰聖人不貴尺之璧而重寸之陰時難得而易失孔叢子孔子曰不讀易則不知聖人之心必不使時過已也而人多不強力貧賤則懾於飢寒富貴則流於逸樂鄭玄禮記注曰懾恐懼也賈逵國語注曰流放也遂營目前之務而遺千載之功日月逝於上體貌衰於下忽然與萬物遷化斯志士之大痛也古詩曰奄忽隨物化榮名以爲寶融等已逝唯幹著論成一家言

六代論一首論夏殷周秦漢魏也　曹元首

魏氏春秋曰曹冏字元首少帝族祖也是時天子幼稚冏冀以此論感悟曹爽爽不能納爲弘農太守少帝齊王芳也

昔夏殷周之歷世數十而秦二世而亡紀年曰九夏自禹以至于桀十七王殷自成湯滅夏以至于受二十九王大戴禮曰殷為天子二十餘世而周受之周為天子三十餘世而秦受之秦為天子二世而亡何殷周有道而長秦無道而暴也何則三代之君與天下共其民故天下同其憂秦王獨制其民故傾危而莫救夫與人共其樂者人必憂其憂與人同其安者人必拯其危先王知獨治之不能久也故與人共治之班固漢書贊曰孝宣帝稱曰與我共此者其唯良二千石乎知獨守之不能固也故與人共守之班固漢書贊曰昔周盛則周召相其治致刑措衰則五伯扶其弱與共守之兼親疏而兩用叅同異而並進是以輕重足以相鎮親疏足以相衛并兼路塞逆節不生賈誼過秦曰秦并兼諸侯山東三十郡漢書主父偃說上曰今以法

劉削諸侯則逆節萌起及其衰也桓文帥禮齊桓晉文苞茅不貢齊師伐楚宋不城周晉戮其宰左氏傳曰齊侯伐楚楚子使與師言曰不虞君之涉吾地何故管仲對曰爾貢苞茅不入王祭不共無以縮酒寡人是徵又曰晉魏舒合諸侯之大夫于翟泉將以城成周宋仲幾不受功曰滕薛郳吾役也爲宋役亦職也士伯怒曰必以仲幾爲戮乃執仲幾歸諸京師王綱弛而復張諸侯傲而復肅二霸之後寖以陵遲漢書曰二霸後寖以陵遲吳楚憑江負固方城雖心希九鼎而畏迫宗姬左氏傳屈完對齊侯曰楚國方城以爲城漢水以爲池又曰楚子觀兵于周疆問鼎之大小輕重焉王孫滿對曰周德雖衰天命未改鼎之輕重未可問也姦情散於胷懷逆謀消於脣吻亡粉反斯豈非信重親戚任用賢能枝葉碩茂本根賴之與班固漢書述曰公族蕃滋枝葉碩茂自此之後轉相攻伐吳并於越晉分

爲三魯滅於楚鄭兼於韓史記曰越王勾踐自會稽歸卌循其工氏伐吴大破之吴王自殺又曰魏武侯韓哀侯趙敬侯滅晉後而三分其地又曰楚考烈王伐滅魯又曰韓哀侯滅鄭并其國暨乎戰國諸姬微矣唯燕衛獨存然皆弱小西迫強秦南畏齊楚救於滅亡匪遑相卹至於王赧匿簡降爲庶人猶枝幹相持得居虛位海內無主四十餘年班固漢書贊曰暨于王赧降爲庶人用天年終號位已絶於天下尚猶枝葉相持莫得居其虛位海內無主四十餘年也秦據勢勝之地騁譎詐之術征伐關東蠶食九國班固漢書贊曰秦據勢勝之地騁狙詐之兵蠶食山東一切取勝賈誼過秦曰九國之師遁逃而不敢進至於始皇乃定天位尚書曰天位艱哉曠日若彼用力若此班固漢書贊曰至始皇乃并天下以德若彼用力如此其艱難也豈非深根固蔕不拔之道乎老子曰有國之母可

以長久是謂深根固蔕長生久視之道班固漢書贊口所以親親賢賢褒表功德深根固本爲不可拔者也易曰其亡其亡繫于苞桑周德其可謂當之矣周易否卦之辭也鄭玄曰苞植也否世之人不知聖人有命咸云其將亡矣其將亡矣而聖乃自繫於植桑不亡也王弼曰心存將危乃得固也秦觀周之弊將以爲以弱見奪於是廢五等之爵立郡縣之官班固漢書贊曰秦既稱帝患周之敗以爲諸侯力爭四夷交侵以弱見奪於是削去五等史記李斯奏曰置諸侯不便始皇於是分天下以爲三十六郡置守尉監也棄禮樂之教任苛刻之政子弟無尺寸之封功臣無立錐之土內無宗子以自毗輔外無諸侯以爲蕃衛班固漢書贊曰秦竊自號謂皇帝而子弟爲匹夫內亡骨肉本根之輔外亡尺土蕃翼之衛莊子曰堯舜有天下子孫無置錐之地仁心不加於親戚惠澤不流於枝葉譬猶芟所咸刈股肱獨任

胷腹浮舟江海捐棄楫櫂 注古曰瀕瀕之海濟摟航之力也航人無楫如航何通俗文櫂謂檝也 觀者爲之寒心而始皇晏然自以爲關中之固金城千里子孫帝王萬世之業也豈不悖哉 賈誼過秦曰天下已定始皇之心以爲關中之固金城千里子孫帝王萬世之業也 是時淳于越諫曰臣聞殷周之王封子弟功臣千有餘人今陛下君有海内而子弟爲匹夫卒有田常六卿之臣而無輔弼何以相救事不師古而能長久者非所聞也 史記曰齊簡公立田常闞止爲左右相田氏殺闞止簡公出奔田氏執簡公于徐州遂殺之又曰晉昭公卒六卿強公室卑六卿謂范氏中行氏智氏及趙韓魏也論語糺滑讖曰陳滅齊六卿分晉尚書曰事不師古以克永世匪說攸聞 始皇聽李斯偏說而絀其義至身死之日無所寄付委天下之重於匹

夫之手託廢立之命於姦臣之口史記曰始皇崩趙高乃與胡亥丞相李斯陰破去始皇所封書賜公子扶蘇者而更詐爲丞相受始皇遺詔立子胡亥爲太子更爲書賜公子扶蘇死至令趙高之徒誅鉏宗室史記曰二世尊用趙高申法令乃行誅大臣及諸公子春秋合誠圖曰誅鉏民害胡亥少習剋薄之教長遵凶父之業史記曰趙高故嘗敎胡亥書及獄律令法事史記太史公曰商君其天資刻薄人也不能攺制易法寵任兄弟而乃師謨申商諮謀趙高自幽深宮委政讒賊史記李斯上書二世曰能明申韓之術而修商君之法法修術明而天下亂者未之聞也應劭漢書注曰申不害韓昭侯相衛公孫鞅秦孝公相李奇曰法皆深刻無恩史記曰二世常居禁中與趙高決事事無大小輒決於高蒼頡篇曰委任之也身殘望夷求爲黔首豈可得哉史記曰二世齋望夷宮欲祠涇使使責讓趙高以盜事高懼乃陰與其女壻咸陽令閻樂謀易上樂前即謂二世曰足下其自爲計

二世曰願得妻子爲黔首閻樂麾其兵進二世自殺也遂乃郡國離心衆庶潰叛尚書曰受有億兆夷人離心離德左氏傳曰人逃其上曰潰勝廣唱之於前劉項斃之於後史記曰吳廣爲假王擊秦班固漢書贊曰秦竊自號謂皇帝而子弟爲匹夫吳陳奮其白挺劉項隨而斃之向使始皇納淳于之策抑李斯之論割裂州國分王子弟封三代之後報功臣之勞土有常君民有定主枝葉相扶首尾爲用雖使子孫有失道之行時人無湯武之賢姦謀未發而身已屠戮何區區之陳項而復得措其手足哉故漢祖奮三尺之劍驅烏集之衆曾子曰烏合之衆初雖相歡後必相咋也五年之中而成帝業漢書曰高祖五年斬羽東城即皇帝位於氾水之陽自開闢以來其興功立勳未有若漢祖之易者也

夫伐深根者難爲功摧枯朽者易爲力理勢然也班固漢書贊曰漢無尺土之階繇一劒之任五年而成帝業書傳所未嘗有焉何則古代相革皆承聖王之烈今漢獨收孤秦之弊鐫金石者難爲功摧枯朽者易爲力其勢然也漢監秦之失封植子弟及諸呂擅權圖危劉氏漢書曰太后崩上將軍呂祿相國呂産專兵秉政謀作亂賈逵國語注曰權秉即柄字也而天下所以不能傾動百姓所以不易心者徒以諸侯強大盤石膠固漢書宋昌曰高帝王子弟所謂盤石之宗也莊子曰待膠漆而固者是侵其德者也范曄後漢書曰鄭泰曰以膠固之衆當解合之勢東牟朱虛授命於内齊代吴楚作衛於外故也漢書宋昌曰諸呂擅權專制太尉卒以滅之內有朱虛東牟之親外畏吴楚齊代之強又曰齊悼惠王肥高祖六年立又曰齊悼惠王子章高后封爲朱虛侯章弟興居爲東牟侯向使高祖踵亡秦之法王逸楚辭注曰踵繼也忽先王之

制則天下已傳非劉氏有也然高祖封建地過古制大者跨州兼域小者連城數十上下無別權侔京室故有吳楚七國之患班固漢書贊曰漢興懲戒亡秦孤立之敗於是封王子弟大者跨州兼郡小者連城數十宮室百官制同京師賈誼曰諸侯強盛長亂起姦夫欲天下之治安莫若衆建諸侯而少其力令海內之勢若身之使臂臂之使指則下無背叛之心上無誅伐之事文帝不從漢書賈誼上疏之文至於孝景猥用朝錯之計削黜諸侯親者怨恨疏者震恐吳楚唱謀五國從風兆發高祖釁成文景由寬之過制急之不漸故也漢書曰朝錯數言吳過可削文帝寬不忍罰及景帝即位錯曰高帝初定天下諸子弱故大封同姓今吳謀作亂逆削之亦反不削亦反於是方議削吳

吴王恐因欲發謀舉事諸侯既新削罸震恐多怨錯及吴先起兵膠西膠東淄川濟南楚趙亦皆反懼由也所謂末大必折尾大難掉左氏傳楚子問於申無宇曰國有大城何如對曰末大必折尾大不掉君所知也杜預曰折折其本也尾同於體猶或不從況乎非體之尾其可掉哉武帝從主父之策下推恩之命自是之後齊分為七趙分為六淮南三割梁代五分漢書主父偃說上曰令諸侯或連城數十願陛下令諸侯得推恩分子弟以地侯之彼人人喜得所願上以德施實分其國必稍自銷弱矣上從其計又班固賛曰武帝施主父之策下推恩之令使諸侯得分户邑以封子弟不行黜陟而國自析自是齊分為七趙分為六梁分為五淮南分為三也遂以陵遲子孫微弱衣食租稅不豫政事班固漢書賛曰景帝遭七國之難抑損諸侯諸侯唯得衣食租稅不與政事或以酎金免削或以無後國除漢書曰列侯坐獻黄金酎祭宗廟不如法奪爵

者百六人漢儀注王子爲侯侯歲以戶口酎黃金於漢廟皇帝臨受獻金助祭六祀曰飲酎飲酎受金小不如斤兩色惡者王削縣侯免國漢書曰趙哀王福薨無子國除至於成帝王氏擅朝劉向諫曰臣聞公族者國之枝葉枝葉落則本根無所庇蔭方今同姓疏遠母黨專政排擯宗室孤弱公族非所以保守社稷安固國嗣也漢書劉向上疏之文其言深切多所稱引成帝雖悲傷歎息而不能用漢書曰成帝即位向數上疏言得失陳法戒書數十上以助觀覽補遺闕上雖不能盡用然嘉其言常嗟歎之至乎哀平異姓秉權假周公之事而爲田常之亂高拱而竊天位一朝而臣四海漢宗室王侯解印釋綬貢奉社稷猶懼不得爲臣妾或乃爲之符命頌莽恩德豈不哀哉班固漢書贊曰至哀平之際王莽知

中外殫微因母后之權假伊周之稱詐謀既成遂據南面之尊漢諸侯王厥角稽首奉上璽韍唯恐在後或乃稱美頌德以求容媚豈不哀哉田常篡齊已見上文漢書曰王莽廢漢藩王廣陵王嘉獻符命封扶策侯又曰郚鄉侯閔以莽篡位獻神書言莽得封列侯郚音吾由斯言之非宗子獨忠孝於惠文之間而叛逆於哀平之際也徒以權輕勢弱不能有定耳賴光武皇帝挺不世之姿杜篤論都賦曰于時聖帝兼不世之姿禽王莽於已成紹漢祀於既絕斯豈非宗子之力耶而曾不鑒秦之失策襲周之舊制踵亡國之法而僥倖無疆之期至於桓靈奄豎執衡范曄後漢書曰桓帝立曹騰以定策功遷大長秋又曰靈帝時大將軍竇武謀誅中官曹節矯詔誅武等鄭玄尚書注曰稱上曰衡朝無死難之臣外無同憂之國君孤立於上臣弄權於下班固漢書序曰漢興懲戒

亡秦孤立之敗本末不能相御身手不能相使由是天下鼎沸姦凶並爭張超牋曰中外雲擾萬夫鼎沸宗廟焚爲灰燼宮室變爲蓁藪杜預左氏傳注曰燼火餘木也居九州之地而身無所安處悲夫魏太祖武皇帝躬聖明之資兼神武之略晉灼漢書注曰資材量也恥王綱之廢絶愍漢室之傾覆龍飛譙沛鳳翔兖豫魏志曰太祖武皇帝沛國譙人爲兖州牧後太祖遷都於許許屬豫州東京賦曰龍飛白水鳳翔參墟掃除凶逆翦滅鯨鯢左氏傳曰楚子曰古者明王伐不敬取其鯨鯢而封以爲大戮杜預曰鯨鯢大魚以喻不義之人也迎帝西京定都潁邑魏志曰天子東遷敗於曹陽太祖乃遣曹洪將兵西迎天子還雒董昭勸太祖都許漢書潁川郡有許縣德動天地義感人神漢氏奉天禪位大魏大魏之興于今二十有四年矣覽五代之

存亡而不用其長策覩前車之傾覆而不改其轍迹晏子曰諺曰前車覆後車戒也子弟王空虛之地君有不使之民宗室竄於閭閻不聞邦國之政權均匹夫勢齊凡庶内無深根不拔之固外無盤石宗盟之助非所以安社稷爲萬代之業也左氏傳曰周之宗盟異姓爲後且今之州牧郡守古之方伯諸侯皆跨有千里之土兼軍武之任或比國數人或兄弟並據而宗室子弟曾無一人間廁其間與相維持非所以強榦弱枝備萬一之慮也班固漢書贊曰徙吏二千石於諸陵蓋亦強幹弱枝也今之用賢或超爲名都之主或爲偏師之帥而宗室有文者必限以小縣之宰有武者必置於百人之上使

夫廉高之士畢志於衡軛之內衡軛車之衡軛也言王者之御群臣猶人之御牛馬故以衡軛喻焉畢志其內未得騁其駿足也才能之人恥與非類為伍非所以勸進賢能褒異宗族之禮也夫泉竭則流涸根朽則葉枯枝繁者蔭根條落者本孤故語曰百足之蟲至死不僵扶之者衆也魯連子曰百足之蟲至斷不蹶者持之者衆也此言雖小可以譬大司馬相如諫獵書曰此言雖小可以喻大且墉基不可倉卒而成威名不可一朝而立文子曰人主之有人猶城之有基木之有根根深即本固基厚即上安也皆為之有漸建之有素譬之種樹久則深固其根本茂盛其枝葉若造次徙於山林之中植於宮闕之下雖壅之以黑墳暖之以春日尚書曰厥土惟黑墳孔安國曰色黑而墳起也猶不

救於枯槁何暇繁育哉夫樹猶親戚土猶士民建置不久則輕下慢上平居猶懼其離叛危急將如之何是聖王安而不逸以慮危也存而設備以懼亡也故疾風卒至而無摧拔之憂天下有變而無傾危之患矣

博弈論一首

系本曰烏曹作博許慎說文曰博局戲也六箸十二棊也揚雄方言曰圍棊自關而東齊魯之間謂之弈

韋弘嗣

吳志曰韋曜字弘嗣吳郡人爲太子中庶子時蔡穎亦在東宮性好博弈太子和以爲無益命曜論之後爲中書僕射孫皓誅之裴松之曰曜本名昭史爲晉諱改之也

蓋君子恥當年而功不立疾沒世而名不稱論語子曰君子疾沒世而名不稱焉故曰學如不及猶恐失之論語孔子之辭是以古之志

士悼年齒之流邁而懼名稱之不建也勉精厲操晨興夜寐不遑寧息經之以歲月累之以日力若甯越之勤董生之篤漸漬德義之淵棲遲道藝之域呂氏春秋曰甯越中牟之鄙人也苦耕稼之勞謂其友曰何爲而可以免此苦耕也其友曰莫如學學三十歲則可達矣甯越曰請以十五歲人將休吾將不休人將臥吾將不敢臥十五歲而周威王師之漢書曰董仲舒修春秋三年不窺園圃其精如此且以西伯之聖姬公之才猶有日昃待旦之勞尚書周公曰文王自朝至於日中昃不遑暇食用咸和萬民孟子曰周公思兼三王其有不合者仰而思之夜以繼日幸而得之坐以待旦故能隆興周道垂名億載況在臣庶而可以已乎歷觀古今功名之士皆有積累殊異之迹勞神苦體契闊勤思平居不惰其業窮困不易其素是以下

式立志於耕牧而黄霸受道於囹圄終有榮顯之福以成不朽之名漢書曰卜式河南人以田畜爲事入山牧羊十餘年羊致千餘頭又曰黄霸字次公淮陽人遷丞相長史宣帝欲褒先帝夏侯勝曰武帝不宜爲立廟樂勝坐非議詔書霸坐阿縱勝不舉劾皆下獄勝霸既久繫霸欲從勝受經勝辭以罪死霸曰朝聞道夕死可矣勝賢其言遂授之繫更再冬講論不怠故山甫勤於夙夜而吳漢不離公門豈有遊惰哉毛詩曰肅肅王命仲山甫將之夙夜匪懈以事一人東觀漢記曰吳漢字子顏南陽人鄧禹及諸將多薦舉者再三召見其後勤勤不離公門上亦以其南陽人漸親之今世之人多不務經術好翫博弈廢事棄業忘寢與食窮日盡明繼以脂燭當其臨局交爭雌雄未決專精銳意神迷體倦人事曠而不脩賓旅闕而不接雖有太牢之饌韶夏之樂不暇存也至

或賭及衣物徙棊易行埤蒼賭䝿也賭丁古切䝿記被切廉恥之意弛
而忿戾之色發然其所志不出一枰之上所務不過方
罫古買之間方言曰投博謂之枰皮兵切桓譚新論曰俗有圍棊或言是兵法之類也及為之上者張
置跡遠多得道而為勝中者務相絕遮要以爭便利下者守邊趍作罫自生於小地猶薛公之言黥布反也上
計取吳楚廣道者也中計塞城皐遮要爭利者也下計據長沙以臨越此守邊隅趍作罫者也更始帝將相不
能防衛而令罫中死棊皆生勝敵無封爵之賞獲地無兼土之實技
非六藝用非經國立身者不階其術徼選者不由其道
廣雅曰階因也求之於戰陣則非孫吳之倫也劉向圍棊賦曰略觀圍棊法於
用兵怯者無功貪者先亡漢書曰孫子兵法八十一篇吳起三十八篇考之於道藝則非
孔氏之門也以變詐為務則非忠信之事也以劫殺為

名則非仁者之意也尹文子曰以智力求者喻如弈弈進退取與攻劫殺舍在我者也而空妨日廢業終無補益是何異設木而擊之置石而投之哉且君子之居室也勤身以致養其在朝也竭命以納忠臨事且猶旰食而何暇博弈之足躭左氏傳伍奢曰楚君大夫其旰食乎班固漢書述曰媚茲一人日旰忘食夫然故孝友之行立貞純之名章也方今大吳受命海內未平聖朝乾乾務在得人周易曰君子終日乾乾班固公孫弘贊曰漢之得人於茲為盛勇略之士則受熊虎之任儒雅之徒則處龍鳳之署熊虎猛捷故以譬武龍鳳五彩故以喻文尚書曰如虎如貔如熊如羆于商郊蘇武荅李陵書曰其於學人皆如鳳如龍百行兼苞文武並騖孝經鉤命決曰引興摘暴一字管百行博選良才旌簡髦俊賈逵國語注曰旌表也設

程試之科，垂金爵之賞，說文曰：程，品也。廣雅曰：科，條也。誠千載之嘉會，百世之良遇也。桓子新論曰：夫聖人乃千載一出。周易曰：亨者，嘉之會也。當世之士，宜勉思至道，愛功惜力，以佐明時，廣雅曰：惜，愛也。使名書史籍，勲在盟府，左氏傳宮之奇曰：虢叔爲文王卿士，勲在王室，藏於盟府。乃君子之上務，當今之先急也。夫一木之枰，孰與方國之封；枯棊三百，孰與萬人之將；邯鄲淳藝經曰：棊局縱横各十七道，合二百八十九道，白黑棊子各一百五十枚。袞龍之服，金石之樂，足以兼棊局而貿博弈矣。周禮曰：三公自袞冕而下。鄭玄曰：袞龍九章衣也。東都賦曰：修袞龍之法服。左氏傳曰：晉侯以樂之半賜魏絳，始有金石之樂。廣雅曰：貿，易之也。假令世士移博弈之力，用之於詩書，是有顔閔之志也；用之於智計，是有良平之思也；用之於資

貨是有猗頓之富也猗頓已見賈誼過秦論用之於射御是有將帥之備也如此則功名立而鄙賤遠矣

文選卷第五十二

共三十八頁